悪役令嬢と鬼畜騎士

MELISSA

【1】

乙女ゲームの悪役令嬢に転生とか、泣きたいわ。

学校とバイトに明け暮れていた女子大生が悪役令嬢に転生とか、神様は私に何を求めていたのかしら。潤いを求めてガンガン攻略した乙女ゲームなのになんの知識も活かせずにエンディング迎えてるし。あ、役割はしっかり果たしたってことかしらね。……やっぱり泣きたいわ。

泣いてももう婚約破棄されて家から絶縁されちゃったあとなんだけれども。

前世の記憶を思い出したのが卒業パーティー《だんざいび》の前日夜ってどうしろと。

確かにヒロインにガンガン文句言ってやったし、王子の婚約者として学園内で最大派閥を作ってヒロインを無視したり、お茶会にも招待しなかったりしたけど。

大体婚約者がいる男性に手を出すなんて禁忌《タブー》行為をしておいて、ミニ社交界としての学園で何もされないなんてことあるわけがないでしょう？　放置したらむしろ私の評判に傷がついてしまうもの。

途中から元婚約者でヒロイン大好きーの第二王子にはめちゃくちゃ嫌われてしまっていたし、予定通り卒業パーティーでの断罪はあるだろうな～と思ってた。

でも最悪でも修道院送りで、それ以上のことはないと高を括《くく》っていた。

実際断罪しようにも稚拙な悪行《社交界の常識》ばかりで、王子も侯爵令嬢である私をちっさい理由をなんとかつけて婚約破棄するくらいしかできなかった。それでも傷物とされてしまうので、今後の進退《婚活》には悪影響を及ぼすわけで。

ましてや元王子妃候補。引受先が見つからないまま家のごく潰しとなりそうだった私を、色事が好きな第二王子殿下はこっそり愛妾《あいしょう》にしようとしていたらしい。なんてヤツだ。

確かにヒロインは幼児体型っぽくて私はナイスバディだけれど、婚約破棄した元婚約者を愛妾にって、馬鹿なの？　ドロドロ三角関係に憧れてるの？

でもそんな王子の不穏な考えを見抜いたヒロインが、王子に内緒で取り巻きに泣きついて私を娼館《しょうかん》送りにしたのだ。王子にも侯爵家にもバレずに事を起こしたみたいだから、きっと腹黒いことが得意な宰相家のアイツに頼んだに違いない。

そんなわけで、予定していた修道女からまさかの娼婦へ強制ジョブチェンジ！

ヒロインの性格悪すぎじゃないかしら。

いくら悪役令嬢だからって、もう少し優しい対応してくれてもいいと思うの。

目の前には娼婦になって初めての、文字通り初めてのお客様が立っている。

夜明けの空みたいな明るい紺色の髪に蜂蜜のような金色の瞳。詰襟型のチャコールグレーのスーツを品よく着こなした穏やかに微笑《ほほえ》む絶世の美人……間違えた、絶世の美男子。——その片手には娼館に来るには不似合いすぎる大業物の剣。

……いま私、きちんと笑えているかしら？　なんで……なんで初めてのお客様がヒロインの敵には容赦なしの鬼畜仕様ヒャッホイに設定された隠しキャラなの！

王族つきの近衛騎士団副団長、ヘアプスト公爵家の次男ルカス・ヘアプスト。

流石《さすが》隠しキャラだけあって超が何個もつくくらいのチートでエリート。母親が王妹でなんと王位継承権まで持ってるんだけど、次男だからと騎士の道を志して騎士団に入団したのがまさかの学園に入ってる十五才のとき。普通じゃ考えられないほど早く実力至上主義の入団試験にさくっと受かり、そこからトントン拍子に功績をあげて、十八才で王族警護を任されている超エリート集団の近衛騎士団に入団。そこでも実力だけがものをいう騎士団内で何かやったらしく、入団一年で副団長に上り詰めた鬼才、とお茶会で興奮しまくりなご婦人方から聞いた。

そのときは前世の記憶なんてなかったから、第二王子の婚約者として警護してもらったこともあり、いつも穏やかな笑顔と動じない冷静な態度に尊敬の念すら覚えていた。

でも今ならわかる。ルカスはいつもニコニコ笑ってるけど、実は目が笑ってない。本当は冷たく底光りする瞳を細めて隠してるだけなんじゃないかと思うわ。

だって卒業パーティーで第二王子とヒロインの後ろで困ったような表情を浮かべて控えていたけれど、私に向ける視線が殺し屋かってくらい仄暗《ほのぐら》かった。瞳孔が開いてるのに光が一切ない瞳でずっと見つめられたせいで、ドレスの中の足が終始震えっぱなしだったわ。視線を合わせたら多分倒れてた……お蔭《かげ》で殿下は断罪中、私が殿下を怖がっていると思い込んでご満悦な表情を浮かべていたけれど。

そんな存在にオプションで鬼畜をつけちゃうなんてダレ得！

ルカスは普通にゲームを進めていると、ただの当て馬キャラっぽい行動をする。しかも五人いる攻略対象者全員の当て馬役をやってくる。明らかにゲーム設計で楽をしようとしたわね。

とにかくヒロインが攻略キャラを特定してある程度攻略を進めると彼が出張ってくるのだ。

乙女ゲームとしてはヒロインが伯爵令嬢という珍しく（？）爵位が高めに設定されているせいか、ルカスとヒロインは幼馴染《おさななじみ》同士で小さい頃はよく遊んでいた。お互いに恋愛感情を抱いているわけではないけれど、兄妹《きょうだい》のように育ったヒロインを大切な存在として守る役どころでストーカーバリに登場する。それは攻略キャラの役割じゃないの？　と思うくらい登場する。

攻略キャラ並みに顔も良ければ頭もいい。さらに剣を持たせれば天下無双。なんでそれで攻略対象じゃないんだ！　と思ったらまぁ実は隠しキャラだったんだけれど……とにかくヒロインから絶対の信頼を寄せられている無敵の兄的存在が、ヒロインに気持ちを傾け始める攻略対象者側にいいスパイスとなって恋心が育つ、みたいな謎な物語だった。……普通に進めると。

完璧超人の彼が何故《なぜ》鬼畜と叫ばれたか。

それはヒロインの敵に対して異常に厳しい対応を取るから。

ヒロインは小さい頃に誘拐されかけたことがある。それを助けたのがルカスで、子供の頃から鬼才っぷりを発揮していた彼は、三人いた誘拐犯をそこらに落ちていた棒切れで全員半死半生の目に遭わせた。二度と誘拐なんてできないようにと手足の腱《けん》を切り骨を粉々にしたらしい……。

夜会でヒロインに卑猥《ひわい》な言葉を浴びせ身体《からだ》に触れた某侯爵家子息は、夜会終了後に休憩室で全裸で縛り上げられた状態で見つかった。彼は舌に葉巻を押し当てられ指の関節が外されていて、恐怖に震えて廃人化してしまい犯人はわからずじまいだった。……騎士団の制服に異常な反応を示していたことだけが噂《うわさ》になった。

まぁここまでは……正当防衛だったり犯人不明だし、なんだけど。

問題は乙女ゲームらしい事件《イベント》が起きたとき。

ヒロインの取り巻きの一人の婚約者である侯爵令嬢が嫉妬のあまりヒロインにワザと赤ワインを零《こぼ》した。彼女は血のような赤ワインでドレスが大惨事になり涙目になったヒロインを取り巻きと一緒になって笑った。偶然にもそのときヒロインの傍《そば》には誰もおらず、攻略キャラたちに助け出されるまでヒロインはずっと罵詈雑言《ばりぞうごん》を浴びせられたらしい。

ある日令嬢たちは買い物途中の街で偶然ごろつきに襲われ、危うく裏道に引きずり込まれそうになったところをこれまた偶然通りかかったルカスに助けられる。

……ごろつきの首を後ろから一刀両断して。飛んだ首は尻餅をつく彼女たちの足元に落ち、吹き出る鮮血は彼女たちの頭にドボドボとかかった。ぐらりと傾《かし》いだ犯人の身体を無造作に掴《つか》むと、ルカスはいつもの穏やかな微笑みでガタガタ震える令嬢たちに血塗《まみ》れの手を差し出したらしい。

彼女たちは襲われたショックで心が壊れてしまい、二度と社交界で見かけることはなかった。

恐ろしすぎる。恐ろしくて非道《ひど》い。鳥肌どころの話じゃない。何故こんな危険人物が野放しにされているのか……あ、証拠不十分な上に王位継承権保持者だからか。

それにしたって鬼畜。これぞまさに鬼畜。

そしてお気づきの方もいるでしょう。

そう、この赤ワイン事件がまさに悪役令嬢たる私が起こすはずだった事件です！

ただこの日、私は風邪を引いていて夜会に出席してなかったのよね。それに基本的に品のない行為は嫌いだし。ワインかけたりとか、周囲から大不評買うこと請け合いよ。私は王子妃候補だったから、社交場においてのタブー行為は絶対にしなかったわ。……うん、しなくて良かったわ、本当。

やだ、私今動揺してるわ。どうでもいいことばかり脳内駆け巡ってる。これって走馬灯？

ああ、でもっ、この娼館は貴族御用達《ごようたし》っていう有名処《どころ》とは聞いていたけれど、まさかあの『蒼薔薇《あおばら》の騎士』様まで使ってるとは思わないじゃない。変な二つ名付けられちゃうくらいはモテモテもいいところで、そういうところ行く必要なさそうだもの。

彼に抱かれたい令嬢や未亡人が列を成してるって聞いたことあるわよ。本当かは知らないけれど。

ああ駄目だわ、うまく頭が回らない。えーと、だから、いくらルカスがヒロインを大切にしていても、報復されるような大したことをしていない私は関係ないはずで、ないはずなんだけど、でもルカスは目の前にいるわけで……あらぁ？　なんで目の前にいるのかしら？　えっと……確か……確か、今、彼、恐ろしい言葉を吐いたような……。

「……ご機嫌ようルカス・ヘアプスト公爵子息様。このようなところまで足を運んでいただいて、どのようなご用件かと思ったのだけれど……今なんて仰《おっしゃ》いました？　やだわ聞き間違えかしら？」

「いいえ？　ツェツィーリア、あなたを、一晩、買いました」

にっこり、なんて音が聞こえそう。

一句一句区切って言ってくるところが物凄《ものすご》く性格悪いけど、王国でも群を抜いて美しいと称賛される顔《かんばせ》で笑みを向けられるとなんだか流《スルー》してしまいそうになるわ。

本当に彼って綺麗《きれい》な顔立ちしてるわね。私だって元侯爵家令嬢。それなりに美しいって言われてたけど、彼とは勝負にならない気がする。女としてどうなの、それって。

……ああ違う、まって……まって待って！　買いましたって言った!?　しかも一晩って言ったっ!?

「ヘアプスト公爵子息様？　この娼館は時間制でして、一晩なんて単位はないはずですわ」

ほほほ嫌だわ常識知らないいんだからお帰りはあちらよ～と震える手を扉へ向ける。

ガクブル。これがまさにガクブルってやつですね！

元侯爵令嬢としてなんとか笑顔を保ってるけれど、間違いなく引き攣《つ》ってるわ。

でも仕方ないと思うの！　まさかの報復に泣き出しそうよ！

体格や体力で優位な男性に何時間も好き放題にされてしまったら、どれだけ娼婦がいても商売にならない。だから当然この娼館ではお客と娼婦の一対一の三時間制と決められているし、粗暴な振る舞いをする客は出禁になるらしい。流石王都でも有数の貴族向け高級娼館。娼婦落ちっていっても私の元々の身分が高いから、貴族向けで丁度いいということでこの娼館《みせ》になったらしい。

そんなところで、さらに体力勝負の騎士相手に一晩なんて許可が下りるわけない。

ないはず。ないよね？　ないって言ってっ！

「ええ、知ってますよ。その上で交渉して、一晩買いました」

え？　交渉するとそういうことできちゃうの？　駄目じゃない？　規則《ルール》意味なくない？

「今まで一度も使ったことないんですけど、まぁこの場合は仕方ないので遠慮なく使ったんです。持ってる肩書きと実家の権力《ちから》」

――だから一晩、よろしくお願いしますね。

開いていた距離を数歩で縮め私の顎に手をかけると、妖しい光を灯《とも》す金の瞳を細めながら、そう言ってルカスはうっそりと嗤《わら》った。

娼婦買うためとか権威の使い方が明らかに間違ってるわよ!?　と胸中でツッコんでしまったけれど、とにかく買われたのなら当たり前だけどお仕事をしなくてはならない。

どれだけ泣き叫んでも公爵家子息相手じゃ助けなんて来ないだろうし、むしろこんなところに一人で来るはずがないから、侍従を扉の向こうに待機させているはず。

だからこれはあれね、逃げようとしても扉《ドア》は開かないっていうお決まりのパターンね……。

それなら潔く向き合ってお仕事するしかないじゃない。仕事はきっちり行いますわ！

ここは高級娼館だから、仕事といえば「ご飯になさいます？　お風呂になさいます？　それとも、わ・た・し？」なのだけれど……。

彼は仕事終わりに寄った感じではないので、食事もお風呂も済ませているかもしれない。

一晩買ったということは、認めたくないけれど、今から明日の朝にかけて彼はずっとここにいるということなわけで。今が夜の七時、そして店仕舞いが朝の七時……。

え？　半日も？

蝶《ちょう》よ花よと侯爵令嬢として、王子妃候補として大事に育てられていたイエス淑《しと》やかノー筋肉な乙女の身で一晩好き放題にされるとか死んじゃうのではないかしら？　所謂《いわゆる》腹上死ってやつ……ヒッ、なにそれ、婚約破棄からの娼婦落ちにしても不名誉すぎる！　腹上死、ダメ絶対！

ここはやっぱり時間を有効《むだ》に使わなくては。

「あの、お食事はどうなさいますか？　必要であれば軽食もご用意できますが……」

むしろ軽食でもいいから食べて。なんならお酒頼んで酔って潰れてくれたらなおいいわ。

「せっかくですが家で済ませてきました。一晩しかないですから、時間は有効に使いたいのです」

にーっこり。……美しすぎる笑顔を浮かべ、剣ダコのある掌《てのひら》で私の頬をするりと撫《な》でてくる。

きっと世のご令嬢たちなら頬を染めて目をハートにして彼を見るのだろうけれど、今の私は蒼白《そうはく》で死んだ魚の目をしているに違いない。唯一同じそうなのは、胸の前で祈るように組んだ手くらいじゃないかしら……私の手は震えているけれど。

一晩しかない。

……ねえ、「しか」って何？　前世の記憶だと一晩中はあり得ない話だったけれど、まさかこの世界では常識なの？　娼館は商売だから時間制にしているだけなの？

こんな疑問誰に聞いたら教えてくれるんだろうか……初仕事だと呼ばれたときに「初めてでねぇ……」と憐《あわ》れんだ顔でこっちを見て溜息《ためいき》ついてた娼館《みせ》の女将《おかみ》さん、今すぐここに来て！

「ツェツィーリア。……ああ、ツェツィーリアと呼んでも？」

「っは、い」

ふっと吐息が耳にかかり、飛んだ意識が戻ってしまった。あぁ、飛んだままでいたかった。

低く深みのある声が耳孔から脳髄を震わせる。感じたことのない痺《しび》れが背中を通りすぎてふるっと肩が震えてしまい、掠《かす》れた声で「お好きに呼んでくださいませ」と呟《つぶや》くと、ルカスは耳元で軽く笑った。

「ツェツィーリア、大丈夫、安心して？　ちゃんと優しくします。慣れるまでは激しくしませんせん」

全然安心できないっ！　慣れたらどうなるの⁉　慣れたら駄目な方向に持ってかれちゃわないっ⁉

そんな心の叫びが聞こえたのか、ルカスはにこやかに微笑みながら「痛いことはしませんから。……初め以外はですけど」と言った。

初めては痛いとは聞いていたけど、やっぱり痛いらしい。しかも男性側が言うとか、恐怖心煽《あお》ってきてるとしか思えないわ。そこは初めてだろうけど絶対に痛くしませんって言うべきじゃないの？

「……やっぱり初めては痛いんですね……」

思わず確認の意味で呟いてしまったのがいけなかった。

「う～ん、一般的には痛いと聞きますね。まぁ痛くないよう薬を使うという手もあるのですが」

そう答え優しく肩を抱きながらにこやかに私をベッドへ誘う美男子を、つい不安から見つめてしまう。

薬？　それは媚薬《びやく》的なやつかしら。でも痛くないならむしろ使ってくれた方が楽なのかしら？

そんなことを考えながらエスコートされるようにベッドの近くまで行くと、ルカスはおもむろに私の左手を持ち上げて、未知の世界への恐怖で縋《すが》るような視線を向ける私に苦笑しながら、「でも」と続けた。

「初めてを奪う俺の存在をあなたに刻みつけたいので……わざと痛くしますね」

苦笑してるのに悪びれないその言葉が理解できず私は呆《ほう》けた顔で吐息のように疑問を零す。

「……え？　いたっ！」

痛みに驚いて掴まれた手を見ると、ルカスが私の薬指を口に含んで指の根元に歯を立てていた。しかも万遍なく痕がつくように顔の位置を変えて何度も噛《か》んでくる。

そうして指輪のようについた歯型を見てうっとりとすると、そのままその痕に唇を落とした。

「あぁ……ようやくあなたを手に入れられる、ツェツィーリア。ようやく……ようやくだ」

チュッという可愛《かわい》らしい音と共に上げた顔は蕩《とろ》けた微笑みを浮かべているけれど、金色の瞳は瞳孔が開きギラギラと獲物を狙う獣のようで。

私は恐怖で視線を外せないまま、その獣に唇を喰《く》われた。

「んぅっん――っ」

角度を変えて何度も深くキスをする。

舌を絡めて吸われ、上顎を刺激され、歯列を舐《な》めまわされ。零れた唾液を拭うことも許されずに延々と口づけられる。

呼吸の仕方がわからなくて苦しくてルカスを引き剥がそうと腕を押し出すと、少しだけ頭に回った腕の力が緩む。……代わりに腰に回った剣を持っている腕の力が強くなるけれど。

どういうこと？　両腕が連動でもしているの？

途中からはチャキッという小さな剣の音が腰回りで聞こえる度に、怖くて急いで息を吸って自分から唇を押しつけてしまったわ！　だって唇を押しつけると腰に回った腕の力が緩むんだもの！

「つん、んぅーんーんーんーっぷぁっ」

必死に短い時間で息継ぎしながらキスに応えていたけれど、流石に酸欠で苦しくなってルカスの肩を叩《たた》くとようやく唇が離れていった。

苦しくて潤んだ瞳でルカスを見上げると、繋《つな》がる唾液をペロリと舐められた。

口端から零れたどちらのものかもわからない唾液を長い指が拭う。そのまま貪られてぽってりしてしまっているだろう私の唇を親指でフニフニしてくると、また顔を近づけてきた！

ちょっと待ってまだ呼吸が整ってないのよっ！

「まっ、まって！　少しだけ休ませてっ、は、激しくて息が続かないの……っ」

私が焦ってルカスの頬を両手で挟んで、羞恥で真っ赤になりながら唇をガードするために顔を少し俯《うつむ》けて懇願すると、彼は私の肩口に顔を寄せて「堪《たま》らない……」と小さく呟いた。

なんなのこの人。どうして私は犬みたいにハフハフ息を荒らげているのに、全く平常通りの呼吸でいられるの？　キスなんて唇押しつけ合うだけだと思ってたのに、こんなにイヤらしくてこんなに疲れるものだと思ってなかったわっ。

思ってたのと全く違ったファーストキスに動揺しながらジンジンする唇を震える手で隠すと、肩口で身動《みじろ》ぎしたルカスが仄暗い瞳でこちらを見てきた。

あれぇ？　なんだかマズイ雰囲気……なんで？　何か彼の地雷を踏み抜いちゃった？　あと未《いま》だに持ってる剣が怖くて仕方ないんだけど、早くどこぞかにやってくれないかしら……。

肩口から凝視してくる視線に負けて、私はなんとか言い繕ってみた。

「ぁ、あの、私、キス、も、初めてで……うまく、応えられなくて、っひゃぁっ⁉」

「キスも？　初めて？　本当に？　神に……クライン家に誓って？」

「や、あ、ふっ」

ぬるっとした舌が首筋を舐めてきて、驚いて変な声が出ちゃう。ぞわぞわぞくぞくしてルカスの高そうなスーツを力一杯握りしめてしまったけれど、仕方ないわよね。

というか、今なんか変な言葉が聞こえたわ。クライン家に誓ってとか……クライン家って私の実家のこと？

「あ、へアプスト公爵、子息様、あの、誓うとは……」

「あなたの家に誓えるかな？」

家にって――？　え？　まさか貴族社会での宣誓のこと？　偽ってたら一族郎党処刑されても文句言えない例のヤツ？

サーッと血の気が引いた。肩口から顔を上げて見下ろしてくる狂気を孕《はら》んだ瞳から目を逸《そ》らせない。おかしい。何がおかしいってそんな重大な宣誓をこんな娼館で娼婦がするのもおかしければ、誓う対象もおかしい！　何でファーストキスかどうかを宣誓しなくてはいけないのか。

というか私はもうクライン家の人間じゃないから、厳密に言えば宣誓の効力はないはずなんだけど、そんなこと言える雰囲気じゃない。そして気軽に誓いますとか言ってもし嘘《うそ》だった場合、多分クライン家全員皆殺しな気がする……！

「っぁ、の、」

「あぁそうだツェツィーリア、俺のことはルカス《ルカス》と呼んでください。なんならルキでもいいけれど」

動揺でガクブルしてると突然殺し屋が明るく話題転換してきた。

本当に突然すぎて困惑した視線を向けると、「俺もツェツィって呼びますから」なんてキラキラしい笑顔と明るい声音を吐きながら、私の項《うなじ》を大きな掌でするりと撫でてきて……固くてざらついた親指が、喉に回ってきた。

力を入れられているわけじゃない。ただ首を緩く掴んでいるだけ。

でも、彼が力を込めれば私はあっという間にさよならすることになるだろう。

まさか、何故？　と彼を凝視すると、ルカスは軽く首を傾けて苦笑した。その聞き分けのない子供に向けるような美しい顔を見て、身体に震えが走って、震える度に皮膚にざらついた感触が当たってまた怖くて震えてしまう。

「ぁ、あ、」

「……ねぇツェツィ、呼んでください。いいでしょう？」

人の皮を被《かぶ》った鬼が甘い声音で強請《ねだ》ってくる。私は応える以外に助かる道がない。

「つる、かす、つるき、さま」

舌が強張《こわば》ってうまく動かなくて、なんだか子供のような発音になってしまったけれどなんとか愛称を呼ぶと、鬼畜《ルカス》は満面の笑みを浮かべた。

……間違ってなかった。言い直して、ルキ様呼びして良かった。命拾いしたっ！

心中で私は盛大にガッツポーズをした。さながら甲子園で優勝が決まった瞬間の球児のように咽《むせ》び泣いていたと言ってもいいわ！

そうして綻びだらけの命綱一本を無事に掴んだと思った私は、すっかり忘れていた——クライン家皆殺しの瀬戸際だったことを。

「ふふ、ああ綺麗で可愛いツェツィ、……そんなに可愛いのに、王子は本当に何もしてこなかった？」

ヒッ、終わってなかったっ！　まだ綱掴みきってなかったわ！

こうなったら答えねばなるまいて、と恐怖で変な精神状態になった私は奮起した。もちろん舌は未だ強張ったままなので、舌足らずだけれども。

「ねえツェツィ？　俺とのキスが、あなたの初めて？」

「んっんっ、は、い、るき、さま」

「そう、じゃあ、耳を弄《いじ》られたりは？」

「ひゃんっ、は、じめて、ですっるきさまっ」

ちょっと、尋ねる度に行為をするのやめてくれないかしら！　羞恥で頭爆発しそう！

「じゃあ……殿下に胸を触られたりは？」

「なっ、そっ、そのようなことっ！」

淑女に対してあまりの質問にちょっとかっとなって言い返してしまった！　……今は娼婦だけど。でもなったばかりだし、まだ乙女のままだから淑女と呼んでも許されると思うわ。

貴族社会でそういったふしだらな行為は禁じられている。特に未婚の令嬢なんて、醜聞もいいところ。たとえ相手が婚約者であっても周囲の目は冷たくなる。なのであっという間に両家合意の上、総力上げて即結婚。だから殿下は絶対に私に触れなかった。まだ遊んでいたかったからしい。

ちなみに婚約者以外が相手だった場合、即婚約破棄で良くて領地に強制送還の上蟄居《ちっきょ》か、僻地《へきち》にある修道院という名の牢獄《ろうごく》に強制連行になる。

ヒロインにこの手を使われていたら危なかったわ～……。まぁ王族としても醜聞になってしまうから流石に身辺警護ががっちりしてたけど。

そんなわけで、王子妃候補だった私にそんなこと聞くなんてあり得ないのよっ。

「ああ、怒らないでツェツィ。ただ確認したいだけなんです。あなたに触れた人間がいるのか」

「誓っていませんわよっ！　こ、こんなこと……キ、キスも触れるのも、そ、それ以上だって、全部あなたが初めてなのに……」

恥ずかしいことを口にしなくてはいけなくて、悔しくてつい涙目でルカスを睨《にら》んでしまう。

……あっれー？　睨んだのに、どうして今まで以上に満面の笑みを浮かべているの？

見たことないほど瞳がキラッキラしてるわっ。こんな目もできるのね。目元も薄ら赤いし……な、なんか表情がエロいんだけれど。「ああツェツィ……」って、なんなの、何故男性なのにそんな色っぽいのっ？

「わ、わかっていただけましてっ？」

「ええ、誓ってくださりありがとうございます、ツェツィーリア」

ちゅっと再度左薬指の痕《はがた》にキスを落とされた。手が早い。文字通りの意味で。

いつ私の左手取ったのかわからなかったわっ。しかもうっかり誓ってしまった……！　失言も甚だしいわよ私……っ。

いいえ、まぁ、実際誰にも何もされていないから誓っても問題ないのだけれど。それとは別に自分が大勢の、家族含めた一族全員の命を握ってると思うと……何もなくてもそんなこと誓いたくない気持ちになると思うのよ。

「ではもう一つ確認なんですが」

まだあるの!?

「このドレスは宰相家のトーマス・ミュラー卿《きょう》から渡されたものでしょうか？」

「え？　そうですけれど……なぜ」

ザッと、何かが断たれる音と共に背中に風を感じて、続く疑問は声にならなかった。

「――え」

呆けながら背中にあったルカスの腕を辿《たど》る。

……その手に輝く小ぶりなナイフに視線が釘《くぎ》付けになった。耳の奥がどくどく音を立ててキィーンとする。

ゆっくりと私の胸元に動くナイフから視線が逸らせない。ブツッと刃が布にくい込み、またザッと音がしたかと思うと、胸元から足先まで覆っていたドレスの前が音もなく開いた。

凝視していたナイフがシュンッと音をさせてどこかに行ってしまい、持ち主にゆっくりと視線を向ける。

教会の女神像のように美しい顔には美しい微笑みが浮かんでいるけれど、やっぱりその瞳孔は開ききっていて。表情は笑顔だけれど、笑っていない。さっきまであんなに喜びとか嬉《うれ》しさを滲《にじ》ませていたのに、今は一切光の浮かばない金色の瞳が、どろりと淀《よど》んでこちらをただ見つめてくる。

ああ、身体の震えを止められないわ。足が竦《すく》んで喉が窄《すぼ》まってしまって息苦しい。何がいけなかったのかわからないから、どうすれば彼に赦《ゆる》されるのかわからない。

瞬《まばた》きもできず視線を合わせていると、「脱いでください」とルカスが口を開いた。

「俺が今度ドレスを贈ります。ですからそのドレスは今すぐ脱いで?」

「あ、はい」

こくこくと完全に壊れた人形のように頷《うなず》くと、私は羞恥も何もかも忘れて必死で腕に引っかかっているだけの元《ぬの》ドレス《きれ》を引っ張る。

脱いでほしいからって持ってるナイフでドレス裂くのは騎士の常識なのかとか、『蒼薔薇の騎士』様にドレスなんて贈られたら嫉妬で娼館にまで暗殺者差し向けられそうだわとか、くだらないことを脳内で考えていないと崩れ落ちそうで。

必死になって脱ぎ終わるとルカスは私の手から心なしか乱暴にドレスを持ち上げ、……またどこから出したのかナイフで壁に突き刺した。

ダンッという音と銀色の短刀がつい今しがた私が脱いだ服に突き刺さるのを横目に見て、ガクガク震えてしまう。

え……意味がわからない。

どうして破いた使い物にならないドレスをわざわざ壁に突き刺すの? あ、片したの? というかナイフを何本持ってるの？　さっきから活躍させすぎじゃない？　あと突き刺さってる深さがおかしいわ……刀身の半分以上が壁に埋まってるけれどドレスに何か恨みでもあるの⁉

いっぱいいっぱいな精神を守るためか、私の私による脳内ツッコミが激しいけれど仕方ないと思う。

震える身体を守るように竦めるしかできなくて、私はいつまたルカスの手に新しいナイフが握られるのかと、自分が裸だということも忘れて彼の動向を凝視してしまった。

怖いやら肌寒いやらで、身を守るように両腕を身体に回してふるふる震えていると。

「……はだか……下着は……？」

ルカスが頬を軽く染めながら瞳を困惑に揺らめかせた。

やったわっ、鬼から人間に戻った！

人間味を感じた私はほんの少し恐怖心が和らいで、ルカスにそのままでいてほしくて意気込んで答えてしまった。娼館だからなのかそれとも私をここへ連れてきた腹黒野郎《トーマス・ミュラー》の嫌がらせなのかわからないけれど、とにかく下着を渡されなかったことを。

「……そんなわけで、このような格好、に……？　あ、ら？　……はだか」

説明して気づいたわ。……ワタシイマ全裸ジャナイ。

前世でだって誰かに全裸を堂々と見せたことなんてなかったのに……！

流石に目の前の男性に全裸で全裸理由を意気込んで説明するとかもう乙女としてあり得ない体に、羞恥心が恐怖を上回り、私は真っ赤になりながら胸元と恥部を手でなんとか隠そうとした。隠そうとして、でもチラリと目に入った短剣で恐怖を思い出し、隠したら鬼に戻ったりとか……と無意識にルカスを見上げて――羞恥で頭が爆発した。

金色の瞳が私の全身を凝視していた。瞳孔は相変わらず開きっぱなしだけれど、ギラギラと皮膚を焼き尽くすような隠しようもない情欲全開の視線で。

「……白い……ふわふわ……細い……髪と同じ色……」

「っ!? い、いわなっひゃっぁ、っ、ぁ」

鎖骨から胸、腰を伝って大事な部分へ。

指で曲線をなぞり、隠す私の手から漏れた陰毛にチョイっと触れながら呟く。

ルカス的には意図していないのだろう言葉攻めに、恥ずかしくてさらに顔に熱が溜《た》まる。

「ああツェツィ……ツェツィーリア、綺麗だ……」

信じられない、と掠れた声が彼の興奮を物語ってたけれど、私はそれどころじゃない！

「っ、るっるきっ、ルキ様っ!?」

悲鳴を上げなかった自分を褒めてあげたい。

突然跪《ひざまず》いたルカスに腰を強い力で押さえられると、綺麗な顔が私の大事な部分を隠している手にキスしてきた！

しかもまた薬指の痕《はがた》にロックオンしてきた。

歯型の指輪がお気に入りなのね！　と思う余裕なんて当然ない。顔の角度を変えながらしつこく口づけを落としてきて、それを恥部でやられるのだから、あまりの恥ずかしさにぶわぁっと毛穴から汗が噴き出た。

「ルキ、ルキ様っ」

焦って彼を呼ぶと、はぁっと熱い吐息が陰毛にかかって、チラリと金色の瞳が私を見上げてきた。

……女神像ばりに綺麗な顔が恥部を隠している手にキスしてる状況が意味不明すぎる。

恥ずかしくて頭が沸騰しそうになりイヤイヤと小さく首を振ってみせると、今度は指全体を舐めてくる始末……！

「きゃぁ!?　っる、るき、さま、あ、あ、っるきさまぁっ！」

私はもう堪らなくなって胸を隠していた方の手も下のガードに回して、ペロペロペロペロ舐めてくるルカスのおでこをその手でくぃっと押して涙ながらに呼びかけた。

少し顔が上に向いたルカスは私と視線を合わせると、瞳を細め、大きく舌を出して手で隠せていない秘部の割れ目をべろぉっと舐め上げた。

「――ッあ、」

信じられない光景に身体から力が抜けそうになって、私は咄嗟《とっさ》に両手をルカスの肩に置いて自分の身体を支えた。すると彼は邪魔な手がなくなって好機とばかりに私の足を開かせ、綺麗な顔を足の間に固定してきた！

そのまま顔の角度を変えて何度も舐めてくる厚みのある舌に、ぞくぞくが止まらない。固く閉じていたはずの割れ目にも舌を尖《とが》らせながら舐め入れられて、何かを探すように執拗《しつよう》に上下されると、ある場所を舌先が触れた瞬間身体がビクッと跳ねた。

「っ……あ!?　あっあっ、あっ」

血液が集まるのが感じられるくらいに敏感なソコをしつこく舐められ声が止まらない。ちゅうっと吸いつかれ、舌先でツンツンと刺激され、ビクッビクッと身体が揺れる。腰回りに熱が溜まり、秘部がジンジン痺れお腹《なか》の奥がヒクヒクと蠢《うごめ》く感覚がした。

「あ、あっ、あぁっ！　ひっ……ぅ、ンんっ！　あっイヤッ、ヤダヤダっやァぁ……！　ヒッっきちゃっ、……やァぁ――っ!?」

これが快感かと頭の片隅で思いながら、初めての刺激に声を上げるしかできなかった私はルカスのスーツを力一杯握り締め、なす術《すべ》なく果てた。

前世今世合わせての初めての絶頂にぼーっとしていると、ルカスが宥《なだ》めるように腰回りを撫でてきた。善意からなんだろうけれど、達したばかりの身体にはそれすらも刺激が強くて。

荒い息を吐きながら、小さくビクつく腰を撫でる手を止めようと震える身体に叱咤《しった》すると。

「え、あっ……い……いや、やだ、うそぉ……っ」

太腿《ふともも》にトロリとした液体が滲んで、信じられない思いで頭を振る。

「……あぁ、沢山蜜が垂れてきた……」

涎《よだれ》でびしょびしょの口元を拭いもせず恍惚《こうこつ》の表情を浮かべ微笑む鬼が、嬉しそうに私《ヒト》の痴態を口に出す。

自分の身体のあまりのはしたなさにショックを受けている私に、「濡《ぬ》れやすいんですね、ツェツィ」と要らんことを話すその美しい口元を今すぐ両手で覆ってやりたい……っ。

これ以上何も言ってくれるな！　と真っ赤になってボロボロ涙を零しながら私はルカスの首に縋りついた。

「も、いやぁっ……るき、るきさまっ……そんな、ことっ、いわないで……」

初心者に言葉攻めは良くないのよ……と高いスーツなのも気にせずにルカスの肩口に目を押し当ててヒックヒックと身も世もなく泣くと、「ツェツィーリア……っ」という唸《うな》るような低い声と共にふわっと私の身体が浮いて――私はベッドに押し倒された。

ルカスは私をベッドに押し倒すと足元に陣取り、そのまま引き千切るように自分のスーツを脱ぎ始めた。スーツのホックも中のシャツのボタンも力任せに外すから勢いよく弾《はじ》け飛んで、シルクだろうシャツはビリィッと酷《ひど》い音がした。……さらにはベルトも引きちぎってた。

あら？　ベルトって革よね？　どうして素手で引きちぎれるの？　驚いてつい見ようと起き上がってしまったわ。

信じられない速さで脱《ちぎ》いだ服《った》をベッド下に荒々しく投げ捨てて、瞬く間に上半身裸になったルカスは、私に視線をやりながらすぅっと足を撫でてきた。

騎士にしては細身だと思っていた身体は、顔と同じように綺麗に筋肉で整っていた。

肩や胸板はそれなりに厚みがあって、太い首筋から鎖骨のラインと、ちぎったベルトで緩んだスラックスが下がって見える、割れた腹筋から足の付け根に向かう筋が堪らなくセクシー……ツイヤぁ！　自分が痴女みたいだわ！　今すぐ視線を外して私っ。

彫像みたいに整いすぎてるルカスの身体を凝視してしまったことが恥ずかしくて、真っ赤になって俯いた私に首を傾げながら、彼は撫でる手を止めない。その触れるか触れないかの絶妙な加減に、達した身体は敏感に反応してしまって、ふるっと震えてしまう。

するっするっと優しく動く手を気持ちいいと感じることが怖くて。初めて見る男性の身体がうっかり好みと感じた自分が恥ずかしすぎて、私は撫でられている足を引き寄せて自分の身を守ろうとした。

……守ろうとして、細められて暗さを増した金色に射貫かれた。

「……ツェツィ」

名を呼ばれただけなのに、拒否は許さないと、首を掴まれたみたいに感じた。

足を元に戻すべきなのは理解してるけれどそれでも竦みあがるほどの恐怖で動けないでいると、ルカスは小首を傾げて信じられない台詞《せりふ》を吐いた。

「動けないように縛った方がいいですか？」

「……え？」

「……ぇぇぇえぇぇ!? おかしい！ おかしいわよね!? どうして縛った方がいいかとか聞けるの!? どう考えても否の一択でしょう!? それとも今のまさか善意ですか!?

「……い、いや、です」

「縛った方がいいですか？」


混乱して目を白黒させていると、ルカスが私の閉じた両膝に手をついて、膝から太腿へゆっくりと円を描くように撫で擦ってきた。

同時に窺《うかが》うような視線を向けられ、私は奥歯を噛み締めて固まった足に力を抜くよう意思を送る。するとルカスが一度膝にキスを落としてきて、私の足は何故か抵抗もなく開いてしまった。

舐められてイッてベトベトのソコが外気に晒《さら》されてヒンヤリとする。誰にも見せたことのない場所を男性の目に晒している事実でキュッと恥部に力が入ってしまうと、勝手にズクズク疼《うず》き始めて割れ目の奥がピクっと動くのを感じてしまった。

そんな小さな動きを目敏《めざと》く見られたのか、またしてもルカスが言葉で私を辱める。

「見られて感じてるんですか、ツェツィ？」

「ちっ、違う、っひゃぁんっ!?」

ヌチッと音をさせてルカスの長い指が割れ目を往復した。少し強めに押しつけながら撫でられて、あっという間に割れ目からトロリトロリと粘液が出てきてしまう。

「さっきより濡れてますよ、ツェツィ。あなたの可愛らしい下の口は、俺に見られて気持ちいいと、触れられて嬉しいと涎を垂らしてる……ほら、イヤらしい音を立ててるでしょう？」

「ぅう、いやぁっ……」

言い回しが卑猥すぎる！ 淑女として大事にしていた色んなものが修復不可能なくらいバキバキに

折られてるわ！　これって情事における普通のコトなの⁉

ハフハフ息を吐きながら必死に恥ずかしさと快感を誤魔化していると、掌全体を使ってイヤらしい音を立てようと恥部を弄っていた卑猥騎士《ルカス》が「ああ、そうだった」と何かに閃《ひらめ》いた。もう嫌な予感しかしない……。

ルカスはグチョグチョに濡れた手で、彼に弄られたせいで乱れた薄い下生えを梳《す》くと、それなりに寝心地がいい柔らかな寝台に手をついて鍛えられた上半身をのっそりと動かした。

私は覆いかぶさってくる色気マックスな美形から視線を外せなくて、彼の口に私の胸が吸い込まれるのを見ているしかなかった。

「え、えっ？　っイヤぁっ⁉」

ヂュウヂュウと吸いつかれて、私の乳房がおかしな形になっている。

おかしい。やっぱりおかしいっ。お、おっぱいってこんなに口の中に入れるものっ⁉

前世での男性経験が皆無に等しいから比較対象がわからないけれど、乳輪を越えて周囲の肉までも口の中に頬張ってにゅるにゅるべろべろすることってあるのだろうか。そして初めて知ったのだけれど、ただの脂肪のはずなのにこんなに感じるものなのね！

「あっあっ、んぅぅ……ひっ⁉　やだっりょうほっは、だめぇ……！」

胸をヂュウヂュウ吸われて喘《あえ》いでいると、下への愛撫《あいぶ》も開始されてしまい腰が跳ねる。

「柔らかい……でも乳首は充血してコリコリになってる。胸も感度がいいんですね、ツェツィ？」

だからどうしていちいち説明調なのよ――っ！

「ああ下のツェツィのが小さい豆みたいに固くなってきた……感じてるんだね。ここ《クリトリス》を親指で押すと大事な穴からドロドロ蜜が溢《あふ》れてくる……ツェツィのイヤらしい蜜の匂い……ああ堪らない……」

「んっ、ひッ！　やっやだやだダメェっ！　ソコ押しちゃっ……あぁっいやぁっ！」

うぁぁああ誰かこの人の口を塞いでぇ！

嬌声《きょうせい》を上げながら心中で叫んでいると、突然ヌグッとごつごつした指が挿入《はいっ》されてきて、痛みと恐怖で瞬時に身体が凍りついた。

「……っあぁこれが……これが、ツェツィの、中、」

「いっ、ぃやッ……っ痛いぃっ、ヒィッ!?」

なんだか物凄い感激している声が聞こえるけれど、私はそれどころじゃなくて、痛みを逃そうとハッハッと必死で息を吐く。

しかし、鬼畜枠はデフォルト通り鬼畜で容赦なかった……一本だけでもギチギチの中に、さらにもう一本指を捻《ね》じ込んできたのだ。……まさしく鬼の所業である。

処女相手にぬぁんてことをぉっ！　と脳の片隅で涙ながらに叫ぶ自分《わたし》がいるけれど、もう片隅では冷静に、あ〜そういえば痛くしますって言ってたわ〜と分析している子《わたし》もいて、そして、言ってた……言ってたけどさぁ……と嘆いてる自分《わたし》を妄想でよしよししながら、ひたすら痛みを逃がそうと浅い呼吸を繰り返す。

あれだけ気持ちよかったのに、今は痛みしか感じられない。こんなに痛いのにまだ処女のままなのが信じられなくて、流石にいっぱいいっぱいになった私は小さな声で喘いでしまった。

「たすけて」と。

……瞬間、私を見つめる金色が恐ろしいほどにどろりと淀んで濃くなり、私は自分がまたしても地雷を踏んだらしいことを悟った。

もうイヤ……一般人には鬼畜スイッチが全くわかりませぬ……っ。

凍りついた室内で心臓の音だけが響いている気がする。

「……た　す　け　て　？」

ほとんど動かない口元から、這《は》い出るように音が漏れた。重苦しい煙のようなその音が私の耳に届いて。殺意を感知した脳内の警告灯が一気に赤くビーッビーッと鳴った。

やってしまった。ヤッテシマッタ！

キシィ、と寝台を軋《きし》ませる音が、地獄の門を自ら開いてしまった音に聞こえた。

ガタガタ震えてルカスの抜け落ちた表情を凝視していると、ニタリ、と初めて見る歪《ゆが》んだ獰猛《どうもう》な笑みを見せた。

ヤバイ。コレハヤバイッ。

神様、どうして地上に鬼がいるのでしょう？　今すぐ、今すぐ引き取りに来てくださいっ。

そんな私の祈りは当然通じず、大きな鬼はハッと軽く笑うと、いきなり私の首裏を掴んでグイッと唇がつきそうなくらい顔を近づけた。

「ツェツィ……？　今、なんて言った……？」

「ヒッ」

「俺の、聞き間違いか？　……　た　す　け　て　……と」

「あ、ちがっ」

「なぁ……ダレに向けて言ったんだ……？」

ダレ。誰って、誰ともなしに言っちゃっただけなんだけれど……うん、むしろアナタはダレなのかしら……？　なんかワイルド系になった気がするのだけれど、こ、このタイミングでワイルド系とか絶対出てきちゃ駄目なキャラじゃないっ？　これあれよ、よりサディスティックで激しくなるパター

ンよ……！　ひぃっ！　むーりぃー‼

「ッあ、あの、る、るき、るきさま、に」

　助けてほしい相手はアナタ以外いませんっ！　わかって！　お願いぃ‼

「……ふ、ふふっ、あはは！　……そう、そうですよね。助けを求める相手は当然俺ですよね。すみません、少し不安になってしまいました。あなたを抱いているのは俺なのに、他の人間を思い浮かべたのかと思って」

　誰か聞き出してソイツは消そうと考えてしまいました。にっこり。

　……うん、駄目、流石の私も笑い返せないわ……。

　頬の筋肉が硬直してしまってガチガチ奥歯が鳴っちゃってる。もう全然情事中って空気じゃないのに、むしろここは戦場かってくらい恐ろしい空気なのに、上半身裸の超絶美形に私自身は全裸で抱かれている摩訶《まか》不思議さよ……。

　ベッド横の壁に縫いつけられたズタボロのドレスが部屋の雰囲気にホラーな趣を添えてるわぁ……この空気《なか》でシなくちゃいけないなんて、どんな拷問。……まさか娼館のオプションにそういうのがあるの……？

　とりあえず口調は元に戻ったけれど、言ってることは最悪だし……。王都内の未解決殺人事件の犯人はこの人よ、絶対！　危うく知人友人家族枠内で誰かが殺されるところだったわ。

　一体何人の命を握ればいいのかしら、もう泣きたい。……あ、もう泣いてたわ。うぅ。

「ああ、すみませんツェツィ、怖がらせてしまいましたね。騎士団でもよく言われるんです、俺の殺気は本気でヒトを失神させられるレベルだからちゃんと制御しろって。でも最近では犠牲者を出してないですし、ちゃんと制御できてるんですが……あなたのことになると抑えられなくて。怖がらせる気はなかったのですが、俺も不安なのですよ」

……なんか気になる言葉の羅列があるわ。犠牲者って何？　ちょっとした被害じゃなくて犠牲って言われるレベルなのっ？

そして不安感を私《ひと》のせいにしてきたわ！「不安にさせないで……？」的な台詞が最後続きそうだったけど、それって普通は女性側《わたし》が言うものじゃないのっ？　なんだか私がフォローしないといけない雰囲気じゃない！

それに私のことになると抑えられないほどって、私、ヒロインにそんなに酷いことしたかしら……？　凄い疑問なんだけど、聞くのが怖すぎて聞けない……。

「あの、る、るきさま、不安、に、させて、ごめんなさい……？」

尻すぼみな上に疑問形になるのは許してほしいわ、謝るっていう選択が合ってるのか自信がないのよっ。もう誰かの命を懸けたくないのっ！　そして私に優しくしてぇっ！

「あぁツエツィ、優しいのですね。では……その優しさに、少し甘えてもいいですか？」

あら？　優しさを返してくれないわ。

むしろやっぱり私《こっち》がお詫《わ》びする側だったかー……なんだか目の前が滲むわぁ……。

「あ、どうしたら……？」

「ツエツィはそのままで大丈夫です。あなたのことになると酷く独占欲が湧いてしまって。少し……俺のモノだという傷《あと》をつけたいだけですよ」

彼の言う傷《あと》と私の思ってる痕《あと》が違う気がするのに、確認することもできない小心者の自分が憎い……。

つける場所を確かめるようにスゥっと乳房を撫でてきたので、「ど、どうぞ……」と差し出すように胸を寄せてルカスを見上げると、嬉しそうに細められた金色に顔色を悪くして身体を差し出す若い女が映っているのが見えて、ふるりと震えた睫毛《まつげ》に水滴がついた。

情欲を灯した視線のままに、ルカスは私の戦慄《わなな》く口に軽くキスを落としてからベロリと舐めると、そのまま舌を首から鎖骨へと這わせて柔らかな膨らみをチュッチュッと啄《ついば》んだ。

次いで少し強めに吸いつくと、ついたキスマークを見て少し首を傾げて。

そしてもう一度口を寄せると、――ガブリ、と。血が滲むくらいの強さで乳房を咬《か》まれた。

「ツ――ぃぢっ、あ、ぃたぁっ！　やァっ、いっ……!!　いやぁっ!!」

ガブリ。ガリィ。連続で咬まれて、痛くてルカスの肩を押し退《の》けようとすると、すっかり忘れていた彼の指が痛みを塗り替えるようにまた愛撫し始めて。

大きな親指の爪で露出してしまった敏感な秘豆をカリカリと引っ掻《か》かれ、入れた指の腹でお腹側を押すように刺激され腰に震えが走って視界がぼやぁっと白に染まる。

刺激に堪らず背中が弓なりになり乳房がふるんとルカスの眼前で震えると、狙い澄ましたのだろう、敏感になっている乳首に勢いよく咬みつかれた。

ガリッヌチュウッグリグリッ
「ツ――あ、ひ、……っ！」

確かな痛みを感じたのに、私は多分果ててしまって、抱き締められ満足げに甘く名前を呼ぶ声を最後にプツリと意識が途絶えてしまった。……気を失うとかグッジョブ私。

「ツェツィ……あぁツェツィ……っ早く、目を覚まして」

温かい掌が全身を撫でる感触の気持ち良さと、切羽詰まったような美声が耳に入り意識が浮上すると、絶世の美男子が苦しそうな表情で私を覗き込んでいた。

「……っあ……わ、たし……？」

「う、っ、ツェツィ、目を覚ましましたか。水は、要りますか？」

気怠《けだる》くて首だけでこくりと頷くと、ルカスがベッドサイドの水差しからコップに注いでくれた。

……なんだかルカスの様子が変だわ。眉間に皺《しわ》が寄って苦しみを我慢しているみたい……私が意識を飛ばしてる間に何かあったのかしら？

「るき、さま？　っい、たっ……ッ」

「く……っツェツィ、起き上がらないで。今水をあげますから……」

起き上がろうとしてルカスに止められた。

胸とアソコがヒリヒリと引き攣れてる感じがする。特にアソコがまだ指を入れられているみたいにズクズク痛いわ。私が痛がったのと同時にルカスが苦しそうにしてるのがよくわからないけれど……とりあえずお水ください、な……。

「んぅっ、ん、ふ」

「……っは……く、まだ、飲みますか……？」

口移しかーそーくるかー……まあ、確かに身体が怠いから起き上がらなくて済んで楽だけれど。この怠さをもたらしたのが目の前の彼なのだから、なんだか優しくされると戸惑ってしまう。

でも水を飲ませてくれるはずが舌を絡められて吸われると気持ち良くて……うぅ、達した余韻がぶり返しそうっ。それにしても、ルカスの色気が半端ないんだけれど……どことなく息も荒いし、本当にどうしたのかしら？

「んっ、るきさま、きゃあっ⁉　あっ、やぁっ！」

「ッは、キスだけでもう乳首がコリコリ……膣《ナカ》からも蜜を滲ませて、ツェツィは気持ちいいことが好きなんですね。俺も、気持ち良くなりたいんです。さっきから凄く我慢してて……ねぇ、もういいですよね？」

どこら辺が我慢していて、何がいいのか全然わからないわっ。

噛まれた乳首をベロリと舐められビリッと痛みが走るけれど、優しく甘噛みされ強めに乳房を揉《も》まれると脊髄から腰へ重たい痺れが走ってしまう。

壮絶な色気を垂れ流す視線に隠しようもない欲望を見て、彼がもたらした逃げ場のない快楽《イタミ》を思い出しトロリと奥から蜜が溢れた感触がして、……初めて違和感を抱いた。

足の間……違う、秘部の入口に何かある。

「え……あ、あぁっ……‼」

「っはは、気づいたんですね、ツェツィ。っ凄い、締めつけ……もしかして俺のを押し出そうとしてる？　ふふ、堪らないな……俺のを捻じ込んだら、あなたはどんな声で啼《な》くんでしょう。ああ、ゆっくり《ジワジワ》するのと一息に激しくと、どちらにしようか悩んでたんですけど、やっぱりツェツィの初めてを堪能したいですし、あなたを犯している俺に縋りついてほしいので、ゆっくり《ジワジワ》することにしました。かなり痛いと思うんですが、今回限りですし、我慢してくださいね」

「ひっ……いやぁっ！　ッ、ぃたぁっ……⁉」

強い力で腰を押さえられると、本当に楽しそうな声で恐ろしい言葉を吐きながらルカスが腰を回した。挿入されてる部分がグルンと拡げられて引き攣れてとても痛いのに、痛みに反応するように何故か溢れ始めた愛液がヌチィ……と音を立てる。

「っ……ほらここ、処女膜がある……破るのはツェツィの意識があるときと決めていたので、手前までしか入れられなくて辛《つら》かったですよ。我慢した俺を褒めてください」

褒めドコロが全くわかりませんっ！　鬼畜との会話はやっぱり一般人には意味不明よっ！

意識のない女性に勝手に挿入《い》れちゃってるのは、普通だったら褒められるような行為じゃないわよねっ？　それとも鬼畜世界では褒められるのっ？

あ、でもここは娼館だからいいのかしら……？　いくら娼館でもと思うけれど、粗暴な振る舞いの定義がわからなくて嫌がれないのが辛いっ。……痛がる反応が見たいとか言ってる相手に嫌がる私の言葉が届く気がしないし、彼相手に嫌がるとかできるはずもないけれど。むしろ拒否しようものならさらに酷い目に……っそれは回避ぃっ！

それにしたって、まだ先端しか埋まってないのに物凄い圧迫感……こ、こんなに太いの入れられるなんて、っ、さ、裂けちゃう……っ!!　とにかく、ちから、力を抜かないと……!!

「っく、ツェツィ……そんな、締めないで？　気持ち良すぎて、っは、……入口を拡げられて喘いでるあなたを、もっと堪能したいのに」

「うゔ〜っ……んあっ！　いっ、イタぁ……っ」

力ってどうやって抜くのぉっ!?

痛くてソコに意識が集中したせいか、ズズッズッと音が聞こえた気がした。閉じたナカを無理矢理開きながら肉棒が膜を押し破ろうと進んできたと思うと、おもむろにズリィ……ッと抜けて。圧迫感がなくなりハッと息をついた瞬間、ズヌッと勢い良く処女膜を刺激された。

「っあ、はっ、」

痛みに視界がチカチカして、何かに縋りつこうとシーツに彷徨《さまよ》わせたその手を優しく絡めてくれるのが私を苛《さいな》んでいる男だなんて、なんて矛盾だろう。

破られる寸前で男根を少し抜かれて、軽くなる痛みに止めていた息をハァッハァッと吐くと、再度グリィッと処女膜を刺激される。自分の口から出ているとは思えない高い悲鳴を頭の片隅で聞きながら、痛みで意識が飛びそうになると引き留めるように優しく口づけを落とされる。

「つん、んぅっうぅ〜〜っはァっ!?」

「つく、ツェツィ……あぁツェツィツェツィツェツィッ！　あなたをこの腕に抱けるなんて、神に感謝しなくては。あなたを犯して乙女を奪って……この腹を満たすのが俺の子種だなんて、本当に」

愚かな——にも感謝したくなります、とルカスが恍惚の表情で何か呟いたけれど自分の悲鳴でよく聞こえなくて。

子種とかいう恐ろしい単語で避妊の文字が浮かんだけれど、何度も繰り返し与えられる痛みですぐにどこかへ飛んでいってしまった。

痛い、イヤだと泣いて喘いで。

逃げを打つ腰を押さえつけてくる彼の腕に縋りついて名前を呼んで。

もう終わりにしてと掠れてほとんど音にならない声で懇願すると、ようやくルカスはグチグチと動かしていた腰をゆっくりと止め、フーッと大きく息をついた。

ハァハァ荒い息が止まらなくて、私は小刻みに震える手足を力なくベッドに投げ出す。

痛みと泣きすぎで半ば朦朧《もうろう》としていると、腰にあった手が汗でしっとりしている私の身体を撫で上がってきて、そのまま下乳を掬《すく》い上げて柔らかく揉みしだかれ……ジワッと広がる快感に「ぁぅん……っ」と小さく喘いでしまった。

……痛くされて怖い思いをしたのに、快楽は快楽としてきちんと拾う自分の身体が信じられない。

「ぅ、うそぉ……やだ……っ待って、お願い、っ」

下腹部にはまだ彼が中途半端に居座っていて鈍くて痛いままで、敏感になった尖りを強く押し潰されると怖くて身が竦む。なのに急に柔らかく乳輪を撫でられて、先端を爪でカリカリと引っ掻かれるとじわっと快感が広がってその熱がさらに胸全体を敏感にする。

また下乳を掬い上げ柔らかく揉みしだきながら、アンダーに薄っすらとかいた汗を舌で舐め取られ、どきどきと激しく鳴る心臓の上にヂュウウッと痕をつけられる。ぬるっと脇腹を舐められて、そのまま脇まで舐め上げられて驚愕《きょうがく》のあまり悲鳴を上げてしまった。

——その、声が。悲鳴のはずなのに信じられないほど甘ったるくて。痛みのない、快楽だけを与えてくる愛撫に、否応にも自分の喘ぎ声が変わったのがわかってしまった。

「っン、はっ、ぅんっ……や、ヤダぁ……っ」

強請るような声を上げる自分を止めたくて、私はこれ以上気持ち良くされないようにとルカスの口元に手をやった。

「っも、舐める、のはっ、おわりぃ……っ」

「ふふ、ツェツィは舐められるの気持ちいいんだ？　甘えたオンナの声、出てるよ？」

もっと聞かせて？　と、それはそれは嬉しそうにトロリとした金色の目を細めて、美麗な鬼は笑いながら口元にある私の手をベロォッと舐めた。

……なめた。ルカスが。舐めてる。私の。手を。っひ、それどころか口に含んだっ！

「～ッ!?　るっ、るきさまっやだやだっ!!　やめ、てぇ……っ」

「……ん、華奢《きゃしゃ》な手。どうしたのツェツィ？　指を舐められて感じてるの？」

「かっ、感じてなんて……っ！」

「じゃあ、舐めても別にいいでしょう？」

ハァと熱い息を吐かれ二本同時にパクリと食《は》むと、ルカスは愉悦を含んだ視線を私に寄越しながら、チュルリとイヤらしく舌を這わせてきた。

じんわりと痺れ始める感覚に、ゾクゾクと腕を伝う感覚に恐怖を覚える。

指まで性感帯とかないぃ……！　そんなポテンシャル流石に要らないわ！　要らな……駄目！　このままじゃルカスに開発されちゃうぅっ！

「～っき、きもち、いいからっ！　ルキ様に、舐められるのっ！　か、感じ、ちゃう、からぁっ……もぅ、手、離してぇ……っ」

おかしいわ、私つい最近まで嫋《たお》やか～で淑やか～が売りの淑女だったわよねっ？　どうしちゃったのっ？　娼婦になったばかりで、しかもまだ処女のはずなのにこんなに快楽に弱いとか大丈夫なのっ？　今後やっていけるのっ!?　むしろ娼婦だから適正ありっ!?　うぅ、それもイヤぁ……っ。

心中で嘆いていると、くくっと楽しそうな笑い声が聞こえた。

「つな、何笑ってらっしゃるんですかっ、る、るきさまのせいっ、なの、に……、っ」

笑われたことに腹が立って、涙ながらにルカスを睨んで抗議しようと口を開いて、私は息を呑《の》んで固まった。

「ふふっ……すみません、身悶《みもだ》えてるあなたがあまりに可愛くて。……俺に舐められて、恥ずかしがりながら素直に感じて。俺のせいだと真っ赤になって言う姿が、本当に可愛い」

汗で濡れて少し癖の出た前髪を邪魔そうにかき上げながら、掴んだままの私の指にちゅっと軽く口づけると、ルカスは私を見てうっとりと笑った。

「ツェツィ……」と愛《いと》しい恋人に呼びかけるような、どこまでも甘い声音に「は、ぃ」とおずおずと返事を返すと、嬉しそうに今度は掌に口づけを落とされた。

壊れ物を扱うみたいに酷く優しく頬を撫でられ、恭しく顎に手をかけられ。大切な気持ちを伝えるみたいにそっと唇にキスを落とされ。

——ドクリ、と、心臓が跳ねた。

私は娼婦で彼はお客様で。今夜一晩お金で買われていて。女神様みたいに綺麗な顔に広がる微笑みも。快楽に濡れた金色の瞳が放つ壮絶な色気も。……彼が今こんな状況なのは、彼がこんなことをしている理由は、私を陥れてヒロインを助ける、ため。——ゼンブ、ヒロインノ、タメ。

そう思ってしまった瞬間、痛みも何もかも吹き飛ばす強い感情に突き動かされて、私はルカスに自分から口づけていた。

どうして自分からキスなんてしてるのかしら。でも彼の行動理由が全部ヒロインのためだって思ったらなんだか堪らなく苦しく思えて……何故かしら？

でも普通私《ヒト》を抱きに来ているのにそれが他の女性のためだったらイヤ……よね？　全部ぜんぶ私に向けてほしいって思っても、おかしくない、わよね……？

自分の行動理由に疑問を覚えながらも怖々とルカスの様子を窺い、何故か頬を染めて固まっている彼に驚いて。そして心が沸き立った。

キスを嫌がられなかったばかりか、少しでも彼を翻弄できたのが嬉しくて、その感情のまま回した腕に力を込めてより強く唇を押しつけると、ルカスがビクリと身体を震わせて目を見開いた。

その動揺に堪らなく浮き立って、もっと翻弄したくて、彼にされたように顔の角度を変えてチュッチュと口づけ、次いでペロリと薄い唇を舐めてからそっと口内に舌を入れてみた。

すぐに厚い舌に当たってどうしたらいいかと戸惑った瞬間、されるがままだったルカスが噛みつくように舌を絡ませてきて。

「っは、クッ……ツェツィッ、ツェツィーリア……！」

「んぅッ、んふっ……ハっ、るきさま、ん、ンッ、るきさまぁ……っ」

名前を呼び合い唇が離れるのを惜しむようにお互いの唾液を交換する。

その恋人同士みたいな濃厚な口づけに胸がギュウっと締めつけられたけれど、これはきっと雰囲気に流されただけだと自分を戒める。

胸の痛みを気のせいだと無視してルカスとのキスに夢中になっていると、痛みだけだった膣内《ナカ》が柔らかく蕩けだしたのが自分でもわかった。

痛いのに気持ちいい。痛いのに、奥が疼く。キスだけじゃイヤ。キスだけじゃ足りない。抱き締められるだけじゃイヤ。名前を呼ばれるだけじゃイヤ。全部ぜんぶ満たしてほしい。

……全部、全部このヒトに満たされたい。

湧き上がる衝動的な欲求に突き動かされて、痛いけれど疼く腰を少し動かしてみた。

案の定ヒリヒリと入口は痛んだけれど、太い彼自身のヒクつきを感じられたせいか、ドッとナカから愛液が溢れたのがわかって、自分の正直者な身体に穴があったら入りたいくらい羞恥を覚えたわっ。

……でも、それ以上に嬉しかった。だってルカスが反応したから。

「つう、ぐっ……ツェ、ツィッ!?」

「ん……ッ、ん、ンっ、るきっ、るきさまっ、きもち、ぃ？」

チュッチュッと唇を寄せながらルカスを窺い見ると、目元が赤く染まってぎゅうっと眉根を寄せて苦しそうにしていた。

う～ん、痛いのかしら……経験不足でわからないから聞いてみたんだけれど小さく「ッ破壊力が……っ」って言われてしまった。破壊力って何？　やっぱり痛いってこと？　ここは彼が反応したってことだけで満足すべきなのかしら。

頑張ってみたけれど経験値もなければ体力もなくて続けられず、結局口づけに全力投球。ルカスも途中からキスに意識を向けてくれたのか、深く入り込む舌が気遣うようでとても優しくて。今までのキスで一番気持ち良くて、そして何故かまた胸がぎゅうっとなった。

交わした唾液をこくりと飲み込み、名残惜しげに唇を離すと、両手ですりっと美しい顔を撫でる。

……うん、本当に綺麗な顔。女神像みたいに整ってる。そんな清廉そうな美貌を今は情欲に塗れさせて、このヒトは私だけを視界に映している……私のことだけを考えている……！

歓喜が堪らなく湧き上がり、私は思うままに願いを口にした。

「ルキ様、お願い……もうシて？　奥が、苦しいの。痛いのに、足りないの。……お願い、ルキ様を」

頂戴……と、零すはずだった言葉は、唸り声と共にお腹の奥にもたらされた信じられない衝撃で、肺から出たハッという呼吸音に変わってしまった――。

痛い。熱い。痛い。イタイ。苦しい。熱い。

衝撃に目を見開いてしまったせいで、止めどなく涙が頬を伝う。

ハッ、ハァッと荒い呼吸音が聞こえるけれど、それが自分の口から出ているとは思わなかった。お腹に心臓があるみたいにズクンズクン響いていて、ひたすら身体を硬直させて痛みを我慢する。

幸いなことに私を抱き締めているルカスも微動だにしないので、それ以上酷い痛みになることはなかったけれど。

なんとか痛みを逃そうと深呼吸するように長めに息を吐き始めると、少し痛みが和らいだので、自分を抱き締めるルカスに意識を向けることができた。

……全然動かない……。えぇ？　どうしたのっ？

ギュウギュウ抱き締めながら私の肩口に顔を埋めているため、彼の表情が窺えなくて不安になる。

えーと……これはどうしたら……。

とりあえず生存確認をしようと彼の肩に手をやると、ピクッと動いて、ようやくルカスが顔をゆっくりと上げた。

「……あ、ルキ様……え？」

眼前に、これ以上ないほど眉間に皺を寄せて歯を食いしばっている全く余裕のないルカスがいた。

「え、えっ？　る、ルキ様っ⁉　だ、大丈夫ですかっ⁉」

あまりの様相に私の痛みも一瞬ふっ飛んで、苦悶するルカスの心配をする。

ルカスは「つぅ、ツェツィッ……動かない、でっ」と、ハァッと熱い吐息を吐いてまた私をぎゅうっと抱き締めて固まってしまった。

美形が苦悶の表情を浮かべるとめちゃくちゃ淫靡《いんび》なのだけれど……それにしたって物凄い辛そうなのは何故っ⁉　処女相手だと男性側も辛いことがあると前世聞きかじったけれど、それのせい？　何が辛いのか結局聞けなかったから原因がわからないのよね。でも、こんなに辛そうなのは絶対私のせいよねっ？

どうしよう、どうしたらいいのっ⁉　相変わらず私だって痛いし、彼がぎゅうぎゅう抱き締めてくるから身動きできないしっ。お互いに動けない状況とかどうしたらいいのっ！

ワタワタしていると、苦しそうに固まっていたルカスが唸った。……唸った？

「うっ……っ駄目だ、ツェツィ……っ！　ぁあクソッ！」

「っんぅっ⁉　んっ！　んーっぷぁっ、あ、ヒ……ッ、ぃやぁっこんなっかっこ……っ！」

ルカスは突然苛立《いらだ》つように激しく舌を絡ませながら、私の膝裏を持ち上げて大きく広げたかと思うと、上から圧《の》しかかるように抽挿を始めた。

身体を折りたたまれた状態で顔の横に自分の膝が来て、彼の綺麗な顔からは想像もできないほど凶悪な肉棒が私に抜き差しされる光景が視界に飛び込んでくる。

「っひっ!? そんな、おっき……っやだっ、むりぃ……!」

「っはッ……狭い、けど、っちゃんと、奥、までっ……っほら、入るでしょうっ?」

「ッ……あ、ハッ……~っ!」

ずるっ……と一度抜かれると、ヌチヌチヌチヌチィ……と、開かれたばかりで閉じようとする内壁を力業で割り開くように灼熱《しゃくねつ》の棍棒《こんぼう》が侵入してきて、あまりの熱と質量に喉を反らして身悶えるしかできない。

ググッと奥へ侵入されると鈍い痛みが走るけれど、すぐにまた抜かれて。私が圧迫感から解放されてハッと息を吐くタイミングでまたヌチヌチと入ってくる。

それを何度も繰り返されると、ジンジンしているけれど初めみたいな痛みはもうあまりなくなって。ゆっくりとされるから、意識がお腹の奥の彼のモノに向いてしまって、はっきりとその存在を感じられるようになってしまった。

酷く熱い先端で奥をやんわりと優しく押し回されると、さっき交わした口づけみたいに感じてしまって。なんだか堪らなくなった途端、膣にドッと血液が集中した感覚がして愛液がより滲み、内壁が顫動《せんどう》した。

「っ……クッ!」

「あっアッ……! あっひっ!? ッ――!」

ぞくぞくっとした感覚がお腹から一気に頭まで走ったと思うと、ルカスが一際強く腰を押しつけた。勝手にビクビクと動く腰ごと強く抱き締められ、嬌声をキスで塞がれる。グッグッと小刻みにルカスが腰を動かすと、じわっとした温かさがお腹に広がって、それをまるで喜ぶように自分の膣がピクピクと反応してしまった。

ルカスの首に縋りついて震えていると、眉根を寄せていた彼が、ふっと力を抜いて唇を離した。

お互いに荒い息を吐いて視線を合わせると。

ルカスが再び眉間に皺を寄せて悔しそうに、……頬を染めた。

……え……？

ルカスが。あのルカスが。鬼畜万歳な常に瞳孔が開いてる疑惑のルカスが。

薄っすら目元が赤いとかそんなレベルじゃなくて。こんな、照れてると丸わかりなくらい顔を赤くするとかっ。照れてるっ。ルカスがっ！　えっ？　なんでっ？　うわぁッ貴重っ！

目を丸くして凝視したせいか、ルカスが珍しく先に視線を外したわっ。

興奮していると「なんですか」という不貞腐《ふてくさ》れたぶっきらぼうな言い方をされて、一瞬、本当に一瞬薄茶色の髪がフラッシュバックしたけれどそれもすぐに興奮の渦に飲み込まれた。

「え、だって、照れてる、から。なんで」

凄いっ。凄い照れてるっ！　目元まで赤いっ！　エロい！　でもなんか可愛いっ⁉

興奮した私が彼の顔をよく見ようと乱れて落ちた夜明け色の前髪に手を伸ばすと、むっと瞳を細めて言い返してきた。

「仕方ないじゃないですか！　気持ち良すぎて我慢がきかなかったんですっ！　……ぁあクソッ！」

恥ずかしさがぶり返したのか、またぎゅうぎゅう私を抱き締めて肩口に顔を隠す超絶美形。

「……男の沽券《こけん》が……」とかなんとかぶつぶつ呟き声が聞こえるけれど、今の私はそれどころじゃなかった。

うん、頬を染めて照れる美形とか。恥ずかしがって顔を隠す仕草とか。今までの鬼畜っぷりが恐ろしいだけにギャップが半端ない。

ルカスが。私を翻弄するだけ翻弄してるルカスがっ。気持ち良すぎて我慢がきかなかったって……う、嬉しがっちゃ駄目よ私……！　あ、まずいっ、お腹にあった心臓が元の位置に戻ってドキドキ言い出しちゃったわっ。だ、駄目だめっわたしっ！　落ち着いてぇっ！

そんな私の頑張りも虚《むな》しく、キュンキュンした心臓に私のオンナの部分がキュンッと反応してしまった。

「……っ」

「――……」

途端、肩口からルカスが素早く顔を上げた。

まだ繋がってるせいで、彼を刺激してしまったことに気づかれたっ！

「……なっ、なぁに、ルキ様っ？」

「……ふふ」

ご、誤魔化すわっ！　貴族社会での誤魔化しは大事よっ！　たとえ事実《そう》であってもそんなことありませんでしたよ～と顔に出さずに躱《かわ》さないとやっていけないんだからっ！　今こそ侯爵令嬢として培った技術を――！　っく、ふふって何よぅっ!?

視線が以上に強いけれど、既に彼の頬は熱が引けていつも通りの美麗な彫像に戻っている。

それに対して今度は自分の頬が熱を持ち始める始末っ。

それでも必死で取り繕おうとした私に、ルカスはにっこりと笑った。それはもう綺麗な綺麗な微笑みで。けれど、金色の瞳は情欲でギラついていた。嫌な予感がビシバシするぅっ！

――そうしてひたすら貪られ、泣き喘いでルカスに助けを求めて、最後に何かを彼に囁かれキラキラ光る視界の中で必死に返事をして――そこで私の意識は途切れた。

◇◇◇

意識を失い眠る彼女に視線を落とす。

若草色の瞳は今は静かに閉じられて、泣き濡らしたと一目でわかるくらいに頬は濡れ目元は赤い。汗で濡れた身体はまるで死んだように手足を放り投げていて、ピクリとも動かない。

ただ、じっと見つめればわかる程度に上下する胸元が生きてる証《あかし》のようで。

ようやく手に入れた愛しい人。長かった。ずっと耐えた。

周囲の視線を惹《ひ》く凛《りん》と立つ姿も、穏やかでもどこか明るい微笑みも、それは俺のモノだと叫びだしそうになるのを耐え続けた。

彼女から視線を向けてもらえる第二王子《ほかのおとこ》に、彼女の隣に遠慮なく立てるソイツに、護衛対象にも拘《かかわ》らず殺意を向けてしまいそうになるのを必死に耐えた。

耐えに耐えて、ひたすらこのときのために動いて。

今、ツェツィーリアを手にできたのだから苦労も報われるというものだ。

自分がどこかオカシイことには、物心ついた頃には気づいていた。

喜怒哀楽はきちんとあるのに、情動が全く起こらない。身体的表現として笑えるし泣けるけれど、感情的にそれらを行うことがない不気味な俺に、それでも両親も兄姉も使用人たちも沢山の愛情を注いでくれる。それがなんだか申し訳なくて、迷惑をかけたくなくて、公爵家子息として必要な技量をできる精一杯で身につけた。

そうしたら、自分がさらにオカシイことに気づいてしまった。

木剣を持たされたのは五才。左腰に鞘《さや》を下げると、右に傾いていたバランスの悪かった身体がすっと真《ま》っ直《す》ぐに立ったというのだろうか。そんな不思議な感覚を味わったのを今でも覚えている。

勉強だって飲み込みは良いほうだったけれど、武芸は天井知らずだった。

あまりの上達っぷりに教えている教師たちが戦々恐々として半月毎《ごと》に教師が変わるため、とうとう十才の頃、父が陛下に頼んで、当時近衛騎士団の副団長だった剣聖と名高いアンドレアス・ヴェーバーに師事をすることになった。……アンドレアスは鬼だった。

いくら俺がおかしくても、十才児の身体に近衛騎士団の訓練は地獄だった。ただ、あの騎士団での訓練がなければ、きっと彼女に出会えなかった。

十三才になる頃には身体も訓練に慣れ、騎士たちと剣を合わせることができるようになったとき。第二王子の婚約者が決まったということで、アンドレアスが訓練場に当時十一才のツェツィーリアを連れてきた。王子の婚約者ということは準王族になるため、警護をする近衛騎士団員に会わせるためだった。

どうしたら勝てるか考えに考え抜いて、ようやく相手の死角をついて渾身《こんしん》の力で木刀を横薙《な》ぎに払った。けれど俺の渾身の打ち込みは瞬発的に下から払い除《の》けられ、その力に柄《つか》を握り締めていられなかった木刀は俺の手を離れてしまい。悔しがる相手の声は耳に入るけれど、豆が潰れて血が滲んだ掌を押さえながらつい俯いてしまった。

相手が大人で自分は子供でも。体力と筋力という圧倒的な差があろうと。剣を握っていられなければその先に待つのは死だ。痺れる手を動かしながらもっと鍛錬が必要だなと思い、飛んだ木刀を探して――アンドレアスの横に彼女を見つけた。

今思い出しても恥ずかしいな。いつから見られていたんだろうか。

アンドレアスに呼ばれ傍に行くとその女の子が、大きな若草色の瞳に涙を滲ませて心配そうな顔で囲いの上から身を乗り出してきた。飴《あめ》色の髪を淑女のように編み上げて、ラベンダー色のドレスを着た彼女は春の妖精みたいに綺麗だった。

そんな綺麗で年の近い女の子に格好悪い姿を見せてしまって、大丈夫かと聞かれて恥ずかしくて、ぶっきらぼうに答えてしまった。すると容赦なく拳骨が落とされて痛くて頭を押さえた俺を、アンドレアスはシャンとしろと言って猫を持つように首根っこを掴んで持ち上げてきて。

彼女の前で子供扱いされイライラする俺の肩をバンバン叩いて師《アンドレアス》はさらに余計なことを言った。

「彼は十の頃から騎士団で揉まれてますから、こんなのは怪我《けが》のうちにも入りませんよ。今はこんなですが、ゆくゆくは私を超えて、この国で随一の騎士になる男です。遠からぬ未来に、クライン嬢を警護することもあるかもしれませんね」

おいおい勝手に将来を決めるなと思い、師の言葉を否定しようと彼女に顔を向けると。

「まぁっ、とても努力家なのですね。王子妃なんて私に務まるか不安だったのですが……そうよね、まずは努力してみないと何事もわかりませんわよねっ。そうだわ、私も、あなたに守っていただけるような立派な王子妃を目指しますわ！　ですから近い将来、お会いできるのを楽しみにしております！」

不安から一転、真っ直ぐ前を見据える姿が酷く鮮烈で。

滲んでいた涙が嘘のように元気よく両手をふんっと握り締め、頬を紅潮させキラキラした瞳で勝手に約束を紡ぐ薄紅色の唇に目が釘付けになって。返事も返せずコクリと小さく頷くしかできなかった。

その後何を話してどうやって彼女と別れたのかも覚えていない。

まさか感情に欠陥を抱えている俺が一目惚《ひとめぼ》れなど信じられなかったが、そのおままごとみたいな約束が、俺の将来を決めた。

それまで一度も湧き上がったことのない衝動に突き動かされ、ひたすら剣を振るった。

会いたい。少しでも傍に。彼女を守るのは俺の役割でありたい。

王子妃候補として王城で教育されているツェツィーリアは、週に三度必ず登城する。彼女が通る渡り廊下が見える水場まで行って、こっそりと横顔を眺めるのがそのとき彼女を見ることができる唯一の手段だった。

距離の遠さに、立つ場所のあまりの違いに何度奥歯を噛み締めたかわからない。

ただひたすら鍛錬を熟《こな》し、吹っ飛ばされる回数より吹っ飛ばす回数が格段に増えた俺を見て、師は苦笑しつつも真剣に俺を諭した。

「おいおい、どれだけ吹っ飛ばされてもケロッとして悔しそうにしたことないのに、クライン嬢の目の前で吹っ飛ばされたのはそんなに悔しかったのか？　……だがな、駄目だぞルカス。彼女は王子妃候補だ。いくらお前が公爵子息でも、王位継承権を持っていても、手を伸ばしてはいけない存在だ」

自重しろ、と。叶《かな》えてはいけない夢は見るなと。……お前《おれ》も彼女《ツェツィーリア》も傷つくだけだと、師はそっと呟いた。

……そんなこと言われなくてもわかってる。

彼女は王子妃候補で、俺はただの王位継承権保持者。

でも、それがなんだと言うのだろう？

彼女は俺のだ。第二王子《フェリクス》にも誰にも渡さない。

俺がただの王位継承権保持者なのがいけないのなら、王子と呼ばれる存在になればいいんだろう？

ソウシタラ、彼女《ツェツィーリア》ハ、俺ノモノダ。


鍛錬に精を出し始めてから数カ月後、マイアー伯爵家のミアが誘拐されそうになった。

彼女の兄アドルフと幼馴染でよく遊びに行っていた俺は偶然にもそこに居合わせ、公園でミアと無理矢理馬車に引き入れられそうになった。

だが俺はその頃すでに騎士団で訓練を受けていて誘拐犯に抵抗できたため、彼らは俺を馬車から放り出してミアだけを攫《さら》おうとした。ミアは貴族令嬢らしくすぐに気を失ったようで、ぐったりとしたまま馬車の中に抱え込まれてしまう。流石に十三才の身体で十一才の女の子を担いで走って逃げても逃げ切れるわけがないと判断し、巡回騎士を呼ぼうとした俺の耳に、誘拐犯たちの声が聞こえた。

「チッ、光の加減で見間違えやがったなっ。コイツもブロンドじゃねーかっ！　依頼されてンのは飴色の髪だ！　ったく、どうすんだよコイツッ」

「悪かったってっ！　でも別にいいだろ、コイツだって売っぱらえばイイ値がつくぜ。貴族のご令嬢サマを調教して愛《め》でたいって変態はごまんといるんだっ」

飴色の髪と聞いてすぐに脳裏を過《よ》ぎったのは、王城からの帰り際に俯きがちに廊下を通りすぎる彼女の後ろ姿。……その背に流れる艶やかな飴色の髪。

ゾワッと背中に何かが走った。

咄嗟に足を止め両手に掴んだ太めの枝の一本を動きだそうとしていた車輪に投げ込む。ついでもう一本をしならせて馬車のドアを閉めようとしていた男の鳩尾《みぞおち》に容赦なく突きを叩き込んだ。男は呻《うめ》き声を上げながら馬車の外に転がり落ちる。

落ちた男を踏み台にして御者台に乗る一人に棒を振りかぶると、「ヒッ、まてっ」という声が聞こえたが、コイツに手加減して逃げられたら……と思い殺す気で棒を振り下ろした。

それなりに長さがあった棒が折れる音と共に、御者台にいた男も転がり落ちる。得物《ぼう》が短くなってしまったので車輪に投げ込んだ方も手に取って馬車を覗き込むと、最後の一人が震える手でミアに短刀を向けていた。

構わず乗り込もうとすると、男は歯をガチガチ言わせながら何事か話した。

問いかけるように首を傾げると、男が狙っていたのは飴色の髪を持つ少女で、ミアは違うから無傷で解放する、だから俺に馬車から離れろと言う。

……ミアを無傷で解放すれば俺が逃がすとでも思っているらしい。俺が「飴色の髪の少女」を狙っている誘拐犯を逃がすだなんてあり得ないのに。

とんだ勘違いに心の中で嘲笑し、ミアの存在が少し邪魔だったので馬車から離れて男が出てくるのを待つことにした。恐る恐る出てくる男に視線を向けつつ、最近師に習った身体強化術を自分に施す。

御者台に上がった瞬間を狙おうと考えて、ふとナイフを向けられ抱えられるミアの髪に日の光が当たるのを見る。流れる髪がキラキラと飴色に輝いて。ツェツィーリアを重ねて幻視《み》して――頭に血が上った。

そこからは自分がどう動いたのかよく覚えていない。

ただ、二度と人攫いなど考えないように徹底的に手足を叩き潰そうと思ったのだけは覚えている。

倒れ込んで動かない犯人たちをしり目にミアを抱え上げて帰ろうとしたところで、アドルフが呼んだらしい巡回騎士が駆けつけてきて、あまりの惨状に警備隊の詰所まで連れていかれた。

結局騎士たちから事情聴取はされたがそこそこ有名な犯罪者だったらしく罪には問われず、何故か警備隊の詰所に迎えに来た師《アンドレアス》にやりすぎだと殴られ吹っ飛ばされた。

さらにはそこから一週間、師に稽古をつけられ死にそうになり、今後はもう少し冷静に、半殺《や》るにしてもバレないように半殺《や》ろうと誓った。

その経験は大分生かされたと思う。

王子妃候補に手を出す馬鹿なんてなかなかいないが、なかなかいないだけで稀《まれ》にいる。

それなりの名家でそれなりの爵位を持ち、それなりに容姿が整っているせいか女は皆自分に靡《なび》くと思ってる男は大抵間違いを犯すし、やはり手を出したのはそんな男だった。

ソイツは王都の社交場で常に令嬢方に囲まれていたし、美貌で有名な未亡人とも懇意にしているらしく羽振りも良かった。

そうして調子に乗って王子妃候補《ツェツィーリア》に声を掛けたのだろう。

王城で開かれる王家主催の夜会には、王子妃候補者は必ず出席させられる。

その日も騎士団内の伝手《つて》を使って夜会の警備に回してもらっていた俺は、ツェツィーリア周辺の動向を注視していた。

ソイツは、猫撫で声で彼女に声を掛け、色を含んだ目で彼女の身体を舐めるように見て、あまつさえ許可もなくその手に触れようとした。

消そう、と。

袖口から短刀を掌に滑らせ一歩足を向けようとしたのと同時に、ツェツィーリアが持っていた扇でソイツの手を叩き落とした。

彼女は呆然《ぼうぜん》とするソイツを一度だけ睨みつけると叩いた扇に嫌悪の視線を向けて傍で控えていた給仕に渡した。それから聞こえるように溜息をついて護衛騎士に退出する旨を告げると、音もなく会場を後にした。

その後、ソイツはムシャクシャしていたらしく偶然父親のマイアー伯爵のパートナーとして夜会に参加していたミアに手を出そうとした。

……ツェツィーリアに折られたプライドを同じ年頃の少女《ミア》で修復しようとしたんだろう。折れたプライドのまま大人しくしていればいいものを。

プライドを修復されてまたツェツィーリアにちょっかいをかけられたら堪らないので、休憩室に入ったソイツを追いかけた。

今回はバレないように気を使った。無駄に抵抗されないよう縛り上げ、視界を遮って俺だとわからないようにしてから説得を試みた。

二度と触れないように指の関節を汚く外して、もう二度と近寄らないとの了承の意を問いかけると、ヤツは涙と涎でぐちゃぐちゃになりながらも何度も頷いた。

安堵《あんど》してそのまま踵《きびす》を返そうとした瞬間、「何故こんな目に」と。「たかが王子妃候補じゃないか」と男が焦燥を滲ませて呟いた。

ツェツィーリアが「たかが王子妃候補」？　俺のツェツィーリアが？

すぐに扉に向けた足を戻して、無理矢理男の口を開けてヤツが吸っていた葉巻を舌に押しつけた。

濁った悲鳴を上げたが構わず「死にたいのか？」と問いかけると、男は失禁しながら気を失った。

頬を叩いても目を覚まさなかったので仕方なくそのまま放置したが、後日何故か師に呼び出されその後について話された。

男は結構な人数の未婚の娘にも手を出していて、騙《だま》されて妊娠してしまった女性もいるらしく、ヤツはゴロツキを雇って脅迫し中絶を迫っていたらしい。そんなわけでかなり前から被害届も出ていたとのことで、騎士団内で内々に処理したと聞かされた。

男の顛末《てんまつ》など聞かされても「そうですか」程度にしか返せなかったのだが、師は額に青筋を立てながら笑顔で俺を闘技場に引っ張っていき、やはり死にそうなほど稽古をつけられた。

師を欺くのは難しいなと思い、今度はフィンにも手伝わせようと決めた。

ツェツィーリアの周囲に気を配った結果、彼女に手を出す男は一人を除きいなくなった。

しかし、日毎美しく艶《あで》やかになっていく彼女に、ある種当然の帰結というのだろうか、とうとうフェリクスの視線が向きその目が欲に塗れ始めたときは流石に焦った。

元々性格も合わずほとんど会話らしい会話もしていない二人だったが、色事が好きなフェリクスにとって、彼女の女性らしい身体は欲望を掻き立てるのだろう。

ツェツィーリアに目が向かないように、間をあけずにフェリクスが好きそうな女性を探しては裏から手を回し彼に宛てがっていた俺は、かなり焦った。

このままではフェリクスに手を出されてしまうかもしれない。そうなれば二度と彼女を手にすることは叶わないかもしれない——。

焦燥感に苛まれそうになったとき、ミアがフェリクスに近づいたのだ。

ミアは夜会に赴く度に、数多《あまた》の子息を虜《とりこ》にしていった。

特に宰相家のトーマス・ミュラー、騎士団長の息子マクシミリアン・ヴァーグナー、教会でも有力な枢機卿《すうききょう》の息子ミヒャエル・ハーゼはミアの取り巻きの中でも有権者で、金と権力を思う存分ミアのために使っていた。

彼女は彼らを巧みに誘導し、フェリクスと話す機会を得たらしい。

当初、彼女の父親も母親も、そして兄のアドルフもミアを諫《いさ》めていた。

トーマスもマクシミリアンも婚約者がいたし、フェリクスに至っては王家がクライン侯爵家に打診して契約した婚約だ。そこにたかが伯爵令嬢が割り入って恋人同士のように身体を近づけ親しく会話するなど、非難や糾弾をされてもおかしくない。

伯爵家の体裁も傷つけ、侯爵位以上の家から軒並み茶会や夜会の招待状が届かなくなった。

流石に社交をこなせなくなれば評判に関わって伯爵家の経済状況も徐々に傾く。

悩む友人《アドルフ》の妹だからと、最初は俺も忠告したがミアは全く聞き入れなかった。

さらには何故か俺がミアのことを好きで嫉妬しているからだと勘違いされた。

「ルカス様のことは好きだけれど、兄としての感情なの。私は……フェリクス様が好き。彼を愛してる。彼もツェツィーリア様より私の方が可愛いって言ってくれたわ。お願い、ようやくフェリクス様とお話しできるようになったの……邪魔しないで温かく見守って？　あ、ミヒャエル様が迎えに来てくださったわ！　これから皆で湖を散策するの。もう行かなくちゃ！」

……意味がわからなくて鳥肌が立った。

パタパタと淑女とは思えないほどはしたなく走り去るミアに、アドルフと二人しばらく呆然としてしまった。とにかくミアの言っていることは大半が理解できなかったが、最後の「皆で湖を散策」の部分が気になった。

アドルフも気づいたのだろう、「なぁルカス。ミアは皆で行くと言ったよな。……皆って」と続きを言い淀んだ。

それもそうだろう。社交場に呼ばれなくなってしまった伯爵家は、まずミアに謹慎を言い渡した。トーマスやフェリクスの家には招待状が届いているらしく、ミアをパートナーにとマイアー伯爵に申し込みに来ていたが、どれだけ家が権勢を誇ろうとも、実績のない未成年よりは爵位持ちの方が上だ。伯爵は丁重に付き合いを断り、ひたすら醜聞が落ち着くのを待とうとした。しかし、そこで聖職につく予定で婚約者のいないミヒャエルが、外出の誘いに訪れ始めたのだ。

初めはミアの具合が悪いと嘘をついて事なきを得ていたのだが、どうも使用人を取り込んだのかミアが事前にミヒャエルが来ることを知り、強行突破をされてしまったらしい。

そこからはなし崩しに何度もミアを誘いに来られ、それと同時にマイアー伯爵家の令嬢と第二王子とその取り巻きが至る所で目撃されるようになった。

取り巻き三人だけならまだなんとかなったかもしれないが第二王子がその中に加わったとなっては、噂は揉み消せないほど大きくなり、フェリクスの浮気とミアの未婚の令嬢としてのあり得ない振る舞い話が毎日社交場を賑《にぎ》わせた。

アドルフが大きく溜息を吐いた。このままミアがフェリクスとくっついてくれれば俺としては都合がいいが、アドルフや伯爵家の者にとっては嘆きたくなるほど酷い展開だろう。

王家も伯爵家から婚約に異を唱えられたような気持ちになるだろうし、現在公爵家に勝るとも劣らない権勢を誇るクライン侯爵家にしてみれば、婚約を持ちかけた王家から娘を蔑ろにされた挙句《あげく》、マナーもルールも知らない無知な小娘に家を馬鹿にされたようなものだ。

クライン侯爵はツェツィーリアのことも娘としてそれなりに大事にしていたが、それ以上に侯爵家を馬鹿にされたとあっては黙っていないだろう。

王家と侯爵家に睨まれたマイアー伯爵家の命運は風前の灯《ともしび》だ。

小さな頃から仲良くしているアドルフの悲痛な表情に、俺は彼を計画に巻き込むことにした。

何度言っても聞かないミアと、次第に伯爵位以下からも招待状が届かなくなったことに、どうにもならないことを悟ったのか、今後の計画を話すと彼もマイアー伯爵も涙を呑んでミアを切り捨てる覚悟を決めた。

そうして俺は今後の話を王太子《レオン》に話しに行った。

王家側はフェリクスの行動に頭を悩ませていたらしく、既にフェリクスの処分が検討され始めていて思っていたよりも俺に都合のいい状態だった。

レオンは現状を説明した後、無言で俺を見つめてきた。俺が何も言わずに視線を返すと、彼は少し悲しそうに笑った。

「お前の執着は知っていたが、まさかフェリクスを追い落とすとはな」

レオンの思っていたよりも辛辣な言葉に、肩を竦めて「俺が追い落としたわけじゃない」と答える。

「ま、確かにそうだな。ミアとかいう馬鹿な女がフェリクスに勝手に近づいたとは聞いている。フェリクスは自業自得だが……それでも兄としては複雑な気分にもなるんだよ」

ただの愚痴だ、許せよ、と言うと、レオンは諦めるように一度視線を外しどこか遠くに視線をやった。

少しの沈黙が室内に漂い、それでもレオンから口を開くのを待っていると、小さな吐息と共に決然と顔を上げて俺を見据えてきた。

「フェリクスとクライン嬢の婚約は白紙に戻される。これは今後万が一フェリクスが心を入れ替えたとしても、覆らない決定事項だ。王家側からの婚約の打診という事実が広く知れ渡っている中で、多大な影響力を持つクライン侯爵家の面子《メンツ》を潰すわけにはいかないからな。彼女も複雑な気持ちになるだろうが、王子妃教育を受けた令嬢は得難い。彼女とフェリクスとの婚約はなかったことになるが、王子妃候補としての地位はそのままとなる」

　レオンはそこまで言うと俺の様子を窺ってきたので口端を上げて答えてやる。するとわざとらしく呆《あき》れ顔を向けた。

「まったく、お前には恐れ入るよ。いくら継承権を持っていようと、正式な王族ではない人間が王子になろうだなどと、叛意《はんい》を疑われてもおかしくないぞ。もう少し待てばヴェーバー元帥の持つエッケザックスと共に英雄紋も継承されるだろう？　エッケザックスが使える人間はただ一人。そんな人間の望みを王国としては無下にできないのだから、下賜や褒美で願えばいいだろう」

「下賜、だと？」

「待て、今のは手段の一つを提示しただけだっ。なんでお前はそう怒りっぽいんだっ！」

「お前が下賜などと言うからだろう。彼女を下賜などと冗談でも許さない」

「わかった、わかったから殺気をしまえ！　お前……俺は今回協力してやったのに。少しは俺に優しくしろよ」

　何故ツェツィーリアや家族以外の人間に優しくしなければいけないのか。

　大体レオン側にもメリットがきちんとある。今後は使えなかったフェリクスに代わって俺が公務も執務もこなすのだから、今よりも格段に負担は減るはずだ。

　そう思い無言でレオンを見つめると、レオンはあからさまに溜息をついた。「これが今度から俺の弟になるとか……俺可哀想《かわいそう》」とかなんとかブツブツ言っていたが、話し合いは終わったので「じゃあまたパーティーでな」と言って背を向けて、レオンが何事か叫んだが気にせずそのまま退出した。

　廊下を進みながらそっと安堵の息を吐く。

　ようやくここまで来た。フェリクスは卒業パーティーで間違いなく婚約破棄を宣言するだろう。注意すべきは取り巻きの中でも宰相家のトーマス・ミュラー。頭が悪くないだけに、フェリクスの意を組んで婚約破棄後のツェツィーリアに何をするかわからない。

……ミアを使うか。彼女をトーマスに泣きつかせよう、とこれからを考えて歩を進めた。

まさかミアがツェツィを娼館に送るよう言い出すなんてな。女は見た目じゃわからないなと取り留めもないことを考えながら白い肌に浮かび上がるソレを撫でる。

先ほどまで光り輝いていた誓紋は今は光を失い、ただ赤く腫れている。紋を刻む際に力を込めすぎたようだと気づき、撫でた手でそっと治癒の力をツェツィーリアの下腹部に送る。

ついで彼女の惨状を見て、無茶をさせたと全身にも治癒を巡らせた。

少し色の悪かった顔と唇にも赤みが戻り、つい吸い寄せられて口づけてしまい、どこまでも彼女に触れたがる自分に苦笑するよりない。

何が気持ちいいのかわざと口に出させて羞恥を誘うと、恥ずかしがりながら涙目で睨んでくるのが堪らなく可愛くて煽られる。

「痛いのはイヤでしょう？　気持ちいい方がツェツィの身体に負担がかかりませんよ？」

と言うと、イヤイヤと首を振りながらも身体を預けてくる。

彼女に欲しがってほしくて、イク寸前で行為を止めるのを繰り返していると、耐えられなくなったツェツィが「も、るき、さま、いじわるっやだぁ」と言いながら腰を動かしだしたときは、我を忘れてしまった……。

女性らしい柔らかな尻を揉みしだきながら寝台の軋みを利用して下から突き上げると、すぐに彼女は上り詰めた。

嬌声を上げて俺の背中に爪を立てる、傷にもならないその力の弱さにまた煽られて、イッてる最中のツェツィの中を容赦なく抉《えぐ》ると、彼女は大きな若草色の瞳を見開いて首を振った。

「や、やめて今はだめぇッ」と身体を痙攣《けいれん》させながら喘ぐ彼女が可愛くて、信じられないくらいイヤらしくて。渇望していた心が今すぐこの女を自分のものにと叫び、その感情に突き動かされるまま彼女を蹂躙《じゅうりん》して「もうむり」「こわれちゃう」と快楽で咽び泣く彼女の中に何度も何度も子種を出して。

イキすぎて過敏に反応する身体を持て余して「たすけて、るきさま」と縋りついてきた彼女に、今このときとばかりに、「あなたの口から俺のものだと言って……誓って？　そしたら終わりにするから」と囁いた。

「るきさまるきさまっ、つぇつぃはるきさまだけっ、ちかっ、て、るき、さまのっもの、だからぁっ」

そう助けを求めて口にする彼女にうっそりと嗤い。彼女が絶頂すると同時に、二度と奪われないようにツェツィーリアの下腹部に『ルカス・ヘアプスト』の紋章を刻んだ。

張りついた髪の毛を頬から払っても、小さく開いた口元にキスしてもツェツィは微動だにしない。

当分目覚めないだろうと、フーッと長く息を吐き気持ちを落ち着ける。

気を失い隠すことのない秘部から白濁した液体が溢れる扇情的なその姿に、再度手を伸ばさないよう必死で理性を繋ぎ止め、暖かな布で身体をさっと拭いて汚れていないシーツで彼女を包むと、タイミング良く小さくドアがノックされる。

「ルカス様、着替えをお持ちいたしました」

「ああ、そこに置いてくれ」

音を立てずに室内に入りながら、かしこまりました、と淡々と答える声に少しの怒りが感じ取れて、天蓋の紗《しゃ》を下ろして薄暗い室内に足を進めた。

フィンが無言で手渡す服を受け取り着替えながら、チラと目を遣り口を開く。

「どうした、フィン?」

「……何がですか」

「怒ってる」

「……」

問いかけを無視してもくもくと脱ぎちらかされたボロボロの服を回収していくフィンを、俺も気にすることなく上着を羽織ると、肩を竦めて壁に向かう背中に声をかけた。

「服と、……ナイフか?」

まさかドレスじゃないよな、と俺が呟いた瞬間、フィンが縫いつけられたドレスからナイフを引き抜いて振り向きざまこっちに投げつけた。正確に喉元目がけて投げられた短刀を指で止めて見ると、刃が潰れていたので「悪い」と謝ったのだが。

「なんで! ついこの間届いた最上級の耐久性を誇る短刀の刃を潰せるんですかっ! ドレス縫いとめるために買ったんじゃないんですよっ! しかも新調したばかりのスーツまでボロボロにしてっ!」

あんた一体娼館に何しに来てんですかっ! とフィンは小さな声で怒りだし。

流石に俺もスーツとナイフが駄目になった理由が理由だけに、フィンに返す言葉がないため潔く両手を挙げて「本当に悪かった」と謝ると、フィンは盛大に溜息をついた。

「……それで? 予定通りですか?」

「あぁ、ハンナたちは?」

「先ほど娼《下》館前に到着したようです。もう娼館《ここ》の主《あるじ》との話は済んでますので、玄関口で待機しているのではないかと」

言いながら女物の夜着とガウンを俺に手渡すと、「私も下でお待ちしております。くれぐれも、くれぐれもっ、粗相をなさらないよう、お早めにおいでください、ルカス様」と、言い聞かせるように言葉を発してフィンは静かに扉を閉めた。

そんなフィンに苦笑しつつ、俺は天蓋を開き寝息を立てるツェツィーリアに目を遣る。

逡巡《しゅんじゅん》しつつもそっとシーツの合わせを外すと、すぐにふるんと揺れる胸が現れて、股間に熱が集まりそうになり奥歯に力を入れた。

既に何度も吐き出しているはずなのにすぐに彼女が欲しくなる己の欲望に深呼吸で自嘲しながら、手早くツェツィーリアを着替えさせて抱き上げる。

抱いているときも思ったが、彼女は軽すぎる。壊してしまいそうなほど華奢な身体で、この先子ができた場合は大丈夫なのかとまだ見ぬ未来を心配してしまう。

ツェツィーリアを失う想像をして抱き上げる腕に力が籠もると、抱えた彼女が胸元に顔を擦りつけてきた。目を閉じながら軽く眉間に皺を寄せたので、小さく「ツェツィ?」と声を掛けると、安堵したように穏やかに微笑み身体を預けてきて。腕の中の存在に愛しい気持ちが膨れ上がる。

華奢なことを心配しつつ、それでも抱くことは止められないだろうなと思い、今後は少し彼女に体力をつけてもらおうと頭の中で計画を立てながら階下へと向かった。

【2】


第二王子であるフェリクス様との婚約が王家から打診されたのは十才のとき。

父は始め、陛下からその話をされたとき断ったらしい。一人娘の私が家から出てしまうと分家筋から養子を貰《もら》わなくてはならないし、同い年の婚約者ではなくもう少し年下から選んだ方がいいとかなんとか理由をつけて。

けれど陛下からの再三にわたるお願いに、父がとうとう折れたのが私が十一才になる直前だった。

イライラした様子の父と共に登城して陛下と第二王子であるフェリクス様にお会いし、あっという間にあとはお若い二人でと放置されたときはどうしようかと思ったけれど。

それ以上にフェリクス様の傲岸不遜な態度に、帰ったらお父様をどうしてくれようか……と思ったことを今でも覚えている。

咲き誇る花々を鑑賞できる東屋《あずまや》に通されるも、エスコートもされず椅子も勧められず。

フェリクス様は面倒臭そうな表情でだらしなく椅子に座ると、とりあえずもう一度自己紹介をと膝を曲げかけた私を無視して口を開いた。

「王族だからって婚約者くらい俺の好みを反映してくれてもいいと思うんだが。顔はまぁまぁだが、地味だし頭も身体《からだ》も固そうな女だな。クライン侯爵夫人は女性らしい身体つきだったし、まぁまだ十一ではこんなもんか。せいぜい俺に迷惑をかけぬよう精進しろよ」

その言葉に、淑女スマイルのまま固まった私はむしろ偉かったと思う。

そして私は小さく小さく溜息《ためいき》をついて「お言葉を胸に精進いたします」と頭を下げた。

私の十一才にしてはよくできてるカーテシーに、周囲の女官や騎士たちは揃《そろ》って項垂《うなだ》れたわ。

それはそうよね。婚約を打診されて来たのに、当の婚約者に手酷《てひど》く馬鹿にされた侯爵令嬢が泣きも怒りもせず最後まで礼儀正しくあるのだもの。自分たちの仕える主《あるじ》のみっともなさを目の当たりにして、遣《や》る瀬ない気持ちにもなるわよね。

……というか、お会いしてわかったわ。フェリクス様がこうだから、私が選ばれた。

私に求められているのはフェリクス様の寵愛《ちょうあい》を受けることではなくて、フェリクス様を支え、時には戒め、第二王子夫妻として王太子殿下及びこの国を共に支えていくこと。フェリクス様に足りない部分を全て私が補わなくてはならないのだ。

それが婚約者の、ひいては第二王子妃になる私に求められている役目――。

その日、鮮やかだった世界は唐突に色褪《あ》せて、重すぎる枷《かせ》を足につけられたような感覚がした。

第二王子の婚約者だから護衛をする近衛騎士団の面々を紹介したいと言われたのは、その日から大分経《た》ってから。

始まった第二王子妃候補としての教育の幅広さとその密度の濃さに数度の授業で既に胃に穴が開きそうになっていた私を見かねたのか、それともただ単に思いついたのか。

唐突に近衛騎士団副団長であらせられるアンドレアス・ヴェーバー様が授業終了直前にいらっしゃったのだ。陛下と父の許可は既に済んでいると朗らかに笑うヴェーバー様直々に案内され大人しくついて行った先に――彼がいた。

長身の騎士たちの中で異質すぎるその存在。比べるまでもなく細く華奢《きゃしゃ》な手足で、いつ吹き飛ばされてもおかしくないその小さな身体で。

他の騎士が持っている木刀よりも数段細い木刀を握り締め飛ぶように動くその少年。

目の前で大の大人――しかも数ある騎士団の中でも対人戦においてなら黒騎士団よりも強いと言わ

れている選《え》りすぐりのエリートである近衛騎士相手に剣戟《けんげき》を繰り広げる少年に、目が釘《くぎ》付けになった。

何度打ちのめされ、吹き飛ばされても立ち上がり前を見据える。彼は倒されたあと束《つか》の間、何故《なぜ》駄目だったのか少し剣を動かし確認している様子が窺《うかが》えた。

圧倒的なまでの筋力の差を嘆くでもなく文句を言うでもなく、小回りのきく身体と今使える技術でどう立ち回れるか考えているようで。

そしてまた足を踏み込む。その恐れも怯《おび》えも見えない一歩に、胸が締めつけられた。

騎士と彼の打ち合いは徐々に長引き始め、手に汗が滲《にじ》んだ。

けれどやっぱり筋力さは大きい。恐らく騎士の死角をついた彼の横薙《な》ぎは、瞬発的に出された騎士の全力の払いに打ち負け、彼の手からは木刀が吹き飛んでしまった。

「っあ～クソッ」と嘆いたのは騎士の方だったけれど、それよりも彼が一瞬俯《うつむ》いて掌《てのひら》を押さえたのが気になって。ぐっぐっと確認するように手を握り締める彼を私は涙目で見つめた。

まさか、手を、怪我《けが》したのでは……っ？

治療を、と思い至ると同時に、自分が治癒魔法を使えないことに気づいて何故か胸に後悔が押し寄せる。怪我を治せる技術を学んでおけば、役に立てたかもしれない。

彼を、傷ついた人を癒《いや》せるようになれたら。

心の片隅に湧き上がった欲求が、のちの私の趣味ともいえる慰問に結びつくのはそう遠くない未来だったわけだけれど。

キョロキョロと軽く辺りを見回していた彼がふと私の方を見た。同時にヴェーバー様が片手を上げて、彼は軽く目を見張ると何だか嫌そうな雰囲気でこちらに向かって歩いてきた。

近くで木刀を拾い上げる彼に私は少しドキドキしながら見つめていると、陽光の下でキラリと光る金色の瞳と視線がかち合い一瞬息を呑《の》む。

金の瞳は王家の色。彼は一体……っ？　と驚いて、さらに近づく彼をよくよく見る。

薄茶色の髪に整っているけれど平凡と言える顔立ち。そして瞳も薄茶色というベルン王国によくいる色合いの少年だった。

光の加減で金色に見えただけかと思い直すけれど、でも何故か気にかかってしまって。

そっぽを向く彼がもう一度こっち見ないかな……と思っているとヴェーバー様がまるで助け船を出すかのように紹介してくださった。

「ツェツィーリア様、彼はルキといいまして、わけあって私が預かり騎士として訓練している者です。ルキ、こちらはツェツィーリア・クライン侯爵令嬢だ。第二王子であるフェリクス様の婚約者として騎士団まで顔を見せに来てくださった」

「……」

ルキと呼ばれた少年は渋々という体で私へ無言で騎士の礼を取るとすぐにふいっと視線を外してしまい。私は何故かその彼の行動に胸が痛んで、つい口を開いてしまった。

「ぁ、あの、手は、大丈夫ですか……？」

「……て？」

「先ほど、打ち合いで」

「あぁ、平気」

「こらルキッ、失礼な口のきき方をするんじゃないっ」

ゴスゥッ！　と物凄《ものすご》い音と共に彼の頭の上に拳が落ちて、私は衝撃で固まってしまったわ。

「……ッてぇ……」

「お前、王子妃候補の方の御前だぞ。もっと騎士らしくシャンとしろ、シャンと」

え……い、痛そう、物凄い痛そうなのに顔色が至って普通だし、今の酷い音がした拳骨は痛いで済んじゃうものなのっ？　そんな軽い一言で済んじゃうレベルなのっ!?　そしてヴェーバー様の力半端ないっ！　シャンとしろって首根っこ掴《つか》まれた彼の足が浮いてますっ！

そんな驚きと感動で若干混乱している私に、ヴェーバー様が謝ってきた。

「あぁ、ツェツィーリア様、驚かせてしまい申し訳ありません。ですが彼は十の頃から騎士団で揉《も》まれてますから、こんなのは怪我のうちにも入りませんよ。ゆくゆくは私を超えて、この国で随一の騎士になる男です。遠からぬ未来に、クライン嬢を警護することもあるかもしれませんね」

――いきなり手を離されて肩をバンバン叩《たた》かれた彼は物凄い不満そうな顔してます、ヴェーバー様……。

そう思うも。私の口は湧き上がる心のままに自然と開いていた。

「まぁっ、とても努力家なのですね。王子妃なんて私に務まるか不安だったのですが……そうよね、まずは努力してみないと何事もわかりませんわよねっ。そうだわ、私も、あなたに守っていただけるような立派な王子妃を目指しますわ！　ですから近い将来、お会いできるのを楽しみにしておりますっ、ルキ様！」

そう、いつか彼のような騎士たちに守ってもらえるような立派な王子妃に。

自ら学ぶ意欲がなければ実は結ばない。頑張る努力もせず嘆くなんて間違ってる。少し重いモノを持たされたくらいで下を向くなんて、頑張って支えてくれようとしている人たちに顔向けできないわ。

教養も礼儀作法も求められる以上のモノを身につけて、いつか近い将来に……誇れる私になって彼の前に立ちたいから。

それから、お父様に治癒魔法について勉強したいとお願いしてみよう。戦う力ではなく、戦ってくれる人を癒せる力を得たい。それはきっと誰かの、彼の役に立つはず。

私の一方的と言っていい約束を、気恥ずかしそうに少し頬を染めながらそれでも嫌がらず小さく頷《うなず》いてくれた彼を思い出す。

砂ぼこりでボサボサの髪の毛に汗や土で汚れた顔と身体。見える部分ほとんどが痣《あざ》だらけで口端には少し血も滲んでいた。あんなにボロボロの見た目なのに——今まで見たどんな素敵な男性よりも一番……格好良かったな。

頷いたときに私を見て気恥ずかしそうに細めた瞳がやっぱりキラキラした金色に見えたことを思い出し、少し速まる鼓動を不思議に思いながらも色褪せていた世界に鮮やかな色が戻るのを感じた。

自ら王子妃教育に取り組むようになってからは怒涛《どとう》のような毎日が始まった。

お父様が王子妃教育に差し障りのない程度なら、と治癒魔法の教師も雇ってくださったから家では課題を必死にこなしつつ治癒魔法についても勉強する。

合間にフェリクス様との交流や他の貴族家のご令嬢たちとのお茶会もあったりと忙《せわ》しない日々を過ごしていた。

そうして必死でこなした勉強はそれなりに実を結んだけれど、フェリクス様との交流はあまりうまくはいかなかった。

会えば私への駄目出しオンパレードなフェリクス様との会話は正直苦行だったし、十五才を過ぎた頃から徐々にフェリクス様の私を見る目に色が含まれ始めてしまって恐怖を覚えたから。

私の努力が功を奏したのかそれともただ単に遺伝子のなせる業だったのか……成長するにつれて私は社交界の花と謳《うた》われるお母様そっくりになっていった。

日に焼けないように気を使った肌はきめ細かく白く。お父様譲りの珍しい飴《あめ》色の髪は毎日手入れして艶々に。そしてフェリクス様にこんなもん呼ばわりされた私の身体は細い手足に出るとこ出ている魅惑の我儘《わがまま》ボディとなった。

同年代の女子の中ではかなり理想の淑女に近しい存在だと我ながら思うのだけれど、それはその分だけ目を引いてしまうというわけで。

王子妃候補となれば夜会では様々な人と会って話をする。紳士的であれそうでない人であれダンスを踊る必要があれば踊らなければいけないし、情報が欲しければそれだけ近づいて話をしなくてはいけない。

ジロジロと身体を値踏みされ、あわよくば触れてこようとする相手をどうやったらうまく躱《かわ》せるか。……綺麗《きれい》だと言われるのがこんなに気持ち悪いことだとは思わなかったとお母様に泣きついたこともあったっけ。

第二王子の婚約者として下手は打てない中で、頼みの綱はまだ社交デビューをしていない子供という立場とお母様の教え。それから本当に親しい友人たちと護衛騎士たちだった。

十六才のデビューの夜会は、物凄い緊張をしたことを覚えている。

もう子供という立場はなくなってしまって、これからはさらに人付き合い——特に異性との交流は気をつけなくてはいけなくなる上に、綺麗な女性を見るとすぐに傍《そば》から消えるフェリクス様の面倒まで見ないといけない。

フェリクス様を押さえるのは勉強よりも大変だから、本当に王家からお荷物を押しつけられたわ……と思ってしまっても仕方ないと思うわ。

そうして始まった夜会はけれども私の予想に反して恙《つつが》なく、本当に恙なく終えることができた。

——王城の警備は基本的に蒼《あお》騎士団が担う。通常は夜会会場の警備も蒼騎士団が当然行うけれど、その日は何故か要所要所に近衛騎士が配置されていて。

私とフェリクス様にも四人の近衛騎士がついてビックリした。

式典でしか着ない騎士団の無駄に格好いい正装が生かされていて、華やかさや場の雰囲気も損なわずただそっと傍にいる彼らに、けれど下心を持った貴族たちは下手なことはできず当たり障りのない会話をするだけ。王の名のもとにある近衛騎士団の抑止力は凄《すさ》まじかった。

かと思えば超エリート集団で見栄えのいい騎士を見よう、あわよくば話しちゃえアピールしちゃえ婚活しちゃえと年頃のご令嬢が競って私とフェリクス様に近づいてきて。キャッキャウフフとちやほやされて、フェリクス様は終始ご機嫌で私の傍から消えたりしなくて。

一切のストレスなくデビューを終えることができた。

——そして、会場内に配置された騎士の中にはルカスもいたのか、退場するときに彼が扉を開けてくれた。盛り盛りの騎士の正装をこれでもかと着こなす圧倒的なまでの美形具合に、なんだか負けた感がしてしまったからよく覚えてるわ……。

一角だけ妙に人が少ないから変だと思っていたけれど、彼がいたのなら納得だった。

あんな美形が近くにいたのではせっかくの社交デビューだっていうのに主役の自分が霞《かす》んでしまうもの……。なんか、そうなってくると美しすぎるのも不憫《ふびん》だわと取り留めないことを考えながら、着ている騎士服に噂《うわさ》通り歴代最年少で近衛になったのかとチラリと視線を向けて、一瞬絡んだ金色の瞳がゆるりと細まり息を呑んでしまった。

シャンデリアの光を反射してキラリと輝く金色にほんの少しの気恥ずかしさを含んだ口元、流れるように礼をするその所作——。

既視感ではない、どこかで見た覚えがあるソレ。

頭を下げられ、見えなくなってしまった表情に喉がキュッと窄《すぼ》まった。

私は何かが引っかかったまま、フェリクス様に引っ張られて会場を後にした。

それからはどこの夜会でも必ず近衛騎士がついた。

不躾《ぶしつけ》な視線も少なくなり、手を出そうとする男性もおらず。気をつける相手はフェリクス様だけだったから大分精神的に楽になった。

同時にそれまで制限されていたこともある程度許可が下りるようになって、私は孤児院や教会への慰問なども増やすことにした。

護衛をする騎士たちには申し訳ないけれどせっかく得た治癒魔法は役立てて然《しか》るべき、というか使ってなんぼだと思ったし、王家の評判も上々になるから一石二鳥だと思う。

……フェリクス様の評判はあまり、というか大分良くないからその分私が頑張らないといけないし。

護衛をする側の近衛騎士たちは大変だったと思う。

不特定多数の人間が出入りする診療所や教会など、襲撃されないように細心の注意が必要だったでしょうに。嫌な顔をされたことなど一度もなくて、本当に良くしてくれて。

ある日王都の外れにある孤児院が併設されている教会に慰問に出掛けた帰り。

馬車に乗ろうとした私は後ろの騒がしさに振り向いて——血の気が引いて恐怖で身体が動かなくなってしまった。

ベルン王国の王都のすぐ隣には境の森が広がっている。

大型の魔獣や強力な魔獣は入り込めないように防御壁が築かれているけれど、小型の魔獣などはその網を通り抜けられる。そのせいで稀《まれ》に、本当に極稀に魔獣が王都の外れに出没するとは聞いていたけれど。その極稀に自分が当たるだなんて思わなかった。

魔狐《まこ》の群れ。

大抵単体でいるはずのその魔獣が、何故か群れで出現した。しかもリーダー格の魔狐がいて明らかに統率がとれている。対してこちらは数人の近衛騎士のみ。

彼らは対人戦においてはエキスパートでも、対魔獣戦は専門外だ。私を守りながら魔狐の群れを討伐などできないだろう。

何より、魔獣の数が多すぎる――。

頭を過《よ》ぎる死の予感に、震えて縋《すが》りつく侍女を支えながら必死で最後まで泣き叫ぶことだけはしないようにと唇を噛《か》み締めた瞬間――トンと押されて馬車の中によろけてしまった。

なに……？　と思う間もなく、高密度の防御陣が施され馬車から出られなくなる。

王の間などの超重要な場所に張られている防御陣と同じ強度のそれに呆気《あっけ》に取られていると、右手に長剣左手に少し長めの短剣を握る瑠璃紺色の髪をした騎士がリーダー格の魔狐の前に立ったのが見えた。

あの髪色は――と窓に縋りつくように外を覗《のぞ》いた瞬間、リーダー格の魔狐が物凄い唸《うな》り声を上げて群れが襲いかかってきた……っ。

「来たぞっ…ルカスっ！」と叫ぶ声に息を呑むと、彼は。

特に何を思うでもない風に、怯えも恐れも一切の迷いも感じさせず一歩を踏み出すと、飛びかかってきた数頭を横薙ぎに斬り捨て、更に一歩でリーダー格の魔狐に近づくと左手の短剣を寸分の狂いなく魔狐に突き刺し地面に縫いつけた――。

その圧倒的な力の差に一瞬場が静まり返った。

誰もが注視する中彼は全く気にする素振りなく淡々と、必死に唸り声を上げて抵抗する魔狐に目にもとまらぬ速さで剣を振るい。自分たちのリーダーがやられて即座に逃げ出そうとした魔狐は我に返った近衛騎士たちに討伐された。

私は馬車の窓から呆然《ぼうぜん》と、血に濡《ぬ》れた剣を払い鞘《さや》に納めるその背中を見つめる。

弛緩《しかん》する空気の中、一言二言他の騎士と話す彼の横顔に釘付けになった。

――また、まただ。既視感なんかじゃない。

私は、知ってる。あの横顔を。あの怯えも恐れもない一歩を。

でも、彼は。……っ彼は、討伐の方に回ったとヴェーバー様が言っていた。

髪だって夜明け色じゃないし瞳だって金色なんかじゃない。何よりあんなに美形じゃなかった。地味な、どこにでもいそうな平凡な顔立ちをしていた――っ。

窓枠を掴む手が白くなるほど握り締めて見つめ続けていると、チラリと金色の瞳が私を見た。絡む視線にヒュッと喉奥で音がして、唇が震えてしまう。

するとルカスは軽く目を見張って、けれどすぐに視線を外してしまった。……その瞬間垣間見《かいまみ》た表情に私は何故か堪《たま》らなくなって、締めつけられる胸の痛みに静かに涙を零《こぼ》した――。

動きだす馬車の中、心配する侍女に生返事をしてしまい申し訳ないと思うけれど、ぐるぐるぐちゃぐちゃする感情をどうすることもできなかった。

何度も思い出す、視線を逸《そ》らされる直前のルカスの気恥ずかしそうな口元と細められた金色の瞳。

彼であるはずが無いとわかっているのに、約束が守られたのだと勘違いしてしまいそうで。

ドクドクなる心臓をドレスの上から無理矢理押さえつけ深呼吸をする。

……憧れの相手に少し似ているだけでルカスを意識するなんて馬鹿げているわ。彼とルカスは全くの別人で、ルカスは約束なんて知らないし近衛としての責務を果たしただけなのだから。

だから、これは、そう。アレよ、アレ。えーと、犯罪者に捕まった被害者が身を守るためになんか精神に異常を来してなっちゃう例のヤツ……いやいや違う違う、全然違うわ。アレも勘違いの副産物だとしてもアレな単語出てきちゃうし大体それはないから。絶対にないからっ。

それならこの心臓のドキドキは……と必死に納得できる理由を探そうとしている私に、見かねた侍女が声を掛けてくれた。

「……ツェツィーリア様、先程からお顔の色が悪うございます。魔獣が討伐される場面を見るなど心身にご負担が掛かりましたでしょう？　ご帰宅されましたらすぐにお休みくださいまし」

「……そう、ね。そうするわ」

ありがとう、と小さく答えながら、私は早鐘を打つ心臓の理由がわかって盛大に安堵《あんど》した。

――このドキドキは、吊《つ》り橋効果だわ！　しかも女神みたいに綺麗な顔した物凄い強い騎士とか、女なら普通にときめいてもおかしくないいんじゃない？　と。

そうして私もそれなりに面食いだったのね……と自分に呆れつつ、無事に帰れたけれど今日の出来事が今後の慰問活動に悪影響を及ぼすのではと不安になった。けれど結局近衛騎士の人数は変わらず、その代わりに境の森付近に遠出をする際は黒白騎士団員が数名つくことになり……。

そして何故かルカスが護衛につく日は黒白騎士団員が来ないという謎現象も起こり。

何度も会うことになるルカスを目で追わないようにするわよ！　と変な意気込みをしてしまう自分に頭を捻《ひね》っているときに、ヒロインがフェリクス様に近づいたのだ――。

ヒヤリ、と額に何かが当たった。

その冷たい感触に、真綿で包《くる》まれているみたいな優しく温かい腕がないことに気がついて、微睡《まどろ》みから浮上した。

……なんだか懐かしい夢を沢山見たわ。喉がカラカラで、頭と身体が酷く重い。

「……ん、あ……？」

「あぁ、お目覚めになりましたかっ。無理に起き上がらないでくださいまし。ツェツィーリア様は過労で熱を出されたのです。しばしこちらでご静養くださいませ。今お水を」

熱……？　言われてみれば、身体が熱くて節々が痛いわ。というか全身が痛い。なんだか熱を出すなんて久しぶり。

……まさか、それくらい無茶されたってことかしら。まさか。まさかよね。

でも娼婦《しょうふ》のお仕事って体力勝負なのね……毎回こんな風になったら困るから体力つけなくちゃ。

あぁでも、熱で仕方ないとはいえ、お仕事は休んで平気かしら……？　そういえばここはどこ？

「ぁの、ここ、ッケホ！　コホッ」

「あぁっ無理をしてはいけませんっ。まずはお水をどうぞ。さっ」

起き上がって聞こうとすると、声が思うように出なくて咳《せき》が出てしまった。

優しそうな四十代くらいの女性が焦ったように背中に手を添えて優しく摩《さす》ってくれる。

差し出されたコップの水を飲むと、果実水だった。冷たすぎず美味《おい》しい。

ほぅっと息を吐くと、手元からそっとコップを下げた女性が穏やかに微笑《ほほえ》んだ。

その笑顔に促されるように口を開く。

「ありがとうございます。……あの、ご存じのようですが私はツェツィーリアと申します。こちらはどなたの……？」

申し訳ないけれど、自ら娼婦でーすと名乗ることに慣れてなくて躊躇《ためら》ってしまったわ。

そして相手は見るからに品のある女性だし、明らかに室内の調度品も私が寝ていた寝台もふわふわ～のふかふか～だから、どう考えてもここは貴族の屋敷だと思うのよね……っていやだ私ったら侯爵令嬢時代のくせで相手の身分も考えずに先に名乗ってしまったわっ。

ど、どうしましょうっ、どうみても高位貴族家の使用人。一介の娼婦が先に名乗るなんて無礼以外の何物でもないんじゃ……っ。

私が軽く青くなっていると、ご婦人は微笑みながら答えてくれた。

「わたくしはこちらのお屋敷で侍女長をしておりますハンナと申します。ツェツィーリア様のお世話を命じられました。そちらに控えるアナとケイト、エルサがツェツィーリア様専属侍女兼護衛ですので、ご用の際はわたくしか又はそこの三人に何なりとお申しつけくださいませ」

ハンナさんの紹介と共に壁際に控えていたらしい若い侍女三人が微笑みながら「よろしくお願いいたします」と声を揃えた。綺麗なお辞儀を見るに、相当マナーを叩き込まれているのが窺える。

多分伯爵位以上の令嬢のマナーだわ。そんな最高クラスの侍女が護衛も兼任？　あんな美人で可愛《かわい》いのに護衛もできちゃうの？　凄くない？　しかも私専属ってどういうこと？　娼婦に侍女兼護衛をつけてどうするのかしら？

混乱のまま無意識に令嬢スキルで微笑みと会釈を返す。

駄目だわ、和やかな雰囲気に流されそう。頭が重いけれど思い出さなくちゃ。

う～んと……とにかくずっと抱かれてたのよね。それで何度も中に出されたような気がするから、彼って前世の記憶によると絶倫とかいう人じゃないかしら？　グチャグチャのドロドロにされて何か訊《き》かれたから答えたらまたイカされて……そこから覚えてないわ。

頭が焼けるかと思うくらい快感が酷くて死ぬかと思ったのだけれど、死なないようにきっと気絶したのねっ。よくやったわ私の生存本能！　腹上死を避けられた！

それから……の記憶がないということは、気絶している間に誰かに連れてこられたということよね。

……いや、待って、まさか。

「こちらは王都にございますヘアプスト公爵邸でございます。眠ってしまわれたツェツィーリア様をルカス様がお連れになりました。本当ならば客室以外にお通しするのは憚《はばか》られたのですが……警備の都合上、ルカス様のお部屋が最も安全とのことでこちらのお部屋に」

――いーやーッ！

全然良くやってないわ私の生存本能っ！　なに気絶してるのよ！　公爵邸に連れてこられちゃったら闇に葬られても誰にも気づかれないままじゃない……っ。

死ぬのと娼婦続けるのじゃ、やっぱり娼婦の方がいいわっ。だって娼婦ならとりあえず生きていられるからこの先にまだ希望を見られる。死んだらそこでおしまいじゃない……。

私まだ十七なのに……そこまでヒロインに悪事働いてないのに、こんなの悲しすぎる。

「目を覚ましたのですね、ツェツィ」

「ルカス様！　淑女の眠る部屋にノックもなしに入るなど、紳士のなさることではございません！」

いつの間にか音もなくルカスが室内に入ってきていた。侍女さんたちも驚きで目を白黒させてるわ。

それはそうか……彼女たちは入口近くの壁際に控えてたんだものね。なのに全然気づかずに室内の半分までルカスが来てるなんて、彼、暗殺者にもなれるんじゃないかしら？

それとも騎士ってそういう隠密技術も学ぶの？　近衛は王族警護だから気配消す技術も必要そうで

はあるけれど、着替え中に入ってこられても気づかないままとかになりそうで怖いっ。

そんなくだらないことをぼーっとした頭で考えていると、ルカスが私の手の甲に口づけた。

「俺のものになった悦《よろこ》びで、初めてのあなたに無茶をさせてしまいすみませんでした。熱が出てるとのことですが、具合はどうですか？」

夜と違う明るい室内で見るからか、超絶美形の笑顔が放つキラキラが留《とど》まるところを知らないわ。目が潰れそうだし心臓が爆音を立てるし顔に熱が集まるぅっ。あとやっぱり手が早いわ。

「だっ、大丈夫ですわっ。お気遣いいただいてありがとうございます……」

尻すぼみになるのは許してほしい。だって初めてって、無茶させたって……部屋には他に人がいるのにそんな夜のことをサラッと口に出されたら恥ずかしすぎるっ！

でもハンナさんや侍女たちから若干憐《あわ》れんだ雰囲気が漂ってるのは何故なのかしら？　きっと無茶させたの部分に反応したのよね？　……それ以外にもあったらどうしましょう。

「良かった。ツェツィ……」

「う、あ、あの、ヘアプスト公爵子息さ」

「ツェツィ？　違うでしょう？」

ヒィッ眼力が！

「る、ルキ、さま」

「うん、何かなツェツィ」

あうっ。朝から色気垂れ流してくる美形を誰かどうにかして――っ！　手つきがっ、スルッて首筋を撫でてくる手つきがっ。イヤらしいのよぅ……！　それとも一晩の間に私の身体がイヤらしくなっちゃったとか……!?　あ、あり得ない、と、否定できない一晩だったのが辛《つら》いっ。

「あ、ん……っ」

「……ッ、そんな顔して、誘ってるの？　ツェツィーリア」

「る、ルキさま……んッ」

チュッチュッと軽く口を合わせたあと、クンッと顎を持つ手に力が入り、つい口を開いて舌を受け入れてしまった。舌を絡められてまた快感の熱が灯《とも》りそうになった瞬間――ハンナさんの怒ったような静止の声が室内に響いた。

「ルカス様、そこまでにしてくださいませ」

その冷たい声に、唇が名残惜しげに離れてハフッという私の吐息が静かな部屋を震わせた気がする。なに受け入れちゃってるの私……今すぐ気を失いたい……と思いながら、恥ずかしいやら申し訳ないやらでついルカスの服を掴んで縮こまる。

「あ……あの、申し訳ありません……」

「ツェツィは悪くないですよ。……いや、ツェツィが可愛くてイヤらしいのが悪いのかな……」

「っ!?　え、ちょ、っる、ルキ、さま……っ」

ヒトのせいにした上にイヤらしいとか失礼なことを言いだしたルカスは、またも私の顎を掴み顔を上に向けようとしてきて。

私はイヤらしくないわっ！　断じてっイヤらしくなんてってないいっ!!　あと顔を近づけるのやめてー!!　とハンナさんに助けを求める視線を向けると、ハンナさんが青筋を立てて笑っていた……。

「ル　カ　ス　様？　いい加減にしてくださいまし。それ以上体調の悪いツェツィーリア様に無体をなさるなら、わたくしの全力をもってお相手させていただきますわ」

「……わかったよ」

ハンナさんの一言に、至極残念そうに溜息をつきつつもルカスが退いたのを信じられない思いで見つめてしまう。彼は公爵子息だし、ハンナさんは侍女長とはいえ使用人であることは変わりないわけで……。ハンナさんて何者なのかしら。

驚いて見つめていると、ハンナさんが笑顔を優しげなものに変えて説明してくれた。

「驚かせてしまったようで、大変申し訳ございません。……わたくしはルカス様の乳母をしておりました関係で、このような態度をご当主様より許可されております。ツェツィーリア様におかれましては、ルカス様に、……昨夜のような無理をさせられそうになりましたら遠慮なくわたくしにお申し出くださいませ。責任を持って対応させていただきます」

にっこり。優しそうな雰囲気とは裏腹に、ルカスを見る視線に異常な抑止力が込められている気がするわ。凄く期待できそうっ。

というか、彼女とルカスのにっこり笑顔が似ているわ。……恐怖を煽《あお》ってくる方向性が特に似てる。あの親にしてこの子あり……は流石《さすが》にハンナさんに失礼よね。ハンナさんは鬼畜じゃないでしょうし……あら？　待って？

「……昨夜のような……？」

ポツリと呟《つぶや》くと、ハンナさんと侍女三人が揃ってそっと視線を外した。侍女三人など顔を赤くしているわ。え……とても嫌な予感が。

女性陣から軒並み視線を逸らされてしまったので怖々とルカスに視線を向けると、美形が苦笑しながら自分の胸元をトントンッと指し示した。その動作で自然、私の胸元に視線が向く。

うん、相変わらずふくよかだわ……じゃなくて!!　見たことのない寝間着を着てるわっ！

えぇっ!?　何か細部まで凝った作りで高そうっ。凄い肌触りいいし、どう見ても腹黒野郎《トーマス・ミュラー》が寄越した服じゃないわよね。というか裸のまま気を失ったわけだから娼館にある服のはずがないし、どう考えてもこちらに連れてこられてから着せられた服……。

そこまで考えて、私の顔も真っ赤になった。

「……～っ！」

見られた。胸の痕を。しかもただの痕じゃない……明らかに咬《か》まれたとわかる痕。

侍女三人はもう完全に俯《うつむ》いて赤くなった顔を隠している。

通常のマナーであればあり得ないけれど、今はひたすらありがたいわ……プロ根性を発揮されて視線を合わされたら羞恥で死ねるっ。そしてその視線を合わせないという行為で、これが情事における普通の行為じゃないということがわかってしまって死にたいほど恥ずかしい……っ。

どうしてこういうときに気絶できないのかしら。王子妃教育で図太くあれと教育されたからかしら。どうせなら自在に気絶できる技術も教えてくれれば良かったのにっ。

現実逃避も虚《むな》しく、ルカスが私の頬を撫《な》でながら「すみません、やりすぎました」と謝ってきて――その言葉に、カッとなった。

今更ですかっ！　むしろ今謝られるとか逆に腹立つわぁっ！　しかも笑顔で謝るとか全然悪いと思ってないわよねっ!?　そのお綺麗な顔を殴っていいかしらっ！　そしてあなたも少しは恥ずかしがりなさいよ――っ！

言い訳をするならば、そのときの私は熱で理性が緩んでいたのだと思う。

彼が公爵子息だとか私が娼婦だとか、そういう行為を含めて買われたという事実すらスパーッと頭から抜け落ちて。あり得ない行為を当事者以外に知られてしまった羞恥と怒りでグルグルした心の声がつい外に出てしまった。

「〜〜ッ、ルキ様のばかっ！　もうっ！　触らないでっ！」

　自分でも思ってもみないほど大きな声が出て、頬を撫でるルカスの手を払っていた。

　そして声を上げた途端止めどなく涙が零れてきて。自分でも何故泣いているのかしらと不思議に思いながらボロボログスグス泣いていると、「うわぁ……」「ルカス様……」「ご愁傷様デス……」と壁際から小さく声が聞こえ、すぐ傍では「ほら見なさい。自業自得ですよ」と呆《あき》れと小馬鹿を多大に含んだハンナさんの声が聞こえた。

　そして躊躇うような、どこか悲愴感漂う「ツェ、ツェツィ……っ？」というルカスの問いかけに、私は泣き喘《あえ》ぎながらこの際言い返してやれ、と半ば喧嘩《けんか》腰でいたのだけれど。

「あ、謝る、くらいならっ！　しない、でっ！　……っ、ゲホッごほ」

「ツェツィーリア様っ、大丈夫です、ルカス様にはこのハンナがあとでキチンと言い聞かせますから。ですから今はお心とお身体を休ませてくださいませ」

　大丈夫、大丈夫ですよ、と。優しく背中を撫でながら治癒魔法をかけてくれるハンナさんが女神に見えた。それまで固まっていた侍女三人も途端に静かにキビキビと動きだす。

　私は顔を温かな布で拭われ蜂蜜の入った薬湯を飲まされ、「今はお眠りください」と眠りの魔法をかけられて、抗《あらが》うこともせず瞳を閉じた――。

　最後に見えたのはルカスの動揺しきった顔と、知らない男性の「ルカス様、お迎えが来ましたよ。……どうしました？　何かやらかしたんですか？　アホですね。さ、行きますよ。ツェツィーリア様も眠られたようですし、仲直りは魔狼《まろう》を討伐してからにしてください。……帰宅《それ》までに嫌われてないといいですね」という笑いを含んだ言葉だった。

　身近な人間にボロクソに言われるルカスに、ざまーみろっ！　と思ってしまった私は悪くないと思います。

唐突にパチリと目を覚ました。

沢山寝たせいか身体は軽く、熱も下がり頭がスッキリした状態で起き上がれた。天蓋から紗《しゃ》が下ろされていて薄暗く、今が朝なのか夜なのかわからなくて、少し逡巡《しゅんじゅん》してから裸足で寝台から下りる。

そっと布を押し上げて室内を見渡すと同時に、ノックの音が響いて「……ツェツィーリア様？　起きられたようでしたら入室してもよろしいでしょうか」とうかがう声がした。

な、なんで起きたのがわかったの……？

驚きつつもすかさず背筋を正しながら寝台に腰かけ、「……ええ、起きてますわ。どうぞ」と元侯爵令嬢としての技術を遺憾なく発揮しようとして——咬み痕を見られたことを思い出し真っ赤になって項垂れたわ……みっともない……私最高にみっともないし恥ずかしい……っ。何を淑女ぶっちゃってるのかしら。絶対彼女たちも引いたわよね……だってキスマークならまだしも、咬み痕を三つも四つも身体につけられてるとか。まるで私が痛いのを喜ぶ人間みたい……ッいやぁ——っ！　違うって言い訳したい！　私が頼んだわけじゃないって！　鬼畜《ルカス》の趣味なんだって今すぐ言いたいぃ!!

そのまま項垂れていると、入室してきたのは侍女三人組のみだった。

彼女たちはタオルと着替え、それから化粧品を持って寝台近くまで音も立てずに寄ってくると、揃って綺麗なお辞儀をした。

「おはようございます、ツェツィーリア様。昨日もご挨拶させていただきましたが私がアナ、こちらがケイト、そしてその隣がエルサと申します。わたくし共三人がこれよりツェツィーリア様専属の侍女兼護衛となります。何なりとお申しつけくださいませ」

「……ツェツィーリアと申します。め、面倒をおかけしますが……よろしくお願いいたします……」

私声ちっさっ！　と自分でも思うくらい小さな声になってしまったわ。

でも本当に、娼婦に侍女とかないと思うの。これがまだ私が侯爵家の令嬢ならわかるけれど、今はルカスに買われた娼婦なわけで。ヘアプスト公爵家の使用人にとっては面倒以外の何物でもないわよね。できるだけ迷惑にならないようにしなくっちゃ。

というか、私の立ち位置は娼婦で合ってるわよね……？　もしかして、身請けされて愛人枠に昇格したのかしら？　そうであれば護衛兼任侍女がつくのも……いえ侍女はあるかもしれないけれど、護衛までこなすエキスパート寄越すことはまずないか。あ、もしかして私が逃げないようにエキスパートな侍女を寄越したのかしら？　流石鬼畜。

それにしたって愛人を公爵家の自分の部屋に寝泊まりさせるとか聞いたことないわ。完全に醜聞じゃない……と少し考え込んでいると、リーダー格なのだろうアナさんが微笑みながら爆弾を落とした。

「ツェツィーリア様、体調は如何《いかが》でしょうか？」

「あ、大丈夫、です。熱も下がったようですし……身体も軽いですわ」

「それは良うございました。それでは汗をかいて気持ちも悪いでしょう。夜着も一度着替えた方がいいかと思いますので、湯殿を調えております。軽く身体を流しましょう」

……その言葉の威力が凄まじすぎて、すぐには反応できなかったわ。

湯殿？　湯殿って物凄い豪華なお風呂場にしか使われない言葉じゃない？　そんな場所を一介の娼婦に使わせるとかあり得るのっ？　というか、実家のお風呂もそこそこだったけれど、部屋についていたお風呂はシャワーしかなかったわよ！　公爵家半端ないっ！

気づけば「さ、こちらへどうぞ」とそっと手を取られ脱衣所へ連れてこられていて。「失礼いたします」とそっと夜着に手をかけられて初めて自分の身体の状況に意識が向いた。

「――まっ、まって、待ってくださいっ」

「どうされましたか？　何かご不快な点でも……」

困惑したような声音で問いかけてくるアナさんに視線も合わせられず、私は開かれた前を腕で押さえて顔を真っ赤にして俯いた。

「あ、あの、っじ、自分で、できます、から……っ」

私だって元侯爵令嬢。実家にいた頃は当然の如《ごと》くお風呂の支度も手伝いも侍女が全てやってくれていたから裸になることが恥ずかしいわけじゃないわ。侍女たちにとってもお仕事なわけだから、それを奪ってはならないというのもわかっている……でも今だけはっ断固拒否したい!!

だって咬み痕があるのよ!?　百歩……いえ千歩譲って動物に咬まれた～とかだったら、令嬢としては醜聞ものだけれど侍女に見られても平気だと思うわっ。でも人間に咬まれたと一目でわかる痕なのよ……っもう絶対に見られたくないぃ……！

しかもソレ以外にもキスマークがちょいちょいついてるし！　そんなところ駄目って言ったところにもつけられてるしっ！　どれだけ箱入りに育てられていても、問答無用で明らかに情事中の行為でつけられたとわかるわぁ……っ。あぁ、恥ずかしすぎて脱衣所の床に蹲《うずくま》りたい……。

「ツェツィーリア様……」

「っご、ごめんなさい、でも……っみ、見られたく、ないの……」

侍女としては了承などできないだろう。困ったような声音が前から聞こえるけれど、私はどうしても、どうにもこうにも頷けなくて。羞恥で尻すぼみになりながら理由を口にすると侍女三人は小さく「左様でございますか……」と応えてくれたから、自分で入浴することを許してくれたのだろうかと希望を抱いて顔をそっと上げると——笑顔で、目が笑っていない三人がいた。

……え。この家って皆、家人使用人含めて目が笑わないタイプの人たちなの？　それとも公爵家でそういう訓練をするの？　確かに対人においての威嚇効果抜群だけれどもっ。

私が美人三人の笑っていない笑顔にガクブルしていると、ケイトさんが溜息を零した。

「まったく……ルカス様にも困ったものですわ。いくらツェツィーリア様が受け入れてくださったといっても、限度がございますのに……」

「本当に。大事な人相手に何をしているのでしょうね。こんなに恥ずかしがらせて……恥ずかしがっているツェツィーリア様もそれはそれは麗しいですけれども……！」

「エルサッ、言葉を控えなさい。今後も同じようなことになりそうですし、このことはハンナ侍女長に伝えましょう。今はひとまず」

そのアナさんの言葉で、三人が一斉にお辞儀をした。

「え、あのっ？」

「ツェツィーリア様、わたくし共が至らず、お気持ちを汲《く》み取れずに誠に申し訳ありません。ですがあなた様はルカス様の大切なお方。ましてや体調を崩されていたあなた様をお一人で湯浴みさせるなど到底できかねるのです。ご理解くださいませ」

誠実そのものという声で淡々と言葉を紡ぐアナさんに、私は自分の無理を押し通すことを諦めた。

ルカスの名前まで出てきてしまっては、我儘など言えないわ。私の我儘で彼女たち三人に罰があったりしたら嫌だし……と、無理を言ってしまったことに謝ろうとするとケイトさんとエルサさんがにっこりと微笑んで続きを口にした。

「ですがご安心くださいませ。わたくし共は仕事柄、視界を遮られても仕事を全うできるよう訓練を受けております」

「ツェツィーリア様の御心を乱すことのないよう、わたくし共は目隠しをして沐浴《もくよく》をお手伝いさせていただきますので、ごゆるりと入られませ」

「…………」

目が点になったわ。気になる単語が満載すぎてどこから突っ込むべきか。

視界を遮られるって、どんな仕事なの？　そんな仕事、侍女の仕事内容にあるはずないわよね？　護衛？　護衛を兼任しているからなの？　護衛兼任侍女だと、『視界が遮られても何でもできなくてはいけない』とか雇用規則であったりするのっ？

混乱している私をしり目に、「失礼いたします」と言ったかと思うと彼女たち三人はどこから取り出したのか、手に持った細い布を目元に当てた。

え、マジか、と令嬢らしからぬ言葉が喉までせり上がったのを必死で我慢した自分を褒めてあげたいわ。

目隠しをしたまま湯浴みを手伝うという高等技術を披露してみせた侍女三人に恐縮と感謝をしつつ、私は簡易なドレスを着付けられながら状況を確認してみた。

とりあえず湯浴みして、物凄い、ものすっごい気になったことから。

「……どうして、誓紋が？」

しかもただの誓紋じゃない。古代文字で浮き上がるため名を表す部分はわかりにくいけれど、見覚えのある文字列が続いているから恐らくは個人名だろうとわかる、その特殊な誓紋に驚いて呟きが漏れてしまったけれど仕方ないと思う。

　王子妃教育で学んだ古代文字の授業で何度か見かけた王家に連なる一族《ヘアプスト》の文字。見覚えのありすぎるその文字が、何故自分の下腹部に刻まれているのか。……刻み込んだ人間に一人だけ思い当たるけれど、意味が、というより理由《ワケ》がわからない。

　個人名の誓紋は主に恋人や婚約者、夫婦間において行われる契約。制約が強くお互いの同意がないと成り立たない難しい術で、男性から女性に対してのみ行われる今では廃れた術だ。

　何故なら施される女性側は、生涯にわたって相手以外の異性にほぼ触れることができなくなるから。

　この術が廃れた理由はそこに起因する。女性が相手の男性に貞操を誓う、という意味合いで作られたこの術は、相手の男性以外の下心を持って近づく異性を半径一メートル以内に寄せつけない術式を女性の下腹部に付与する。

　つまりは社交が行えなくなる。

　まぁ稀に下心なしでダンスに誘ったり話をしに来たりする男性もいるのでしょうけれど、夜会は肩露出のドレスが基本中の基本。下着で盛り上がった胸元を見せてナンボの世界で、それに反応しない男性とか正直少数だと思うの……。

　少しでも下心を術が感知すると、途端に一メートル先へ弾《はじ》き出すシステムに社交場の男性陣だってドン引きよね。男性側だって恥をかかされたくないから、誓紋が刻まれた女性には近寄らなくなるわ。

　そうして社交ができないと信頼関係が揺らいで結局家の存続にも関わってきてしまう。廃れる理由がわかるわぁ、誰よこんな術考えたの……と授業で学んだとき切実に思ったわ。幸いにも、フェリクス様とは全然仲良くなかったから誓紋を刻まれることはないなと思ってたけれど。……婚約者だったのにそれもどうかと思うけれど、正直フェリクス様のこと好きじゃなかったのよね。努力もせずに王子の権力をひけらかすのが何とも言えない小者感で……。

とにかく術を刻まれると女性側が一方的に相手に貞淑を誓う状態になるけれど、でも施す男性側も相応にリスクを背負う。術行使の最中に少しでも女性に拒否されれば、術者の男性に紡いだ魔力が跳ね返り後遺症が残るらしい。……つまり、不能になっちゃうらしいわ。

……私の下腹部にきっちりしっかり誓紋が刻まれているということは、彼は不能にはならなかったのでしょうね。あぁ……不能にならなくていいから、少しでも絶倫が治ったらいいのに……。

そんな馬鹿なことを考えていると、アナさんがおずおずと口を開いた。

「ツェツィーリア様、誓紋が刻まれたことはルカス様より伺っております。あの、ですがツェツィーリア様の同意がなければ誓紋は刻まれませんので、わたくし共はそのときの状況がどうだったかとはなんとも……」

わぁ墓穴を掘ったっ！　そのときの状況って……情事の最中じゃない！　馬鹿ツェツィっ!!

何故誓紋が刻まれてるのかなんて、そんなことアナさんたちに聞くことが間違っていたわ。むしろ質問する方が変よね。全然記憶にないけれど、私が同意して誓ったから誓紋が刻まれたわけだし……。

これはあれか……鬼畜に聞かないとわからないわね。いえでも聞いたらマズイ気がする……聞くのやめておこうかな……。

完全なる私のミスに、アナさんたちはプロ根性で顔色を変えず気遣いながら謝ってくれて。

私は小さな声で「ごめんなさい……」としか言えなかったわ……本当、大変恐縮です……。

気を取り直して考える。

とにかく私は個人名の誓紋が刻まれたわけだから、ルカス以外の人間に触れられることはない。つまりこれ以上娼婦を続けることはできないわけで。

ということは、やっぱり身請けされて愛人枠？　と思い、身請けの件を聞いてみると侍女三人は顔色を変えて声を荒らげた。

「身請けっ!?　あ、いえ、失礼いたしました。……身請けなどと、ツェツィーリア様を侮辱するような事実はございません。あの、失礼ですが何方《どなた》からそのようなことを言われたのでしょう？」

「え、身請けされたわけでもないなら……じゃあ愛人でもないのかしら……？」

驚く侍女に私も驚いて困惑で聞き返し、エキスパート侍女三人を完璧に固まらせることに成功してしまったわ。そしてそこそこ長い時間固まったままの三人に、流石の私も酷い勘違いをしていることに気づいた。

そこからアナさんたちも私の認識がおかしいと思ったらしく。

「愛人などと、ツェツィーリア様がそのような日陰のお立場になるはずがございませんっ！　あなた様はルカス様のご婚約者様と伺っております。ですから護衛もできるわたくし共が専属としてお傍に侍《はべ》ることが許されました。今後そのような悲しいお言葉は絶対にお控えくださいませ」

そう説明され、絶対の部分に凄い力が入っていてついコクコクと頷いてしまったわ。

ちなみに実は私は娼婦にはなってなくて、身柄が危険に晒《さら》されないよう娼館を抱き込んで保護されていたことになっていた。娼館に連れていかれてから全くお客さんを取らなくて済んでいたのも、娼婦としての教育を受けることがなかったのも、ヘアプスト公爵家の力を使って手を回していたらしい。

そして実家はそのことを知っていて、公爵家で対処するからと言われ静観していただけらしい。

ワタシ驚愕《きょうがく》。誓紋問題なんて吹っ飛ぶくらい驚愕しました。

実家から絶縁もされていなければ、娼婦でもなかった。

——そして、何故かルカス・ヘアプストの婚約者になっていた——。

どうしましょう、令嬢なのに驚きで開いた口が塞がらないわ。


そうして混乱したままその日は公爵邸で恙なく過ごし。

翌日。朝食を頂いて少しして、私にルカスの姉上でありモンターク侯爵家に嫁いだアニカ様の来訪がある旨を告げられた。

「ご機嫌麗しゅう、ツェツィーリア様。私はルカスの姉でアニカ・モンタークでございます。突然の来訪をお許しくださりありがとうございます」

目の前には嫣然《えんぜん》と微笑む凄い美女。ルカスを女性にしたらこんな感じになりそうと思うくらいのキラキラしさに私の目が潰れそうです。

なんというか、公爵家の血が凄すぎるわ。貴族は顔が美しい人が多いのだけれど、ヘアプスト公爵家は類を見ない。どうしたらこんなに美人になるの？　眼福ぅっ。

「こちらこそ、お会いできて光栄ですわアニカ様。ツェツィーリア・クラインです。どうぞよろしくお願いいたします。……あの、お座りになってくださいませ」

座ってもらうのを躊躇ってしまった私にアニカ様は優しく微笑むと、「失礼しますわ」と言いながら対面のソファーに腰を下ろした。同時にアナさんたちがお茶の用意を開始する。

それを横目で見ながら、心の中で溜息をついた。

……婚約者の姉上と婚約者の部屋で会うとか……色々おかしくてやりにくいわぁ……。

朝の段階で来訪を告げられた私は、エルサさんにどこに向かえばいいのか聞いてみたのだけれど、その解答がルカスの執務室だった。

驚いた私は悪くないと思う。だってルカスの居室から一歩も出ないのだから。

ルカスの部屋の寝室で眠り、ルカスの部屋の居間で食事をして、ルカスの部屋の浴室で身体を流し、お客様に会う際もルカスの部屋のまま。

驚きのあまりエルサさんに聞き返してしまったのだけれど、実はルカスが居室に守護の陣を敷いているらしい。ヘアプスト公爵家全体にも守護の陣は敷かれているらしいけれど、ルカスが居室に敷いた陣は何重にも及び、恐らく王城を守護する陣よりも強いのではとのこと……。

チートの無駄遣いここに極まれり、である。

護衛の都合上仕方ないとは言われているけれど、第二王子に婚約破棄をされた傷物令嬢をそんな鉄壁の守りで固める必要がどこにあるのかしら……。

とにかくそんな理由で、私はルカスの部屋から一歩も出る必要がないらしい。……出られないと言った方が正しい気がするけれど、精神衛生に悪いから考えないわっ。

「ツェツィーリア様におかれましては、愚弟が無茶をしたようで本当にごめんなさいね。体調はもう平気なのかしら？」

アナさんに出された絶妙な温度の絶品紅茶に口をつけたところで、アニカ様が口を開いた。

その内容に危うく紅茶を吹きかけたけれど、令嬢技術で必死に耐えたわっ。ゴクリと喉が少し鳴ってしまったのは許容範囲よね。そんなことよりどうしてルカスに無茶をされて体調を崩したことをアニカ様が知っているの……っ。

ぎゅわーっと顔が赤くなるのを止められない。

目を逸らして立て直そうとするけれど、アニカ様の視線を顔に感じてしまって——そのルカスに似ている金色の瞳に心臓が音を立てる。

身体中に血液が忙《せわ》しなく流れて、羞恥で身悶《みもだ》えそうになることを必死に止めるので精一杯になる私に、アニカ様は「あらあら」と驚きの声を上げた。

「まぁ……淑女の鏡と言われるツェツィーリア様をそこまで動揺させるなんて。本当にルカスったら、どんな無茶をしたのかしら？　ねぇハンナ、あなたはご存じ？」

「わたくしにはなんとも。ただ、ツェツィーリア様を前にしたルカス様の喜びようと言ったら凄かったですわ。お嬢様にも是非見ていただきたかったです」

「まぁっ、そんなにっ？　あのいつも冷静沈着なルキがねぇ……ふふ」

今度からかいましょう、となんだか不穏な言葉を吐いて、アニカ様はハンナさんから私に向き直った。

「失礼しました、ツェツィーリア様。あの子の長年の望みが叶《かな》ったと聞いて、私も年甲斐《としがい》もなく喜んでしまいまして。詳しい話をまだ弟から聞いていないでしょうから、私が僭越《せんえつ》ながらご説明に上がりましたの。少し話も長くなりますし、ツェツィーリア様に無理をさせて何かあってはルキがうるさいですから確認させていただこうと思いました」

他意はない、と穏やかに微笑まれて「大丈夫です……」としか答えられない私の気持ちを誰かわかってほしい……。生温かい視線が辛い……。

「そうですね……どこから説明しましょうか。ツェツィーリア様はルカスの婚約者になったことはご存じでしょうか？」

「……はい、伺っております」

「ではその理由は？　ルカスが公爵家の力を使って手を回して、会ったその日に事実上の婚約を成してまで何故あなた様を望んだか……本人から聞きましたか？」

「い、いいえ、それは聞いておりません。何故なのか、アニカ様はご存じなのでしょうか？」

身体を奪って娼婦から戻れなくさせるつもりかと思ったら、事実上の婚約を先に成すためだったとか、俄には信じられないっ。

そうまでしてルカスが私を婚約者にした理由。知りたいっ。凄い知りたいっ。

窺うようにアニカ様に視線を向けると、彼女は「まぁっ」と色っぽく口元を押さえて笑った。

「ふふ、ルキったら大事なことは伝えてないのね。まぁ気持ちが逸《はや》ったのかもしれないけれど……あの子にしては信じられないミスね。ふふ……ツェツィーリア様に私からその理由をお伝えすることはできませんが、それ以外の部分でお話いたしましょう」

含むようにひとしきり笑ってから、そうね……とアニカ様が教えてくれた内容に私は度肝を抜かれた。

実は卒業パーティーのあの事件以前より、王家がフェリクス様の件を検討していたこと。

学園でのフェリクス様とヒロインであるミア様の醜聞によって、フェリクス様と私の婚約は白紙撤《なかった》回《こと》にされたこと。

フェリクス様はあり得ない、罪とも言えない罪をねつ造し、衆目の面前でクライン侯爵令嬢である私に恥をかかせ、王家が望んだ婚約に泥を塗った罪で王位継承権と共に第二王子としての位を奪われたこと。

——それに伴い王位継承順位に変更が生じ、ルカス・ヘアプストが王位継承権第二位に上がり第二王子となったこと。

「継承権の順位としてはルキは第四位だったのだけれど、第三位の私の兄は公爵家嫡子だから。王太子の予備として公務もこなさなくてはならない第二王子になどなれないため、ルカスが繰り上がって第二王子になったのよ」

あの無愛想な子に第二王子など務まるのかしらね、とからかいを含んだ魅惑的な表情で微笑むアニカ様に、けれども私は何の言葉も返せなかった。

婚約の事実は取り消され、フェリクス様が第二王子ではなくなった？

その空いた第二王子位にルカスがついた？

え？　でもルカスと私は今婚約しているわけよね？　え……？

「……混乱させてしまってごめんなさいね。王家の醜聞とも言える騒動にあなたを巻き込んでしまって、本当に申し訳なく思っているわ。でも王子妃になる教育を受けてきたあなた以外に、新たな第二王子の婚約者が務まる人がいないのも事実なの。何よりも、王子位につくルカスがそれを望んで動いてしまった。……クライン侯爵家には既に勅旨が届けられていて、了承を貰っていると聞いているわ」

「……勅旨……お父様は既に了承済み……」

衝撃的すぎて耳から入る話が理解できない。不躾だとわかっていても、アニカ様を凝視してしまう。

そんな私に、彼女は諭すように言葉を紡いだ。

「ええ、ツェツィーリア様は第二王子となる私の弟、ルカスの婚約者というわけです」

あぁ、専属護衛の理由がわかったわ――そんなことを頭の片隅で思いながら、呆然とする間もなく、アニカ様が話を続ける。

「まぁ、第二王子になったと言っても、ルキしかできないことがございますので……王子としての公務もそんなに多くはないと思います。ツェツィーリア様は既に王子妃教育を終えていらっしゃるのですし、第二王子妃としてお立ちになることに何の問題もないかと」

「あ、あの、アニカ様、ルキ様にしかできないこととは……？」

「あら？　まさか、ルカスったらそれすらも伝えずに出立を？」

わぁ……私何も知らされなさすぎて、婚約者としての身の置きどころがない感じ……。

知らないことが多すぎる羞恥から頬に熱が籠もる。

「申し訳ありません……私が体調を崩している際、お出かけになるとは聞いたような気がするのですが、……そのときに、その、少し……意見の食い違いと言いますか……」

どう言い繕うかと悩んでいると、ハンナさんから助けが入った。

「ツェツィーリア様は何も悪うございません。ルカス様がツェツィーリア様の御身を慮《おもんばか》らない故の自業自得なだけです」

わぁ、これは助け……と言えるのかしら。い、嫌な予感……。

「ハンナったら、随分ルカスに辛辣ね。なぁに？　ルカスはそんなにおイタをしたのかしら？」

アニカ様がなんだか嬉々《きき》としだしたわっ。も、もうこのお話はお終いにしたい！

そんな私の願いも虚しく、口をつぐんだハンナさんから視線をずらし、アニカ様は何故かアナさんたちへと視線を移した。

「どうなのかしら？　アナ、ケイト、エルサ？」

「……ルカス様のおイタについてはわたくし共は申し上げることはございません」

「そうなの？　何か……あなたたちの特殊技術が役に立ったのではなくて？」

「はい！　ツェツィーリア様より視界遮断での沐浴のお手伝いについてお礼を頂けまして苦しい修行が報われましダアッ!?」

エルサさんの言葉と同時に、ケイトさんが目にも止まらない速さでエルサさんの後頭部を引っ叩《ぱた》いた……。多分。見えなかったので多分。

床に突っ伏したままピクピクと痙攣《けいれん》しているエルサさんを、誰一人として助けないのも怖いけれど……、できればもう少し早く対処してほしかった……！　と思ってしまった私はあまり悪くないと思うっ。美女がニマニマしながらこっちを見てきてて、泣きそうです……っ。

もうコレ絶対バレたよね！　貴族令嬢が侍女に見られないように手伝わせる理由とか……身体を見られたくないんですって言ってるようなものじゃない……！

耳まで真っ赤にして俯いているとコンコン、と控えめなノック音がした。

エルサさんが誰何《すいか》すると応えた声は男性のもので、何故かハンナさんは私に入室の可否を訊いてきて驚いてしまった。

だってココはルカスの部屋。確かに彼は今不在で私が彼の部屋を占有しているけれど、入室の可否の決定権が自分にあるとは思わなかったわっ。普通公爵家《じっか》の出のアニカ様じゃないの？　と思い彼女を窺うも、どこ吹く風で紅茶を飲んでいらっしゃる……。余裕っぷりが凄いわ。見習いたい。

戸惑っているとハンナさんに「ツェツィーリア様はルカス様のご婚約者であらせられます。あなた様がお決めになってよろしいのですよ」と諭すように言われてしまった。

まぁそういうことなら……と首肯すると、そこそこ上背のある、スッキリした顔立ちの青年が入室してきた。ルカスの従者でフィンと名乗った彼は、恭しく私とアニカ様にお辞儀をした。

「ご歓談中に失礼かとは思いましたが、主が今すぐと申しまして……こちらは、我が主よりお二人に心ばかりの贈り物でございます」

どうぞお受け取りください、と彼は信じられないくらい美しい薔薇《ばら》の花を一輪ずつ差し出した。アナさんがすかさず受け取り、私とアニカ様に渡してくれる。

手折られたばかりのような薔薇は紅色。茎には明るい紺色の地に金色で精緻な刺繍《ししゅう》が施されたリボンが結ばれていた。……ルカスの色だわ、と気づくと同時に、アニカ様が本当に楽しそうに笑った。

「フフッ……おかしいこと！　ルカスったら、リボンに自分の色だなんて、独占欲まる出しじゃない、余裕ないわねぇ。しかも姉である私には何もつけないなんて、お仕置き確定ね。それで、フィン、あなたの主はどこにいるの？　あなたがいるのだから、もちろん帰宅しているのでしょう？」

宝飾品やドレスを自分の色で贈ることはよくあるけれど、確かに贈り物のリボンに自分の色を纏《まと》わせるのは聞かないわね、とソワソワしながら考えていると。

「西棟の客室におります。大事な方に拒否されたのが殊の外効いたようで、借りてきた猫のように大人しいですよ。お蔭様で魔狼の討伐がサクサク進んで、一旦帰されました。リーダー格の魔狼は主が八つ当たり気味に出会い頭でサクッと討伐済みなので、帰還しても問題ないとのことみたいです」

唯々諾々とヴェーバー元帥の指示を飲むルカス様、最高に笑えましたと爽やかに答えるフィン青年に、なんだかハンナさんに近しいものを感じてしまうわ。まるで兄弟みたいに気軽にルカスのことを口にする姿に困惑して眺めていると、アナさんが教えてくれた。

フィンさんはハンナさんの息子で、ルカスの乳兄弟なんだとか。……やっぱりハンナさんと親しかったわ。血の繋《つな》がりばっちりだった。

でも今はそれどころじゃないわ。

「西棟の客室……？　あの、ルキ様はもうこのお部屋に戻られないのでしょうかっ？」

婚約したばかりの私がルカスの部屋を占有して、仕事で疲れてるルカス本人は客室とか申し訳なさでいっぱいになるわっ。しかも色々聞きたいことがあるのに、わざわざ自室に戻らないなんてこのままなんだか避けられ続けそうな気が……あら？　ルカスに避けられる……と考えるとなんだか胸がもややずきずきするわ。何故かしら……まだ疲れてるのかしら？　風邪？

内心で小首を傾《かし》げながらもフィンさんを窺うと、爽やか笑顔を意外そうな表情に変えた。

「おや？　伺っていた話と違いますね。てっきり主の一方的な……」

「フィン、それ以上は駄目ですよ。お二人で話し合い進めることですからね」

「そうね、ツェツィーリア様は長い間王子妃候補として教育されてましたから、そういったことに慣れていらっしゃらないのよ。初めて同士、温かく見守ってあげないと」

……聞いてた話と違うってなにぃ……？　凄い怖いっ。王子妃として聞いていたイメージと違った、みたいな？　うぅ、悪い方の印象だったらどうしよう……。

しかもフィンさんもハンナさんもアニカ様も、ニコニコと私を見てくるけれど詳しいことは一切教えてくれないみたいだし。えーと、つまり結局ルカスと話し合えってことよね？

「仕方ありませんね。意気消沈している主などなかなかお目にかかれませんが、このまま放置して殺気ダダ漏れの目も当てられない状態になってはマズイ……というか私の仕事が増えるのは困りますし。かと言ってツェツィーリア様に部屋に来ていただくにしても、気配に敏《さと》い主の裏をかくのは一流の暗殺者であってもとても難しいので恐らく窓から逃げられるでしょうし。どういたしましょうか？」

わぁ……流石王国が誇る近衛騎士団副団長……。暗殺者の気配も読めちゃう上に窓から逃亡も可能なのね。じゃあ私が普通に出向いても駄目だろうなぁ。

う～んと悩んでいる中、暢気《のんき》な声で爆弾発言……もとい、提案したのはエルサさんだった。

「ではルカス様が逃げられない場所でお話するのはどうでしょうか？」

その言葉に、私を除く全員が嬉々として計画を練り始めて。私はただただ公爵家の使用人の恐ろしさに慄《おのの》いたわ……。

これが王家が誇る最強の盾《ヘアブスト》の使用人の実力かぁ……絶対に敵に回さないようにしよう……。


扉から先は浴場で、ザァッと水の流れる音が聞こえる。

大浴場と書かれたその扉を前に、大判のタオルをくるっと巻かれただけの、少し屈《かが》めばすぐにお尻が見えてしまう丈を手で押さえながらアナさんたちに本当にこの格好でなくては駄目なのかと縋る視線を向けるけれど、彼女たちはやり切った！　というような清々《すがすが》しい笑顔で親指を立て合っている。

あれから彼らは恐ろしい早さで計画を実行していった。

まずアナさんたちに拉致されて私まで何故か湯浴みさせられたわ。身体中余すところなく磨かれて、髪も香油で整えられてから綺麗に編み込まれアップにされた。エルサさんは「後れ毛！　後れ毛大事だからっ」としつこく横から口を出して、ケイトさんに引っ叩かれていた……。

湯殿から上がるとハンナさんと何故かまだアニカ様もいらっしゃって、あーだこーだと着る服を選ばれた。その間私は大判のタオルを身体に巻きつけてガウンを羽織っていたのだけれど、ようやく服が決まったのかと立ち上がった瞬間、女性陣の目が私のバスタオルに釘付けになったのよね……。

アニカ様の「アレにしましょう」と言い切ったときの表情、物凄く怖かったわ……。

そうして最後の仕上げでフィンさんがなんだかんだ理由をつけてルカスを大浴場へ連れていったらしい。

そのまま私も大浴場へ……となったのだけれど、念には念をとハンナさんとアナさんとケイトさんによる合作の変化魔法を纏わされました。見た目は変わってないのだけれど、気配や匂いその他諸々《もろもろ》を違う人間、ここでは疑われないようにハンナさんのモノにしているらしい。もちろん見た目を変えることもできるのだとか。

……念の入りようが半端ないわ。公爵邸の使用人が宮廷魔術師並みに魔術が使えて怖すぎる上に、そこまでしても平時のルカスだと気づくかもしれないとか、どこまでチートっ。

あと個人部屋についているお風呂が湯殿レベルなのに、それを超えるお風呂が邸内にあるとか……もう絶句です。

水音のする扉を前に逡巡するも、背中にアナさんたちの気迫の籠もった視線を感じて後戻りはもうできない。話をするためにここまで来たのだからと、胸元で可愛らしくリボンに結ばれたタオルを押さえながら深呼吸をして扉を開けた――。

モアッと視界を湯気が遮る中、ザザッと音がした方へ視線を向けると、超絶美形が超絶美麗な肢体に水滴を纏わせて、濡れた前髪をかき上げて湯船から上がろうとしているところだった。

「ハンナ、何………え」

ハンナさんだと思ったのだろう、口を開くと同時に金色の瞳が目一杯開いた。

前髪をかき上げた状態で固まったルカスに向かって、私はなけなしの勇気を振り絞ってそっと足を前に進めた。そんな私にルカスが我に返る。

「つな、なんでツェツィッ!?　クッソあいつら嵌《は》めやがったな……！」

何事か罵って急いで手近にあったタオルを手に取り湯船から上がると、彼は私の後ろにある扉にチラッと視線をやったから、私はルカスに逃げられると思って焦って通せんぼをするように両手を広げて扉を遮った。

「ツェツィっ？　何……」

「お、お話をっ！　ルキ様とお話をしたくて、ハンナさんたちに協力をしていただきました……」

「だからってわざわざ大浴場でなくても」

「る、ルキ様がお部屋に戻られなかったからではないですか！　私だってお待ちしてましたっ。でもお花以外は顔も見せに来てくださらなかったのはルキ様ではないですか……っ。私がそちらへ出向いても、フィンさんが多分ルキ様は逃げるって言って、それで……っ」

言い合いをしに来たわけではないのに、恥ずかしさと不安で口調がキツくなってしまう。

涙目で睨《にら》むと、ルカスは何故か頬を少し染めて気まずそうに視線を逸らした。その彼の動作に、益々不安が募る。アニカ様やハンナさんたちの勢いに流されてしまったけれど、令嬢としてはあり得ないほどはしたないことをしている自分に、幻滅されたのかもしれない——脳裏を過ぎった考えに胸がぎゅうっと痛んだ瞬間、ルカスがいつの間にか近くまで来ていておずおずと手を差し伸べていた。

「……俺が触れてもいいのですか？　まだ、ツェツィは怒ってるのでは？」

「……え、怒って……？」

ルカスの問いかけに首を傾げてしまう。

よくわからないけれど、私を避けていたのは彼よね？　どうして私が怒っていることになるの？

わからないながらも、目の前で躊躇うように動きを止めた大きな手を反射的に掴み自分の頬へ引き寄せた。その温かさと嫌がられなかったことにほっと安堵の息を吐くと、ルカスがそっと頬を撫でてくれて。促されるように視線を向けると、熱を持った金色の瞳とかち合った。

「あなたに触れてもいいと……そう、都合良く解釈しますよ……？」

耐えるような声音で紡がれる言葉の意味を、私はそのときよく考えもせず頷いてしまって。

避けられずに済んだと、これで話し合うことができると安心していると、頬を撫でていたルカスの手がするっと首筋を辿《たど》り、肩を撫でてきた。

「……冷たい。折角ですし、温まってから話をしましょう」

「つえ、あの、ルキ様っ？　私は出て待ってますからっ、ちょっ……！」

「俺の部屋の浴室よりこちらの方が広くて快適でしょう？　二人で入っても狭くないですし、遠慮しないで？」

いえそうなんだけれどそうじゃなくてっ！　遠慮とかじゃなくて……イヤぁリボンに手をかけないでぇっ！

「るっ、ルキ様っ、じぶんっ自分で取りますからっ！　先、先に入ってくださいっ！」

「……俺が先に入ってもいいの？」

コクコク高速で頷くと、ルカスは腰に巻いたタオルを取っ払うとさっさと湯船に浸《つ》かってしまった。

「おいで、ツェツィ」と手を差し伸べられて、私の顔は真っ赤と真っ青を行ったり来たりすることになったわ。彼の目の前でタオルを取って掛け湯をしなくちゃいけないじゃない……。

「う、あの、ルキ、様。できれば、後ろを向いて……」

「床が滑ったら危険ですから、それはできません」

断るのはやっ！　変なところで紳士力発揮してきたしっ！　そっちの方面は要らないのにぃっ！

さぁ、とキラキラした微笑みで手を差し伸べてくる美形のなんだか有無を言わさない迫力に、でも私だってそんな簡単に屈しないわっ、お馬鹿なままじゃないのよっ！　と第二案を口にする。

「じゃ、じゃあ、目を、目を閉じてくださいっ。ルキ様なら見えなくても大丈夫、なのでしょう？」

「……ふふ、アナたちですか。いいですよ、さぁどうぞ」

あっさり目を閉じたルカスに少し拍子抜けしつつも、そっとタオルを外して掛け湯をする。

足先を浸しながら差し出されたままのルカスの掌《てのひら》に手を重ねた瞬間、その手をぎゅっと握り締められグイッと湯船に引っ張られて、ルカスの硬い胸板に倒れ込みバチャンッと水飛沫《しぶき》が上がる。

驚いて抗議の声を上げようと開けた口に舌を捻《ね》じ込まれて、お風呂場でイヤらしいことするのはんたーいっ！　と胸中で叫びながら、後頭部と腰を押さえられて、為す術なくキスを受け入れる。

絡まる舌にだんだん気持ち良さを感じ始めてしまって、胸板に擦れる乳房の頂が自分でもわかるくらい固くなってしまった。

それに気づいたのか、彼もわざと身体を密着してきて。潰される胸からじわりと広がる快感に、腰が震えてしまうと今度は腰にある手が割れ目を辿り始めてしまった。

「つん！　ふぅツ、ハツ、る、ルキ様っ！　お話を……ひゃんっ！」

かぷりと耳朶《じだ》を甘く咬まれながら、同時にお尻から秘部へ難なく辿り着いてしまった長い指が閉じた割れ目へヌルリと割り入った。既に濡れているソコをさらに濡らそうと指が恥部を擦るように動き始める。広がる快感に、縋りつくようにルカスの肩へ腕を回すと彼がぎゅうっと一度抱き締めてきて、ゆっくりと湯船の中に座り込んだ。

じんわりと温かいお湯が気持ちいい……と思う間もなく、またも口づけが開始される。

にゅるにゅると口内を蹂躙《じゅうりん》されながらお尻を持ち上げられ彼の太腿《ふともも》………というより彼のイチモツを跨《また》ぐように座らされて、私の濡れた恥部からお尻の割れ目にかけて彼の長いモノが沿わされた。

あまりのイヤらしさに口づけの合間に喘《あえ》ぐと、ルカスの大きな手でお尻の割れ目を開かれて、その瞬間どぷり……と愛液が零れた。その愛液を確かめるようにニュルリと肉棒を擦りつけられて、彼の肩をぎゅっと掴んで睨みつけると――ルカスは、目を閉じながら笑っていた。

ぇえええっ!?　まだ目を閉じてたっ!?　目を閉じててもこんなにイヤらしいことできるの!?

「る、ルキ様っ？」

「なんですかツエツィ？」

未《いま》だ瞼を閉じたまま小首を傾げる水も滴る超絶美形に束《つか》の間《ま》惚けてしまう私は悪くないと思う。

うわぁ睫毛《まつげ》ながぁい！　普段切れ長の瞼を閉じると少しだけ幼く見えるわ。でも濡れた前髪を後ろに流しているから男らしい額が丸見えで……。そのアンバランスさが妙な色気を醸し出してる……。惹《ひ》かれるようにそっと指先で彼の額から目尻、頬と辿ってしまう。目を閉じたまま嫌がる素振りも見せず静かに待つルカスに心臓が高鳴ってしまって、私は慌てて掌を彼の目元に当てて言い募った。

「お、お話が先ですと言ったではないですかっ！　大体、ほ、本当に、見えていないのですかっ？」

「うん？　全然見えない、というのは語弊があるかな。見てるというよりも、魔力はその人の身体を巡っているから、その魔力が形作るのを感じている、というのか……。ツェツィの魔力はずっと見ていても飽きないくらい綺麗な虹色で、気持ちいいと感じるとその部分がふわっと広がるんですよね」

……うん、つまり、目を開けてようが閉じてようがルカスには関係ないってこと？　彼にキスされたり触られたりして気持ちいいと感じると、私の魔力が彼にそれを教えちゃうってことっ⁉

魔力ぅ――っ！　オマエ何してくれちゃってるんだ――！

羞恥で頬を赤くして居た堪れなさに耐えていると、「例えば……」とルカスの手が不埒《ふらち》な動きをしだしたっ。

「ルキ様っ！　例えなくていい……っぁンんっ」

ビクリと反応して声を上げた瞬間。広い浴場に卑猥《ひわい》な響きが広がった。

うぅぁぁあああ‼　大浴場に声が響くぅっ！

ぎゅぅんと顔に熱が集まり口元を掌で覆った私をしり目に、彼の長い指が胸の頂をキュッと摘まんできた。そのまま柔らかさを堪能するように揉みしだかれながら乳首をコリコリと刺激されて、下から持ち上げられ口に入れられる。熱い口の中で舌で刺激されて堪らず身体を退こうとすると、予期せず長い竿《さお》をにゅるりと刺激してしまった。

その感触にまた私の恥部から愛液が零れて、退いた腰をぐっと戻されてまたにゅるりと刺激される。刺激から逃れようと身体を捩《よじ》れば口に含まれた乳首が歯に擦れて、間髪入れずにソレを甘噛みされ、また彼の長大なソレに零す……という悪循環に泣きたくなる。気持ちいいと感じるところを外さずについてくるその手管に、「あ……魔力《コレ》視えてるわ……」と胸中で嘆いたわ……。

ハフッと熱い吐息を吐いてルカスが口から私の乳首を解放したときには私の腰は小刻みに震えていて、口からは荒い息が零れていた。

ドロドロにぬかるんだ女の部分が物足りなさにヒクついているのが自分でもわかる。きっと今の私は欲情しきったオンナの顔をしているに違いなくて。

そんなことを思って浮かんだ感情は自分への嫌悪感だった。

話し合いをするためにこんな場にまで来たのに、快感に弱い身体はあっという間に彼のいい様にされてしまう。でも、本気で拒否できない……拒否しない自分にこそ嫌気がさす。

彼に触れられて、気持ち良くされて、彼のもたらす熱に浮かされて悦ぶ自分が惨めで。婚約者とは名ばかりで娼婦そのものの自分に、自嘲するしかない。

身体に力が入らなくて、元凶のルカスに縋りつくしかないのが恥ずかしくて悔しくて、涙が零れそうな顔を彼の肩口に隠して精一杯怒ってる声を出した。

「か……身体目当てですか……」

悔しさからついて出た言葉は情けないの一言に尽きました……。

思っていた以上に自分の言葉にグサッとやられて堪《こら》えられず涙が零れてしまい、彼の肩口を掴む手に力を入れると、それよりも強い力で突然身体を引き剥がされた。

驚きと怒りでルカスを睨みつけようとして――、久しぶりの殺気に全身が総毛だった。

目を閉じたまま軽く小首を傾げている姿はヒトなのに、纏う気迫がオカシイ。

明確な殺気に温かいはずの湯船が氷のように感じて、身体がガタガタ震えてしまう。その震える私の身体を撫でながら、ゆるりと表情を変えて鬼が囁《ささや》いた。

「……ツェツィ、話をしたいので目を開けても……？」

嗤《わら》いながら問いかける声音が首を絞るように纏わりついてきて、私は必死で息を吸い込んで「っは、い」と応える。というか律儀にまだ目を閉じたままとか……と心の片隅でツッコミをしてしまったのは仕方ないわ。これも精神安定を図るためよ……。

長い睫毛がふるりと水滴を払って、ドロリとした暗闇を纏った金色の目と相対する。

その開ききった瞳孔に歯の根をガチガチ言わせながらぽろぽろ涙を零してルカスを凝視すると、「誰がそんなことを言ったのですか？」と唐突に彼が口を開いたから、聞かれたことが一瞬わからず瞬《まばた》きをすると再度問いかけられた。

「俺が……あなたの身体目当てだと、誰があなたにそんなことを吹き込んだのですか？」

教えて？と優しげに紡がれる言葉に私はカッとなってしまい、震えるまま、泣きながら口を開いた。

「違うっ！あなたが……ルキ様がっ、わ、私は話をするためにここまで来たのにっ！好き勝手、してきてっ！き、気持ち良くなっちゃう私も悪いけれど……っ！こんな風にしたのはルキ様じゃない……っ」

喘ぎながら必死で言葉を吐き出すと、徐々に彼の殺気が落ち着いて。

目に見えて戸惑いだしたルカスに、私も涙を拭いながら疑問を口にする。

「ルキ様は、わたし、私の、身体が目当て、なのってですか？　……だから、だから誓紋を刻んだの……？　そんなことで、私と、婚約したのですか？」

「……俺がツェツィの身体目当てで？　どうしてそんなこと……」

身体目当てで誓紋を刻むとかそんなリスキーなことをするかな……と片隅で思いながらも、彼の答えを聞きたくて、……彼に否定してほしくて、私は縋るように視線を向けた。

当のルカスは何かを反芻《はんすう》するように視線を彷徨《さまよ》わせた後、片手で頭を押さえて呆然としながら「まさか……」と呟いた。

まさかってなに？　と思う間もなく突然ザァッと湯船から抱き上げられ、タオルでグルグル巻きにされると抱え上げられて、目にも止まらぬ速さでどこかへ移動されて。

ドサリと寝台に下ろされて周囲を見回そうとすると、上から圧しかかられた。

どこか熱っぽい瞳に目尻を朱に染めて、美形が「……ツェツィ……」とそっと名前を呼んでくる。

さっきからなんなの——っと心の中で思うものの、あまりの色気に圧倒されてあうあうしていると、ふわっと、壊れものを扱うみたいに口づけてきた。

優しく、柔らかく……何かを伝えるように口づけられて。けれど逃がさないと囲い込むように両肩の脇に腕を置かれて、思わず私も彼の背中に手を回してしまった。

幾度も唇を離しては視線を絡めて、また唇を合わせて……と繰り返し。身体目当てでも、弄ぶためでもないの……？　とささくれ立った心が落ち着いたのを見計らっていたのか。

ルカスが小さく吐息を吐きながらコツンと額を合わせてきて、そして金色の瞳に縋るような色をのせて「愛しています、ツェツィーリア」と言葉を零した。

その、耳から入ってきた言葉が理解できず「あ、の？」とバカみたいに聞き返してしまった私に、ルカスは言葉を続けた。

「ツェツィーリア・クライン嬢、あなたを愛しています。ずっと、本当に長い間あなたに恋焦がれてきました。あなたを守るために剣の腕を磨き、あなたを守るために近衛騎士団に入った。……あなたを手に入れるために」

　そこでルカスは一瞬口を閉ざした。懇願するような瞳がドロリと感情を映した気がしたけれど、隠すようにまた口づけてきてその先は見えなかった。

　でもそんなことよりも、目の前のルカスの言葉にただ呆然としてしまう。

「あ、い？　だれ、が……？」

「　俺《ルカス・ヘアブスト》が、あなた《ツェツィーリア・クライン》を」

「う、そ」

「嘘《うそ》じゃないっ、嘘なんかじゃない……っ、愛してます、ツェツィ……あなただけを愛してる。ようやくあなたの隣に並びたてる権利を有した俺は、あなたは生涯俺のモノだと、もう誰にも触れさせたくなくて……もう誰にも奪われたくなくて、その身体を暴いて、あなたの理性が溶けきったところで誓紋を刻みました……。失敗しても良かった。俺は今後あなた以外とはする気がなかったから、不能になっても他の女たちに煩わされずに済むと思った。それに第二王子妃は外交もこなすけれど過度の触れ合いはないし、他国でもまだ稀に誓紋を刻んでいるところがあるから問題もないだろうと」

　そう思って術を行使した——そう誠実そうに真実だろう内容ことを述べる彼は、……全く反省していない顔をしていて、えぇえ——……と思った私は絶対悪くない。一切の後悔も浮かばない表情に、せめて申し訳なさそうな顔を作ってくれてもいいんじゃないでしょうかと思う……。

　あのぐちゃぐちゃドロドロ甘イタ行為は計画的か。痛みと快楽で確かに理性溶けてたけど……じゃ

あアレはある種の調教……っ⁉

ヒィッ！　鬼畜枠な上にまさかのヤンデレ枠と腹黒枠までこなすなんて恐ろしい子っ！

私が場違いなことを考えて慄いていると、でも、と彼が続けた。

「誓紋は少しでも女性の心に拒否反応が見られると成功しないのです。……あなたの下腹部には今間違いなく俺の名前が刻まれている。コレはツェツィが自ら身体と心を開いて、俺を受け入れた証拠……そうでしょう？」

ルカスは身体を起こすと愛《いと》おしそうにするっと下腹部を……誓紋を撫でてきた。

いやいやいやいや、そんな恥ずかしいことを恥ずかしい部分撫でながら色っぽく微笑んで言われてもぉ……っ！　ど、同意しかねるわっ、絶対同意しかねるっ！　だって調教だものねっ⁉

「……っそ、そう……、なの、かしら……」

「そうなんです」

同意しかねるのにぃ……っ。

神がかった顔を蕩《とろ》けさせて真《ま》っ直《す》ぐ私を見てくるから、ドキドキしてしまって顔に熱が籠もる。キラキラした笑顔が眩《まぶ》しいわっ……。美形っ、美形マジックね！　愛してるとか囁かれて精神に何か呪《まじな》いでもかけられたんだわっ、じゃないと同意するはずがないもの……っ。

落ち着いて、深呼吸よっ。えっと、……待って待って……というか……本当の本当にルカスは私のことを愛してるみたい……で、じゃあ、私、は……？

誓紋が刻まれたのは、私が彼を心から受け入れたから。

……確かに、ルカスに何をされても嫌悪感が一切湧かないし、自分でも不思議なくらい彼を受け入れてしまっているけれど……それが恋愛感情故なのかがわからない。

ずっと王子妃として異性と触れ合わないよう、恋などしないよう厳しく管理されていたから。決してフェリクス様以外を受け入れないよう言い含められていて、フェリクス様以外は異性として見ないようにしてきた。

そんな私がルカスをあっさり受け入れたのは、彼を好きだからなのだろうか？　無理矢理……ではないけれど、わざと痛くされて、身体を奪われて、そんな始まりから好きになることってあるの？　考えても答えは出なくて。自分のことなのに自分の気持ちがわからなくて、ルカスに応えることができずにモヤモヤとしてしまった。

その感情が顔に出てしまったみたいで、ルカスが困ったように笑った。

「俺の気持ちが信じられない？　……それとも、ツェツィの気持ちが納得いかない？」

「……ルキ様の気持ちを疑ったわけではありません」

「ふふ、そう……じゃああとはツェツィの気持ち次第かな」

「ど、どうしてそんな落ち着いていられるのですかっ？　私は、あなたに気持ちを返せないかもしれないのに──……」

ギュッと唇を噛み締めると、咎《とが》めるように指が顎を掴んできた。啄《ついば》むようにチュッチュとキスが降ってきて、心地良さについ唇が開いてしまうと深く唇を合わせてきて。

ルカスのキスはとても気持ちが良くて離れ難くなる。絡まる舌に必死で応えていると、唐突に口づけが終わってしまった。

離れる舌を残念に思って見ていると、繋がる銀糸をペロッと舐《な》めながらルカスが少しだけ口端を歪《ゆが》めたので、小首を傾げる。

「こんなキスも、ツェツィは俺以外とはもう二度とできないのですよ」

「……婚約者であるあなた以外とする気はないですわ」

「そう……でもツェツィはそう思ってても、男はそうは思わないんですよ。そこに綺麗な花が咲いていたら、手を出したくなるものなんです」

まぁ、俺の誓紋がそれを赦《ゆる》しませんけどね、とルカスは仄暗《ほのぐら》く嗤いながら、腹部から誓紋まで掌で辿りながら呟いた。

つまり、彼が落ち着いていられる理由は、他の異性と触れ合えないように私に誓紋を刻んだから？　でもそれじゃ私が他の男性を好きにならない理由にはならないし、それよりも私には看過できない言葉があったわ。

「出すのですか？」

「ん？」

「ですから、ルキ様も手を出すのですか。……そこに、好みの女性がいたら……」

問いかけて、目を丸くして驚くルカスに馬鹿な質問をしてしまったと後悔した。

自分の気持ちもわかっていないのに、独占欲を見せるなんてあり得ない……！　自分勝手すぎる自身への嫌悪感が湧き上がって、ルカスの視線から逃れたくて身を捩ってうつ伏せになる。

「ツェツィ」

「いっ今のはっ！　わ、忘れてください……っ」

「嫌なの？　俺が、他の女に手を出すのが……？」

「っ……」

イヤだと口をついて出そうで、必死で口をつぐんで首を振るだけにとどめる。

すると「そう……喜ばせてきたかと思ったら。これは、少しわからせたほうがいいかな？」と残念そうな声音で、背後から不穏な言葉が聞こえて、ビクリと肩を震わせて後ろをそっと窺い見ると。

「ツェツィは俺の気持ちをナメてるね」と、少し砕けた言葉を発して、壮絶な色気を顔に浮かべる女神様がいらっしゃいました……っ。

また何か良くないスイッチを押してしまったらしい私は、外したガウンの腰紐《こしひも》を見せびらかすように掲げ、ニィッと獰猛《どうもう》に嗤うルカスから後退《あとずさ》ったのだけれどあっさりと捕まり、「俺の気持ちを二度と疑わないように、二度と他の女を勧めることなどないように、ツェツィの身体に俺の愛を刻み込まなくてはね」と腰紐で両手を手際良く結ばれながら聞いてるこっちが赤くなったり青くなったりしてしまう台詞《せりふ》を吐かれ。

もう言いません！　と口に出す前に足首を持ち上げられたかと思うと、「愛してます、ツェツィーリア」と恭しく足先に口づけられ、ひたすら愛の言葉を囁かれながらニュルニュルとすべての指を余すところなく舐められてしまい……。

彼が口を離したときには私の心臓はバクバク激しくなっていて、縛られた手で押さえつけた恥部はズクンズクンと疼《うず》き、閉じているはずの割れ目から小さく雫《しずく》を零していた――。


「イヤぁ……ヒッ、あっ！　アッ、そこッやぁ……っ！」

「ツェツィは嘘つきだなぁ、指を食いちぎりそうなくらい締めつけてきてるのに。……ほら、気持ちいいでしょう？」

「うあッ！　あっあっアぁ……ツぃやまたぁッ……うンぅ……！」

あと少しで上り詰めるというところで、ルカスが指を抜いてしまう。もう何度もそれを繰り返されて、燻《くすぶ》る熱が私の身の内を駆け巡っている。

はじめは口で外そうと噛んでいた腰紐も、今では膨れ上がる快感を耐えるために噛み締めるただの布と化していて。

既に涙と涎《よだれ》で乾いた部分の少ないシーツに顔を押しつけて四つん這《ば》いの状態が耐えられず震える腰を落とそうとすると、ルカスが許さずにお尻をグイッと持ち上げてきた。

「きゃっ⁉　っも、許してぇっ……！」

「何を許してほしがっているの、ツェツィーリア？　気持ちいいことしかしてないでしょう？　ああ、指は気持ち良くない？　舐める方が好きなのかな？」

「ちがっ違うぅ……ッアァ！　やだぁ！　舐めないでぇっ！」

ルカスが全然私《ヒト》の話を聞いてくれないぃ……！

無理矢理腰を上げられて、美しい顔の前に人に見せるはずのない恥部をまるっと見せる格好になってしまってそれだけでも私にはあり得ない状態なのに。あろうことか、ルカスが濡れてドロドロの蜜《みつ》壺《つぼ》に舌をねじ込んできて羞恥で身体まで赤くなる。

「ツハ、ツェツィの中、凄い熱い……」

「い、いやぁ……‼」

舌で体温を感じ取らなくていいからぁっ！

厚みのある舌がヌグっと入り込んでグルンと内部を堪能してくる感触が死にそうなほど恥ずかしくて、ズリ……と身体を前に逃がすけれど。彼は当然許してくれず、前に逃げるために動かした腰をそのまま固定してきて、ヒクついている秘部を割り開いてきた。

「ヒッ⁉」

「あぁ凄い……ピンク色の小さな穴がパクパクしてて前の小さな粒もよく見える。……ん、感じてるせいか、少し膨らんでるね」

「やっヤダヤダぁッ！　そんなっ開かないでぇ……っひ!?　やァ!?　そこ駄目っ、舐めちゃっだ、めぇ……っんぅ〜〜！」

露出したクリトリスをいやらしく舐められてブワッと腰から背筋を駆け巡る快感に、堪らず手首を縛る腰紐に噛みついた。

舐められるだけで快感は増大するのにそれだけでは足りなくて。イケなくて辛くて、イカせてほしいと懇願してしまいそうになって奥歯を噛み締めても、尖《とが》らせた舌先で刺激されただけで「ッひゃぁんっ」と恥ずかしい声が出てしまい。

あまりの恥ずかしさにヤダヤダとシーツに顔を擦りつけるとルカスが嬉《うれ》しそうに「ツェツィ可愛い……もっと感じて？」と言ってきて。もうノリにノった鬼畜とは意思疎通もままならないわ……と胸中で嘆く。

ひたすら舐めるだけでそれ以外の刺激を与えてもらえず、お腹《なか》の奥の熱は溜《た》まる一方で。なんとか発散させたくて腰を動かそうとするとルカスに動くなと掴まれる。

これ以上は感じないようにと腰紐を噛んでも、指でシーツをぎゅうっと掴んでも、敏感になったクリトリスを舌でつつかれるだけで甘い啼《な》き声を上げてしまって……なんの解決策にもならなくて。

私は最後の術《すべ》とばかりにルカスの名前を呼んだ。

「る、るき、るきさまっ、るきさまぁ……っも、辛い、つらいのぉ……！」

「ん……辛い？　ふふっ、俺の愛が辛いの？」

ヒィッ間違えたぁっ!?

「ち、ちがっ……ぁんッ、も、きもち、気持ちいいっ、からぁ……っるきさまぁっ！」

渦巻く快感が気持ち良くて苦しくて、叫ぶようにルカスを呼ぶと、突然グイッと上体を起こされた。

驚く間もなく顔を横に向かされて、膝立ちの不安定な体勢で深く口づけられる。咬みつくようなキスに必死で応えていると、潤みきった秘部を指で割り開かれて、後ろから長い肉棒を撫でつけられた。

零れる愛液を塗《まぶ》すように小さく前後する固く熱い感触にビクリとして目を見開くと、苦しそうに細められた金の瞳に射貫かれる。その瞳の奥に、欲望以外にも渦巻く感情が見えて——胸が熱くなって自然と言葉が零れた。

「わたし、だけ……」

「っああツェツィーリア……っあなただけを愛してる……っ」

その瞬間、唸《うな》るような愛の言葉と共に、息が止まるほどの質量を腹の奥に叩きつけられて。

そうして待ち望んだ刺激に、私の身体は呆気なく達した。

「ひッ————！」

過ぎる快感に叫びが声にならず、ひたすら喉を仰《の》け反《ぞ》らせて打ち震えていると——鬼畜《ルカス》が本領を発揮してきた。

「——アあッ!? やっ、ま、待ってぇ……アァ！」

ジュポッ…ジュポッ…と痙攣する膣内を堪能するかのように優しく抽送されて、恐ろしいほどの快感の世界から戻りきれずにまた視界が煌《きら》めく。

「あ！ ア！ やぁあっ！ またっイッちゃ……ツンぅううっ！」

「はッ、ツェツィ……俺にはあなただけっ、ツェツィさえいればいい……ッ」

「アッあっ〜〜っひぁあン！」

もうそれはわかったからぁ……！

胸中での叫びは残念なことに甘えるような嬌声《きょうせい》に変換されて口から迸《ほとばし》った。

胸を鷲掴《わしづか》みにされて固く尖った乳首を擦られ、もう片腕で下腹部を押さえつけられて後ろから抉《えぐ》るようにイチモツを出し入れされる。激しくはないけれど私の快感を重視するその動きに、もう無理だと逃げを打とうとすると、より強く抱え込まれて剥《む》き出しになった項《うなじ》に吸いつかれた。

「逃げないで、ツェツィーリア」

「あッヒッ⁉　そっ……こぉっ……！」

硬い腕に抱え込まれた瞬間、今まで触れなかった部分を肉竿が掠《かす》った。

同時に今まで以上の快感が背筋を突き抜けて震えが走る。ぎゅうっと彼のモノを締めつけるのが自分でもわかるくらいで、それは当然相手にも伝わった。

チユッチュッと首筋に口づけて、耳朶を甘噛みしながら楽しそうに嗤うルカスの声に涙が零れた。

「ツココがツェツィの、好《い》いトコロだね……ココもたぁくさん、愛してあげる」

「ぁ……アぁ……っ！」

遠慮しますっ！　と叫びたいのに、喉の奥からは掠れた声しか出なかった。

有言実行とばかりに彼の傘でゴリィッと擦られて、信じられない刺激に目を見開いた。

ごちゅっごちゅっと重点的に擦られて、竿が引き抜かれる度に視界が白む。イキすぎて頭がくらくらして酸素を取り込もうとあられもなく舌を突き出して泣き叫ぶ私に、ルカスは「イヤらしい顔して……俺を煽ってどうしたいの？」と恐ろしい言葉を吐いてくる。

「つあぁ！　あ――ツぁア、ヒ……ツあぁ――……！」

乳首を捏《こ》ねられながら前の粒まで刺激されて何かを吹き出す感覚がした。

同時にもう何度目かもわからない絶頂に襲われてがくがく震えていると、ルカスにそっと下腹部を撫でられた。

「…ココに今いるのはダレだ？」

耳元に囁かれる声にまで感じてしまってぶるりと震えると、「なぁ……」と低く問われて。ハフハフ呼吸して必死で声を絞り出す。

「る、るき、ッま」

「そう……あなたを今愛しているのは俺だ。感じるだろう？」

優しく諭すように言いながら、ルカスは掌で下腹部をぐっと圧迫してきて、私は腹部を覆う皮膚のすぐ内側の塊を否応なく実感した。お腹を破りそうなほど大きいソレを自らの身体に招き入れている事実に恐怖を覚えるのに、私の身体は別の反応を示して。

――キュンッと蜜壁が窄《すぼ》まると、ルカスはクッと耐えるように瞳を細めて「愛してるよ、ツェツィーリア」と覆いかぶさるようにキスをしてきた。

必死でキスに応えると、突然荒々しく抱き締められてガツガツと腰を打ちつけられて。

「……いま、誰に抱かれ、誰に、愛されているのか」

心に刻み込め、と。

低い声で耳元で囁かれながらクリトリスを爪で引っ掻《か》かれ最奥の感じるところをグリィッと捏ねられて。お腹に温かな感触が広がるのを感じながら高く悲鳴を上げる自分の声を遠くで聞く。そしてなす術なく白い世界にぐわんと飛ばされた。

固いけれど温かいぬくもりにふわっと抱き締められ、瞼に優しくキスを落とされるのを感じながら思うことは。

もう二度と、二度と他の女は勧めないわ……！　鬼畜の愛が重いぃっ！


ふわりと心地良い微睡みから意識が浮上する。

少し肌寒く感じてふるりと震えると、力強く抱き寄せられた。頬に当たる固いけれど温かくてサラリとした感触が気持ち良くて擦り寄って……ハッと目を開けて。

間近に蕩けるように瞳を緩めた超絶美形の顔があって、意識するよりも早く頬に熱が籠もった。

するとルカスは私をさらに引き寄せて、神様が腕によりをかけて作ったであろう罪作りな顔に綺麗すぎて目が潰れそうな笑顔をのせて「おはようツェツィ。愛してますよ」とあまぁ～い言葉をあまぁ～い声でのたまってきたから――夢かな、コレ、とまず思ってしまった私は悪くないと思うわ……。

「……ぉ、はよぅ、ございます……」

尻すぼみの挨拶で絶賛混乱中の私に楽しそうに笑い声を上げて、ルカスはつつ……と私の背筋を指で辿りながら身体を起こして両脇に手をついた。

ヒィッ私いま防御力《はだか》ゼロ――！

何か身体を隠すもの、と視線を彷徨わせるも、上掛けはルカスの腰回りでクシャッとなっていて私の手には全く届かない……むしろこれ以上視線を下に向けたら彼のカレが視界に……わぁあっ!?

アワアワしながら頭の上にあったふわふわ枕を身体に引き寄せて胸とアソコを隠すと、ルカスがくつくつ笑いながら顔を寄せてきた！

恥ずかしくて目を瞑《つぶ》ると、すぐ近くでチュッと音がしてギュウンとさらに顔が赤くなる。

というか、朝から色気駄々漏れの美形に素肌の肩口にキスをされて、顔を真っ赤にしない女子はいない！　それが行為後ならなおのことでしょ!?

「真っ赤……あぁ可愛い。可愛すぎて食べたい……ツェツィ、おはようのキスをしても？」

「う……は、い」

胸中で突っ込みながらも、挨拶《おはよう》のキスくらいならとおずおずと答えて顔を上に向けると、嬉しそうに微笑んでルカスがキスを、……頬でなく口にしてきた。

「ん!?　っんぅ……っ、ん、あっ！」

「ん、枕邪魔」

ぁああ私の防御《まくら》っ！

ルカスに舌を絡められて力が抜けたところであっさりと枕は身体から引き剥がされて、それでも奪われまいと伸ばした手をルカスに取られてシーツに縫い止められた。

恥ずかしくて身を捩ろうとして……そのままギュッと指を絡められビクリと肩を震わせたせいで誘うように胸がふるんっと揺れて、金色の瞳がくっと細まった。

「あ……」

光を背に圧しかかってきているため微笑む表情がより淫靡《いんび》な雰囲気で、視線を逸らせず近づいてくる顔を凝視すると、囁くように問われる。

「刻まれたかな？」

「なに……んぅっ、――ンっ、……っん、ふぁ」

「ツェツィの心と身体に。俺がどれだけあなたを愛しているか」

「ツ、あ……ぁの、っはい、その……十分……」

ほとんど唇が触れ合う距離で言われた言葉とともに彼との情事が思い出されて、羞恥で視線を彷徨わせてしまう。

「……本当に？」

「ひゃぁ⁉　まっ、ルキ様っ⁉　なにっ」

「確認しても？」

待ってまって待ってぇ！　どうして膝を割ってくるの⁉　どうやって確認する気っ⁉　ひっ、あ、アソコをこすり合わせてきたぁ……っ！

「やッダメっ、……ッ、なん、か、ッこ、ぼれて……っ」

「ああ、俺のが中から出てきちゃいましたね。……勿体《もったい》ない」

ぃいやぁぁあ！　ナカッ！　ナカから出てくる感触がぁっ……！

あと勿体ないって何なのよぅっ！　私にとっては全然勿体なくないわ！

怠《だる》い身体でなんとか抵抗しようとした途端、ドロリと彼の精液が身体から出てきてしまって。恥部を伝うその感覚に腰元がゾワリとしてしまってお腹に力が入ってまた襞の奥からこぽりと溢《あふ》れる。

止められなくて、白濁した液体を零すソコをギラギラとした目で凝視されるとか、もう死ねるっ！

羞恥で死ねるぅ……！

「み、見ないでっ！　やだ……っルキ様見ないでぇ……っ」

「……なんでそんなに可愛くてヤラしいの、ツェツィ。ああ好きすぎる、シたい……いい？」

「い、いやらしいっ⁉　ひんっ、ぁっだめぇ！　……っシないぃ……っ胸、舐めなっ、きゃぁん！」

好きだからって朝から欲望に忠実すぎるぅ――！　あとイヤらしいは褒め言葉じゃないから！　辱めてるから！　そ、そんな蕩けきった顔で言われても騙《だま》されないんだからーっ！

そんな私の心の中での絶叫は当然口から出ず、もにゅっと乳房を揉まれて彼の手から溢れた部分に吸い付かれて嬌声に変わる。乳輪をいやらしく舐められて快感が広がったところでカリッと乳首を咬まれて、小さな痛みと気持ち良さに子犬みたいな声が出た。

ジワジワ広がる快感にそれでも必死に身を捩って抵抗するけれど、胸がその度に誘うようにたゆんたゆん揺れて「そんな揺らして、誘ってるの?」とルカスを悦ばせることに……。

誘ってないと否定したいのに、彼に拓《ひら》かれて快楽を覚え込まされた私の身体はすぐに屈してしまって。全然駄目じゃない声音で拒否を紡ぐ自分は本当に淫乱なんじゃないかと不安になると、ルカスが悪魔の囁きを零してきた。

「ねぇツェツィ、俺は他の女じゃ駄目だと言ったでしょう? 俺が欲情するのもツェツィだけ。ツェツィだけが俺を鎮められるんだよ……」

「うぅ……っ」

あなただけ作戦なんておのれ卑怯《ひきょう》な……! と思うも、彼が自分だけに欲情を向けてくることに喜ぶ感情も確かにあって。

既に何度も受け入れている相手から「愛してる」「好きだよ」「ツェツィだけ」と囁かれて猛烈に求められて、拒否できる女がいるのだろうか……。

「ねぇ、ツェツィのナカに俺を入れて……?」と怒張を陰核に押しつけられながらおねだりされて、私はとうとう屈服した。

了承を口に出すなんて恥ずかしくてとてもできないから、そっと足を開きながら腰の位置をずらして彼の先端を蜜壷に宛てがった瞬間、ルカスが微《かす》かに身体を強張《こわば》らせて息を呑んだ。

「……ツェツィ?」

「ぁ、の、激しくは、しないで……」

自ら足を開いて誘ったことに頭を茹《ゆ》だらせながら、一応のお願いを試みる。

本当にこれ以上ガツガツされたら多分私はまた寝込んじゃうからねっ。優しく、優しくしてっ。あと恥ずかしくて死にそうだから顔を隠すのに防御返《まくら》してくれないかしらと涙目でルカスを窺い見ると
――彼は手で顔を覆っていた。

「……あ～ヤバイ……」

ヤバイ？　なんで？

「……幸せすぎて、抱き潰しそう……」

「だっ!?　ダメですっ、やっぱり今のなしぃっ！」

抱き潰されるのは断固拒否――っ！

ルカスの甘くて恐ろしい台詞に私は真っ赤になって慄いて、ダル重な手足を叱咤《しった》して彼の大きな身体の下から這い出ようとすると、彼は「え、嘘ウソ、優しくするっ。大丈夫だから」と焦りながら私の腰を押さえつけてきて――刹那、ピタッと動きを止めた。

何かの気配を窺っているような雰囲気のルカスに、どうしたのかと不安になっていると彼が「ハァ……」と盛大に溜息をついて私をぎゅうっと抱き締めた。

同時に、コンコンと、ノックの音がして。

ビクッとした私の背中をポンポンと叩き、抱き起こすと手早くガウンを着せてくれてあまりの早業に目を白黒させてしまったわ……というかガウンどこから出したの？　手品っ？

動揺しつつもルカスを窺い見ると、彼は腰元にタオルを巻きつけただけで、だらしなく胡座《あぐら》をかいて私をその上に座らせると、怒ったように「今度は何が出たんだ？」と発した。

「なんだ」ではなくて「何が出た」なの？　そう不思議に思う間もなく、聞き覚えのある声が扉の向

こうから「今度は火蜥蜴《サラマンダー》だそうです」と答えた。

えーと、話に置いてけぼり感が半端ないしタオル一枚のルカスの膝の上が居た堪れないのだけれど、とりあえず……火蜥蜴ってヤバくないっ!?

え？　火蜥蜴って火蜥蜴？　魔獣ランクＡの？　討伐難易度Ｓのっ!?

驚きすぎて固まっていると、ルカスがかったるそうに「それくらい騎士団でなんとかしろってレオンに言え」と冷たく言い放った。

その聞き覚えのある名前に小首を傾げる。

レオン……レオン？　騎士団のレオンて、え？　統括騎士団長は確かにレオン様だけど……そのレオン……？　まさかの王太子殿下呼び捨てっ!?

驚愕にルカスを凝視してしまうも、扉のあっちとこっちでは普通に会話が進む。

「いや～流石に火蜥蜴をそれくらいと言えるのは主くらいですよ。黒騎士白騎士の精鋭に防御に特化しているレオン殿下がいても、魔獣ランクＡの討伐はかなり厳しいでしょうし、かと言って数で押せるような魔獣でもないですしね。というか、魔獣がかなりの数出現したみたいですから」

ルカス様が行かないと被害が酷いでしょうねぇと呑気な声で恐らくフィンさんだろう人が答えて、ええぇっ？　とびっくりしてしまった。

魔獣討伐のエキスパートである黒騎士団に、さらに魔術に特化した白騎士団までいても困難な魔獣の討伐に、ルカスが呼ばれるって……何故なの？　だってルカスは近衛騎士団所属でしょう？　エッケザックスを持つヴェーバー元帥ならわかるけれど……。

疑問がぐるぐる脳内を巡るけれど全部言葉にはならず。ただ不安でルカスの身体に身を寄せ縮こまった私を彼は抱き寄せてフィンさんの言葉に苛立《いらだ》たしげに前髪をかき上げて、「じゃあレオンの使者にあと一時間待てって言っとけ」と吐き捨てておもむろに私に口づけてきた。

……待って、待ってよ待ってぇっ！　何考えてるのこの人っ⁉　火蜥蜴の討伐なんてかなりな大事のはずなのにそんなこと程度で終わらせようとしている上に、王太子殿下からの使者をそんな扱い⁉　待たせて何しようと……ってナニしようとしてるぅ〜っ！

「っ、るき、さまっ、」

「しぃ、フィンは耳がいいから聞こえてしまうよ？」

「⁉　あ、〜ッ」

いやぁあ――！　腰持ち上げないでっ、駄目っちょっ、ガウンの胸元から手を入れてこないでーっ！

乱れたガウンに顔を突っ込んで谷間にキスしてくるルカスの肩を必死に掴んで止めようとしていると、フィンさんがさらに爆弾を落とした。

「それが書状に王太子紋ついてるんですよねぇ。大至急みたいでして、実は使者殿も黒騎士団と白騎士団の副団長が共にいらっしゃってます」

王太子紋付きの書状ぅ――っ⁉

そんな簡単にはお目にかかれないはずの超強力な紋章使った呼び出しに、さらに副騎士団長を使者に使っちゃうとか！　王族って贅沢《ぜいたく》ぅ！

でも何故ルカスにそこまでするの？　第一王子だから？　でも王子位に討伐義務なんてないわよね？　だってフェリクス様は一度もそんなことしなかったもの。あの人本当になんの努力もしなかったから、騎士団の人たちから好かれてなかったし……。レオン殿下は王族の魔力チート故に統括騎士団長なんてものに就いてるわけだけれど。

あ、それでいくと確かにチート騎士のルカスが呼ばれる理由もわかるような……？　確か現王位継承権保持者の中でも魔術が最強なんだっけ？　でも火蜥蜴って物理攻撃でしか倒せないって聞いたことあるけれど……。

う～んと悩んでいると、私のお胸に顔を押しつけたルカスがくぐもった声で恨み節を吐いた。

「……クソ、レオンのヤツ絶対に殴る」

「殴っ……だ、駄目ですわルキ様っ！」

王太子殴るとかメッチャ不穏な言葉を人の谷間に吐いてきた――っ！

「……なんでツェツィがレオンを庇《かば》うの」

ひぇっ？　なんか怒ってるっ？　でも私だって聞き捨てならないことには反論しますわ！

「王太子殿下を殴ってルキ様に何かあったらどうされるおつもりですかっ？　ましてや御身はもう一介の騎士の身分ではないのです。第一王子と新たな第二王子の仲が悪いなど、諸外国に付け入るスキを与える気ですかっ。その被害は民草が被るのですよ。……そ、それに、婚約だってしたばかりなのに……ルキ様は私を一人にする気なのですか……」

胸丸見えで言う台詞じゃないなぁ……と頭の片隅で思いながらルカスに言い募ると、何故か美形が目元を染めて蕩けた視線を向けてきた……解せぬっ！　何故そこでその表情っ？

「……あぁもう本当……ツェツィ最高」

「そうですね、もっと言ってやってくださいツェツィーリア様」

意味不明なんですけどっ！　フィンさんまで何を言ってるのっ!?

「はぁ～仕方ない。今回はツェツィに免じてレオンを助けてやるか。騎士団に被害が出ても後々面倒だしな」

我が婚約者殿に、他の男が治癒を施されるとか許せないし。そうルカスが零した言葉に、私は目を丸くした。

「ご存じなのですか？」

「当然でしょう？　あなたに不審な人間が寄らないように細心の注意を払ってましたから。あなたは類稀《たぐいまれ》な治癒術で助けが必要な人間には貴賤《きせん》なく救いの手を差し伸べる。孤児から騎士、はては教会の神父まで……、あなたに助けられて憧れを向ける人間が多くて大変でした」

ルカスが寝台から下りながら話す内容に驚愕する。

確かに私は王子妃候補としての慰問以外にも、家の名で孤児院を回ったり、討伐で傷ついた騎士や傭兵《ようへい》が教会に身を寄せていれば行って治癒したりしていた。

それでも二、三年前まではあまり外を回らせてもらえなかったから、討伐で傷ついた騎士団の治癒を手伝ったりしていたけれど。一年前から比較的自由に王都の孤児院を訪れたりできるようになって……。思い至る事実にハッとする。

「一年前……まさか、ルキ様が……？」

「大したことはしていません。王子妃候補としてかく在ろうとしているあなたは、近衛の人間からも好かれてましたから」

お蔭で俺は嫉妬しっぱなしでしたけどね、と。笑いながら寝室を出ていく姿に呆然としてしまった。

気づけばまたもエキスパート侍女三人に目隠しで湯浴みを手伝われて、首元まで隠れるドレスを着せられた。

酷使された筋肉が悲鳴を上げて、どこに行くにもアナさんとケイトさんに両側から支えられて歩く羽目になったりと際限なく恥ずかしい目に遭い、ルカスの居室の日当たりの良い場所にソファーを置いて「なんか色々ありすぎて疲れたわ……」と背もたれに身体を預け、アナさんの入れてくれた絶品紅茶を飲んで——ふと、気づいた。

「……どうしようっ！　私ったら……ルキ様に出立のご挨拶してないわっ」

「あら……、そういえばそうですね」

「わたくし共もすっかり……。ツェツィーリア様の御身が第一ですから、つい」

ついって。アナさんとケイトさんの言葉にえー……と思っていると。

「何か言伝《ことづて》がございましたら、私がお届けしましょうか？」とエルサさんが言ってくれた。

婚約者の家にいるのに見送りもしないなんて、いくらなんでもあり得ないわよね……聞かされた内容が色々衝撃的だったのと、彼に酷使された身体が全然動かなくてそれどころじゃなかったせいなんだけれど。

でも一言くらい……と、「頼めるかしら？　……でももう王都を出た時刻よね？」と時計を見る。

既に昼を過ぎており、今から馬を飛ばしても到底追いつかないだろうと彼女に視線を向けると。

「ご安心ください。エルサは特別でして、ルカス様とのみ遠隔通信の魔術を行えますから」

「はいっ、お任せくださいませ！　では今すぐ、」

「ま、待ってっ！　あの、まだ馬を走らせているかもしれないし、そうだったら危ないわ。通信は陣営に着いてからで……」

公爵家の使用人マジ半端ないっ!!　遠隔通信の魔術が使える使用人なんて聞いたことがないわっ。

そんなことができる人間は普通上級魔術師になるものだし。

へアプスト公爵家の使用人規則の内容を確認してみたいわ……そんなくだらないことを考えつつ、それでは夕刻にしましょうとアナさんが提案してくれたことに了承して。

夕刻にエルサさんに頼んでルカスに言伝をしてもらい、怒涛《どとう》の一日を終えたのだった。

エルサさんに、ルカスが討伐にやる気を出すからと言われて伝えた言葉に、異常な間が開いたあと「必ずツェツィのもとに帰ります」と言われてベッドで何度も思い出し身悶えしたのは内緒よ。

◇◇◇

美しく気高い彼女は、その心根まで美しい。

治癒術を発動するとその虹色の魔力がキラキラと舞うことから、いつしか彼女は虹の乙女と呼ばれるようになった。教会が第二王子妃候補であるにも拘《かかわ》らず聖職につくことを切望するほどに、その治癒術は類稀な効果を発揮して。

けれど驕《おご》ることなく、貴賤を問わず救いを施すその姿勢に、誰もが憧れた。

籠の鳥のように誰にも見せずに自分だけのものでいてほしい気持ちと、助けられる人間を助けられたことで花が綻ぶように微笑む彼女を見ることができる幸福と……どちらも手放し難くて。

それならと、近衛騎士団副団長としてできる最大限の助力をした。

……「まさかルキ様が？」と問いかけてきた彼女の表情が、嬉しそうに、幸せそうに緩んでいて。

きっとこの先も閉じ込めることはできないんだろうな、と自嘲気味に、どこかくすぐったく思った。

ツェツィからの通信内容に頬が緩むのが止められないでいると、腐れ縁のカールが天幕を押し上げて入ってきた。

「お～ルキ、討伐の話を……っつーかなんでまだ変化してんだ？　今日エッケザックス使うだろ？」

「うるさい触るな。目立ちたくないからいつも討伐のときは〝ルキ〟に変えてるだろ」

「ナニその冷たい反応まさかの反抗期!?　つかだらしねぇ顔しやがって遠隔通信で何話してたんだよ～。あっ、さては愛《いと》しの婚約者からだなっ？　なんだよ畜生、実はうまくいってんのか～」

　コイツにバレるくらい緩みきってるのかと気を引き締め直しながら通信の陣を消すと、さらにもう一人天幕に入ってきた。

「カール、ルキに絡むのはやめなさい。すみません、彼はあなたが婚約者とうまくいってないんじゃないかと心配みたいで」

　秀麗な美貌を苦笑させて、アルフォンスが俺に話しかけてきた。それに被《かぶ》せるようにカールが朝のことを持ち出してくる。

「いや、だってよぉ……玄関先にも見送りに現れない婚約者とか、ないだろ？　ランクＡ魔獣の討伐だぜ？　もしかしたら死ぬかもしれないんだぞ？　そりゃ誰だってお前と彼女の関係を疑うだろ」

「まぁ……確かに」

　俺に心配そうな視線を向ける友人に、不機嫌な視線を返す俺は悪くないと思う。

　彼らはフェリクスと長いこと婚約関係にあったツェツィーリアが、新しく第二王子になった俺に、あまり良い感情を抱いていないと思ってる。それはフェリクスの行いが酷かった――彼の王族としてはあり得ない行い《やらかし》をツェツィーリアはひたすらフォローしていた――せいで、周囲はツェツィーリアがもう王族との婚約を懲り懲りだと思っているからだ。

　そして俺へも、フェリクスと婚約期間が長かったツェツィではなく、新しく婚約者を見繕うべきだと周囲が騒いだ。それはとても腹立たしいことに、彼女がフェリクスのお手付きではないか、と囁かれたからだ。……そんなことを言い触らした奴らは全員表舞台から消えてもらったが。

「それで、本当のところはどうなんだ？」

「やめとけカール、馬に蹴られるどころじゃなくなるぞ」

「レオン殿下！　……如何《いかが》でしたか？　結界は、朝まで保ちそうですか？」

どこか焦燥感を滲ませた雰囲気で入ってきたレオンにアルフォンスが問いかけた。レオンはそれには答えず、俺に視線を向けると。

「やぁっと来たか、義弟《おとうと》よ。遅いぞ、こっちはもういっぱいいっぱいだったっつーのに、随分婚約者とイチャついてたみたいだな」

「……お前が邪魔しなければな」

「はぁっ？　お前、昨日一回帰還させてやっただろっ？　一晩ありゃ十分だろがっ」

「一晩で足りるわけないだろう。わざわざカールとアルを使者にして王太子紋付きの書状で迎えにこさせやがって……やっぱり殴っていいか？」

つい朝のツェツィを思い出して、レオンへ殺気を向けてしまった。せっかく彼女が受け入れようとしてくれたのに、コイツのせいで……。

「まてまて待てっ⁉　何でそうなった⁉　まさかっ……じゃ、邪魔したか……？　ってオォイッ待てっ！　悪かったっ！　悪かったけどコッチもぎりぎりなんだって！」

「そうか、だからぎりぎりで邪魔してきたんだな？　よし、歯ぁ食いしばれ」

「待てっ……カール！　お前笑ってないで助けろっ！」

「ぶふぅっ！　ック、いや、だって、なぁ？　アルフォンス、信じられないよなっ？」

あのルキがなぁ～と楽しそうにしているカールに胡乱《うろん》げな視線を向けると、アルフォンスまでニコニコしていた。

「そうですね、こんなに感情豊かなルキは見たことがありませんから、彼《か》の方とうまくいっているようで安心しました」

「な～、一晩で足りるわけがないとか、そりゃ彼女も見送りに来られないはずだわ！」

ゲラゲラ笑うカールに袖口に隠し持ってる短刀を投げようかと考えていると、「カール様の血で汚れたら勿体ないので投げないでくださいね、ルキ様」とフィンに止められた。相変わらず俺の考えをすぐ読む乳兄弟に肩を竦めて応えると、カールが顔から血の気を引かせてレオンを盾にした。

「お、お前っ友人に隠しナイフ向けるとかマジないからなっ！」

「お前は王太子《おれ》を盾にするんじゃねぇっ！　不敬罪でしょっ引くぞ！　あとアイツに盾が効くはずないからな!?」

「そうですね、主ならレオン殿下を貫いてさらにカール様まで刀を届かせることができますので」

助かりたいならもう一人くらい盾役がいた方がいいかと、とフィンがつまらなさそうに答えて、カール、レオン、アルフォンスが無言になった。

「……あ～、それで、レオン殿下、結界はどうでしたか？」

カールとレオンから少し離れながら、アルフォンスが討伐の話へと戻すと、これ幸いとレオンがわざとらしく声を上げた。

「そうっ！　結界なっ。……あ～、正直ヤバイ状況だ。……リーダー格の火蜥蜴のブレスの威力が半端ない。三重で施した防御結界も、既に内側の一枚が割れて二枚目にヒビが入ってる」

「ゲッ……ガチでヤバイじゃんっ」

「殿下の結界をもってしても抑えられませんか……」

ハァ……とレオンが盛大に溜息をついて、俺を見た。

「現時点での出現数は五体。うち一体は既に討伐が完了していて、解体に取り掛かろうとしたところで一挙に四体が出現した。出現数の多さも問題なんだが、それ以上に問題なのがリーダー格の一体だ」

「三体は通常の火蜥蜴です。ブレスも防御壁で防げますし、氷系統の魔術もある程度効き、大きさも平均的です、が……残り一体が、古代竜になりかかっているというのでしょうか……」

「古代竜ですかっ?」

アルフォンスの話に、珍しくフィンが口を挟んだ。確かに、古代竜なんて言葉が出たら驚くが、とレオンに視線を移すと。

「まだなってはいない。ただ、放っておけば間違いなくなるな。額に緋《ひ》色のクリスタルが突き出始めている。火蜥蜴ではなくて、もうあれは火竜《レッドドラゴン》だな。本体も他の三体とは一線を画すデカさだ」

「一度アルフォンスに頼んで最大級の捕縛術をかけてもらって、俺とマルク他三人で足を狙いに行ったんだが……まるで歯が立たない。こっちの剣が先に折れた」

研ぎに出したばかりなのに参るぜ……とカールが嘆いて、一瞬フィンが俺をチラと見てきたが無視した。……まだ短刀を潰したことを根に持ってるな、あれは。

「今回は難しい討伐だからと人数を絞って来たし、それでなくともランクA三体にランクSが一体。正直黒騎士団も白騎士団もお手上げ状態な訳だ」

カールが両手を挙げて肩を竦めて、アルフォンスが「情けない話ですが……」と眉を寄せた。

そうか、と少し頷いて。

「……で、邪魔してきたんだな」

「……お前……しつこい男は嫌われるぞ」

「お前に嫌われても問題ないし、ちゃんと彼女には許しを貰ってる」

ツェツィの嫌がることを俺が本当の意味でするわけないだろう。俺だってきちんと彼女の様子を観察しながらやってる。戸惑うことはあっても、彼女が俺を心から拒否したことはまだ一度もない。

そう俺を嫌そうに見てくるレオンに冷めた視線を返すと。

「は？」

「え？」

「マジ？」

三人が恐ろしいものに遭ったような表情を浮かべて俺を凝視してきた。

なぜ俺がそんな目で見られるんだ。

「……なんだ」

「主の彼の方に対する姿勢に御三方が感銘を受けたのでは？」

「あぁ、お前ら婚約者や奥方に優しくしてないのか？　嫌われるぞ？」

フィンの言葉に三人に呆れた視線を向けると。

「っ待てマテ待てぇっ！　ゆるし……っ⁉　おまっお前がっ⁉」

「……あぁ、私は疲れてるんだな。ちょっと幻聴が……」

「アルフォンス落ち着けっ！　幻聴じゃねーし、あのルキが……っうわぁ信じらんねぇっ！」

なんなんだ、と驚き慄く三人を見ていると、フィンが冷静にツッコミを入れた。

「まぁ驚く気持ちはわかりますが、今は討伐の話を進めた方がいいのでは？」

フィンの言葉と同時に空気と地面を震わせるほどの咆哮《ほうこう》が響き渡り、一瞬にして辺りに緊迫が漂った。

天幕を払いのけて外に出ると、白騎士団員が最後の一枚になった防御壁に網目状の魔力を張り巡らせていた。

壁の中に視線を向けると、一際鮮やかな赤い鱗《うろこ》をギチギチいわせて、黄緑色の瞳孔を丸くしてこちらを睥睨《へいげい》する竜がいた。周りの火蜥蜴はソイツの咆哮に怯えて首を縮めている。

「チッ、あと一枚になったか！　コッチの渾身《こんしん》の防御壁をあっさり砕いてくれやがってっ」

「ルキ、いけますか？」

「まぁ……確かにデカイし火竜になりかけではあるが。レオン、お前ちゃんと魔力練ったか？　あれくらい捕縛できないなんて、最近鍛錬サボってたんじゃないのか」

「オイオイ……ルキ、お前それは流石に……」

カールの焦った声を無視して再度火竜に目を向けると同時に、魔力を練って少し放出してみせると、ソイツは直ぐに反応した。格の違いがわかるくらいには成長してるわけか。

俺の魔力の密度に怯えたように尾を振って首を下にさげたが、その行動に防御壁の強化をしていた騎士たちが少しざわめいた。その周囲の人間が自分に怯えていることを感じ取ったのか、直ぐに持ち直して威嚇するようにまた咆哮してきた。

その判断に、いや、まだ若いなと思い直す。火竜にもなりたてで、古代竜と呼べる代物ではない。

これはエッケザックスも必要ないな、とフィンを見ると。

「嫌です」

「……まだ何も言ってないだろう」

「言わなくてもわかります。何年アンタの傍にいると思ってんですか」

「じゃあ寄越せよ」

「だからそれが嫌なんですっ！　アンタそうやって討伐の度に俺が用意した剣叩き折ってますから

ね!? 既に三本折ってんの、奥方様にも報告させていただきましたからっ」

「……俺の金で買ってるはずだろう」

フィンの話に、母上に報告されたと言われて少し声が小さくなってしまったのは仕方ない。

レオンもカールも、アルフォンスさえも視線を逸らしているくらい、母上は怖いのだ……。

王妹である母上は、民の血税で生活していると教育されて育ったせいか、物凄く物を大切にする。

大切に使っていて壊してしまう分には全く怒らないが、壊さなくても済んだモノを壊してしまった場合の怒りは凄まじいの一言に尽きる……。ちなみに家では破壊王の親父が毎度母上にリアルに雷を落とされてズタボロにされている。

「俺が毎回あんたのために耐久力重視した剣を用意してる努力をわかってほしいからですっ。言っときますけど、力制御してたって普通の剣じゃ大体三合目で弾けますからねっ？ 主の魔力に耐えうる剣を探すのに、どれだけの労力割いてると思ってんですかっ」

「それは悪いと思うが、母上に言わなくても」

ドォンッ！

火竜を無視してフィンと言い合っていると、なかなか壊れない防御壁に苛立ったのだろう、火竜が尾を振り回して防御壁を壊そうとしだした。

その威力に、強化魔術を放っていた白騎士の何人かが吹き飛び、同時に網目状の魔力が薄くなりヒビが入り始めた。

「っおいルカスッ！ 言い合ってないでエッケザックスを顕現させろ！ あと数分も保たないぞ！」

「おいお前らっ！ レオン殿下を下がらせろ!!」

「天幕に最大級の防御陣を敷いています！ 殿下は早くそちらへっ!!」

カールとアルフォンスがレオンを押さえて下がらせながら、他の騎士たちに指示を飛ばす。

俺は力業で防御壁を壊そうと暴れる火竜に目をやり、面倒だなと息を吐いた。

「……エッケザックス使う必要ないと思うんだが」

レオンは顕現させせろと言うが、アイツを使うと戦闘後も昂《たかぶ》りが治まらなくて辛いんだよな……と思っていると、フィンが呆れたように溜息をついた。

「……わかりました、討伐が終わってからと思ってましたが、やる気を出してもらうために今教えて差し上げますよ……。エルサから彼の方のお言葉が届きましたでしょう?」

「ああ、それが?」

「待っているようなことを言われませんでしたか?」

「……言われたが」

何故フィンが知ってるんだと目を細めてしまう。フィンは慣れたように「俺にもアナから連絡が入ったんですよ」と続けた。

「ルキ様に連絡する前にエルサが余計な話をしてしまって、討伐後の騎士が真っ直ぐ家に帰らない理由を彼の方に問われて、うっかり教えてしまったらしいです」

「……つまり」

彼女の言葉を思い出して、思わず口元を押さえてしまった。怪我をしないように頑張ってくださいと恥ずかしそうに会話を終わらせる直前、言い淀《よど》んだ彼女に呼びかけると。

『あの、ご無事のお帰りをお待ちしておりますから、……その、ちゃんと、わ……私のところに、帰ってきてくださいね……』

羞恥を含んだ囁きに、そんな意味が込められてるなんて思いもしなかった。

俺の想《おも》いはきちんと彼女に刻まれている。娼館には行くなと、他の女のところに行くなと彼女自身が言ってくれた事実に、十九年生きてきて初めて胸が打ち震える感覚がした――。

束の間心の中を満たす感情に耐えていると、レオンたちの声が聞こえて我に返った。

「おおっ、それってさぁっ」

「シッ、カールは口を閉じてなさいっ」

「……いや、続きも気になるけど、俺の防御壁がそろそろさぁ……」

「あ、あのっ殿下っ！　お話の途中で大変申し訳ありませんがもう防御壁が破られますっ！」

レオンの疲れたような声に被せるように叫んだマルクの声と共に、バキィィンと甲高い音が鳴り響き――、一際大きな咆哮が風を生んだ。

ズゥンッと地面を揺らして鎌首をもたげた竜に全員が息を呑む中――俺は、嗤いが零れてしまった。

静かに「来い、エッケザックス」と喚《よ》ぶと慣れた重みが右手に現れる。と同時に纏っていた変化の術が解け、術を吸い取った剣が機嫌良さげに光り輝く。

それをぎゅっと握り締め、呆れたようなフィンの「ご武運を」という声を背にトンッと地面を蹴った――。

バキンと額のクリスタルをもいで、目を見開いて固まる騎士たちをしり目にアルフォンスに聞く。

「これ使うだろ？　核はどうする？　取るか？」

「え、あ、えぇ、取ります……」

「わかった」

持ってろと近くにいた黒騎士にクリスタルを渡して、込める力を最小にしてエッケザックスをヒュンと振り巨体を真っ二つに切り裂くと、ゴロンと綺麗な赤い核が出てきた。それを拾い上げてカールに投げる。

「おわぁっ⁉　おまっルキ！　投げるなら声くらい掛けろ！　落として割ったらどうすんだよっ⁉」

「落としたらカールのせいだろ」

「おぉい！　この大きさの核割ったら、俺騎士団退職する羽目になるだろうがっ‼」

「労いの声くらいは掛けてやる」

「その優しさを今見せろって言ってんのぉっ‼」

騒ぐカールを無視して魔力を剣に流すと喜ぶように盛大に食べて、満足げにスッと消えた。

天幕に戻ろうと踵《きびす》を返したところでマントにじっとりと魔獣の血がついていることに気づき、その匂いに顔を顰《しか》める。

フィンに視線を向けると「マントなら予備がありますよ」と答えてくれたので、すぐさま外して渡した。「……いつもマント汚す程度で済ませてくれると助かるんですがねぇ」と嫌味っぽく言われたが無視すると、「全く……天幕にお茶を用意してます。どうぞ」と促され、そちらに足を向ける。

そこには、どこか呆れたような視線でレオンが佇《たたず》んでいた。なんだと思い小首を傾げると、レオンはフッと吐息を零して。

「ルカス・テオドリクス殿、此度《こたび》の討伐へのご助力、ベルン王国を代表して御礼申し上げます。――英雄ルカス・テオドリクスに誉れあれ！」

頭を下げ胸に手を当てて述べる彼の言葉と共に、カールやアルフォンス、騎士たちが一斉に跪《ひざまず》いた。

「帰っていいか？」

「だから駄目だって。火竜が出現したってことで王城からは早馬で待機の連絡が来てるし、そんな中英雄が夜に紛れて帰還とかどんな噂《うわさ》が立つかわかんないだろ？」

「……変化する」

「だからダメだって！　いくら〝ルキ〟の平凡な見た目になったたって、火竜討伐を〝ルカス〟がしたことは既に連絡済みなんだから意味ないだろっ。諦めて今日はここで俺たちと飲もうぜ！　それでお前の愛しの婚約者の話を聞かせろって～」

酒が入って絡んでくるカールが鬱陶しくて、何度目かの願いを口にしたがあっさり否定されて腹が立つ。

「フィン、もう寝るからこいつを叩き出せ」

「畏《かしこ》まりました。さ、カール様、ご退出ください」

「ちょっ待て待てぇっ!?　ナニ剣抜き放ってやがるッフィンっお前！　前から思ってたんだがルキの暴言を鵜呑《うの》みにしてると見せ掛けて俺で日頃の鬱憤を晴らしてねーかっ!?　ってオワァッ！」

フィンの振り抜いた両刃剣を間一髪で避《よ》けたカールが、慌てて腰の剣を抜いて対峙《たいじ》する。

「いやですねぇカール様。私が黒騎士団副団長様相手にそんなことをするはずがないじゃないですか。これも我が主の命令。仕方なしに剣を向けているのですよ」

「ウォッ!?　うっそこけぇっ！　仕方なく思ってるヤツは隠しナイフを喉元と眉間目がけて投げねぇからなっ!?」

フィンのえげつない暗器の技術にカールが四苦八苦してるのを横目に寝っ転がる。

王城からの現場待機と監視の知らせに、周囲に微量の魔力を放って探っても当然の如く魔獣の気配はせず。

火竜の出現で他の魔獣は軒並み森の深淵《しんえん》まで下がったのでは、とのレオンの見解を裏づけるように、闇が濃くなる時刻になっても野営地の周囲には動物一匹現れていない。

ツェツィが待ってくれているのに帰ることもできず、苛立ちを寝て誤魔化そうとしたところにレオンがカールとアルフォンスを連れて俺の天幕に入って酒盛りをし始め、今に至るわけだが。

「……この主にして、あの側仕《そばづか》えあり」

「ゴルラァ！　レオンッお前はうまいこと言ったみたいに頷いてないで助けろやっ！」

「カール、余所見《よそみ》してると死にますよ～」

「クッ！　ぁっぶな!?　っ、アルフォンスお前もっ！　何ほろ酔い気分で楽しそうに観戦してやがる！　フィンをとめろよ！　頼むからっ！　ゲッちょっ、マジでとめてくださいっ！」

「流石黒騎士副団長、なかなかしぶといですねぇ」

フィンは楽しくなって結構マジになってるな。流石に酒が入ってるカールには荷が重いか。

袖を切られたカールを見ながら、しかしツェツィに治癒術をかけてもらうのは言語道断だなと思う。そうなると俺かアルフォンスが術を施すことになるわけだが。野郎《カール》に治癒術をかけることを想像して、軽く顔を顰めてしまった。

その顔を見たレオンが、「どうした英雄、疲れてるのか？」と声を掛けてきた。

「いや全然。というか、まだ俺は〈英雄〉を継承してないぞ」

師の誉れある呼び名で己が呼ばれることに違和感しかなくてつい否定してしまうと、レオンが諭すように口を開いた。

「まぁ公式発表はまだだが、現時点で既にエッケザックスは次代にお前を選んだわけだし。今日の報告で、古代竜とは言えないまでも、火竜を一振りで屠《ほふ》っちまう力を隠す意味はもうないだろうしな。

それに今日連れているのは半数がお前と親しくない人間ばかりだ。実力こそ全ての騎士団内で、お前の実力を目の当たりにしてしまえば騒ぎたくなるのが人間てもんだ。それも踏まえての精鋭を選んだからな。……お前がヴェーバー元帥を尊敬していて〈英雄〉の継承に消極的なのは知ってるが、誰かが必ず宝剣を継承しなくてはならないのも避けられない現実問題だ。騎士団内で元帥を貶《おとし》めるような話が広がることはまずないし、そうでなくてもお前の英雄としての資質を騎士共が声を大にして広めてくれるだろうから、あほ貴族共も少しは自重するだろう」

最近、当代英雄として名高い師アンドレアスが老いに負けて宝剣エッケザックスを揮《ふる》えないのではないかと陰で噂されている。

エッケザックスは魔力を喰《く》ってその力を最大に発揮するが、普通に魔力があれば使えるかというとそうでもない。

まず何よりも剣が使い手を選ぶ。

魔獣狩りが大好きな性質のせいか、形式的な剣技は好まない上、何故か体術も使えないと剣に触らせてももらえないらしい。……師が剣技より先に俺に体術と剣での殴り合いを教えてきた理由はこれかと、エッケザックスを持たされたときに気づいたのは懐かしい、というより嫌な思い出だ。

そして最大の理由――巨人エッケが持っていた伝説の剣は、とにかく重い。めちゃくちゃ重い。一応許可した人間にはエッケザックスも比重を軽くしているらしいが、顕現させると地面に足が軽く沈むくらいには重い。

そんな超重量の剣故に、身体強化をしてなお、師と同じように片手で振り回せるようになったのは十八才を超えた頃だった。エッケザックスを持つには並々ならぬ武芸の技術とそれを支える鍛錬が必要だからこそ、師は老いと共に周囲の愚かな貴族たちに陰口を囁かれるようになったのだ。

どれだけ助けられてきたかも忘れて、その努力と名誉を貶める腐った人間を、これからは己が助けていかなくてはいけない事実に暗澹《あんたん》たる思いがするが、同時にレオンの心遣いに胸中で安堵すると、フィンが余計な口をきいてきた。

「レオン殿下、主があの程度で疲れるはずがありませんよ。むしろいつもが力の出し惜しみをしすぎなんです。たまにはエッケザックスの使い手として真面目に討伐しないと、彼の方に呆れられてしまいますからね」

フィンの奴……討伐にエッケザックスを使うのを渋ってることをツェツィに告げ口する気か？　と思い、「言われた通りに働いただろう」と言い返そうとして、はたと気づいた。

「どうしました、ルキ？」

「なんだなんだぁ？　固まって、何かマズイことでも思い至ったのか？」

アルフォンスとカールの言葉に返事が返せないでいると。

「……まさかルカス様、彼の方にエッケザックスの使い手として討伐に参加すると伝え忘れているんじゃないですよね？」

にっこり笑うフィンからそっと視線を外すと、冷たい声が突き刺さった。

「アンタ何をやってるんですか。せっかく俺たちが話し合いの場を整えてやったのに……その感じだと〝ルキ〟のことも話してないですね？　一晩もあって大事なこと全然伝えられてないじゃないですか」

「……それは別に言う必要ないだろう。それに愛してることはちゃんと伝えたしわかってもらったぞ」

「そんなことは婚約を成す際に伝えることです……ってまさか、それさえも伝え忘れていたなんてことないですよね？」

「……」

「……マジ？」

「ルキ……流石にそれは……」

「お前……頼むからクライン侯爵をこれ以上怒らせてくれるなよ？」

四人からの視線が突き刺さるが無言を貫いていると、フィンがわざとらしく溜息をついた。

「まぁ、誓紋が刻まれたのでしたら問題ないのでしょうけれどね。無理をさせすぎだとアナが怒ってましたよ。貴族のご令嬢に、巨人並みの体力を誇る主に付き合わせるのは程々になさった方がよろしいかと」

「待て」

その呆れたようなフィンの言葉にレオンが鋭い声を上げた。

その声になんだと視線を向けると、アルフォンスも目を見開いて俺を凝視している。「レオンもアルフォンスもどうした？」とカールが尋ねるが、二人はそれを無視して俺を見てきた。

「……フィン、お前、今……誓紋て言ったか？」

「言いましたが」

「あ、やっぱり幻聴じゃなかった……ぇぇえっ？　まさかあのっ？　今は使える人間がほとんどいない、というか使うのが憚られる禁術に近いアレですか……っ？」

フィンに問いかけてるのに、何故二人とも俺を見るんだ。

恐ろしい顔で俺を見るレオンとアルフォンスに、話がわからないらしいカールが声を上げる。

「おーい、だからその誓紋てなんだよ？」

「あぁ、カールは知らないんですね……一昔以上前に流行《はや》った、主に恋人や夫婦間で誓う契約術です。男性が術を行使して女性が制約に縛られる、貞淑が謳《うた》われた時代に流行った術式ですよ。効力は刻む文字に依《よ》って変わりますが……術を施されたら最後、女性はほぼ確実に相手以外の男性に触れることができなくなる、今では廃れた術ですよ」

「なんだそれっ？　浮気防止用か？」

「お互いの同意の元でないと行えない術だから浮気防止とは少し違うな。……術を行使する男も、リスクを伴う」

そこまで言って言い淀んだレオンに、カールが眉間に皺《しわ》を寄せた。はぁ……と溜息をついてアルフォンスが話を引き取る。

「……相思相愛、というのか……、とにかく女性側に少しでも拒否されれば、術は術者に跳ね返るのですよ」

「跳ね返るとどうなるんだよ？」

「…………不能になる」

「は？」

「カール様、酷い顔ですよ」

「黙ってろフィンっ。レオン、今なんて言ったっ？」

「だから、不能になる」

レオンの一言に場が静まり返り、フィンのお茶を入れ直す音が天幕内に響く。もう寝ようと思って目を閉じようとした瞬間――。

「つルキィ――――っ!?　おまっお前っ!?　ふのっ」

「はいそこまで。……カール様？　それ以上主を侮辱する言葉を吐いたら殺《け》しますよ？　とフィンがカールの口元に両刃剣を突き付けて囁いた。レオンとアルフォンスがフィンにドン引いたのか、少しカールから離れる。俺は血の気の引いたカールの顔を見ながら、面倒だなと一応説明しておくことにした。

「……カール、フィンが言っただろ。彼女に誓紋が刻まれた、と。つまりきちんと了承の元に契約して彼女が俺を受け入れたから、俺は不能にはなっていない」

理性を溶かした部分は言わなくてもいいかと説明を省いて、ただ結果だけを述べるが、どうにも口元がにやけてしまう。そんな俺にレオンが「ルカス……にやけてるぞ」と疲れた顔で言ってきた。

「お前……本当勘弁しろよ。新たに立った第二王子が不能なんてことになったら王太子《おれ》に皺寄せくるんだから、やる前にちゃんと報告しろ」

「報告したら絶対に反対するだろ」

「うわぁ～……確信犯かよ、ルキ」

「ルキらしいと言うか……思い切りの良さが半端なくて怖いですね。でもまぁ、あの術を成功させるという点が凄いです。ルキ、おめでとうございます」

「あぁ」

ありがとうとアルフォンスの言葉に頷くと、レオンとカールが「おめでとうって……」「アルフォンスは昔からルキに甘いんだよな……」とぶつぶつ言いながら盛大に溜息をついていた。

【3】

ルカスが謎の理由で討伐に喚《よ》ばれ出向いていった翌日、火竜《レッドドラゴン》が出たなんて露とも知らずに私はのんびりとアニカ様とお茶をしていた。

「ルカスはもう討伐を終えた頃かしらね」

そう言って小首を傾《かし》げる女神が眩《まぶ》しい。うるサラの髪に艶々お肌、今日も麗しいわぁ、アニカ様。

大分頻繁にヘアプスト公爵家を訪れてくださっているのは、多分私のためなのだろう。何故《なぜ》なら未《いま》だに私はルカスの部屋から出してもらえないからっ。

今日もアニカ様の訪れを聞かされて、尋ねる暇もなくエルサさんが「こちらにお通しいたしますね！」と元気よく言ってくれたわ。ケイトさんが申し訳なさそうに「ルカス様のお言いつけですので……」と謝ってくれたけれど、むしろこちらがなんだか申し訳ない気分よ……。

まぁルカスの居室から出たいかと聞かれたら、別にそうでもないのだけれど。

だって居心地がいいのだものっ。

元々ここに住んでいたんじゃないかなって思うくらい、部屋が私好みに日々調えられていってる不思議さは見ないフリをするわ。居心地いい部屋に変わるのに否やはないのよ。

あとはまぁ……、ルカスに、だ、抱かれたせいで身体《からだ》が思うように動かないという恥ずかしすぎる理由もあるけれど……。

アニカ様が持ってきてくださった王都で大人気のフルーツタルトをもぐもぐと食べながら、そうだと思い口を開いた。

「あの……アニカ様、ルキさ……ルカス様のことでお伺いしたいことがございます」

「まぁっ、何かしら？」

私で答えられることなら何でも答えますわ、とキラキラしい笑顔を向けてくださるのは大変嬉《うれ》しいのですが、なんだか口元ニヨニヨしてるのが気になるわぁ……。

期待されている気がバリバリするけれど、多分がっかりさせてしまうと思います。

「あの、ルカス様が此度《こたび》の討伐に召喚されたのは何故なのかご存じでしょうか？　……彼は近衛騎士団所属です。討伐専門ではないのに火蜥蜴《サラマンダー》という討伐難易度の高い魔獣で、王太子様は何故彼を必要としたのでしょうか」

心配しているという感覚はなかったはずなのに、アニカ様に問いかけた途端、心臓が騒いだ。

ルカスに何かあるとは思えない。だって彼はチートだし、それ以外でも第二王子という身分がある。何かあれば真っ先に守護される立場に回るのだから。

王太子殿下がわざわざ討伐のためだけに作った白と黒の騎士団は、問題児の宝庫と言われている一方で、この国を境の森の魔獣から守る王国最強の騎士団とも言われている。

攻撃に特化した魔法剣士集団の黒騎士団に、攻撃、防御、そして治癒と多彩な魔法が使える魔術師集団の白騎士団。それを統括するレオン殿下の王族にのみ使える三重防御魔法があれば、大抵の魔獣は討伐できると言われている。

火蜥蜴の討伐で何か問題が発生しても、王族であるルカスが最前列で戦う必要を感じない戦力があるわけで。だからこそ、何故ルカスが？　と何度も考えてしまうのよね。

質問をしながらも考え込んで手に取った紅茶を眺めている私に、アニカ様の呆《あき》れた声が耳に入った。

「やだわ、ルカスったら。本当に浮かれすぎじゃない？」

「え、と……？」

口元に手を当てて目を見開くアニカ様に何も返せないでいると。

「ハンナ、あの子大丈夫かしら？　恋《アレ》は盲目っていうけれど、ちょっと酷《ひど》いわねぇ。婚約した理由だって伝えてなかったじゃない？」

――婚約した理由っ！　聞きました……聞きましたけど……っ。

途端蘇《よみがえ》るルカスの甘く低い声にぎゅぅうんと頬が熱くなった。

カップを持つ手が羞恥で震えてしまってそっとソーサーに戻すけれど、らしくもなくカチャンと音を立ててしまって。アニカ様が驚いたようにこちらを見てきたけれど、視線を合わせられないっ。

「あら、あらあら、ツェツィーリア様？」と何だか含んだ声で名を呼ばれて、「……う、伺い、ました……っ」と小さい声で返す。

「あらぁ、ねぇそれはいつ？　昨日？　二人っきりにしてあげたときかしら？」

ねぇねぇと楽しそうに、それはそれは楽しそうに聞かれて、「は、い、そうです……」としか答えられない私に、しかしアニカ様は容赦なかった！

「やだっルキったらようやく好きだって伝えたのねっ！　も～昨日はヤキモキしちゃったわよ。突然大浴場から殺気が漏れてくるし、一体何を話してるのかと不安になっちゃったわ。そうかと思えば突然併設されてる休憩室に駆け込むし。全然そこから出てこないし。気になって今日も来ちゃったのよね」

んふ、とアニカ様はそれはそれは艶《なま》めかしく微笑《ほほえ》まれました。金色の瞳がキラリンと輝いておられます……というか、様子窺《うかが》ってたんですねっ！　まさか声とか聞こえてないですよねっ!?　て、手汗が……っ！

「それで、ツェツィーリア様はルキの婚約者になることに異存はないのかしら？」

これ聞いちゃっていいかしらね？　と小首傾げてますが、声に出してますから……。美女相手なのがまた辛《つら》いっ。ニマニマしてるのに麗しいとか狡《ずる》いわぁ。眼福すぎてつい口が軽くなるのよ。これって絶対人類共通だと思うわ。

それにしても、異存かぁ……既に既成事実作られちゃってるから異存も何もないと言うか、むしろフェリクス様に冤罪《えんざい》でも婚約破棄されてしまったちょっとした傷がある私が、ルカスの婚約者になっていいのか疑問なんだけれど。

「異存がある、という顔ではないけれど、何か不安事があるのかしら？」

「……恐らく一部の貴族の間で、私はフェリクス様に傷をつけられたのではないかと噂《うわさ》されたはずです。そしてそんな女を新しく第二王子になられたルカス様の婚約者になどするべきではないと、きっとルカス様は周囲の人に言われると思います。……彼に迷惑を掛けてしまうことが、心苦しいのです」

多分ずっと守ってくれていた。私のやりたいこともさせてくれていた。

フェリクス様に謂《いわ》れのない誹謗《ひぼう》中傷を浴びせられてマイアー伯爵令嬢に娼館《しょうかん》に落とされた私を掬《すく》い上げてくれたばかりか、婚約者の地位を確固たるものにまでしてくれた。

……怖くて痛くて酷かったけれど。むしろ身体を繋《つな》げる必要性はなかったのではないかなぁ～と少し、いや結構、かなり、大分思うけれどっ。

それでも今こうやって守られている事実を思えば、異存なんて抱くはずがない。

守られ与えられるばかりでまだ何も返せていないのに、更に迷惑を重ねるとか。自分の存在は彼の邪魔をしていないかと不安になる。

けれど、アニカ様は私のそんな不安を吹き飛ばすような笑い声を上げた。

「あら、ふふっ。ツェツィーリア様ったら可愛《かわい》らしいわっ。そんな心配しなくても、ルキは絶対に婚約破棄なんてしないわよ？　ねぇハンナ」

「ええ、絶対になさらないでしょうね。むしろそのようなことになったらこの王国は滅亡してしまいますから、陛下も王太子殿下も決してルカス様を怒らせるようなことはなさらないでしょう」

「……むしろルカス様なら、そんな噂をする貴族は消すのでは？」

「そうね！　アナの言う通り、やりそうだわ」

えぇぇえ――……。私の婚約者様が人間やめてる疑惑が膨らむわっ。確かに怒ると鬼神って感じだけれど、……思い出すだけで震えが走るけれど、王国を滅亡させることができるってどういうことっ？

そんなのエッケザックスを使える英雄クラスでないと無理でしょう？　……英雄？

「……討伐……火蜥蜴……まさか」

思い至った答えに、アニカ様が頷《うなず》きながら「まだ継承はしていないのですけれど」と答えてくれて、私は目を見開いた。

「っ……エッケザックスを……？」

使えるのっ？　あの伝説の剣をっ⁉　巨人でないと持てないくらい重い上に使い手を物凄い選《え》り好みするって聞いたあの宝剣をっ⁉　一騎当千どころか一騎当万はくだらない威力を秘めるアレをっ⁉

隠れキャラどこまでチート設定っ⁉　開いた口が驚きで塞がらないわっ‼

「ええ、この二、三年はルカスが討伐を任されていましたから、実質既に継承しているようなものみたいですけれど。ここ数日ヴェーバー元帥がウキウキされていて、もう根回し済みであとは継承式をいつやるか、という話だと聞いています。多分、婚約式と同時にやるのではないかしら？」

「……第二王子な上に次代の英雄……」

ベルン王国にとって英雄は絶対的な権力を持つ。王国の至宝であり、王国を守る神羅万象の具現化とも言える神器を使える唯一無二の存在は、王と並び立つことができるから。

王国で最強の武力なのだから当然のこと、場合によっては王さえも頭を下げなくてはならない——そんな存在。

ルカスが……えぇ～……そんなのあり……？　待って、うわぁ、うわぁぁ……第二王子で英雄の婚約者とか、大丈夫かな私……近々暗殺されそう……っ。

「そんな理由《ワケ》で、ツェツィーリア様を害されると英雄が恐ろしいことになりますから御身を大事にしてくださいましね」

「はい……っ」

つまりこの部屋から出るなってことですね！　私も死にたくないので了解しましたっ！

その後、ニマニマしたアニカ様の容赦ない追及に私の冷や汗やら脂汗やらが止まらず……。

「ツェツィーリア様はルキの気持ちを受け入れられそうかしら？」というズバーンッとした直球の質問に始まり。あうあう答えられないでいると「じゃあ好きか嫌いかで言ったらどっち？」「ルキを格好いいと思う？」「ルキのどこら辺が好ましいかしら？」等々……何この辱めっ⁉　もうヤメテぇっ！　と令嬢らしさをかなぐり捨てて叫びたくなりました……。

「さて、それじゃそろそろお暇《いとま》しようかしら」とアニカ様が艶々とした表情で言われた時分には、私は虫の息……。

ボロボロの身体《ココロ》で椅子から立ち上がり「……本日は」と挨拶を述べようとしたところで——エルサさんが突然殺気を撒《ま》き散らした。

「アナッ、ケイトッ、防御陣展開！　……ツェツィーリア様、アニカ様、お座りください。決して動かれませんよう」

　ハンナさんの緊迫した声と共にアナさんとケイトさんハンナさんが密度の高い魔力で防御魔法を展開して、私とアニカ様を包む。更には扉と窓にも陣を張る徹底ぶりに膝の上に置いた手が震えると、アニカ様がそっと手を重ねてくれた。

　わけがわからないけれど今はきっと非常事態。私は第二王子の婚約者なのだからと動揺しながらも背筋を伸ばして扉を見据えると、エルサさんが扉前に陣取りいつの間にか手に暗器を握り締め、その身に魔力を纏《まと》わせて戦闘態勢に入っていた。

　……完全に気迫が王城で見た訓練中の騎士のそれと同じで、護衛侍女半端ないと心の中で突っ込んでしまったわ。

　そのまま大した時間も掛からず騒がしい声が廊下から聞こえて、――その聞き覚えのある声に肩が震えてしまった。

「ツェツィーリア様……」

「……大丈夫、です」

　アニカ様の心配してくれる声に必死に答えるけれど、心臓がドクドク嫌な音を立ててるのが止められない。背筋に冷や汗が伝って、顔からは血の気が引いている気がする。

　瞼《まぶた》の裏に、舞踏会で罵られた光景がチラチラと蘇った。

　ざわめきはもうすぐそこまで来ていて、扉を凝視していると。

「ツェツィーリア！　ツェツィーリア・クライン！　いるんだろうっ!?　出てこいっ！」

「……っ」

「大丈夫、大丈夫ですよ」

何もしていない私を突き飛ばし罵るフェリクス様の顔がフラッシュバックして、怖くて哀《かな》しくて心臓がギュッとなる。震える私の手をアニカ様がギュッと握り締めてくれて、ついその手に縋りつくように握り返してしまった。

扉の向こうで大声で叫ぶフェリクス様に答えずにいると、相変わらず短気な彼は開けようとノブをガチャガチャ乱暴に動かしてきた。それを諫《いさ》める公爵家の使用人の声がするけれど、もう一人いるのだろう――多分腰巾着の腹黒野郎《トーマス・ミュラー》が、王族であるフェリクス様に口答えするのは不敬罪だとかなんとか言っているのが聞こえる。

いくらあちらに非があっても、王族相手では分が悪いにもほどがある。彼らに何かあったらと思うと震えているわけにもいかず、深呼吸を二回して扉を見据えた。

アニカ様もハンナさんも不安げな視線を向けてくるけれど、この中でフェリクス様を諫められるのは私だけなのだからと口を開く。

「先触れも案内もなしにここまで来るなど無作法にもほどがありますわ。……フェリクス様」

思っていたよりしっかりとした声が出て安堵《あんど》する。

「ふんっ、相変わらず頭が固い返答だなツェツィーリア。御託はいいからここを開けろ。大事な話がある」

「……私は何も話すことはございません。それにここは第二王子であるルカス様の居室。彼《か》の方の許可のない者は入れませんの」

法螺《ほら》をブォーブォー吹いてみたわ。実際はどんな防御魔法が展開されているのか知らないけれど、多分許可制ではあると思うのよね。

そして現在その許可はルカスと私が下す設定になっているのだと思うのだけれど、そんなことをわざわざ教えてやる義理もない。……さっき重大情報を知ったばかりだし、安全第一よっ。

けれど私の言葉はフェリクス様の逆鱗《げきりん》に触れたようだった。

「ふざけるなよ……！　第二王子は俺だっ！　不敬罪で処罰されたくなければ今すぐここを開けろっ！　そして俺に跪《ひざまず》いて許しを請えっ！」

ガァンッガァンッと恐らく剣を振り回しているのだろう、扉に打ちつける音が室内に響く。

怖々と扉を見つめていると、ルカスのチート魔力で練られた防御魔法にアナさんケイトさんハンナさんの宮廷魔術師もびっくりな精密な防御魔法は、フェリクス様の剣術とも呼べない剣で破れるはずもなかったようで。

安堵の吐息を零《こぼ》しつつ揺れも震えもしない扉を眺めていると、室内の空気がおかしなことになった。

「……エルサ、殺気を抑えなさい。あなたのほうが危険な感じですよ」

ハンナさんの言葉にブンブン頷きたくなるくらい、エルサさんの殺気が半端ない……っ！

あれ？　彼女侍女よね？　私は彼女のこと侍女って聞いてたんだけれど違うの？　暗殺者とかそっちの人なの？　と思わずアナさんたちに聞きたくなるくらい恐ろしい殺気と闘気。

アナさんとケイトさんが小声で「魔獣だわね」「レオン殿下に言ってみる？」と話す声が聞こえるけれど、ケイトさん……エルサさんを討伐させる気……？

この公爵家どうなってるのかなぁ……と心の片隅で思うけれど、なんか聞くの怖いわ。やっぱり踏み込んじゃいけない領域ってあるし。見て見ぬフリができないと貴族令嬢なんてやっていけないわ。

「……申し訳ありません、馬鹿が第二王子は自分とかほざくものですから、つい」

「ルカスを馬鹿にされてかっとなっちゃったのはわかるけれど、ツェツィーリア様がびっくりなさっているわよ、エルサ」

「え、……っ申し訳ありませんっ！」

アニカ様に言われて焦ったエルサさんが私に向かって頭を下げるのと同時に、シュバッと暗器がどこか行っちゃったわ。フワッと踝《くるぶし》丈のスカートが揺らいだけれど……えーと、その可愛らしい侍女服はどうなっているのかしら。

……あと今フェリクス様のこと馬鹿って言ってたわよね……？　確かに私もフェリクス様は馬鹿だと思うけれど、口に出しちゃマズイからねっ？　いくら小声でも口に出しちゃマズイから！　相手まだギリギリ王族だからっ！

なんだかフェリクス様に怯《おび》えている自分が馬鹿みたいな気がしてきたわ……そう思えて、強張《こわば》った肩の力を抜いて吐息を吐いた。

扉の向こうでギャーギャー騒ぐ馬鹿二人《フェリクス様とトーマス》に冷めた声で諭す。

「それはおかしいですね。第二王子はルカス様がお立ちになったと伺いましたわ。継承権の順位変更について、陛下の勅旨があったと。たとえフェリクス様であっても、陛下のご意向に逆らうなどできるはずがございません。それこそ不敬罪であなた様が罰せられますわ」

「黙れ女狐《めぎつね》がっ！　貴様が俺を嵌《は》めたのだろう！　婚約破棄を根に持って、父上に奏上でもしたかっ!?　ルカスを第二王子位にして自分も婚約者に返り咲くなど、ミアの言った通りの強欲な女め!!」

「陛下に奏上したくらいでフェリクス様を第二王子位から退けることなどできませんわ。……それなりの罪がなければ、継承権が容易《たやす》く変わることなどあり得ないのですから」

——アンタの行いが悪かったせいよっ！

とは言えないので、綺麗《きれい》な言葉で嫌味を返してやるとフェリクス様は激高して王族の持てる膨大な魔力を廊下でいきなり発散させた。

「っ!?」

視界に映る扉が一瞬たわんだ気がして、驚いてソファーに手をついて身体を支えるけれどすぐに眩暈《めまい》を起こしたわけではないと知る。

「ツアナ！　ケイト！　破られてはなりませんよっ！」

「流石《さすが》、腐っても王族ね。使える技術がなくても、その量だけで防御陣を揺らめかせられるなんて」

ハンナさんの焦る声とアニカ様の少しの動揺を含んだ言葉にもう一度扉を見ると、炎のような魔力が扉の隙間からユラユラと室内に侵入しようとするのを、アナさんたちの防御陣が押し返していた。

恐らく先ほどの眩暈のように感じた瞬間にフェリクス様の魔力が陣を破壊しようとしたのだろう。

ルカスの防御陣もアナさんたちの防御陣も、どちらも今は揺らいでいないけれど。

このまま安全な部屋にいれば、きっとやり過ごせるのだろうけれど……外の使用人は大丈夫なの？

私がここにいることで、公爵家に、ルカスにまた迷惑をかけているのでは……？

不安がジワリと心の片隅から広がり始めた瞬間、フェリクス様の一言が胸に突き刺さった。

「――ふざけるなよ……！　貴様のような自己保身に長《た》けた強欲な女、ルカスにも捨てられるのがオチだぞっ！」

……捨てられる……？

「お前の顔など見たくもない」と。「賢しく意見ばかりしてきてちっとも男を立てない」「治癒魔法で平民や騎士たちの人気取りをしようとしている」「王子妃の地位を守るのにご苦労なことだ」「俺のためと言いながら、全て保身のためにやっているくせに」とフェリクス様に何度となく言われた言葉が蘇る。

それを、今度はルカスに言われるの？　――ソシテ彼モ……別ノ女性ヲ選ブノ……？

想像して――がくがく身体が震えた。座っているのに身体が支えられなくて、震える手で背もたれを掴《つか》む。アニカ様の声が遠くで聞こえるけれど、喉が窄《すぼ》まって息苦しくて返事ができない。心臓がギュッと鷲《わし》掴みにされたみたいに痛くて苦しい。

ポロポロと涙を零し返事をしない私に、フェリクス様が勝ち誇るような声を上げる。

「また捨てられるお前を拾ってやろうと言っているんだ。傷物のお前では正妃にはできないが、俺の愛妾《あいしょう》としてきちんと寵愛《ちょうあい》もくれてやる。だからクライン侯爵に俺の後見をするように言え」

お父様の後見……？　フェリクス様は第二王子に戻りたいの？

「こ、後見を得て、どうするのです……？」

「ふんっ、当然俺が第二王子に戻るんだ。クライン侯爵の後見さえ得られれば父上もお怒りを解いてくださるだろうからな。準王族でしかない上に、近衛騎士団でありながら魔獣の討伐などしている野蛮なルカスが第二王子など、ベルン王国の歴史に泥を塗るようなものだ」

野蛮……？　泥を塗る……っ？

動揺していた頭に言葉が浸透するとともに、考えるよりも先に言葉が出た。

「嫌です」

「……なんだと？」

「あなたの愛妾になど絶対になりません」

イヤ。絶対イヤ。その衝動のまま答えると、またフェリクス様はお怒りになった。

「っ貴様ぁ……！」

「たとえルキ様に捨てられたとしても、フェリクス様の愛妾になど絶対になりません……！」

ルカスを追い落とそうとする人間の味方になど絶対になるもんか。

彼は努力を続けたからこそ近衛騎士団副団長の職につけたし弛《たゆ》まぬ鍛錬がエッケザックスに使い手として認められることになったのよ。

それに彼の有能さは騎士団員たちが認めている。決して公爵家子息だからではないし、ルカスはそういった権力をひけらかすタイプではない。……むしろ実力で相手を黙らせるタイプよ、絶対。それも完膚なきまでに。あと暗躍とか得意そう……っ。

と、とにかく何の努力もしていない、ただ第二王子であるだけで威張り散らしていたフェリクス様にルカスを馬鹿にする権利はないわっ。だから絶対に。死んでもお父様に頼んだりなんてしない。

何より、フェリクス様に抱かれるなんて死んでもごめんだわ……！

「……ツェツィーリア・クライン、貴様、よっぽど不敬罪で罰せられたいようだな……？」

またブワッと広がったフェリクス様の魔力に、アナさんたちが気合いを入れ直したそのとき――。

「おやおや、廊下が騒がしいと思ったら、随分物騒な話をしているね」

聞き覚えのない、落ち着いた男性の声がしたかと思うとフェリクス様の魔力があっさりと霧散した。

驚いて扉を凝視していると、フェリクス様の「ディルク……ッ」というどこか焦った声が聞こえて。

聞いたことがある名前だけど誰だっけ？　と思っていると、「……あら、お兄様。素敵なタイミングですこと」とアニカ様が安堵の吐息を吐きながら答えを教えてくれた。

――お兄様？　アニカ様のお兄様って……公爵家嫡子のディルク・ヘアプスト様ぁっ!?

麗しいけれど気まずい～……。

婚約者の兄上姉上と婚約者の居室でお茶会ってどんな状況？　今までの貴族常識が根底から覆っていってるわっ。公爵家の人たちは全然気にしてないみたいですけれどねっ！

ディルク様はフェリクス様をあっという間に追い返してしまった。

「久しぶりだね、フェリクス。ところで、我が家の廊下で騒いで何をしているんだい？」

「……ディルク、俺は今ツエツィーリア・クラインと話をしているんだ。邪魔しないでもらおう」

「話？　まさか先程の物騒な会話が話し合いだと言うのかな？　いくらフェリクスでも公爵家でそういった振る舞いをするのは良くないと思うよ？　まぁ、フェリクスにルカスの防御陣が壊せるかどうかは置いておくとして弟の防御陣を壊そうとしていなかったかい？　怒りに任せて魔力を放出して、我がしてね」

……ディルク様、飄々《ひょうひょう》とした雰囲気の話し方なのに嫌味っぽいな、と失礼ながら思ってしまっているとアニカ様が「……お兄様ったら、相変わらずですこと」と呆れたように囁《ささや》いた。

相変わらず。相変わらずなんですか……。つまり常にこの話し方ってことよね？

ということはフェリクス様が最も苦手とするタイプだわ。よーしいけいけっディルク様頑張って！

と心の中で応援していると。

「黙れっ、相変わらずの減らず口だなディルク。どいつもこいつもたかだか準王族の分際で俺に歯向かいやがって……！」

「う～ん、どいつもこいつもの中身が気になるけど、とりあえず」

誰に口をきいているかわかってる？　とディルク様が問いかけた途端、空気が凍りついた。

ディルク様の半端ない威圧にフェリクス様の声は聞こえなくなったわ。あと相変わらずってフェリクス様まで言ってた。絶対フェリクス様はディルク様が苦手だわ。

「お前は血筋だけなら正統な王族だけど、今では継承権を持たないただのごく潰しだ。私は血筋で言えば準王族であるけれど、継承権第三位。……どちらが上か猿でもわかるよね？」

「……ッ」

ヒィッ、さらに威圧の魔力が増えたっ！　あと物凄い毒舌っ！

ドサッと何かが倒れる音がしたけれど、何の音かしら……確認するのが怖いわ。フェリクス様の相手をしていた使用人はディルク様の威圧は大丈夫なのかしら？

それにしても公爵家の人って空気と人を凍らせるの得意技なんですね。流石鬼畜《ルカス》のお兄さんだわ。でもおかしいな、助けてくれるっぽいのに私まで怖くて悪寒が半端ないんですけど……。

――まぁとにかくディルク様がフェリクス様を追い返してくれて。倒れたらしいミュラー卿《きょう》も馬車に放り込んで帰宅を確認し一安心してお礼を述べたところで。

助けてもらった上に居候の身で実は未だ挨拶もしていないという事実に気づき、気まずい気持ちでお茶に誘いました……。ちなみにアニカ様も帰宅をやめて一緒にお茶を飲んでる。

挨拶できなかったのは一応理由があるのだけれど、そこら辺は察してほしい……。

チラと前に座るお方を窺うと、バチリと視線が合ってしまって少し動揺してしまった。

にこりと微笑まれて頬が少し赤くなってしまう……だって色気が凄いのよっ！

兄弟だから当然なのだけれどディルク様とルカスは全体的に似ている。

顔も仕草もルカスにそっくりで、でも瞳がルカスほど尖《とが》っていない。ルカスはなんかこう、騎士をしているせいか全体的にもう少し男らしい雰囲気なのよね。身体つきもディルク様よりがっしりしているし声も鍛錬のせいか深みがあって。

ディルク様はどちらかというと中性的だわ。でもルカスが少し年を重ねたような顔立ちは大人の色気で溢《あふ》れ返っていて。

デビュー直後の貴族令嬢の親の間で、ヘアプスト次期公爵が出席する夜会は令嬢の精神に差し障りがあるから控えるっていう話は多分本当なんだろうなと思ってしまった。こんな色気垂れ流した美形にニコリと笑いかけられたら、世間の荒波に揉《も》まれていない箱入りはあっという間に陥落しちゃう。婚活に支障をきたすわ……。

というかもう色気が凄くて午後のお茶の時間て雰囲気ではない……。

お茶が飲みにくいからやめてくれないかなぁ~……何よりルカスの部屋でルカスにそっくりの顔で色気垂れ流すのやめてくれないかなぁ~……。

もうどうしていいのやらと視線を彷徨《さまよ》わせていると。

「お兄様、ツェツィーリア様を誘惑するのはおやめください。困っているではありませんか」

「ふふ、面白くてついね」

「弟の婚約者を色気で誘惑するなんて悪趣味ですわよ」

えっ⁉ 誘惑してたのっ⁉ 衝撃の事実に目を見開くとディルク様が楽しそうに笑った。

「聞いていた通り、可愛らしい方だ。どうです、第二王子妃なんて大変な地位を捨てて、公爵夫人になりませんか？」

なんか凄いこと言ってきたこの人――――っ‼ 何言っちゃってんの？ ナニ言っちゃってんのぉ⁉

「な、りませんっ」

驚いた衝撃で噛《か》んだじゃないっ。恥ずかしくて余計に顔を赤くして少しキツメの視線を向けたら、「それは何故？」と訊《き》かれてまた衝撃を受ける。

何故って、むしろ何故そんな話になるのかこっちが訊きたいわよっ。

「わ、私はルキ様と婚約を結んだからです」

「あぁ、そう言えば誓紋を刻んだんだっけ」

何で知ってるの――っ!?

驚愕で首筋まで真っ赤にして息を呑《の》む私に、けれどもディルク様は愉《たの》しそうに言葉を紡ぐ。

「でも別に誓紋が刻まれてたって公爵夫人にはなれるよ。あれは下心がなければ触れられるし、子供なんてアニカが産んだ子を養子にすればいいしね」

そう事もなげに話すディルク様に反論もできずにいるとアニカ様が「私の子はそんな簡単に渡しませんわよ。というか陛下の勅旨がございますでしょう?」と助け船を出してくれた。

そうっ、それ、勅旨っ。だから私は公爵夫人にはならない――そう言おうとして、ディルク様の放った言葉に愕然《がくぜん》とした。

「勅旨ねぇ……多分撤回できるよ?」

「え」

「陛下の勅旨でしょう? 私はこれでも王家の盾の次期惣領《そうりょう》だよ。貸しの一つや二つ使えば陛下もルカスとの婚約はなかったことにするだろうね」

だから安心して公爵家に嫁においで? と、それはそれは愉しそうに嗤《わら》うディルク様が怖すぎる……っ! 勅旨の撤回なんて聞いたことがないわ! 駄目でしょう撤回しちゃっ!!

しかも撤回理由がくだらなすぎて陛下も王妃様も倒れちゃうんじゃないかしらっ!?

王家に対してそんな姿勢で対応できるとか公爵家ヤバすぎる――っ!!

「ふふ、まぁそんな訳だから、あなたは別にルカスと結婚することに執着しなくていいんだよ?」

「――っ」

執着？　私がルカスと結婚することに執着してる……？

ディルク様の言葉が頭の中を駆け巡ると心臓がドクドク言いだして、息苦しさを感じてしまう。

もし、本当に万一勅旨が撤回できてしまうのなら、ルカスとの婚約もこの先の未来もなかったことにできてしまう――そう考えて、胸がツキツキ痛みだして。何だか前もルカスのことを考えて痛みを覚えたことがあったなと片隅で思った。

訳のわからない不安感に俯《うつむ》きそうになるのを必死に留めて前を向くと、にこやかに微笑みながら言葉を紡ぐディルク様の目が笑っていないのに気づき膝の上の手をギュッと握り締めた。

……ディルク様は、私とルカスの婚約を認めていない側の人間――？

穏やかな微笑みに騙《だま》されてはいけない。ルカスの防御魔法を超えてきたからつい気を許してしまったけれど、ディルク様は私の味方とは限らない――。

緊張で口の中が渇いて仕方がないのに、手が震えて茶器を取ることができないと気づいた。

今カップを取ったら紅茶が全部零れるわ……。

仕方なしにない唾を飲み込み、気を引き締め直して背筋を正す。震えてしまう手を殊更ギュッと握り視線に力を込めると、ディルク様が笑みを深めた。

……怖い！　めちゃくちゃ怖いわ！　何故そこで笑みを深めるのかなぁっ!?　流石ルカスの兄、鬼畜を鬼畜たらしめたのは絶対にこのお方だわ！　ルカスの馬鹿っ、この人見本にしちゃ駄目でしょう！

完全にガクブル状態の私に、けれどディルク様は容赦ない。

「あなたはフェリクスやその周囲の人間が怖いのでしょう？　婚約破棄され娼館に落とされ、挙句《あげく》今度はフェリクスが愛妾にすると言い出した。まぁ誓紋があるから愛妾になることはないだろうけれど、身の危険という意味では変わりはない」

ねぇ？　と小首を傾げるディルク様に、私は答えを返すことができない。

……フェリクス様が怖い。トーマス・ミュラーやその他の取り巻きが怖い。ヒロインのマイアー伯爵令嬢が怖い。

この世界は現実で、婚約破棄されたくらいでは人生は終わらないから。辛くても怖くても受け止めて前へ進まなくてはいけないから。

「そんな目に遭えば誰かに守ってもらいたいと思うだろうね。だからあなたがルカスに執着するのは守ってもらえるからではないのかい？　フェリクスからなら私でも守れるよ？」

公衆の面前で罵られ婚約破棄を告げられ、次には娼館に落とされ自分の人生に絶望していた中でルカスに掬い上げられた。重たいくらいの愛を告げられて守られて、それを唯々諾々と受け入れているのが現状の紛《まが》うことない事実で。

……私の中に、間違いなくルカスに守られたい気持ちがある。

それを見透かされてカッとなって言い返してしまった。

「ま、守ってほしいだけでルキ様に嫁ぐわけではありませんっ！　私は長いこと第二王子妃候補として教育を施されてきました。治癒魔法もある程度使えます。きっと、王子として、英雄として活躍されるルキ様のお役に立てると」

何故こんなに必死になっているのかしら？　自分でも不思議に思うくらいにディルク様の提案に拒否反応を示している。

でもディルク様はそんな私の必死さを、駄々をこねる子供を見るみたいに嗤う。

「ふふ、そんなこと、勅旨の撤回以上にどうにでもできるよ。確かにあなたは王子妃候補として色々な教育を施されている。諸外国の言語もある程度話せると聞いているけれど、別に通訳を使えばいいし。王城での作法や王子妃としての作法など、高位貴族のご令嬢ならある程度の教育で済んでしまうから別のご令嬢を王子妃として立てることは可能だ。治癒魔法など、白騎士に使える人間がごまんといるわけだし」

あなたでなくてもいいんだよ、と。

言葉に出さずにうっそりと嗤いかけられて泣きそうになった。

自分の努力を否定された上に、ルカスの隣に立つ人間は自分以外だと暗に告げられた。もう震える手を誤魔化すのではなくて、泣くのを回避するためにドレスを力一杯握り締めている。

……ディルク様の仰《おっしゃ》っていることはその通りで。正論すぎる言葉にぐうの音も出ない。

悔しくて唇を噛み締めて、それでもディルク様を精一杯見据え心の声を吐き出した。

「……それでも、私はルキ様に嫁ぎたいのです」

ルカスとの婚約破棄は絶対にイヤだと、ディルク様にわかってもらわなければ私の未来は変わってしまう。

「だから何故ルカスと結婚しようと思うの？　次代の英雄だから？　あぁ、それとも容姿かな？　それだったら兄弟だから私でもいいでしょう？　よく似てるって言われる――」

「ルキ様以外は嫌だと言ってるんですっ！　――ッ!?」

そのルカスの外側だけを褒める言葉に腹が立ってしまい、咄嗟《とっさ》に口をついた言葉に愕然とした。

手で口元を覆いながら驚いてディルク様を見ると彼も目を見開いていて、――その様子に、頭に血が上って喉がギュッと窄まって、同時に視界がパッと開けたような感覚がした。

ルカス以外の男性に嫁ぐなんて絶対にイヤ。

衝動的に紡いだ言葉の根元を、他の男性《ヒト》ではイヤだと叫ぶ心を恐る恐る見つめ直せば、最もあり得ない感情の発露からだったことに気づいてしまった――。

「ツェツィーリア様？」

アニカ様の心配する声が耳に聞こえているのに、ひたすらぐるぐる回る気持ちをかみ砕いて飲み込むことに必死になって、脳の処理能力が限界で返事を返せない。

飲み込んで飲み込んで。

ストンと心の真ん中に落ちた感情に本日何度目かの衝撃を受ける。

「っ……う、そ」

――え、わたし、好き、なの？　ルカスが？　……好き……っ⁉

間違いのないその感情が脳に浸透した瞬間、頭が沸騰して涙が零れた。

「っイヤぁ……ッ」

「え？　えっ？　ツ、ツェツィーリア様？　大丈夫ですかっ⁉」

「……やりすぎちゃった？」

「若君……事を性急に進めようとするその癖、是非とも直してくださいまし」

アニカ様の心配する声も、ディルク様の少し焦ったような声も、ハンナさんの多大な呆れと怒りを含んだ声も。全部右から左に抜けていく。

待って待って待ってっ！　えっ⁉　あの鬼畜を？　初めて相手に調教という恐ろしい手を使ってきた相手を？　本当に好きなのっ⁉　本気の本気で？　真剣にっ⁉

緊急召集された何人もの自分《わたし》が脳内で大声で問いかけてくる。懐疑的な声ばっかりなのが少し悲しい……ってそうじゃなくて！

「……すき……」

確認するように言葉に出して、胸の内に広がる温かいけれど酷く落ち着かない感情にまたボロボロ涙が流れる。

そんな私をアナさんとケイトさんがオロオロしながら背中を摩《さす》ったりハンカチで涙を拭いたりしてくれるけれど、いっぱいいっぱいでお礼の言葉も紡げない。本当手のかかる人間でごめんなさい……。

ただ、なんとなくディルク様に視線を向けると。彼は目を細めて、本当に嬉しそうに、瞳までちゃんと笑っていた。そのことに、――あ、これ確信犯だ、と思い至った。

「気づいてくれたようで何よりだ。このままでは私はただの悪人だったからね」

茶目っ気たっぷりに片目を閉じて話すけれど、私は笑い返せなかった。

「あれ～……なんか、思ってたより悲愴感漂ってるね……」とアニカ様に話す声が聞こえるけれど、自分の利己的な醜さに気づき愕然としてしまったから。

ディルク様は仰った。守られたいから執着してる、と。

そう、私は、守られたくてルカスを利用しようとしていた。

彼が愛していると言ってくれたから私は都合良く彼の妻に収まろうと、彼の婚約者であれば下手に手を出されないだろうと。

そうして守ってもらえる厚意に甘えて要らない面倒をかけているのでは？

今日だってフェリクス様の件で公爵家に迷惑をかけている。……やっぱり婚約などなかったことにして修道院に入った方がいいのではないの？

好きだと気づいてしまったから、今までの自分の醜さが浮き彫りになって、青ざめた。

好き。離れたくない。隣に立ちたい。でもきっとこれからも迷惑をかける。嫌われてしまうかも。離れた方がいいの？　イヤ、離れたくない……ぐるぐる回る感情を飲み込めなくなって、身体が震えだしてぐらりと傾ぐとアナさんが焦って支えてくれた。

「ツェツィーリア様ッ！　落ち着いて、息をしてくださいっ」

言われて息を止めていたことに気づいて、必死で呼吸をする。

そして考えても考えても、やっぱり好きだから離れたくないと思ってしまって、隣へ移動してきたアニカ様に訊いてしまった。

「わ、わたし……、るき、様の、お傍《そば》にいても、いいのでしょうか……？　やっぱり、修道院、に、入る……べき、ですか……っ？」

縋《すが》るようにアニカ様を見つめると、アニカ様が目を見開いて叫んだ。

「なっ……修道院っ⁉　両想《おも》いのはずなのに、何故そんな話にっ⁉」

「ツェツィーリア様ッ⁉」

「待って待って！　クライン嬢、何故そんな結論に至ったのかなっ⁉」

いつも冷静なハンナさんと、更にはディルク様まで声を荒らげてきてビックリしてしまった。

未だ止まらない涙でしゃくり上げて三人を見つめると、エルサさんが暢気《のんき》な声で部屋に爆弾を落とした。

「あーお話し中のところ申し訳ありませんが、ディルク様、主《あるじ》が猛スピードでコチラに……半端なく怒ってます」

「え⁉　ぅわ、本当だ……っアニカッ」

窓をバッと見たディルク様はアニカ様に縋るような視線を向けたけれど、アニカ様は素っ気なく返答した。

「無理ですわ。この中でルカスを止められるのは唯一人《ただひとり》です。その彼女がこんな状態。自業自得ですわね」

「やっべ……マズイマズイッ！」と顔色を悪くして防御魔法を展開するディルク様に呆然《ぼうぜん》としていると、アニカ様が呆れたように「馬鹿ですねお兄様。助けるだけで済ませば良かったのに、余計な世話を焼くからですわよ」と扇で顔を覆った――瞬間、ドガァンッと扉が開いて……吹っ飛んで、尋常じゃない雰囲気のルカスが現れた。

パラパラと降り注ぐ木片がディルク様の防御陣に当たって床に落ちる。

ケイトさんが「掃除が……」と呟《つぶや》いて、確かに、と思ってしまった瞬間金色の瞳とかち合って、感情が溢れてまたポロポロと頬を伝ってしまった。

目を見開いて「ツェツィ？」と呼ぶ声が恥ずかしくてバッと視線を逸《そ》らすと――ルカスが這《は》うような声を出した。

「……ディルク」

「お、お帰り弟よ、無事討伐できたようだね」

「これはどういうことだ」

「いや、これには事情が……」

「何故、彼女が、泣いている……？」

刹那広がった殺意を孕《はら》んだ魔力に、室内が埋め尽くされた。

アニカ様もハンナさんも、ディルク様でさえも顔色が悪い。

ディルク様の三重防御がなければ全員失神どころか窒息してるかも……というかディルク様ったら

王族しか使えないはずの魔術使えるんですね。すごーい……なんて、ガタガタ震えながら精神を安定させようとツッコミを入れる。

全員が静かに室内に足を進めるルカスに視線を向ける中、背筋を震わせる声音でルカスがアニカ様を呼んだ。

「姉さん？」

「お兄様がやりましたっ！」

「ツアニカ――ッ!!」

「……ディルク」

アニカ様の叫びにディルク様が悲鳴を上げる。でも視線はルカスから逸らしていなかった。

というかもう全員ルカスの手元に釘付《くぎ》けです。

何故なら、彼の手元にはあの宝剣エッケザックスが握られていたから……。

恐ろしい静寂の中、「これ、今日で公爵家は滅ぶんじゃないですかね……？」というエルサさんの呟きが部屋に落ちた――。


ヒュンッという音と共に、バキィーンッとディルク様の三重防御陣が破壊された。

キラキラ光る防御陣の破片が綺麗……とか思う余裕などなく、襲い来る魔力《殺意》の塊にアニカ様とアナさん、ケイトさんが目に見えてガタガタ震えだして私の身体に縋りついてきた。

お茶目な公爵家の人たちの尋常ではない様子に逆に少し冷静になった私は、必死で震える舌を動かした。

「る、るき、さま」

「なんですか、ツェツィ?」

うわぁぁああ瞳孔開きまくりでヤバイヤバイヤバーイっ！　声音が一瞬で甘ったるくなったのが余計に恐怖を煽《あお》ってくるわ……っ。

「ヒィッ」とアニカ様たちが息を呑んだ。ディルク様はまた防御陣を展開しようとしてルカスが少し剣を薙《な》いだだけであっさりと発動を阻害されていた。それを視界に収めながら、必死で言葉を紡ぐ。

「ち、違うんですっ、ディルク様はフェリクス様から助けてくださって」

「助けて何故ツェツィが泣くの?」

「あの、少しお話をして……っ」

ルカスに答えて、自分の気持ちに気づいてしまったことを思い出して瞬時に顔が赤くなってしまった。好きな相手が目の前にいることに、動揺で視線を逸らしてしまう。

その私の態度が悪かったのだろう、ルカスの殺気がまた膨れ上がった。

「……へぇ、話ね。何の話をしたんだ、兄上?」

「あ〜……えっと、何の、話、だったかな」

誤魔化そうとするディルク様に、ルカスが目を細めて剣を握り直した。

「ディルク」

「ツクライン嬢の気持ちの確認をね!?」

ちょっ、ディルク様それ以上は駄目———！

エッケザックスを握るルカスに恐怖を覚えたディルク様があっさり口を割りそうになって焦った私は、「ディ、ディルク様言わないでっ！」と叫んでしまった。

「ツェツィ……っ？」と衝撃を受けたようなルカスの声がしたけれど、私は羞恥と動揺でいっぱいいっぱいで縋るような視線をディルク様に向けてしまう。

他の人の口から気持ちをバラされるとか絶対イヤよっ！

「お、お願いしますディルク様っ、まだ、言わないでください……っ」

「う、あ、はい……いやでも」

両手を胸の前で組んで懇願すると、「私死んじゃうかもしれないんだけどなぁ」とかなんとか少しだけ頬を染めて呟いたディルク様がルカスをチラリと見て、——蒼白《そうはく》になった。

「あ……これ死んだな……」とディルク様が諦めたように呟き、アニカ様が「だ、駄目だめ、ツェツィーリア様っ、る、ルキが誤解してるからぁっ……」とガタガタプルプル震えながら涙目で訴えてきて。アナさんとケイトさんもボロボロ涙を零しながらうんうん頷いてきて。

誤解？　と暢気にも頬を染めながらルカスに視線をやると。

——鬼神がいました。

驚いて涙も引っ込みました。ついでに恐怖で血の気が引きました。

死んだとか呟いていたディルク様の気持ちがわかりたくないのにわかります。

お父様お母様、ツェツィは最近よく地獄巡りをしています……。よくわからないけれど、どうも開いてはいけない門を開いてしまうみたいで、どう行動するのが正しいのか全然わかりません……。

ふふふ……と死んだ魚の目で現実逃避していた私は、「ツェ、ツェツィーリア様ぁ……お願いっ、お兄様を助けてぇ……っ」とアニカ様たちに泣きつかれ、飛んでた魂が戻った。

……正直荷が重いから戻りたくなかったな～と思うけれど、溢れる魔力という名の殺気でハタハタとマントを靡《なび》かせ無表情で立つ鬼神様は間違いなく私の婚約者様なわけで……。

このままでは本当にディルク様の命ないかもと切実に思えて、何をしたら鬼から人に戻るのか必死に記憶を辿《たど》って。辿って辿って辿りまくった結果、ズタボロドレス事件を思い出してしまった……。あれか〜……あれね〜……確かに裸を凝視してたなぁ……。いやでも色仕掛けとか令嬢としてどうなの……？　と悩んでいる間に、ディルク様がまた三重防御陣を展開してはルカスに一薙ぎに壊され、また展開しては壊されを繰り返して壁際に追い詰められていた。

「つま、待て待て待てっ！　ルキッ、ちょっ」

「……ディルク、貴様……少し目を離した隙にツェツィに名前呼びされる仲になった挙句《あげく》、可愛くお願いまでされやがって……」

「ヒッ！　ちがっ、うおっ⁉」

「しかも少し見惚《みと》れてただろう……？」

「そ、それは仕方なくないっ⁉　あんな表情見惚れる……ヒッわる、悪かったたってっ！」

チャキ…と微《かす》かな音をさせてルカスが剣先をディルク様に向けた。アニカ様とハンナさんが「お、お兄様ぁ……！」「若君……っ」と悲痛な声を上げ、アナさんとケイトさんは私の座っていたソファーに項垂《うなだ》れて泣いている。エルサさんは、……うん、彼女は除外で。何故この状況で闘志滾《たぎ》らせられるのか不思議で仕方ないわ……っ。

そんな地獄絵図と化した室内で、ルカスが地を這う声でディルク様に最後通牒《つうちょう》を突きつけた——。

「一遍エッケザックスにその血を吸わせてみるか……？」

マズーいっ！　ディルク様が殺されちゃうぅっ！

私はもうどうにでもなーれっ！　とヤケクソ気味にルカスの背中に腕を伸ばし——抱きついた。

室内が、シィン…と静まり返る。

ルカスの広い背中で、ディルク様がどうなったのか全くと言っていいほど見えないのが救い……なの？　どうなの？　と絶賛動揺中ながらも、精神が振り切って一周回ったみたいな境地になった私は、まずは挨拶っ！　と決死の覚悟で鬼神様に挑んだ。

ぎゅうッと回した腕に力を籠めて豊かな胸を背中に押し付け、ルカスにだけ聞こえるような小さな声で「お、お帰りなさいませ、ルキ様」と囁くと、ルカスが身を固くして、……魔力の放出が控えめになった。

目に見えて減った殺気の量に、アニカ様たちが「凄い……！　ツェツィーリア様、神だわ……ッ」と小さく感嘆の声を上げた気がしたけれど、そこは無視するわ。じゃないと羞恥で今にも膝から崩れ落ちそうっ。

未だ握られているエッケザックスをなんとかしようと、とりあえず振り向かせることにした私は震える声でルカスを呼んだ。

「ル、ルキ様……お願いです、こっちを向いて……？」

おねだり作戦よっ。さっきディルク様に文句を言っていたからもしかして効くんじゃないかな～と藁《わら》にも縋る思いでやってみたけれど。

――効果抜群でしたっ！

グルンッと回転されてビックリしたわ。頬に風を感じるくらい速かった。

驚いていると片手で腰を引き寄せられて、ハッと我に返って、視線を上げる前にルカスの手元を確認……うん、まだある。まだ握ってるわ。駄目、アレをなくさないと危険なままっ。

コキュンと喉を鳴らして、そっと視線をルカスと合わせる。

「あ、あの、無事のお戻りをお待ちしておりました……っ」

「ツェツィ……」

ぼふんっと顔が真っ赤になった音がした気がするぅっ！　だって好きな相手よっ⁉　好きな人に愛称で呼ばれて好きな人に腰に手を添えられてるのよっ⁉

それを部屋の全員が固唾《かたず》を呑んで見つめるこの意味不明な状況っ‼　羞恥で死ねるっ！

おかしいな……私ついさっきまで泣くほどルカスから離れるべきか悩んでたはずなのにぃ！　でも今はなんとかエッケザックスをご退場させないと――っ！

恥ずかしくて合わせていた視線を少し彷徨わせたあと、もう一度そっとルカスを見上げる。

明らかに甘くなった視線に、その金色の奥に熱が灯《とも》ったのを見て、もう一押し‼　と自分を奮い立たせた。

「ルキ様、少し、屈《かが》んで……？」

「ん……？」

小首を傾げながらも素直に屈んでくれる婚約者の頬に、そっと手を添える。

自分のところに戻ってきてほしいと自ら望んだのだからと緊張で震えながらも、「さ、寂しかったです……」と囁きその頬に唇を寄せた。

これが今の私にできる精一杯の色仕掛けよっ！　鬼神よ人間にもーどれっ！

やり切った！　もうこれ以上は無理っ！　とルカスの胸元に顔を埋めて待つこと暫《しばら》く……。

突如グワンッと光ったかと思うと、何かが室内に充満したルカスの魔力を全部吸い取ってくれた。

軽くなった空気にホッと一息ついて室内を見回そうとして……ギュッと抱き締められた。

耳元で深みのある声が「ただいま、ツェツィ」と囁いてきてカーンと頭に何か当たったようなショックを受けたわっ。

「おかえりなさい」からの「ただいま」って……！　新婚みたいじゃない!?　まだ婚約者なのに！

恋の病にかかった私の頭がワッショイワッショイ言いだしてしまって、自分でもどうしたらいいのかわからない。頭が茹《ゆ》だってルカスが異常に美形に見える……いえ、それは通常通りだったわ。異常な美形は元からだったっ。別に好きな人フィルターとか関係なかったわ！

……なんか、わかってるんだけれどやっぱり乙女として悔しいというか釈然としないというか……。

湧き上がった気持ちが若干落ち着きを取り戻すと同時に、スルリと頬を撫《な》でられて金の瞳を甘やかに染める超絶美形を見上げる。

う～んやっぱり私より麗しい……と思っていると、前髪を後ろに梳《す》かれながらおでこにチュ、と口づけられた！　途端釈然としない気持ちがあっという間に霧散したわ！　チョロいってこういうことを言うのね！　でも気にしない！

恥ずかしいけれど嬉しくて彼の手に自分の手を重ねると、少し疲れた声音でフェリクス様について訊かれた。

「門戸の防御陣からフェリクスの魔力を感じたから焦って帰ってきたんですが、何もされてない？」

「大丈夫です。ハンナさんたちが守ってくださいましたし、ディルク様が追い返してくださいましたから」

わぁ～防御陣から誰かまでわかっちゃうんだぁソレなんてチート？　と心の片隅で突っ込みながらも、心配された嬉しさがまた胸に広がる。

際限のない感情にまた瞳に涙が滲《にじ》んでしまって「急いで帰宅してくださってありがとうございます」とお礼を述べると涙の跡を指で少し擦られ、「無事で良かった」と安堵の声と共にもう一度抱き締められて、胸がギューッと痛くなる。

ルカスの温かく力強い腕と匂いに包まれて安心したせいか結局涙がポロリと零れてしまった。

……あぁ、私、本当にルカスが好きなんだ。初めての感情が身の内に染み渡るのを実感して感動していると、……ルカスがひっくーい声でディルク様を呼んだ。

「兄上、今回は助けてもらったから許すが、次はないぞ」

「あ、はい、うん……なんかごめんなさい」

社交界でブイブイ言わせてる貴公子が弟に低姿勢で謝ってる図……凄いシュール。

私の感動がサ～ッとどこかへ行っちゃうくらいはシュールよ。助けてもらっておいて上から目線のルカスの物言いがまた凄いわぁ。兄弟関係が恐怖政治っ！　というか……。

「もしかして、ディルク様はわざわざ助けに来てくださったのですか？」

「まあ、そうだったんだけれど、むしろ私が助けてもらったけれどね……」

「それはお兄様が悪いのですっ。余計なことをするから……」

「ぁぁあアニカっ！　さぁ私たちは邪魔だから今すぐお暇しようっ！」

さぁさぁさぁっ！　とディルク様は焦ったようにアニカ様やアナさんたちをあっという間に部屋から出す。そして壊れた扉をとりあえずはめ込んで出て行く直前、「あ、フェリクスが彼女を愛妾にしたがってたよ、気をつけてっ」と言い逃げして消えた。

ルカスの騒動ですっかりフェリクス様の用件を忘れてたわと思いながらルカスに目をやると。

「……愛妾？」

あっれーっ？　おかしいな……人間に戻ったはずよねっ？　どうして瞳孔が開いてるの？　さっきの私の努力と羞恥は一体どこへっ!?　折角甘い気持ちに浸ってたのにぃ！

怒気でドロリと瞳を濁らせたルカスが緩く口角を上げ、私は息を呑んだ。

「る、るきさ」

「ツェツィ……フェリクスにそんなことを言われたの？」

「い、え、あの、……い、言われ、ました」

怖すぎて正直に告げると、そう、と彼は小さく零して「……やっぱり殺《け》しとくか」と宣《のたま》った。

フェ、フェリクス様逃げて――っ！　超逃げてっ！　本気の英雄《ルカス》にかかったらフェリクス様なんて間違いなく骨も残らない！　元第二王子行方不明事件発生しちゃうぅ！

焦る私に微笑みかけながら、ルカスは「ちょっと待ってて」と甘く告げて……扉に足を向けた――っ！　だ、駄目だめっ絶対ダメ――っ！

焦ってルカスの騎士服を掴んだ私は、家に帰ってきたら着替えるという令嬢の常識を咄嗟にルカスに発揮してしまった。

「ルキ様ッ！　フェリクス様なんてどうでもいいですからっ！　そんなことよりお疲れでしょう!?　脱いでくださいっ！」

「………わかった」

「お手伝いします！」

妙な間を取ったあと、ルカスが素直に頷いて服に手をかけてくれたので勢いで手伝ってみる。

今日のルカスは近衛の臙脂《えんじ》色の騎士服ではなく、討伐部隊の黒白騎士団と同じ黒の騎士服を着ている。討伐用の騎士服は余計な装飾を一切つけていないので、ルカスの美貌が殊の外引き立つわ……うぅ、格好いい。物凄く格好いいっ。わかってたけれど、手伝う指が震えちゃうくらい超格好いいぃ……！

内心で身悶《みもだ》えつつも脱いだ騎士服を壁際のハンガーにかける。

ほつれや破れ、……血の跡がないか確認して無意識に安堵の吐息を吐いた瞬間、節くれだった指が私の耳に触れて肩を揺らしてしまった。

振り向こうとすると下ろしていた髪を片側に寄せられ、剥《む》き出しになった耳に唇が触れて。

「ツェツィ……そのドレス、良く似合ってる。俺の色を纏ってくれたんですね」

「……ッ」

吐息ごと耳孔に囁かれて、その声に籠もる熱に首筋まで赤くしてしまった。

上質な生地で作られたドレスの前身頃に腕を回しながら、ルカスは片手で首の後ろ、項《うなじ》にあるホックの隙間から指を入れてきて。ツツ……と肌に触れられて息を呑むと、「レースから透ける肌が堪《たま》らない……」と小さく呟かれながら耳朶《じだ》を甘噛みされた。

公爵家に来てからそんなに経《た》っていないけれど、用意される全ての服が私好みに調えられている。

胸がふくよかな私はデザインによっては太って見えてしまうため、着る服に少しこだわりがあって、実家にいたときは上品さは外せないけれど少し可愛らしさもある、でも太って見えないラインのドレスを好んで着ていた。

そんな我儘《わがまま》な私の好みがまるっと反映された服が、何故か毎度用意される不思議さよ……。公爵家の使用人半端ないっ。

今日のドレスも上品な中に少し可憐《かれん》さが滲むデザイン。瑠璃紺色のAラインで、胸元と裾に明るい黄色で花模様の刺繍《ししゅう》が施されている。胸から首まで生成り色のレース地に切り替えられて華やかさもある、お客様が来てもこのまま対応できる逸品よ。……まぁ、未婚既婚問わず別に肌を隠す必要はないので、首まで覆われている理由は別にあるのだけれど。

着せられる服の全ての色合いが、何故かルカスを彷彿《ほうふつ》とさせるものばかりだなとは思っていたけれど、婚約者だしデザイン凄い好みだしとあまり気にしていなかった。

が、自分の気持ちに気づいちゃった今、本人に言われるとものすごーく恥ずかしい……っ！

あなたのモノですって言ってるようなものじゃないっ！

そんな私の思考を読んだかのようにルカスが「あなたは俺のだ……あの男《フェリクス》には絶対に、二度と渡さない……」と呟いた。

その声音にほんの少し不安を感じた気がして——堪らなく愛しい気持ちが溢れた。

震える心のままに腰に回る腕にそっと手を添えると、ルカスがぎゅうッと縋るように腕に力を込めてきて。その必死な雰囲気に、胸が締めつけられる。

誓紋はルカスが死ぬまで効力を発揮する。

私は生涯誓紋に縛られるけれど、ルカスはその理《ことわり》の外にいられる。他の女性をエスコートすることも、ダンスを踊ることも、……行為をすることさえも可能。

そのことを考えて一瞬嫌な気分になったけれど、でも、と思う。

でもきっと彼は私以外を愛さない。……愛せないのだと、何故か確信に近い思いを抱いた。

だから彼は私に誓紋を刻んだのだ。たとえ今後私がルカス以外の男性を好きになったとしても、絶対に触れ合えないように。

そして誓紋がある限り、私は決してルカスを心から追い出すことはできない。他の男性を想っても、身体に刻まれた誓紋がルカスを何度でも思い出させるから。

そんな罪悪感だらけの恋、続くわけがないわ。

つまりは、身体だけでなく、心までも、生涯ルカスのモノでいるしかない——。

自分の身体に刻まれた、想われないのならいっそ憎まれたいという激情そのものの誓紋に、……大分重い……と胸中で息を吐く。そして抱き締めてくる腕を見てキュッと唇を引き締める。

――でも、それが何だと言うの。

未来なんて誰にもわからないから誓紋なんて結局保険みたいなものだし、私にだって独占欲くらいあるわ。私に触れるこの手が、他の誰かに触れるなんて赦《ゆる》せない。

ミア様《ヒロイン》だろうが他のご令嬢だろうが、かかってこいや！　くらいの気持ちにはなるわね。……というか、むしろ私に害をなされたときの鬼神降臨のほうがよっぽど問題じゃ……あ、駄目ダメッ、やっぱりかかってこないでほしいわ！　切実に！　命無駄にしちゃ駄目、絶対！

まぁとにかく、ビバ両想いっ。今生で初めての、そして最後の恋になりますように！　と想いを込めて。

「私にはあなただけ。死が二人を分かつまで、でしょう……？」

口にしながら振り返り、高い位置にあるルカスの顔に視線をやると彼は驚きに目を見開いた。

小首を傾げて返答を待つと、ルカスが顔を片手で覆って天井を見上げてしまった。

「ルキ様？」

「……ツェツィ、あなたって人は……」

「？」

ハァ――と盛大に溜息をつかれる理由がわからないわっ。ちょっと失礼じゃない？　今私、結構いいこと言ったのにっ。この流れで溜息つくとかどういうことっ？

軽くむくれながら「なんですのっ」と睨《にら》もうとして――ゾワッと背中が粟立《あわだ》った。

覆っていた手を離すルカスの動きから目が離せない……別に好きだからとかそういう理由じゃなくてっ！　瞳孔は開いてない。なのに背筋の悪寒が止まらないっ。

ドレスの中の膝をガクガクさせていると、ルカスがうっそりと嗤った。

「討伐帰りの騎士が、娼館に行く理由は知ってるんだよな……？」

……あ、あれっ？　ワイルド系降臨とかマズくないっ⁉　と思いながらも怖々頷くとグイッと突然持ち上げられた。

「キャッ⁉　る、ルキ様」

「エッケザックスを使うと興奮状態になる。ツェツィ相手じゃ歯止めが利かないから」

自分でヌイて一晩明けてからと思ったんだが、と恥ずかしげもなく口にする美形を凝視してしまう。

超逃げてーっ！　と叫ぶ自分と、だめっ逃げたらもっとマズイことになるからぁっ！　と泣き叫ぶ自分と。その先、聞きたくないなぁ～なんて……と現実逃避する自分が脳内でわちゃわちゃしてる。

どうする……っどうしようっ⁉　とガクブルしていると、ガンッとルカスが寝室の扉を蹴り開けた。

蹴った！　この人蹴ったよっ！　公爵子息なのに足癖わる……あっ！　後ろ足で蹴って閉めたーっ！　ヒィ⁉　三重防御魔法をドアにぃ――ッ‼

鍵ついたぁ～……と涙目になってルカスとドアを交互に見ると、ストンと下ろされ、思いの外優しく口づけを落とされた。触れるだけのソレに酷いことはされないだろうと安堵した瞬間――トン、と押されて寝台に仰向けに倒れ込んでしまう。

驚いて上半身を起こして、キシィと音を立てて寝台に上ってくるルカスのその表情を見て、何故か子宮がキュンと縮んだ気がして身体が無意識に震えた。

「ッ」

咄嗟にぎゅうッと膝を閉じる私を見て金色の瞳を細めた美貌の騎士が、優しい微笑みを浮かべ、殊更甘い声で、恐ろしい言葉を吐いた。

「泣き叫んでも止めてやれないから、……覚悟しろ？」

射殺しそうな視線で私を見る、舌なめずりをした鬼が、そこにいた。

……今生の恋、色々キツイわぁ～……。


ぎゅうッと抱きかかえられながら、唇を押し当てられる。サワサワと耳を刺激されながら角度を変えてキスをされて、心地良さについうっとりとしてしまった。

あれぇ？　ワイルド系なのに思ってたより全然優しい……。

身構えてた分ギャップが凄くて、その甘やかな触れ合いにドキドキハフハフしていると、背中に回った手がドレスのホックをパパッと外した。

あ、それは相変わらずの手の速さなんですね、でもワイルドにナイフでザクゥッとかホックごと裂かれるより断然いいわっアレは軽くトラウマよっ、と思っていると胸までドレスを下ろされる。

「きゃっ、んッ」

驚いて思わず声を上げるもすぐに口を塞がれる。

そのまま触れるか触れないかの絶妙なタッチで胸元を掌《てのひら》で撫でられ、微妙な位置で留まったドレスのレース越しに胸の頂が立ち上がるのが感じられ。

そう言えばと今日の防御力の低さに気づいて頬を真っ赤に染めてしまった。

基本的に貴族女性はドレスを着る際に胸を寄せて上げて谷間がっぽり腹部はガッチリの下着《ビスチェ》を着用するのが大半だけれど、今日の私のドレスにはビスチェを用意されなかった。

何故ならドレスにビスチェが縫い付けられているから。

正確に言えばビスチェではなく、ストラップレスのブラジャーがついていて無駄にあばら骨を圧迫されずに済む快適ドレスなのだけれど……ひとたび脱ぐとあらビックリ！

そこに現れるのは令嬢としてしっかり丁寧に手入れをされたうる艶の生肌ではありませんか！　という恐ろしいくらいのビフォーアフターの激しさっ。なんてことでしょうっ！

着用したら快適だったドレスに使用人の気遣いって素晴らしいって思ったけれど、違うわっ！　今気づいたけれど絶対違うわ！

妙にエルサさんが「今日はこのドレスにしましょうっ！　ねっ！　ねっ！」と推してくるから怪しい……とアナさんとケイトさんに視線をやったら、二人とも綺麗に微笑んで、「そちらのドレスはとても着心地がよろしいですよ」「首元も隠れますし、来客時にもそのままで問題ないのでよろしいかと思います」と言ってきたから信じたのにぃっ！

まさか二人がエルサさんと結託するなんて思いたくなかったっ！　あっでも大浴場のときめっちゃ結託してたわっ！　私のバカ――っ！

侍女三人に騙されたとはいえ、襲っていいですよ～と自ら言っているような状態に羞恥し慄《おのの》いていると、ルカスがチラッと視線を下に向けた。

ですよね～驚くよね～脱がしたら生肌とかないよね～……と現実逃避をしようとすると、下着ではないことを確認するように胸をもにゅうっと揉まれて「ひゃんっ」と鼻にかかった声が出てしまった……。

ひゃんて！　二次元の女子じゃあるまいし！　あっ今の私元二次元《ゲーム》の女子だった！　と自分の喘《あえ》ぎ声が恥ずかしすぎて脳内ツッコミしていると、何故かルカスが息を呑んで……というかゴクリと喉を鳴らして。……口づけが深くなったわっ。

「ツェツィ……ハッ、ツェツィ……ッ」

「んぅ〜っ！　ンッは、ぁ、ふぁっ」

しかもギンギンに熱を灯した瞳が間近で私の様子を観察してるぅ……なんでルカスは目を閉じないのっ。

見つめ合いながらの深いキスが恥ずかしくてギュッと目を瞑《つぶ》ると、今度はルカスの舌の感触を鋭敏に感じ取ってしまうことになった。

苦しくはないけれどねっとりと口内を舐《な》め回されて、その気持ち良さに溶かされる。

必死に鼻で息をしながらルカスの舌を受け入れていると、舌を絡められて持ち上げられた。

まさか舌の裏側まで舐められると思ってなくて驚いて目を開いた瞬間、舌の筋をベロリと舐められてブルッと身体に震えが走った。

「ん、ハっ……ンふぅツ、……ッ！」

にゅるりとした感触に目が潤むと同時に、トロリ……と膣が潤んで。

その、まるで恥部を舐められたような錯覚に自分の身体がルカスの舌がもたらす快感をしっかりと覚えていることに戦慄した。

けれどそんな私の状態に追い打ちをかけるようにルカスは舌の筋を重点的に刺激してきて。

イヤイヤと首を振ろうとすると上から圧《の》しかかられ、腕でルカスの身体を押そうとすると立ち上がった頂をレース越しに弾かれて、響くように広がる刺激に結局彼のシャツを握り締めるしかできなくなる。

舌筋を舐めてくるルカスの舌を必死に押し出そうとする合間にも胸を柔らかく揉まれ乳輪を絶妙なタッチで触られる。

口《うえ》からも胸《した》からも絶え間なく刺激され、気持ち良さと物足りなさに乳首が布を押し上げる感覚まで自分でもわかってしまい、それが余計に触覚を鋭敏にした。

どれくらいそうしていたのか、溜《た》まり続ける快感がふいに弾《はじ》けた。

「ふっう、ンンッ、ん――――ッ！」

突然強く舌を吸われ、同時に乳首をピンッと弾いたあとにすり潰すように扱《しご》かれ。

唐突に訪れた刺激に、……ずっと待ち望んでいたその刺激に、背が弓なりになり足に力が入った。

ビクビクッと震えて、離された唇から荒い息を吐き出して、――――呆然とした。

うそ。まさか。そんな。

自分の身体が信じられなくて衝撃をもたらした諸悪の根源を見上げると、いつもよりも呼吸を荒くしたルカスがベロリと舌で口周りの涎《よだれ》を舐め取りながら見下ろしてきて。

「ツぁ、あ……っ」

信じられず首を小さく振る私に、ルカスは少し小首を傾げトロリと濃くなった金の瞳を細めゆっくりと口角を上げた。

「なぁ、ツエツィ……今、軽くイッたな？」

「っち、ちがっ」

問いかけてるはずなのに断定的な声音に、私は必死に否定の声を上げる。

駄目な気がする！　ココで否定しないと身の危険が！

「あっ!?　違うのっ、違うからっ、駄目ぇ……っ」

いつの間にか捲《めく》れ上がったドレスのスカートにルカスが手を突っ込みストッキングを辿ってくる。

その動きを制止しようとしてドレスの上からルカスの腕を掴もうとしたけれど間に合わず、最終手段の足で挟んで留めると、フッと吐息のようにルカスが嗤った。

「随分必死だな？　ツェツィ……違うなら、濡《ぬ》れてないはずだろ？」

「ぃや駄目ぇっ……ぁあっ！　ヤダッ指、やだぁっ」

マズイわＳっ気出てきちゃったよぅ！　ワイルドにＳとかテンプレすぎる！　そんなテンプレ要らなーい！

必死に首を振って否定の声を上げたのに、ルカスは嗤いながら下着の隙間から長い指で淫唇を割り開き、そのまま無遠慮にナカに入り込んだ。ぐるりと内部を撫で回し一度抜くと、今度は指を増やして入れてきて、自分のソコが指といえども全く抵抗なく受け入れたことに、羞恥と動揺で涙目になる。

「ッん、あ、うぅ……っ」

「……随分濡れてるな、ツェツィ？」

溢れる愛液を私にわざと聞かせるようにルカスが指を動かす。イヤイヤと首を振ると、「キスと胸だけでイクなんて、イヤらしい身体だな？」とイイ声で囁いてきて。

またイヤらしいって言った！　イイ声で言ったたって褒めたことにならないからね!?

そう思うのに、私の身体はルカスの手管にあっさりと陥落する。

腹部側を指の腹でクイクイと刺激され目の前で火花が散るような感覚がした。

「ヤラしくて可愛いツェツィには、ご褒美だ」

「ひっ!?　あっアッあっヤダヤダっ！　ソコぉ……～っ！」

そのご褒美要りません！　と胸中で叫びながら、なす術《すべ》なく上り詰めました……。

うぅ、イヤらしいって否定できないのが辛い……っ。

嘆きながらも乱れた呼吸を整えようとして、唐突にグイッと足を抱えられて寝台に倒れ込む。

「キャッ……――え」

驚いてルカスを見て、私の足の間に擦りつけられた物体も見て、血の気が引いたわ……っ。

えっ？　何アレっ!?　あんなの入るわけないわよねっ!?　いくら女性の身体が子供産めるようになってるからって、あれは陣痛っていう機能が働くから骨盤が開いて産めるわけで！

機能働いてない身体にそんな凶器入れちゃ駄目でしょ!?　壊れちゃうでしょっ!?

胸中で盛大に叫びながらも動揺と恐怖でついぽろりと泣いてしまった私に、けれどルカスはウットリと微笑んだ。

……え？　そこで微笑むの？　それ駄目な流れじゃないっ？

「ひ、あ」

「ツェツィ、俺はさっき言っただろう？」

言った？　何を？　そう思うも、いやソレ聞いちゃマズイ気がするっと第六感担当のミニツェツィが危険を感知して。けれど私の口は恐怖で震えてうまく動かなくて。

本体の役立たずさ加減に全ツェツィが絶望の溜息をついた気がするわ……。

縋るように視線を合わせると、ドロついた情欲を垂れ流した美形が笑みを深めた。

頑強な腕で私の足と腰を抱え上げ、濡れた下着をずらして自らを蜜壺《みつぼ》に宛てがう。

興奮からか目元を薄っすら染めて息を荒らげるルカスは、お腹《なか》を空かせた肉食獣が獲物を前にペロリと涎を拭くように口元を舐めて。

「泣き叫んでも止めてやれないから、覚悟して……存分に啼《な》け」と囁いた。

い、いやいやいや最後の言葉聞いてないってば――！

「ぁ……ッひ、あッ！　う、ヴゥ～ッ」

ヌチヌチ、ヌチヌチィッと少し入ってきては出て、また入ってくる。

予想外に優しくゆっくりと挿入されて、あれ優しい？　と一瞬思うも、それを上回る衝撃でそんな感情は速攻で掻《か》き消えた。

極大のモノがもたらすあまりの圧迫感にハクハクと口を開けて喘《あえ》ぐ。

強い力で押さえられて逃げを打つこともできず、捻《ね》じ込まれ割り開かれて震える身体に必死で酸素を取り込みながら自ら足を開いて体勢を整えた。

股関節がこれ以上は開きませんよーっと悲鳴を上げてるし、私自身あり得ないくらいはしたない格好を自分からしていると自覚しているけれどっ、ひっくり返されて解剖待ちのカエルみたいとかちょっと思うけれどっ！　この際そんなことは大した問題じゃないわ！　足開かないと死ぬよって生存本能が告げてきてるもの！

「お、おっき、……っむりぃ、待って……ッ」

「つ、ツエツィ……」

棍棒《こんぼう》で串刺しにされているみたいな腹部の違和感が怖くて怖くてブワッと目尻に涙を溜めながらイヤイヤと首を振ると、ルカスが少し困ったような表情を浮かべて、……同時に私の股関節が悲鳴を上げたわ……！

「ツヒィッ!?　な、んで、ぇ……っ!?」

「ハッ……ツエツィ……すげ、可愛いッ……」

より圧迫感を増した下腹部のソレに慄いて、ハヒハヒ泣き喘ぎながらルカスを見上げると……色気駄々漏れの美形が眉間に皺《しわ》を寄せながらそれはそれは嬉しそうに笑った。

……っ意味わからら――んっ！　泣いてるよっ!?　私怖くて泣いてるよっ!?

どこに可愛いと思う要素あったの!? どこに下半身滾らせる要素あったのっ!? なんでそんなに嬉しそうに笑ってるのぉ――っ!?

恐怖と動揺でとうとう涙腺が決壊した私は、ぼろっぼろと泣きながらルカスを凝視した。

するとルカスが、その金色の瞳をうっとりと細めて涙で濡れた私の頬を掌で撫でながら、顔に啄《ついば》むように口づけの雨を降らせて爆弾を投下してきた。

「あ～ツェツィの泣いてる顔堪んない、可愛い……それが俺のせいなのが最高、本当可愛い、幸せ」

……愛してる、と。吐息のように小さく、でもこれ以上ないというほどの感情を溢れさせたルカスの言葉に、私は固まってしまった。それはもう盛大に。カチコーンと。

……え。可愛いって泣き顔っ？ て違うちがう。今それは大した問題じゃなくて……いえ若干結構大分盛大に気になるけど凄い変態鬼畜風味な発言だったけど今気にすることじゃなくて。

えーと、今私はルカスに抱かれていて。うん。それでルカスは幸せで。……うん。ルカスは、私を、愛してる――……はい、ここまでオッケー？ と脳内でまたまた緊急召集された自分《わたし》が若干照れた雰囲気で確認。オッケーオッケー……。

「……ッ!?」

あ、愛……!? い、いやッ……だ、だめイヤわっわたし自分の気持ちに気づいたのさっき……！ す、好きなヒトに抱かれながらそんなこと言われるの嬉しすぎてちょっと初心者にはキツ……っやめてヤメテそんな甘々でうっとりした笑顔見せないでぇっ！

「んぅ!?」

ルカスの発言に固まる私の口内に突然にゅるっと舌が入ってきて飛んでた意識が戻るも、焦点を合わせてすぐに後悔したわ……。

人外レベルの美貌に愛欲を溢れさせて、「ツェツィ……」と人の理性を駄目にするような恐ろしく甘い声で囁いてくるルカスに、私の心臓が一気に早鐘を打ち始めてしまったっ。

『コノ人危険直視駄目絶対』ってルカスに書いといてほしいぃ……っ。

ドキドキなんて可愛い感じではなく、ズックンドックンうるさい心臓を持て余しながら必死でキスを受け止めていると、ルカスがふと唇を離してペロリと濡れた口周りを舐めた。

その淫靡《いんび》な仕草がまるで私に見せつけるようで。微かな肩の震えと共に繋がったソコがずくりと疼いた瞬間――それを待っていたかのようにルカスが噛みつくような口づけで私の動きを押さえつけてきた。

「んぅ、んっ⁉ あ、るき、ッふぅんっ、ぅ、まっ……んぅっ！」

深いけれど優しいキスで揺蕩《たゆた》っていた私の身体を高めようと、固くざらついた大きな手が明確な意図を持って動き始めて、一気に身体が快感に覚醒する。

待ってまって待ってほしいわ色々とーっ！ まず喋《しゃべ》らせてっ！ 私に言葉を紡がせてっ！

それで口の中の性感帯を刺激することと、同時に胸の頂を優しく指で弄《いじ》ることと、押さえた内腿《うちもも》を撫でることをやめていただきたいぃっ‼

とろりと溶けた蜂蜜みたいな金色の瞳から視線を逸らせないまま、急速に快感を拾い始めた自分の身体に慄く私をしり目に、ルカスは容赦なく極大の楔《くさび》を私に埋め込んできた。

「ツひ、ぃ、あぁッ、ゔ〜〜」

「っ……ツェツィの中、あつっ……」

ハァと熱い吐息を吐き眉間に皺を寄せながらも、ルカスは恍惚《こうこつ》の表情を浮かべてなおも腰を進めてくる。ずぶずぶと埋め込まれる彼自身を感じてお腹に力が入ってしまうと、ルカスが首筋に唇をつけながら「キツ……ッくて熱くて最高」と快感を吐き出すように口にした。

その本当に幸せそうな声音が耳孔を震わせて私の脳に届いて。何を言われたのか理解すると同時に体温が瞬時に上がって汗がジワリと滲んだ気がしたわ……っ！

最高って！　最高ってっ！　なんじゃい最高って――！

そ、そんな蕩《とろ》けた表情《かお》で言われたって騙されないいんだからっ！　私《こっち》は苦悶の表情浮かべてるからねっ！　多分顔真っ赤だけれども……っ！

彼の言葉一つ、挙動一つに心と身体の両方が翻弄されてしまって、私は恥ずかしいやら悔しいやらで涙で潤んだ瞳でルカスを睨もうとした、――瞬間。

グツリ……とお臍《へそ》の奥を灼熱《しゃくねつ》の塊でノックされ、脳髄を震わされた感覚がした。

「――ッあぁあッ！」

「……ク、おく、吸いついて、くる、ツェツィ……ッ」

ブワッと広がる酷く恐ろしい感覚に背中を反らすと、ルカスはググッと腰を押しつけながら逃がさないと言うように再度腰を抱えてきた。

「ぅあっ……！　ぃ、イヤっ、まって……ッ！」

「待たない」

より密着するその大きな身体を見上げて、これ以上刺激してくれるなと必死に首を振る私にルカスはうっとり笑っててそれはそれは幸せそうに、……拒否の言葉を紡いだぁっ!?　あれぇオカシイわっ!?　表情と言葉が噛み合ってなくないっ!?　そこはじゃあ少しだけ待つよ、とか女性に優しめの回答するのが正しい騎士じゃないのぉっ!?

驚きで目を見開き、えーと状態の私にルカスは愉しそうにチュ、と口づけを落とすと、小さな声で

「待つわけないだろ?」と金の瞳を細めて囁いた。

その吐息みたいな囁きが私の唇に当たると同時に、シーツに縫い留め絡ませる指に力を込めながらゆるゆると腰を動かし始めた——。

「ッあ！　あっあっアっあ……ッ！　ひ、うぁ!?　やっ、おねがっまっ、てぇ……っ！」

激しくはない。むしろ動きは優しい。圧迫感はまだあれど、痛みだってない。けれど確実に反応する部分を抉《えぐ》ってくる動きに、生理的な涙が止まらない。

送り込まれる快感を私の身体が悦《よろこ》んで享受しているのを否応なく感じてしまう。逃げたいのに逃れようのない状況に泣けてくるわ……！

見るだけで蒼白モノの極大のイチモツを受け入れた自分の身体だって信じられないのに、ソレを押し込まれても痛くない上に、か、感じてしまうなんて……っ！

大きすぎて苦しい、のに、気持ちいいとかぁ……っ！　つい先日まで私処女だったはずなのに……まさか、鬼畜《ルカス》に対応できるようM属性になってたりしないわよね……!?

「やっ、うぁ……ッ！　あっ、ア……ッやっ、やだヤダぁ！　ツキちゃ……～ッ！」

「……っ、ツエツィ」

たった二度閨《ねや》を共にしただけでその男に作り変えられたように従順になった己の身体に嘆き抵抗するもあえなく。

今までの情交とは比較するまでもなく至って緩やかな動きで瞬く間に高みへ上らされ、私は絡む指に精一杯縋りついてやってくる大波に息を止めた。

そして叩《たた》きつけられ打ち上げられた魚のようにシーツの上でビクビクと跳ねた。

かふっ……と口から空気が抜けた音がして、唐突に身体が弛緩《しかん》して弓なりになった背中からシーツに落ちるも、未だ終わらない絶頂の余韻に身体がどうしようもなく震える。

そんな敏感になった私の身体を労《いた》わるように……むしろ嬲《なぶ》ってるよねソレっ、と思うくらいの絶妙なタッチでルカスが脇腹を撫でてきて。

ほんの少しの触れ合いでさえも手酷い刺激になって辛くて涙が零れる。

撫でられるだけで「っん、ん……っ」と甘やかな声を上げる自分が恥ずかしくて、制止の言葉を紡ごうと涙で滲む視界でルカスを窺うと、彼は私を見つめながら滲んだ汗で額に張りついた前髪を後ろにかき上げて、ハァ……と恐ろしく欲の籠もった息を吐いた。

ま、待ってどうして全然満足してない感じなの……ッと慄く私をルカスはグイッと抱え直しながら舌を絡めてきて、飲み込めない唾液を口の中でかき回すようにされる。そして口から溢れる涎を美味《おい》しそうに舐められると同時にルカスの腰が動き始めて——その音が、グチュ、クチュ、ヌチャ、と口元から零れる音と同じで。

零す愛液の量が嫌でもわかってしまい、私の身体が羞恥で真っ赤に染まった。

「ふっ、やぁ、る、き、さま……ッ」

「ハ……とろっとろ、だな」

「イヤぁっいわない、で、ッ」

言葉攻めする気ねっ⁉　断固阻止ぃっ！　と焦って空いた片手をルカスの口元に持っていくと、ルカスが「フハッ」とそれはそれは愉しそうに、本当につい、という風に笑った。

突然もたらされた、その年相応の笑顔のあまりの衝撃に暫く時間が止まったかと思ったわ。

多分私がポカーンとしてるのが面白かったのだろう、ルカスがクツクツ喉の奥で笑いながら、掴んだ私の掌に口づけてきて。

ハッと現実逃避から戻ると同時に、唐突に浴びせられた刺激に高い悲鳴を上げてしまった。

ナカを確かめるような腰の動きで私がまた背中を弓なりにする様子を愉しそうに堪能する変態美形
……！　ぐちゅぐちゅぐちゅぐちゅぐちゅ動かされる腰に喘ぎ声を上げると、より変態が悦びの色を顔にのせるのがめっさ腹立つ……！

逃せない快感に腰をびくつかせながらも、我が物顔で自分の身体を弄られる悔しさから嬌声《きょうせい》を上げてしまった口を噛み締めて「ぅう〜」と涙目で睨むと。

ルカスがペロリと下唇を舐めて「……これだけ濡れてたら、多少のコトなら大丈夫だな」と呟いて。

その言葉が耳から脳に到達し理解した瞬間、私は今度こそ固まった。

「…………え」

その零れた呼吸音のような私の疑問に、ルカスは煌々《こうこう》と輝く金色に不似合いなドロリとした微笑を浮かべて「いただきます」と食事前の挨拶をするような気軽さで口を開いた――。

「さて本番だ、ツェツィ」

沢山啼いていいぞ？　と低く甘い声で死刑宣告をしつつ、その鬼畜は私の身体を折りたたんだ。

……まだ本番じゃなかっただとぉおっ……!?


アイシテル。あいしてる。愛してる。

優しくする。大事にする。甘やかしたい。

笑ってほしい。甘えてほしい。縋りついてほしい。頼られる相手になりたい。

……大事な、相手に、なりたい――。

……あぁでも。

泣かしたい。酷くしたい。壊したい。

その柔らかな肢体を喰《く》いちぎり、血肉全てを食《は》みたい。他の人間を映す瞳をくり抜いて、二度と誰の目にも映らないように鎖で繋ぎたい――。

愛してる、愛してるんだ。逃がさない。離すものか。二度と誰にも渡さない。一生。

――お前は俺のモノだ――。

抱き締めるというよりも掻き抱くという表現が相応《ふさわ》しい力で抵抗を封じられ、グズグズに溶かされながら耳元で囁かれた響きに心が悦びに震えた――。

フワッと施される治癒魔法を感じながら、囁くように名前を呼ばれ、あぁ、また気を失ったんだと気づく。

温かな魔力が体内の隅々まで行き渡る感覚が気持ち良くてホッと吐息を零すと、ふわりと口づけを落とされた。

離れる顔へ目を向けて、ぼやける視界に焦点を当てると真っ先に映り込むのは、金の瞳をトロリと溶かしてただひたすら私が愛《いと》しいと全身で伝えてくる、美しい顔をした夜色のケダモノ。

この愛を囁くケダモノは私の身体を私以上に知っている。

ルカスのモノで感じるように躾《しつ》けられたナカは、数度の絶頂により全ての感覚を快感に変換できるようになってしまった。

体力自慢の騎士に欲望の赴くまま突き上げられても痛みを一切感じることなく、むしろされればされるほど上り詰められるという芸当を身につけてしまったわ。

……要らないっ、切実に要らないわよそんな技術……っ。

突かれても引き抜かれても気持ちいいのだから始末に負えない。

何をされても全部が気持ちいいせいか、途中からは絶頂しっぱなしだった。

物凄く長くイク、一呼吸入れている間も軽くイき続けているのにまた弄られる、物凄く長くイク……という恐ろしい連鎖《コンボ》を決められて、なのに出していい言葉はキモチイイかイクの二択……。

終わりの見えない調教《こうい》に、正直なところこれはヤリ殺されるか私のM属性が開花するかのどちらかかもしれない……と真剣に思ったわ。

ちなみに、この合間に耐え切れず失神した私へチートによる有り余る魔力を使った治癒魔法が行使され、フワッと目覚めて軽くなった身体でまた愛欲に塗《まみ》れた地獄巡り……。

間違ってるわよね？　絶対間違ってるわよね？　使いドコロ、絶対に間違ってるわよね⁉

――絶倫に治癒魔法使わせちゃ駄目でしょう……っ。

脳内で悶えていると、サラリと髪を撫でられてぼーっとしていた視線をもう一度ルカスへ向ける。

その眉間にはどことなく皺が寄っていて見つめてくる視線が揺れていた。

……そんなに心配そうな表情をするなら、鬼畜力全開で責め立てないでほしいわ……。

汗に濡れて乱れた髪をそっと、しかしせっせと直してくるルカスと視線を合わせる。

もう、この人は私をどうしたいのかしら。

甘やかしたいのか苛《さいな》みたいのか。優しくしたいのか責め立てて泣かせたいのか。

どちらかと言えば、いつもいつも後者の確率が高い気がするのは気のせいじゃない。絶対気のせいじゃない！　ないったらないっ！

大体こっちは生き地獄なイキ地獄を味わわされて、指先一本動かすのも億劫《おっくう》で大変なのにルカスは軽い息切れしかしてないのが本当腹立つぅ！

……けれど、ルカスの口から言葉が溢れる度にどんどん彼の行為が情熱的になったことを思い出してしまって。

これでもかと想いを伝えてくれるルカスに胸を締めつけるような愛しさも覚えてしまい、つい開けようとした口を引き結んでしまった。

……いえ、まぁ、なんか色々凄いこと言われた気がするけれど。

可愛らしいのから重たくてマズイのまで色々と。それはもう色々と鳥肌が立つような内容が。

それは駄目、絶対ダメ、遠慮します辞退申し上げます断固拒否ぃっていう内容がチラホラあった気がするけれどっ。

……でもきっと。全部が彼の愛情《ほんね》――。

大きくて温かな手が頬を包んできたので、震える腕を持ち上げて手を重ねた。

どこか安堵したように、微かに瞳を細めるルカスに私もそっと微笑む。

私たちはきっと、もっと沢山話をした方がいいわ。

知人とも言えないほど浅かった関係で、突然身体から婚約者になってしまったのだもの。

まずはお互いのことをよく知り合わないと本当の信頼関係は築けないと思うのよね。身体だけじゃないってわかってはいるけれど、不安なんだもの。

私はルカスの趣味や好きなものも知らない。嫌いなものだって……あ、フェリクス様のことは嫌いな気がするわ。あとどうでもいいと思ってる人間が多い気がする。

あとは……ミア様のことだって怖いけれど彼の気持ちを聞いてみたい。

今なら冷静に彼女について訊ける気がするわ。

婚約者ということは、私と彼は結婚する。これは絶対に何があっても覆させないわ。

……最大の敵は勅旨撤回が可能なディルク様。敵が判明してると気が楽ね。頑張っちゃうわよ、私。とにかくこの先生涯を共に過ごす相手なのだから、想いや考えを一人で抱え込まないでこまめに吐き出せる関係にならないと。

なんせ相手は次代の英雄で美貌の第二王子。惚《ほ》れた腫れただけでは生涯隣に立ち続けるのは大変だもの。

……悲しいかな、主に私が。

周囲の貴族やそのご令嬢方からの嫉妬や羨望を躱《かわ》したり。圧力や策略を蹴散らしたり。

フェリクス様のときより忙しくなりそうだわ……特に私に対して何かを起こされないように気を配るのが大変そうっ。泣いただけでアレってことは、例えば身体に傷つけられたりしたらエッケのザックスがフルパワーで顕現……っ。

私、後世に語り継がれるほどの悪女になれちゃうわ……！

駄目だわ、ルカスの重たい鬼畜愛をもう少し一般的なモノにしないと……ってあら？　これ、凄い重要度高いのではないかしら？　だって今後の進退に関わるわよね？　何事もなく結婚したら王城に住まうわけだし、完璧超人が実は鬼畜でヤンデレだったなんて周囲にバレたらルカスの立場が……そして私の立場も……っ。

か、改善っ！　早急に改善しましょうっ！

差し当たっては何から……と考えて現状を思い出し、正直行為の度にこれとか……とヒリヒリする自分の肌に胸中で項垂れる。

ない……これはないわ……本当に。絶対ついてる……間違いなくついてる……っ。

あぁ、また目隠し沐浴《もくよく》を頼まないといけないのね。うぅ、居た堪れなくて泣ける……っ。

前回よりは大分優しい力だったけれど、ガジガジされるのは本当に勘弁してほしいっ。

女子たる者お洒落《しゃれ》したいのに、これじゃ着たくても着られないまま箪笥《たんす》の肥やしになるドレスが出てきちゃうわ。なんて勿体《もったい》ない。ドレスも勿体なければ私のお洒落心も勿体ないわ。

……それに。

肌に触れる全ての部分がカピカピのシーツに身動きできず横たわる自分に泣きたくなった。

これでは王子妃候補としての公務はおろか、貴族令嬢としての社交さえこなせなくなりそうで不安が胸に広がる。

社交がこなせない婚約者なんて王家と公爵家から真っ先に切り捨てられてもおかしくない。もし大事な茶会に出席できないことが続いたら……。

その後の未来を、放逐される自分を想像してゾッとした。だから騎士は家に帰らないのかしら。娼館を使うのは、妻や婚約者のためなの……？　でもやっぱり、どんな理由であれ娼館には行ってほしくない。ルカスが私以外の他の女性に触れるのはどうしてもどうやっても我慢できそうにないわ。

……そうなると、やっぱり受け止める必要性が……っ。

うぅ、まずは早急に体力作りから、かしら？　とぐるぐるぐるぐる考えているとルカスが小首を傾げた。

「ツェツィ？」

「ぁ……っケホ」

「ああ、ちょっと待って」

ハッと我に返って口を開くも、枯れた喉が水分を求めて空咳《からせき》が出る。

するとルカスはベッドサイドに手を伸ばして水差しに直に口をつけた。

そしてゆっくり私を起こすと、頭を抱えて口づけをしてきて。

「ん……」

渇いた口内に少し温《ぬる》い水が浸みる。

もっと欲しくて絡められる舌に吸いつくとルカスが喉奥で笑ってもう一度口に水を含み、また口づけてきた。

私はそれを受け入れて、幼子がミルクを飲むみたいにルカスの顔を抱え込んでンクンク飲む。

何度かそうして飲ませてもらってハフ……と絡めていた舌を離すと、至近距離にあるルカスの瞳がクッと細まった。

その奥に揺らめく情欲を見つけて反射的に小さく首を振るも、口端から零れた水をルカスにベロリと舐め上げられゾワリと肌が粟立って。そうして急いで引こうとした頭を強い力で戻され、制止しようとした声まるごと食まれて喉の奥がクゥと鳴った。

ルカスとのキスはヒドク気持ちがいい。無理矢理でもそうじゃなくても、いつだってどんなときだって気持ちがいいから私の脳はそれを大事なコトとして覚え込んでしまった。

駄目だと思うのに従順に舌を受け入れて。止まらなきゃと思うのに移された唾液を飲み込んで。離さなきゃと思うのに舌を吸われたら同じように吸い返して。

「ツんぅ……ふッ、っ、ッ、ん、ふぅ……ッ」

そんなことをしていれば身体だって反応するわよね～……。

ぞわぞわとした感覚が腰回りに溜まり始め、快感を思い出した身体が従順に反応し始める。

するとルカスが私を抱え直して、駄目と思う間もなく舌をちゅうと吸い上げられ反射的にキュンと彼を締めつけると、ルカスが支えていた私のお尻を鷲掴みにしてゆっくり揉み込んできた。

「ンン……ッ！　んーっんーっ！」

ひっ、いやぁっそれ以上お尻揉まないで割り開かないで揺さぶって繋がった場所をグチュグチュいわせないでぇ……っ。

口内と同時に身体へも愛撫を施されて反応する私に気を良くしたのか、ンーンー抗議する私をルカスはまるっと無視して、お尻の割れ目を辿って私の下の唇を指でスリッと撫でた。

そして溢れてぐちゃぐちゃの粘液を私のお尻に塗り広げてくるから、当然私のお尻は濡れてスースーするわっ。イヤだ意味わからないこの変態……っ！

顔を赤くしたり青くしたりしながら抵抗するも全くルカスは意に介さず。

ヌチャヌチャと指で弄ると少し止まって、ツツ……とその濡れた指で陰唇から割れ目をゆっくりと辿ってきた……っ!?

「ッん！　……ッ!?　んぅうッ!?」

ちょ、ヒ、っゆび、後ろ、そこちがっ……ッ!?

予想外の行為に血の気が引いてブワッと目が潤み、耳の奥がドクドク鳴る。そして一気にバクバクと心臓が忙しく動きだした。

知識としては知っていたソレ。マニアックな方々が好んでソッチを使われることがあるとか、男性同士で愛を確かめ合う場合に使うのだとか。

けれどまさか自分の身体にそんなことされるなんて思わないじゃない……！

「んっ！　ンぅっ、ッ!?　んン～～！」

クルクルと皺を伸ばすように穴の周辺を刺激され、恐怖と羞恥でより身体に力が入ると、下腹部に埋まる肉の熱を感じてしまって内壁が狭まった。

「――んヴぅッ!?」

するとドチュッとタイミング良く奥をノックされて脊髄に電気が走り、ルカスに従順な私の身体はほとんど条件反射で絶頂への階段を上り始めた。

濃密な空気が満たす室内にギシギシ寝台が鳴る音と、ゴチュゴチュと粘液がかき混ぜられる淫靡な音がする中、深い口づけをしながらもルカスは器用に腰を動かして、最奥を強く抉るように捏《こ》ね繰り回してくる。

どうして胡坐《あぐら》かいてそんな動きができるのかとか。どうして何度も出してるはずなのにまだデキるのかとか。どうして口を動かしながら手と腰同時に動かせるのかとか。

どうでもいいことを考えていないともたらされる快楽にすぐさま屈してしまいそうで。

けれどそうやって必死に別のことに意識を向けようとする私を引き戻すかのように、ルカスは指の腹で穴をそっと圧迫してくるからイヤでも意識はお腹のナカを蹂躙《じゅうりん》する彼へと戻ってしまう。

「……っ、ふ、ツェツィ……ッ」

「んんぅ――っ！　ッハ、る、るきさっ、んぅっ！」

いや……っこんな風にイクとかヤダヤダぁッ！　指気にしてイクとかイヤ、なの、にぃ……っ！

私は迫りくる波に堪らず――がぶりと噛み締めてしまった。

「……ッつぅ」

……え。ぁ、あら……？

「――……」

「ご、ごめんなさ……っ!?」

ヒエ……ツや、やっちゃった……っ！　私、ルカスの舌を噛んじゃったわ……っ!!

ど、どうしましょうっ、なんか血っぽいのがルカスの親指についてる……っ！　ヤダヤダ痛そうっていうか指についた赤い血が妙に官能的っていうかルカスが目を見開いて驚く顔がなんだか可愛くてキュンてしちゃうというか……っていやイヤいやナニ私なに考えてるのっ⁉　あぁぁ落ち着いて私……っ。

と、とにかく大丈夫か確認を……というかどう考えても痛かったわよね？　お、怒ってるかも？　と狼狽《ろうばい》する頭をどうにか立て直し、怖々とルカスを見遣って――猛烈に後悔したわっ！

ルカスは、血が滲み赤くなった部分を私に見せびらかすようにペロっと出して、そしてその血を唇に広げた。

「……ッ」

息を呑む私を見てゆるりと上がる口角に、その細めた金色と口元の紅色の対比が醸す色っぽさに、私の身体は急激に血流を良くした。

震える身体を真っ赤に染めて呆ける私に、ルカスはその赤い唇をチュッと口づけると、つぷ……っと指を、ほんの少し埋めてきた……っ⁉

「ツぁ、あ、……――ッ‼」

「……ッ」

そのピリッとした刺激で、あろうことか私はイッてしまった――。

ガクンと弛緩する身体を支えられながら、ハァハァと足りない酸素を必死で肺に取り込む。

小刻みに腰を動かし強張っていたルカスの身体もゆるゆると力を抜いた気配がして、お腹を満たす温かさに彼もイッたことを悟った。

すぐ近くでハァ……という熱っぽい吐息を零されながら汗の滲む背中を撫でられて、その優しい動きにまたも身体の熱が上がり。きっとみっともない表情をしているだろう顔を見られたくなくて、私は戦慄《わなな》く口元を押さえて俯いてしまった。

うぁ、ぁぁああ……っ！　うし、後ろの、アソコに、指、入れられて、イクとか……ッ！　ルカスが何も言ってこないのが逆に恥ずかしくて死ねる……っ。いっそ言ってよむしろソコは空気読んで「一緒にイッちゃったねっ」くらいの明るさ振る舞ってよ……っ。

というか気絶、今こそ気絶するべきよ私の身体ぁ……。

羞恥で顔と言わず身体全体を真っ赤に染め上げてブルブル震える私に、しかしルカスは容赦なかった。そっと顔に手をかけられたかと思うと、顎をクィッと持ち上げられ視線を合わされた。

滲んだ血を上唇に擦りつける様を見せつけながら血のついた親指で私の下唇をクニクニして、問いかけるように小首を傾げる人外美形。そうして色を多分に含んだ甘く低い声を耳元に吹き込まれ、冷静に無視なりスルーなりができる女子は多分この世にいない……っ。

「……ツェツィ？」

「あ、の、だって……ッゆび、こわくて……っ、で、でも……、き、キモチ、良くて」

我慢しなきゃって思って……という言葉は、恥ずかしさからほぼほぼ口の中で掻き消えました。できる男代表ルカスさん、空気読むときは今ですっ。

「………………」

何この沈黙ぅ……っ。もう勘弁して……っ。

というかどうして固まってるのっ！　どうして何も言ってくれないのっ？　だって指をお尻に入れられるなんて怖いでしょうっ？　普通抵抗するでしょう!?

そりゃあ血が出るくらい強く舌を噛んでしまった私も悪いと思うけれど……っ。

でも、でもルカスだって絶対悪いでしょうっ!? 本当に本当に怖かったのよっ！

だから、だから――こんなっ……こんな、ことで、嫌い、になったり。

そこまで考えて、ザァと血の気が引きブワワっと前が見えなくなるほど涙が滲んでしまった。

コワイ。怖い。恐い。

このヒトに嫌われるのが恐い。心臓が縮こまるかと思うくらい、想像だけで身体が震える……ッ。

氷魔法をくらったみたいに末端から徐々に冷えていく感覚がして、耳に膜が張ったみたいにルカスの声が聞こえなくなった気がした。

嫌ワナイデ。捨テナイデ。離レタクナイ。イヤ、イヤヨ。ダッテ、私ハ。

「……すき」

零れた言葉に「……え?」とルカスが吐息のような疑問を返すけれど。

「るき、さまっ、が、好き、なんです……ッ」

恐怖でぐちゃぐちゃになった私の口からは、ただ彼の心を繋ぎ止めようとする言葉しか出てこない。

「ゆ、ゆび、怖くて、イヤだったの……ッ。で、も！ る、ルキ様がイヤなわけじゃ、なくて……っ、も、もう少し、慣れた、ら、頑張れるっ、と思う、から……！ き、嫌い、にっ、ならないで……っ」

シン……と静まり返る室内に私の嗚咽《おえつ》が響く。

ルカスは――私の言葉を聞いて、まるで触れたら砕け散る硝子《ガラス》細工みたいにそっと抱き締めてくれたけれど。……何故かその手つきは不安気で。私の髪を梳きながら一言も口をきかなかった。

どれくらいそうして泣いたのか。徐々に落ち着きを取り戻した私は、嗚咽を零しながらも今度は真っ赤になって身体を震わせた。

やだ私ったら涙脆《もろ》いわ。さっきとの違いは多分身体が赤いか赤くないかの差ね……と、まさにどうでもいいことを考えて叫び出しそうになる自分を必死に抑える……っ。

わぁああ言っちゃいましたねぇっ！　なんかポロっと！　告白なんぞをッ！　なんでこのタイミンググぅッ!?　他にもあったでしょう色々とぉ！　自分の今の状況を顧みてっ!?

脳内で叫ぶツェツィたちの言葉がグサグサと胸に突き刺さるわ……！　だって……っうあぁあまだ繋がっちゃってるのよぉ……ッ。

心なし圧迫感は減ったけれど、それでもまだ存在感が半端ないソレに意識が向く。

おかしいわさっき一緒にイッたわよね？　と思うも、微動だにしないルカスの状況が私の不安を殊更煽ってきて。

どうしよう……っどうしたらいいの……っ。

と、とりあえず流石に一旦離れるべきかと身動《みじろ》ぎして――。

「ッぁ、ん……っ」

この場に不似合いな甘い声が上がったのを、どこか他人事《ひとごと》のように聞いた。

……もうやだ無駄にポテンシャルが高い私の身体めぇ……っと口元を押さえて、情けなさに再度嗚咽を耐えようとした瞬間、ルカスが物凄い力で私の身体を持ち上げた――ッ!?

「ひぅッ!?」

ずるんっと勢い良く抜かれて驚く間もなく、再度足の間にストンと座らされてぎゅうぎゅう抱き締められ、た……っ!?

い、いやいやいや、くるし……っ！　ほね、骨がっ！　軋《きし》んでるっ！

「ツ……る、きぃ、ツルキ、さまっ、くるしっ」

タップタップターップ！　締め上げられて少ししか動かせない手で必死にルカスの脇腹を叩くと、今度は凄い勢いで腕をバッと離されて身体が反動でフワッと後ろへ傾いた。

「っひゃ……ッ」と驚きで声を上げると同時にまたガシーンッと腰に腕を回されて目を白黒させてしまったわ。

ルカスのあまりのらしくない様子に、それでも尚私の肩口に顔を埋めて身動ぎ一つしない婚約者に、嫌な考えが過《よ》ぎってしまったのはどうしようもなかった。

……だから、あまりの不安に言葉が口をついた。

「わ、私の、告白……っそんなに、イヤ、でした、か……ッ」

衝動的だったことは否めない。もっと他に言うタイミングはあったし、むしろそういう雰囲気を作って然《しか》るべきだと思う。思うけれど。

でも。嘘《うそ》偽りない気持ちだったの。本当に。必死だったのよ……っ。

だから、言わなければ良かった、なんて。思いたくない。絶対に思いたくないのに……っ。

緊張で呼吸が浅くなって、胸が苦しくて。紡いだ言葉の最後は嗚咽を耐える形になってしまったせいで、クシャっと顔に力が入ってしまって。

涙がポロリと零れた瞬間、ルカスがバッと顔を上げた――。

「……――え」

その、光景に。息が止まった。

愕然。困惑。苦しみ。……そして喜びを綯《な》い交《ま》ぜにした表情――に。

その、お月様みたいな金色の瞳から、真珠のように綺麗な雫《しずく》がポロポロと流れていて。

声もなく。しゃくりあげるでもなく。静かに静かに流れる雫。なんて、なんて綺麗な――。

あまりの美しさに、そっ……と手を伸ばして、その頬に触れた。

私の指を濡らすのは水滴で。もしもこれが真珠だったら、ルカスは触れた瞬間に泡になってしまうのではないかと少し思ってしまって。真珠なんかじゃないことに心の片隅で安堵する。

膝立ちになってそっとルカスの顔を包み込むと、彼が怯えたような色を瞳に浮かべたから安心してほしくて、……気持ちを信じてほしくて、濡れた目元に口づけた。

そうしてそっと触れるだけのキスを顔中に降らせて。

最後に神聖な誓いをする気持ちで、小さく小さく、でも愛しいと思う気持ちを唇に乗せて。

「あなたが、好き」と、震えるルカスの唇にキスを落とした──。


お互いを確かめ合うように眠った翌日。

優しく呼ぶ声に目を開けて、ぼやっとした視界が徐々にクリアになる中で色々湧き上がる感情を気恥ずかしく思いつつルカスに焦点を合わせて。

……ワタクシ心臓が止まるかと思いました……。

神が造りたもうた完璧な造形を柔らかに甘やかに緩めて、全世界の女性をまるごと誑《たぶら》かす気かと思えるほどの色気を惜しみなく振りまき。

あっまあまの声とこれ以上ないほどの愛を溶かしきった金色の瞳をこれまた甘やかに細めて朝の挨拶《キス》をしてくる女神像……間違えた、ルカス。

……いえ、えっと、ルカス、よね？　間違ってないわよね？　なんか自信持てないくらい美しすぎてちょっと目が潰れそうなんだけれども。窓から差し込む陽光が彼を明るく彩って余計神々しくさせているし。

そんな人を超えた美しさを醸す相手にチュッチュされつつ抱き起こされたらちょっと考え込みたくもなるわけで。

潰れそうな目をしぱしぱさせてから、朝から猛烈に人を動揺させてきた婚約者の顔を両手でそっと包んでマジマジと見る。

「……おはようございます、ルキ様」と照れながら微笑んで答えると、人外美形が、何故か微笑んだまま固まりました――……。

「……る、ルキ様……？」

「……ッ」

あ、ビクッて肩が動いた。と思ったらそっと視線を外して、……あら？　どうして手で口元を覆うの……？　ぇ、え？　みみ、耳が、凄く、赤い……。

「……あー……、駄目だ」

駄目って何が？　と思う間もなく彼は私を抱え込むと肩口に顔を埋めてきて、吐息の熱さに私もビクッとなってしまったわっ。というか、まさか。まさかまさか――っ！

「……ちょっと待って、恥ずかし……」

「……～ッ」

……ひッい、いや……っ。やだヤダっ、ちょっと待ってってって、待ってほしいのは私……っ！

縋りついてそんな声出すなんてズルいっていうか耳まで真っ赤で恥ずかしがるとか何で今このタイミングでそんな反応するの……っ!?　無駄に人を動揺させたさっきの百戦錬磨を謳《うた》えるようなレベルの色気垂れ流しは一体全体なんだったのっ!?

や、ヤダやだ、移る……っそういうの伝染しちゃうから……っ！

「つる、ルキしゃま」

っていやぁあ!!　ルカスのあまりのギャップの凄さに動揺しすぎて噛んじゃったぁっ！

「…………」

「……っ」

だから沈黙ぅっ！　沈黙やめてぇ……っそこはいっそ笑うなり突っ込むなり反応して……！

黙り込まれると、さ、昨夜の記憶が……っ！　変なタイミングで泣きながら告げちゃったことを思い出しちゃうっていうか、そう言えば両想いになった朝なのに私未だに裸にシーツで髪の毛とかグチャグチャなんだけれどもルカスは既に騎士服で今日は近衛ですか素敵すぎるぅ――!?　肩口に顔を隠すくらい照れてたくせに首にキスとかする度胸は一体どこから来てるんですか――!?

メーデー！　メーデー！　本体がオーバーヒートッ！　至急救援を求めますっ！

そんな完全に混乱して脳内で緊急会議を開こうとする私をしり目に、ルカスは一度深呼吸をすると私の名前を呼んできた。

「……っ、ツエツィ、ツエツィーリア」

「っひゃぃ……っ」

ひゃぃってぇぇ……っおち、落ち着いて私なんか真面目な雰囲気だからぁ……っ。

……ぅう駄目むり緊張で心臓が口から出そうだし顔と言わず身体中真っ赤な気がするししかも震えが止まらないしもうこれどうしたらいいの無理ムリむりぃ……っ。

というかっ！　ルカスは、持ち直すのが、早いですねっ！

息を吸うだけで顔色戻せるってどんな技術っ？　どうやるのソレっ!?　さっきまであなただってめ

ちゃくちゃ照れてたのにぃっ！

「……昨日、の、ことは」

「──ッ」

か、確認しちゃうのね……っここにきてこの流れで確認を……っ。

「夢、じゃない、ですよね……？」

眉間にほんの少し皺を寄せて、揺らめく金の瞳で私を見つめるルカスに息を呑む。

浮かぶ光は複雑で。

不安、恐れ、期待、希望、懇願。それから──その全てに溶け込んでいる愛情と執着。

答えを求めるように指を絡めてきたその大きな手が、微かに震えてしっとりとしていて。

私の些細《ささい》な感情の揺らぎさえも見逃すまいと、瞬《まばた》きもしない瞳に勇気づけられるように震える唇を動かした。

「つゆ、めじゃ、ない、です……」

伝わって。信じて。不安にならないで。

「ルキ、さまが、っ……好き、です……っ」

あなたがくれた沢山の想いにはまだ全然足りないけれど、これから返していくから。

あなたの前を見据える横顔が好き。剣を振るうときの静かな瞳が好き。

壊れモノを扱うみたいに優しく触れてくる大きな手も、視線が絡んだ瞬間の緩やかに細められる眼《まな》差《ざ》しも、愛を囁く低い声も、……叩きつけるような重たい独占欲も。全部好き。

全部、愛しい。

絡む指を握り返し、精一杯の気持ちを乗せてルカスを見つめると彼は息を呑んで──そしてその秀麗な顔をクシャっと歪《ゆが》ませた。

「本当、に……っ」と呟くルカスに信じてほしくて。溢れる感情で潤む目に力を込めながら「好きです……」と握る手を両手で包んで口づけを落とすと、唸《うな》るような声を出したルカスが咬《か》みつくように口づけをしてきた。

「ふぅッ、んっ……ンぅ」

「……ッは、ツェツィ……ツェツィーリア……ッ」

好きだ、と。愛してると。

ぎゅうぎゅう抱き締めながら舌を絡めて愛を囁くルカスに私も必死に応える。

「愛してる、ツェツィーリア、愛してる……っ」

「はい、……っルキ様、私も……私も、好きです……っ」

ちゅうっと名残惜しげに舌を吸われ、舌と舌を繋ぐ銀糸が細くなりフツリと切れるのを間近で見る。ルカスは口端についたものをペロリと舐めると、交換した唾液を飲んでと言うように顎を持ち上げてきて。

促されるようにこくりと飲み込んだソレが美味しいはずなんてないのに、彼が満面に喜びを浮かべるから。蜜のように、……毒のように喉を甘く焼く感覚がした。

同時に胸を焦がすほどの多幸感でポロポロと涙が零れてしまったけれど、視界に映る金色も潤んでるのはきっと気のせいじゃない。

ルカスの涙はとても綺麗だからまた見たいな……と、深い息を吐いて私の髪を撫でるルカスへそっと手を伸ばすと、光を浴びて紫紺に輝く髪から覗《のぞ》く金色が影を纏って私の手を握り返してきた。

どことなく変わった雰囲気にあら？　と思う間もなく指先に口づけられ、掌にも口づけられ。手首に軽く歯を立てられた瞬間、驚いて腕を引こうとしてしまったのは仕方ないと思うのっ。

頬に熱が上るのを自覚しながら徐々に腕を登ってくるルカスに堪らなくなって小さく呼ぶと、彼は伏せた睫毛《まつげ》をすっと持ち上げて小首を傾げて囁くように問いかけてきた。

「ツェツィ、いや……？」

「ぃ、いや、ではない、ですけど……ッ」

あ、甘噛みなら、咬まれるのも、そんな嫌じゃないかも、とか。思い始めてる自分がむしろ怖いな、なんて……じゃなくて！

鳴りを潜めてた色気が徐々に増え始めてる気がするんだけれど……っ。う、潤んでた瞳はまさかの情欲だったりとかしないわよね？　しないわよねっ？

というかどうして寝台に押し倒してくるの……っ!?　こ、この流れはマズイっ、猛烈に嫌なよかーんっ！

明るい陽射しが差し込む穏やかな室内をどうやってか淫靡な雰囲気に変えた、完全に情事モードオンなルカスに見つめられ羞恥と狼狽で汗が噴き出る。

「じゃあ……いい？」

「い、ぃい、とは……っ」

私の身体を跨《また》ぐように乗り上げ、空気を震わせるように低く囁くルカスから視線が外せない。

片手を頭の上で押さえつけられてしまい、無防備に晒《さら》すしかない腕の内側をベロリと舐められて腰に震えが走った。

「ツ、ふ、～ッ」

漏れそうになる声をもう片方の手の甲で押さえた私をルカスは吐息で笑って。腕の内側から脇にかけて唇で食んだり、舌先を尖らせて刺激したり、吸いついたりしてきて。

動かせない腕が妙に身体を敏感にしたのか、反応して固くなった頂が身を隠すシーツを押し上げてしまうのが自分でもわかった。

……私にわかるのだから、当然目の前のルカスにはしっかりバレてしまうわけで……。

「……許可は下りたみたい、かな？」

にこり、と。

それはそれは嬉しそうに笑うルカスに目を見開いてしまったのは仕方ないと思うのです。

……だってさぁっ！　許可なんてしてないっ！　ちょぉっと反応しちゃっただけだしっ！　それをさも私がオッケーだしたみたいに言わないでいただきたいというかちょっと……っ！

「まっ……きゃあんッ!?」

「ホント、可愛くて素直なカラダ」

突然ピンッと頂を布越しに弾かれて高く啼く私をうっとりと眺めるルカスに、私は顔を真っ赤にして「だ、誰のせいですかっ！」と叫んでしまった。

その、私の発言を受けたルカスの表情に。細まる瞳とキュウッと上がる口角に。

あぁ～やっちゃったな～……ドンマイ、とミニツェツィに背中をポンポンと叩かれた気がして、あわわわ……っと口元を押さえて涙目になる私に「当然」とルカスがうっそりと嗤いかけた。

「俺のせいだ。……だから、責任取らないと……ね？」

確信犯的なルカスの言動に口を戦慄かせるしかできない私は、弄られ徐々に熱を高める身体を持て余しながら必死に「お仕事はどうするのですか!?」と言い募ったけれど。

……何故かタイミング良くフィンさんが扉の外から声を掛けてきて。

「フィン、今日は……今日だけは少し遅れる」とルカスが言うと、「既に連絡済みです。正午までなら引き延ばせますので」とどこか浮かれた声音で答えられ。思わず「フィンさぁあんッ⁉」と叫んでしまった私は絶対に悪くない……！　絶対に悪くないはずなのにっ！

何故かルカスが瞳孔開き気味で「……ツェツィ？　ベッドで他の男の名前を呼ぶなんて、俺に嫉妬させて酷くされたいの」と真っ黒い笑顔を浮かべてきて。

「ッち、ちが……んッ⁉」

あれ疑問形のはずなのに断定じゃなかった⁉　と思いながら必死で否定の首を振る私の口元をルカスは突然押さえつけると、シーツを剥ぎ取り自分の指に涎を零しだした。

女神像ばりの美形が自分の指をちゅぷちゅぷと唾液塗れにするというあまりにも卑猥《ひわい》な絵面に、どくどく鳴る心臓がまるで期待しているみたいで恥ずかしくてイヤになる。

その上――もう無理、もう無理なのに……っ抵抗したらもっとマズイことになるのがわかっちゃうのが辛い……っ！

そんな私の諦念を読み取ったかのようにルカスは死刑宣告をした。

「……ハ、ツェツィ、足、広げて？」

じゃないともっと酷くする、と聞こえました。私に選択肢はありません……。

「……ッ」

目を瞑り、歯を食いしばり。息を止めてそっと足を広げると。

「ッん、んっ、ンん――ッ」

ヌルりと指を入れられ、ナカのイイところをぐちゅぐちゅ擦られ同時に親指で敏感な豆を潰されて、刺激でビクビク震えるのに自分の意志では力の入らない身体に心の中で頑張ってと咽《むせ》び泣いて応援するしかできない。

「ンん！　んーっんーッ、ん、ッ、……ゔぅ――ッ！」

「ごめんね？　ツェツィの可愛くてイヤらしい声を他の人間に聞かせたくないから」

「っ、ふーっふーっ……ふゔッ!?　ぅゔン！　ンっ、んっ！　ンゔ――ッ!!」

使用人の気配がなくなるまではこのままで我慢して、と全く全然一切申し訳ないと思っていない顔で謝るルカスに、口を押さえられている私は文句も言えず。

もごもご喘ぐこの意味不明な状況を嘆きながら何度も何度も高められイカされて、ルカスの掌に荒い息を吐き続けた――。

……できた使用人たちが去り際に、「きゃっほー！　今日は焼きガチョウ――！」「エルサッ、廊下は走らないでっ。……ねぇアナ、クラッカーはどこにあったかしら？」「それならフィンが昨夜用意していたわよ。そうだ、寝室前に軽食と水差しと盥《たらい》と手拭いを用意しておかなくちゃ」「クラッカー二十個あれば足りるよな？　俺はもう少し主の出勤時間を遅らせることができないか調整しに出るから」とウキウキした様子で話すのを聞いてしまって。

公爵家の使用人の変なクオリティの高さに涙をのみました――。

焼きガチョウは食べられなかった。

何故《なぜ》なら、あの朝以来、ルカスに会えなくなってしまったから――。

本当に文字通り抱き潰された私は当然の帰結として意識を失い泥のように眠っていたらしく、目を覚ますとなんと二日経《た》っていた。

ようやく起きた私に目元を腫らして、……むしろ何かあったのかボロっとした侍女三人が謝りながら甲斐甲斐《かいがい》しく世話を焼いてくれて軽く混乱したわ。あと静かに三人を見据えるハンナさんがただならぬ気配を漂わせていてちょっと引いた……。

「ツェツィーリア様っ、お身体《からだ》は、どこか調子が悪いところはございますか……っ？」

「数時間おきに治癒を施したのに目を覚まされなくて、増える地獄メニューに身の凍るおも……いえ、本当に心配いたしました……っ」

「……焼ガチョウぅ……っ」

「焼ガチョウはまた今度……ではなくて！　本当に本当に申し訳ありませんでした……！」

「まさかルカス様があんなハッチャケるなんてわたくし共も思ってなくて……」

「というか、ルカス様のガチの三重防御陣を破壊できる人間はおりませんからどうにもできず即行で諦めました。申し訳ありませんでした！」

……うん、色々ツッコミどころ満載。満載なんだけれどとりあえず気になったのは、アナさんたちの私への扱いが結構適当で泣ける……っ。特に焼ガチョウを気にしすぎじゃないっ？

ルカスが大事にされてるってわかるし、祝ってくれる気持ちは私もとても嬉《うれ》しいんだけれど……焼ガチョウをそんなに食事に出したかったの!?

というか自分たちが食べる分を気にしてないソレ!?　あとエルサさんは素直すぎるのどうかと思うっ！

ルカスの防御陣が解除できないのはわかるんだけれどっ、謝ってるけれど謝られてる気がしないし諦めましたって言っちゃ駄目だし、嘘《うそ》でもそこは頑張ったんですけれど……とか言葉を濁す場面だからねっ。

「この三人、それからルカス様とフィンにも、きちんと、それはもうきちんとわたくしめの全力で以《もっ》て身体に言い聞かせましたので。ツェツィーリア様におかれましては、何卒《なにとぞ》ルカス様をお見捨てになられませんよう重ねて、重ねてお願い申し上げます……！」と悲愴感漂わせたハンナさん、の、手元に目が釘《くぎ》付けです。どうして大太刀なんて持ってるのでしょうか……っ。

まさにあなたはルカスの育ての親ですね……と思った私は間違っていないはず。

そうしてハンナさんの新しいというか信じられない一面に目を白黒させながら説明を聞くには、どうやら色々あって何かが頂点に達したレオン殿下に仕事を割り当てられたルカスは出勤後、目の回る忙しさになったらしく王城に泊まり込む羽目になったようで。

執務をしては討伐に行き、帰還しては執務して飽きたらまた討伐、と公爵家に帰る暇がない……というかレオン殿下に命令された黒白騎士団の副団長と近衛騎士たちに防御陣つきで見張られていて帰れないらしい。

そうは言っても、私が目を覚ましたと聞いたルカスが一度全員を昏倒《こんとう》させて窓から逃亡して公爵家に一時帰宅しようとしたらしいけれど、それを聞いたレオン殿下が近衛騎士団と白黒騎士団の全団員に召集をかけようとして一時王城は大騒ぎになったという。対人戦闘のエキスパートに対魔獣戦闘のエキスパートを集めて一体何を打ち倒そうとしてるのかと王城の周辺では物凄《ものすご》い噂《うわさ》が駆け巡ったとかなんとか……。

王太子殿下が四階にある窓から逃亡した第二王子殿下を捕り物しようとしてたなんて噂にならなくて良かった……本当に良かった……っ。

それからフェリクス様もあのあと離宮に軟禁されたみたい。陛下の勅旨を蔑ろにする元第二王子なんて外に出せないものね。行いを改めればそのうち軟禁も解かれるらしいけれど、ミア様とのお子は授かれないよう本人に内緒で去勢魔術が施されたとのこと。

フェリクス様と結婚の許可が下りたミア様は、何故かルカスに言い寄った挙句《あげく》に蒼《あお》騎士団団長のご子息と抱き合ったらしく、フェリクス様とルカスへの不敬罪適用で危うく牢屋《ろうや》へ直行のところを離宮に逃げ込んでフェリクス様に泣きついて事なきを得ていたとのこと。

ミア様もミア様だけれど、フェリクス様もそれでいいの？　と思ったのは私だけじゃなかったみたいで、離宮の警備担当を嫌がる蒼騎士団員が増えているらしい。

……あと、離宮は色々手が出しにくいので自分をヒロインだと勘違いしているバカを始末できず申し訳ありませんとアナさんたちに謝られたけれど、正直怖いからっ！

始末って！　そんな公爵家の闇部分見せてくれなくていいから……っ！

それにしても、と私は溜息《ためいき》をついてしまった。

彼女……ミア様は本当ぶれないなぁ。まだゲーム通り自分がヒロインだと思っているようだし、行いが常識外れもいいところすぎてもう貴族社会にすら戻ってこられないんじゃないかしら。

ゲーム通りだとしても既に私を断罪してフェリクス様と恋人になって終えているのだから、その先はこの世界の現実としての常識が適用されるのは当たり前だと思うのだけれど。

……というかルカスにまで粉かけたとか、それは流石《さすが》に私も許せそうにないわ。

どうせ幼馴染《おさななじみ》のルカスは自分のことを誰よりも大事にしてるから、お願いすれば自分に乗り換えてくれるとか思ってるんだわ！

大体フェリクス様からルカスに乗り換えようだなんてあまりにもルカスに失礼すぎない⁉

今までいいようにルカスを利用してきておいてフェリクス様を選んだくせに！　幼馴染だからってルカスの婚約者は私なんだからっ！

ルカスを信じていないわけじゃないけれど、幼馴染とか切っても切れない甘酸っぱい関係ヤメテよ。誰よそんな設定考えたのっ。今すぐ三つ指ついて悪役《わたし》に謝りなさいよ……！

もうもう絶対、今度ミア様に会ったら完膚なきまでに、それこそ悪役上等なぐらいにっ。持てる権力をフルに使って二度とルカスに手を出そうだなんて考えないように叩《たた》きのめしたいわっ。……できればルカスにバレないように。バレて嫌われたらと考えるだけで心臓が冷えるわ……本当に恋をするって大変……。やだ私、フェリクス様の時より今の方がきちんと悪役令嬢やれる気がするっ。

というか、正直言うと寂しい……。

ルカスに会えないいままもう五日が経っている。

自力で起きられるようになってからはハンナさんたちから現状を聞きつつ、勅旨が広まったのか友人たちからの手紙が届き始めたり、王城で開催される夜会に出席する必要があるためお母様がドレスや宝飾品など私の荷物を持って公爵家に来てくださったり、相変わらずアニカ様もいらしてくださったりして。

日中はそれなりに穏やかな日々を過ごしているのだけれど――夜、だんだんルカスの匂いが薄くなっていく寝台の上で一人で寝ていると、大きな腕の中が恋しくて堪《たま》らなくなる。

彼の柔らかな笑顔が見たい。緩まる金色の瞳が見たい。深くて低い声が聞きたい。……キスしてほしい。抱き締めてほしい。薄くなる痕を上書きして、ルカスのことしか考えられないくらい抱いてほし――……って、うきゃぁぁああっ！

なななななにナニ何なにっ⁉　今わたしナニ考えちゃったのっ⁉

「ち、違うちがーうっ！　ルキ様のせいっ！　絶対ルキ様が悪いわ！　ルキ様が帰ってきてくださらないから……ッ！」

ボウンッと頭が茹《ゆ》だってしまって、はしたないことを考えてしまった自分が猛烈に恥ずかしくて、ついルカスのせいにして枕をボフンボフン叩いてしまう。

「失礼いたします、夜着をお持ちいたしました。まぁツェツィーリア様？　ルカス様のせいだなんて、一体どうされました？」

「アナったら、ツェツィーリア様はお寂しいのよ。まぁそれもそうですよね、ルカス様が王城に泊まり込んでもう五日ですし……」

「日増しに酷《ひど》くなるルカス様の殺気に近衛騎士達の焦燥も半端なくなってるらしいですけれどね～」

お互いに想《おも》い合ってボゲェッ！　とエルサさんが突然床に突っ伏してビクッとしてしまったわ。ついでに想い合ってるとか言われて頬に熱が上ってしまって、優しい眼差《まなざ》しを浮かべるアナさんと振り抜いた手をそっと戻すケイトさんから視線を外して言い訳する。

「……そ、そういうわけでは……ただ、ルキ様はどうされてるかしらって」

「ルカス様も寂しいとお思いですわ、ツェツィーリア様」

「そうですわ、それに明日の王城で行われる夜会ではきっとお会いできます。誰よりも美しく着飾ってルカス様を固まらせましょう！」

「そうですよ、その清楚《せいそ》なのに魅惑の色っぽボディをこれでもかと着飾れる機会ガッフゥッ……！」

「ケイト、その足退《ど》けちゃ駄目よ」

「わかってるわアナ」

ガッフゥッって言ったわよ、彼女《エルサさん》……っ。だ、大丈夫なの？　護衛できるほど強いケイトさんの見えないくらい速い足技？　を背中にもろに受けたみたいだけれど……。

あ、ピクピク動いてるからまだ死んではいないみたいだわ。良かった……自業自得ということで声を掛けるのはやめましょう。だって色っぽボディとか余計なこと言ってたもの。夜会用のドレスを合わせた際、ほんの少し胸元がきつくなってただけなのにっ。

アナさんに着替えを手伝われながらそんなことを思って自分の身体をチラッと確認する。

その見た先にあるほんの少し残る痕に、ついドレスの形を思い出して口を開いてしまった。

「本当にあのドレスで見えたりしないかしら……？」

今回王城で開かれる夜会は火竜《レッドドラゴン》討伐のお祝いと銘打ったルカスの第二王子位を祝うもの。

当然第二王子妃候補である私の出席は必須なのだけれど、あまりゴテゴテに飾りすぎても王子の婚約者として相応《ふさわ》しくなくなってしまうので、肌を出して華美な雰囲気を出しつつ品の良いドレスを選んだ。

デコルテをこれでもかと露出させる今回のドレスではルカスがつけた痕を隠すことは難しいから、私としては露出が控えめのものが良かったかなとも思ってアナさんへ視線を向けると。

「大丈夫ですわ、ツェツィーリア様。ほとんどわからないくらい薄くなっておりますから化粧で誤魔化せますし、王城の夜会はクラシックなドレスが好まれますから選ばれたドレスが最良かと」

「それにお色がルカス様を彷彿《ほうふつ》とさせますから周囲も牽制《けんせい》できますし、何よりきっとルカス様が喜ばれますわ」

「……そう、かしら」

用意されたドレスは華やかな色味のものが多かったけれど、その中で比較的地味なツートーンカラーのそのドレスが目についたのは、イエローベージュの身頃と瑠璃紺色のスカートがルカスを想像させたから。

着てみると、誂《あつら》えたように私の肌色にピッタリな色味とベストな形で——ルカスに初めてエスコートされて、彼と初めてダンスを踊るならこのドレスがいいわと思ってしまったのよね。

そんなことを思い出して早くルカスに会いたい……と切なくて恋しい気持ちを感じていると、アナさんの切羽詰まったような声が私の耳に入った。

「ツェツィーリア様、今何を考えていらっしゃるのか教えていただけますでしょうか？」

「え、っと……？」

「ご自身が今どのようなお顔をされているか自覚されていらっしゃらないのですね……」

「かお……？」

妙に焦るアナさんに小首を傾《かし》げると、彼女は困ったわ、と言うように口を開いた。

「ツェツィーリア様の今のお顔は、十人中十人が見惚《みと》れます。それだけならまだしも理性が吹っ飛んでついうっかりと手を出されかねない破壊力です」

「……あぁ～……」

「あり得る、というか確実に本気の恋に落ちる男性がわんさか生まれちゃいそうですわ……」

破壊力って、顔面が凶器みたいに言わないでほしい……。

あとエルサさんが何気なく立ち直ってるのにちょっとビックリよ。

「あの、私、どんな表情したのかしら……？」

「めちゃ可愛《かわい》い感じに頬染めて色気垂れ流してますっ！」

「エルサ声がうるさいけど例えはイイわっ」

サムズアップし合う侍女たちに、けれど私は「い、色気……？」と困惑の声を上げてしまった。

だって衝撃の事実なのよ。私に色気ってあったの？　ルカスの余ってるのを貰《もら》えたのかしら？　と明後日《あさって》の方向に思考を飛ばしていると。

「ありますよ！　今のツェツィーリア様は色気モリモリですっ！　というか清楚系美女が頬を染めながら悩ましげに吐息を吐くとか、世の男性が見たら全員漏れなく前を押さえギャボゲェッ！」

「もう、どうしてエルサはいつも一言多いのかしらね……」

フワッとスカートの裾を揺らしてストンと床に立つケイトさんに、若干どころじゃない恐怖を覚えちゃったわ……っ。何をしたのか全然見えないのがむしろ救い……。

よくわからないままエルサさんが飛んだけれど、生きてるわよね……？　ここの使用人て本当どんな鍛え方してるのかしら。

「とにかく大至急その表情を改めていただかなくては、明日の夜会が大量虐殺現場に早変わりしますわ」

「そうね、通常のルカス様であればツェツィーリア様に見惚れることくらいは赦《ゆる》すかもしれないけれど、明日のルカス様はきっと普通じゃないから」

待ってナニその極端さ加減！　普通じゃない状態のルカスだと虐殺が起こっちゃうの……ッ!?

「実に恐ろしきかな、英雄の嫉妬……」

うまいこと言ったみたいなドヤ顔してるエルサさんがもう立ち直ってきてて鬱陶しいっ！

「でもご本人に自覚がないのでは対策の取りようがないわよ、アナ」

「そうなのよね、困ったわ」

うんうん唸《うな》るアナさんとケイトさんに申し訳なさが募ってしまいつい素直に口を開いてしまった私は、このあと身体担当のツェツィを叱り飛ばしてやりたい気持ちになった――。

「あの、寂しくて……会いたいと思っただけだから、きっと明日ルキ様に会えれば大丈夫だと」

「寂しい？」

「会いたいっ？」

「ふぁあああ甘酸っぱ――いっ！」

「オイ黙れ」

「ゴメンナサイ」

……今アナさんが別人に……いえ、きっと気のせいね。疲れてるんだわ、早く寝なくっちゃ。

「ひゃいっ」

「ツェツィーリア様？」

「つまり、ルカス様に会いたくて会いたくて仕方ないわけですね？」

「う……ッ」

「ルカス様成分が足りなくなったわけですね？」

「うぅ……ッ」

いやぁっ、侍女が心抉《えぐ》ってくる！　誰か助けて恥ずかしすぎて身の置きどころがない……！

にっこりにっこーりと圧力をかけながら確認してくる侍女ズに涙目でプルプル震えていると。

「なぁんだ、じゃあ私いいモノ持ってますっ。……ジャーン！　ルカス様のシャツでーす！」

白い見たことのあるシャツをヒラヒラと靡《なび》かせるエルサさんに、一瞬室内が静まり返ったわ。

ソレどこから取り出したの、とか。どうしてソレがいいモノなの、とか。色々と思うところはあるのにフワリと肩に掛けられて、その微《かす》かな匂いに固まってしまった――。

「……あら、そういうことなの？」

「フィンが飛んで帰ってきた理由がわかったわね」

「ふっふー！　脱ぎたてホヤホヤ、ではないですけれど、コレ着て寝れば今日はぐっすりいい夢を保証しますよ、ツェツィーリア様！」

これで一先《ひとま》ず寂しさを誤魔化せますね！　と元気に言ってくるエルサさんの口を縫いつけてやりたいのに、私を包む香りに首筋まで赤くしてシャツを握り締め立ち竦《すく》むしかできない。

そんな私を見て侍女三人はニコニコ微笑《ほほえ》むと、ささっと夜着をルカスのシャツに着せ替えて「ツェツィーリア様の夜着はルカス様のところにあるようですから、夢で逢《あ》うことも可能かもしれませんわね」と爆弾を投下して退出していった。

そ、その情報言わなくても良くない――っ!?　余計眠れなくなったわ……っ！

王城の夜会は王家が開催するため、第二王子妃候補の私は基本的に王族側の出席者として夜会に出席する。さらに今回はルカスの婚約者であることを前面に押し出す意味合いもあるらしく、大扉からレオン殿下と共に入場することになった。

「レオン殿下、お久しぶりにございます。本日はよろしくお願いいたします」

「あぁ、久しいなクライン嬢。しかし……驚いたな、今宵のあなたはまるで月光を纏《まと》う幽玄なアイリスのように美しい」

「まぁ、素敵な褒め言葉をありがとうございます。けれどあなた様こそ私よりも余程麗しくいらっしゃいますわ、レオン王太子殿下」

レオン殿下に手を取られながら入場待ちの合間、いつも通りの社交辞令をいただいて私も返事を返す。

流石美形揃《ぞろ》いの王家の直系。ルカスとは系統の違った美しさで華美な正装を爽やかに着こなしてるわ。短めの金髪を今日はきちっと撫《な》でつけていて、涼やかな金色の瞳をシャンデリアで煌《きら》めかせているレオン殿下は本当に私より麗しい。

「相変わらずつれないな、クライン嬢。私が着飾るのは王族の役割とご令嬢方にそっぽを向かれてはかなわないからなんだが、今日のあなたはルカスのためだけに咲き誇る花といった感じだな……って、……あー……」

「……なんですの？」

「いや……うん、ちょっと深呼吸しようか、クライン嬢。そのまま入場するのは良くない」

「？　どこかおかしなところがございますか？」

控室《ひかえしつ》できちんとアナさんたちに確認してもらったのだけれど。

不安になってルカスが贈ってくれたネックレスにそっと手をやってしまったわ。パールチェーンに雫《しずく》型の、ルカスの瞳みたいなシトリンのネックレスは今日の私のお守りだから。

するとレオン殿下は困ったように後ろへ視線を向けたから、私もつられて何故か王城の女官服を着て後ろに控える侍女二人に視線をやる。

「どこも問題ありませんわ、ツェツィーリア様。……レオン王太子殿下、ルカス様がいらっしゃるまでツェツィーリア様をよろしくお願いいたします」

「……つまり？」

「誓紋は有効ですがなにせ本体がそれを超える破壊力ですので、横向きの槍《やり》が飛び交っては夜会が大惨事になりかねません」

「これでも改善したのですが、ルカス様関連の話題に無自覚に反応されるみたいでして……」

夜会の場に不似合いな槍やら破壊力やら何だか物騒な単語が出てきたわ。何の話――……あ。

「あの、ごめんなさい……？」

「……あぁ、うん、これはマズイな」

「わかっていただけましたか」

「高嶺《たかね》の花に甘さと柔らかさが加わってつい頑張って手を伸ばしたくなる威力なのです」

「わかりやすいが凄《すご》い例えしてきたな。だが、悪いがコレは俺一人でなんとかなる気がしないぞ？」

コレって。ちょっと私の扱いがぞんざい……。

「わたくし共もお傍《そば》に侍《はべ》ります。それからアルフォンス様とアニカ様もすぐに傍に来ていただけるとのことですので恐らく大丈夫だと思うのですが」

「厳戒態勢だな……というか、だったら髪型なりドレスなりをもう少し抑えめにするとか他にもできることがあっただろう」

何故しなかったんだと責めるような声音を出したレオン殿下に、けれどアナさんとケイトさんは強い瞳で見返した。

「侍女魂に火がつきました」

「デコルテにかかる後れ毛まで完璧に計算した渾身《こんしん》の力作です」

「本当に公爵家の奴らは碌《ろく》でもないな！」

あぁ、レオン殿下までツッコミをしていらっしゃる……。やっぱり常識人には彼らの相手は辛《つら》いときがあるわよね。なんだか凄くわかり合えそうだわ。

「レオン殿下もツェツィーリア様を褒めていらしたではないですか」

「そうですよ、つい手を伸ばしたくなりますでしょう？」

その二人の言葉に、レオン殿下が私を見て――。

「……ッテェ」

「あら」

「あらら」

「レオン殿下……！　申し訳ありませんっ」

ヒィッ！　王太子殿下を誓紋で弾《はじ》いちゃったっ！　これ、不敬罪とかにならないわよね……っ。

「王太子殿下でも気を抜くとそうなってしまうとは……」

「流石誓紋。半端なく失礼な術……」

「半端なく失礼なのはお前らだからなっ？　……それではクライン嬢。今宵ひととき、麗しいあなたのエスコートを私にさせていただけますか？」

「はい、喜んで。……レオン殿下、ご迷惑をお掛けして申し訳ございません」

誓紋持ちの第二王子妃候補なんて大分面倒な存在よね……。

けれどルカスと離れたくない私には謝るしかできないからと謝罪を口にすると、持ち上げた手の甲に口づけを落とすフリをしながらレオン殿下は口端を上げた。

「問題ない、今朝無理矢理アイツに討伐を頼んだのは俺だしな。幸いもう戻ってるらしいし、準備でき次第来るだろう。あなたのその姿を見たアイツがどんな反応をするのか――楽しみだな」

やだ、レオン殿下素敵っ。王太子だからなのかそれとも年上の余裕なのか、自信溢《あふ》れる笑みを見せられてつい見惚れてしまったわ。

ルカスはどちらかと言えば人外すぎる美しさで騒がれ難いらしいけれど、その点レオン殿下は闊達《かったつ》として凛々《りり》しい方だから人気が高いのよね。未《いま》だに狙ってるご令嬢もいると聞くし……これじゃ婚約されてる隣国の王女様も気が気じゃないでしょうね……。

そんなことを思いながら扉が開くのを待っていると、「流石王太子殿下、すぐに持ち直すなんて素晴らしい精神統一です。ですがツェツィーリア様に余計なことをすると、見惚れてついうっかり手が出そうだったとルカス様に言いつけますよ」「最初の犠牲者になりたくなければ適切な距離をお取りくださいませ」と後ろの二人から恐ろしい忠告が入って。

レオン殿下は肩をビクッとさせてから私をチラッと見ると「王太子を脅すとか、公爵家は本当に碌でもないな……」と小さく呟《つぶや》いた。なんか色々と、もう本当に申し訳ありません……。

何はともあれ、今日は卒業パーティー以来の久しぶりの社交だし私も頑張らなくちゃと、色とりどりの貴族がひしめく場へ足を踏み出した。

代わる代わるやってくる貴族たちとの挨拶を捌《さば》き、一息ついたところでダンスの時間になった。

陛下も王妃様もあとは無礼講と言わんばかりにさっさと退場してしまったので、本当であれば王族として始めのダンスを踊らなくてはいけないのだけれど。

「クライン嬢、私とダンスを踊っていただけますか？　と言いたいところだが、流石にルカスに悪いし、何よりあなたにそんな顔をされては誘えないいな」

おどけた顔で肩を竦めて言うレオン殿下に驚いてしまう。

「え、あの」

「全く、自覚がないのも困りものだ。王太子である俺がダンスに誘って、そんな悲しそうな顔をするのはあなたくらいなものだぞ」

ルカスと踊りたいんだろう？　と笑いかけられて、瞬間的に頬が染まってしまった。

侯爵令嬢として常に美しく、誰が見ても崩れることなくあれと教育されていたのに感情を悟られるくらい顔に出していたことも恥ずかしければ、今日の夜会のファーストダンスだけはルカス以外と踊りたくないと思っていたのを見抜かれてしまったことも恥ずかしくて。羞恥で動揺する心を立て直そうとそっと胸元のシトリンに手をやりながらレオン殿下に微笑みかけようとすると。

「待て、駄目だ、クライン嬢……っ。おい、ルカスはまだ来ないのかっ？」

「ツェツィーリア様、周囲に表情を見られないようにゆっくりと身体をレオン殿下へ向けてください」

「もう少しすればいらっしゃると思うのですが……マズイですね、数人がこちらへ足を向けました」

漂う緊張感に困惑が大きすぎて言うことをきくしかできないわ。どうしてこんな大事みたいに対応されるのかしら。レオン殿下が私をダンスに誘わないから他の男性だって誘い難くなっただろうし、少し話すくらいならいくらルカスでも夜会会場を虐殺現場にすることはないと思うのだけれど……。

というか、笑いかけようとしてレオン殿下クラスの美形に駄目とか言われたらちょっと傷つくわ。

ルカスにもそう思われたらって考えちゃうじゃない。

そう思い、ほんの少し消沈した気持ちを吐き出すように吐息を零《こぼ》すと。

「だから駄目だクライン嬢っ、……おいっ、コレ威力上がったぞ、どうするんだっ」

「どうにもできません。なんせ無自覚ですから」

「吐息一つで一気に人数が倍に増えました。頬を染めてる奴らの顔を覚えておかないと」

また駄目って言われた上に、コレ呼ばわり……レオン殿下が酷いわ。しかも表情はにこやかなまま焦った声出すとかそれどういう技術ですか？

あとケイトさんの発言が不可解……どうして顔を覚えておく必要があるの？　その情報を一体何に使う気なの？　なんかまた公爵家の闇に触れちゃった気がして怖いんだけれどっ。

「ツェツィーリア様、何を考えているのかは存じ上げませんが、レオン殿下に上目遣いで小首傾げないでくださいまし。王家存続の危機になりかねません」

「……ッおい待て、こんなんで死ぬとか絶対嫌だからな……！」

「そんなことを言う割に少し顔が赤いですよ、レオン殿下。……そう言ってる間にもどんどん人数が……あ」

「無理言うなよっ。なぁ、ルカスと何があったクライン嬢ッ？　以前とは別人だぞっ？」

あ、少しレオン殿下の表情が崩れたわ。頬が赤いような気が……普通は死にたくなかったら青くなるものじゃない？　というか……ルカスと何があったかって……ど、どうしてわかるのっ？　そんなに私、以前と変わってるのっ⁉

フェリクス様のときと立ち位置は変わらないからルカスとの相違点なんて好きかどうかくらいなのに……まさか閨事《ねやごと》のせい⁉　いやだっ、本当にイヤらしさが滲《にじ》み出ちゃってるとかないわよねっ⁉

どうしようそんなことあるのかしら、恋愛初心者にはわからないことが多すぎるわ、誰か教えてーっ！　と心の中で叫ぶと。

「女は恋で変わるものなのですよ、レオン殿下。ご機嫌よう、ツェツィーリア様」

それはそれは麗しい夜の女神が降臨しました。

わぁっ、相変わらずお美しいわぁ、アニカ様。眼福。

そしてそんなアニカ様を大事そうにエスコートする男性を見て、そう言えばと思い出す。

「ご機嫌よう、アニカ様。モンターク侯爵もお久しぶりでございます」

「アルフォンスで結構ですよ、クライン嬢。ご挨拶が遅れて申し訳ありません。今宵のあなたは光り輝いていて、近づくのも一苦労でしたから」

「ふふ、レオンがアタフタしているのが面白くてつい眺めてしまったのよね」

「私はそんなアニカを眺めていたけれどね」

「やぁね、アルったら」

「……アニカ、お前は相変わらず性格が悪いな。あとアルフォンス、ここで惚気《のろけ》るな鬱陶しい」

うん、色々と思うことはあるのだけれどとりあえず、レオン殿下って結構苦労性……？　周囲の顔ぶれが大分個性的……。

「そしてクライン嬢、小首を傾げるのはやめてくれ。アルフォンス、立つ位置をもう少しコッチにしろ。隠せ」

「はいはい、レオンは頼りになりませんねぇ」

「おい、俺はかなり頑張ってるぞ」

レオン殿下がアルフォンス様にあしらわれていて、なんだか仲良しだわ……とほっこりしていると、「牽制できてない上に墓穴掘ってませんでしたか？　……今日は厄介なのがいるんですよ」と、アルフォンス様がチラリと視線をどこかへやった。

「厄介なの？」

「……噂のアレか？」

アルフォンス様が溜息をつきながら出した言葉にアニカ様が疑問を呈し、レオン殿下が嫌そうな顔をした。

「アレですよ。……あぁ、もう近くまで来てますね。顔を向けずに見てください。テラス前にいる鉛色の髪色をした背の高い男です」

え、顔を向けずに……？

「あら、それなりに見れる男性じゃない」

「アニカ、浮気は許しませんよ」

「ツェツィーリア様頑張ってっ」

「ツェツィーリア様無理しないでっ」

「……頑張ってるところ悪いが、クライン嬢の角度からだと見ることはできないと思うぞ」

「え……」

見えないの!?　顔を向けずに見ろってアルフォンス様が言ったから変な顔にならないよう気を使って横目で見ようと、こんなに頑張ったのにっ!?

「……うん、悪かった、俺が悪かったから、そんな表情をするのはやめてもらえるか……」

「物凄い奥歯噛《か》み締めてますね、レオン殿下」

「また弾かれたら恥ずかしいことこの上ないですものね」

「あら、王太子と第二王子でツェツィーリア様を奪い合う構図？　ドロドロで楽しそうねっ」

「こらこらアニカ、実際に起きたら楽しそうどころじゃなくなりますよ。むしろ惨劇です。王太子が肉塊になりますから」

恥ずかしくてほんの少しレオン殿下を睨《にら》んでしまったら、謝られてしまったわ。

王太子殿下に謝ってもらうなんてもう二度とないんじゃないかしら。ちょっとだけ得した気分……にはならないわ。なに肉塊って……っ怖すぎるっ。

そんな風に恐ろしい方へ話が逸《そ》れ始めたところを、アニカ様が戻してくれた。

「それで、あの男性が厄介なのは何故なのアルフォンス？」

「彼は人のモノを欲しがる癖があるんですよ。特に自分と同格だと思っている相手が執心しているものに手を出す悪癖を持っていまして、騎士団内で何度か悶着《もんちゃく》を起こしてます」

「隣の芝生は青く見える現象……」

ケイトさんの呟きにアルフォンス様は「青く見えるだけで終わればいいんですけどね」と秀麗な顔を歪《ゆが》めた。

「そこそこ有名な侯爵家の次男坊なんですが、それなりに剣の腕が立ち、見目もいいからなんだかんだモノにできてしまうみたいで。それで増長したのか、前回の全団訓練でヴェーバー元帥に剣筋を褒めてもらったのがきっかけだったのか、妙にルキに敵愾心《てきがい》を抱いてまして。元帥の教えを受けていれば自分も英雄になれたかもしれないと親しい人間に零したそうですよ」

「……ソイツ、元帥を見誤りまくってるな」

「十才児に笑いながら近衛の訓練させたこと知らないのかしら？　閣下は見た目優しげで中身は鬼なのに」

「その喧嘩《けんか》買いましょう」

「ぶちのめしてやります」

「あら、落ち着きなさい二人とも……ってツェツィーリア様？　どうされました？」

微笑みながら問いかけてくるアニカ様に、どこかぼうっとした意識で視線を向ける。

気になることは色々とあるのだけれど。

人のモノに手を出すのが好きな人ってヒロインに似てるなとか。ルカスに敵愾心抱くとか正直身の程知らずな気がするなとか。元帥閣下の中身が鬼ってどういうこととか。侍女二人が家人のことになると喧嘩っ早くて忠誠心が怖いなとか。

もう本当に色々気になる点はあるのだけれど――。

「……ルキ様は、十才の頃からヴェーバー元帥に教えを受けていたのですか……？」

アニカ様の一言で夢がフラッシュバックして。

同時に妙な確信が――パズルのピースがピッタリとはまったように唐突に確信が生まれて、縋《すが》るような視線をアニカ様に向けると、彼女は「やだわ、失言」とポソリと零した。

「アニカ様」

「ごめんなさい、お答えできませんわ。それはルカスに聞いてくださいな」

困ったように微笑むアニカ様は、けれど口元を扇で隠してこれ以上は話さないと明確に意思表示をされた。アルフォンス様もアニカ様を抱き寄せて口を閉じて微笑んで、レオン殿下もアナさんもケイトさんも綺麗《きれい》に微笑んで――。

誰も教えてくれないけれどそれこそが答えのような気がして、沸き上がる歓喜に視界が滲みそうになり瞬《まばた》きをして雫《しずく》を散らす。

抑え込んでいた心が会いたい会いたいと叫びだすのを必死に理性で留めるけれど、頬が染まり口元が震えるのは止められなくて胸元の金色《シトリン》を触りながら少し顔を俯《うつむ》けた――。

「……待てまて待てっ、ここにきてさらに威力上げるとかどうなってるんだっ」

「アニカ……」

「ごめんなさい、アル。でも聞いてた以上の威力ね……女の私でも見惚れちゃうわ」

「ツェツィーリア様、扇、扇使ってくださいっ」

「……あぁっ違います、口元に扇当てて吐息零さないでくださいっ」

なんだかレオン殿下たちがワタワタし始めて、ハッと我に返ったわ。

いくら嬉しくて気持ちが高ぶっても、ここは夜会の場で私は第二王子妃候補として出席していることを忘れてはいけない。犯した失態は自分に跳ね返ってくるのだから、背筋を伸ばして優雅に淑《しと》やかに。……ルカスの隣に立つために――。

そうして会場へと身体を向けて、顔を上げた先の人と視線が合ってつい微笑んでしまったわ。

するとその男性は目を見開いて――

「……おい、アイツが足を向けたぞ」

「完全なる勘違いだけれど、まぁ、それはそうなるでしょうね」

「やはり来ましたか。クライン嬢、ちょっと失礼」

そう言われてアルフォンス様に手を持ち上げられると同時に、その鉛色の髪の男性――ロルフ・クーミッツ卿《きょう》が声を掛けてきた。

彼はアルフォンス様が仰《おっしゃ》るように確かに厄介な男性なのだろう、私たちの方へ足を向けた瞬間、周囲があからさまにこちらを窺《うかが》いだしたから。

侍女二人が小さな声で「随分男性から敵意の眼差しを受けてますね。しかも警備の騎士たちの視線が強まりました」「女性陣からは大分熱い眼差しを受けてますよ。……悲しそうな表情の方もいらっしゃいますけれど」と呟いた。

その言葉にアニカ様が「……問題になっていないのは、家の名前を使っているのかしら？」と低い声を出して鳥肌が立ったわ……っ。

麗しい方の冷たすぎる声に私もレオン殿下も若干引き気味、なのだけれど……アルフォンス様は少し頬を染めキラキラした瞳をアニカ様に向けていらっしゃいました。

そっかぁ～、アルフォンス様はアニカ様のそういうところがお好みなのね……正直アルフォンス様の好みのタイプがマニアックで衝撃的……！

そんなことを思っている間に、カッと靴音を小さく立ててその男性は目の前に立った。

いかにも騎士という所作で丁寧にお辞儀をする彼に初めに声を掛けたのはアルフォンス様。

「君は蒼騎士団のクーミッツ騎士だね？　今日は警備ではないんだね」

「モンターク副団長、覚えていていただけて光栄です。本日は休養日でして……どうしてもクライン侯爵令嬢とレオン殿下にご挨拶をしたく、参上いたしました」

「今ちょうど彼女にダンスの申し込みをしようかと思っていたところなんだが。レオン殿下、クライン嬢、ご紹介いたします、蒼騎士団で騎士を務めるロルフ・クーミッツ卿です」

「ロルフ・クーミッツです。以後お見知りおきを」

アルフォンス様にエスコートされて向き直ると、にこやかに微笑みながら挨拶をされる。

そうして見つめてくる瞳が私を観察、というよりも値踏みしていて厄介な人物という意味がわかってしまったわ。

人のモノに興味を抱く……つまり彼的には好敵手《ライバル》であるルカスの婚約者の私がターゲットということね？　私に労力を割いて落とす価値があるかどうか確認しに来たのでしょうけれど、正直私を落とそうとするとかリスク高すぎない？　これでも私、第二王子妃候補よ？　準王族よ？

しかも暗黙の了解で誰も口には出さないけれど、私はフェリクス様と一度婚約を解消している。その上ルカスとの婚約破棄なんて起きたらどう考えてもマズイから、周囲も私自身も寄ってくる人間に警戒して当然なわけで。

まさか本当に落とせると思っているとしたら、この人自信家すぎてちょっと引く……っ！

既に第一印象最悪だけれど、そんなことを表情に出すわけにもいかない。

レオン殿下が鷹揚《おうよう》に頷《うなず》いたのを横目で見つつ背筋を伸ばし顎を引く。そして優雅に見えるように微笑みを浮かべて膝を折る。

「初めまして、ツェツィーリア・クラインですわ。あなたはクーミッツ侯爵の弟君でしょうか？」

「そうです、兄をご存知なのですね」

「クーミッツ侯爵の名声は聞き及んでおりますわ。領地運営で孤児院の増設に力を入れてらっしゃる素晴らしい方ですから」

「それはそれは、クライン侯爵令嬢に知っていただけているなんて光栄です」

あなたのことは知りませんけれど、と含んでみたのだけれどサラっと流されてしまい心の中で溜息をつく。わかった上で全く声にも表情にも感情を出さないザ・貴族な相手は手強いのよね……。

そんな私の心情を当然無視して彼は話を振ってきた。

「実はクライン嬢にお会いするのは初めてではないんです。以前王都の警備で怪我《けが》をした際に神殿に運ばれたのですが、ちょうど慰問にいらっしゃっていたあなたに治癒をしていただきました」

ずっとお礼をしたかったのですが、第二王子の婚約者であるあなたにお会いできるチャンスがなかなかなくて──と真摯に見える瞳で話す彼に、いっそ感心してしまったわ……！

だってそれが真実かどうかはこの際どうでも良くて、ただ会ったことがあって、そしてずっと会いたかったとサラ～っと伝える技術、凄くないっ!?

これ覚えておいたら王子妃の社交術として使えないかしら。ようはバレなければいいんだもの、会話のきっかけにはいいわよね……そんな他愛《たわい》もないことを脳内で考えつつ、バッサリ返す。

「ごめんなさい、いつのことかしら……。それにお礼なんて必要ありませんわ。治癒魔法が使えて、怪我をされた方がいらっしゃればそれを行使するのは当然のことですもの」

あなたのことは全然覚えてないし、それをきっかけに挨拶とか勘弁してね～と暗に言ってみたわ。

正直、私にとって慰問はもう趣味みたいな領域だし、大体そんなこと言ってたら、騎士団の人たちは怪我の度に治癒師にお礼をしなくちゃいけなくなると思うのよ。

用件がそれだけならこれで終わりでいいわよね？　という意思表示のつもりで扇を広げて微笑むと、彼は笑みを深めた。

わぁ～知ってるわよ私。こういうときにそういう反応する相手はしつこいのよっ。

「あなたのその姿勢に尊敬の念を覚えます。侯爵令嬢としてだけではなく、第二王子妃候補として忙しい中、貴賤《きせん》なく施しをするなどなかなかできるものではありませんから。けれど、たまにはただの貴族令嬢として余暇を過ごすのも大切だと思うのです」

余暇……久しぶりに聞いたわその単語、と思っていると後ろの侍女ズがボソボソッと「つまりデートに誘いたいと。あらやだ、調子ぶっこきだしたわ。横槍は暗殺の合図だったかしら、ケイト？」「そうね、アナ。だが断ると言っちゃってくださいませ、ツェツィーリア様。意気消沈したところを殺《や》りますから」と囁《ささや》いてきて思わず扇を握り締めてしまったわ……っ。

女官服を着た暗殺者が後ろにいる気がするんだけれど大丈夫コレっ!?　ルカスがどうのこうの言う前に侍女が先にマズイことしでかしそうっ！　と血の気が引く顔を扇で隠していると、

「そうね、ではツェツィーリア様、今度私とお出掛けしましょう？」

とそれはそれは麗しい笑顔でアニカ様が仰ってくださって、つい嬉しくて「まぁ、是非っ」と頬を染めてしまったわ。

ルカスが部屋から出してくれるかはわからないけれど、アニカ様とお出掛け……やだそれ楽しそうっ。

面倒な騎士の相手で少し疲れていた心を女神に潤してもらっていると、けれど彼はアニカ様の遠回しなお断りを華麗にスルーして、さらには恐ろしい発言をかましてきた——。

「では私もご一緒してもよろしいでしょうか？　麗しいお二人のエスコートを是非させてください」

……え、ナニこの人。流石のアニカ様も片眉がピクッとしてて、そんなアニカ様に私もビクッとしそうになったわっ。そしてアルフォンス様は安定のキラキラで、なんか、アルフォンス様の視界に私全然映ってない気がするわ……。

あと、後ろの暗殺者ズがヤバイッ！　ものすごーく小さく「ふふっ」と嗤《わら》う声が聞こえたんだけれどっ！　あぁっストッパー役のアニカ様まで何だか凄い雰囲気に……そうだわレオン殿下はっ？

急いで助けを求めようとして……別の感情で扇を握ってしまったわ。

なんか周囲をドレスで覆われちゃってるんだけれどいつの間にそんな状況になったの？　そして助けてほしいのに周囲のご令嬢方を捌くので精一杯ってどういうことですか？　キラキラしい笑顔で必死に断ってる努力は買うけれど、その笑顔がいけないんじゃないかしら……。

レオン殿下にイラっとしていると、アニカ様が公爵家お得意の目が笑っていない微笑みを浮かべた。

「うふふ、ロルフ卿ったら。そういった役割はルカスがしますからご心配いただかなくても大丈夫ですわ」

「ですが今日もヘアプスト副団長は急に討伐が入ったとお聞きしました。彼は第二王子であり次代の英雄でもありますから、なかなかそんな時間は取れなくてクライン嬢も寂しいのではないですか？」

「……そんなに忙しくはありませんわ。ねぇ、レオン殿下？」

「……ッあ、あぁッ、大丈夫だっ問題ないっ」

レオン殿下……アニカ様の冷たい視線のせいで顔色悪いわ。そして必死感が半端ない。

問題ないとか言っちゃって大丈夫なのかしら？　だって多すぎる仕事をルカスと分担したからルカスは帰ってこられなくなったのでしょう？　後ろの暗殺者ズも「言質取ったり」「今夜はご帰宅できそうで何よりですね」とか言いだしてるけれど、お仕事が本当に大変なら仕方ないとも思うのよね……。

だって今まではフェリクス様が全然仕事ができなかったから、その分レオン殿下に負担が行っていたわけだし。ルカスはどう見ても有能そうだからレオン殿下が頼りにするのも当然――そう頭では冷静に思うものの、〝寂しい〟という単語が脳に浸透して〝恋しい〟に変換されるのはすぐだった。

同時に閉じ込めていた感情が湧き上がる。

着せられたシャツは確かにルカスの匂いがして、初めは気恥ずかしくも幸せだった。

いそいそと寝台に入り、手が全然出ないぶかぶか具合に馬鹿みたいに身悶《みもだ》えて。けれどすぐに寂しくなって胸が締めつけられた。私を抱き締めるルカスの肌はいつもしっとりしてるからサラリとした冷たいシャツの感触に、自分は今一人なのだと言われたみたいで。

広い寝台に音のしない室内には、ルカスの気配は一切ない。私を掻《か》き抱く腕も、私の呼吸を止めるみたいな深い口づけも、狂気を孕《はら》んだドロドロの金色の瞳も、どこにも、ない。

あるのは微かな匂いのするシャツだけで。今夜一晩寝たら、明日になったら、もうすぐ……もうすぐ。そう、思ってたのに……今も、隣に、いない――。

口元を隠していた扇を持つ手から力が抜けるような感覚がしてハッと我に返るのと、アニカ様たちの声が耳に入るのは同時だった。

「ですが護衛も必要——」

「クーミッツ騎士、クライン嬢は第二王子妃候補だ。外出の護衛は近衛騎士が行う。君が気にすることは何一つない」

「ロルフ卿、女性に優しいのは美徳ですけれど、程々になさいませ」

いつの間にかアルフォンス様がクーミッツ様から私を隠すように斜め前に立ち、アニカ様に腕に手を置かれながら小声で「ツェツィーリア様、気張って」と囁かれ、気張る……？ とそっと周囲を見渡して、息を呑《の》んだわ……っ。

こんなに沢山の男性から熱い視線を受けるのは人生で初めてじゃないかしら。これがモテ期？ 全然自分じゃわからないんだけれど、本当に色気出てるのかしら？ どこら辺？ どこら辺から出てるの？

そう現実逃避をしようとした私に、後ろの暗殺者ズが現実を直視しろと容赦なく囁いた。

「ツェツィーリア様、横槍は虐殺の合図ですよ」

「そうです、ルカス様は本当に殺りますよ。実の兄上にも容赦なかったのを思い出してくださいませ」

彼《か》の方はツェツィーリア様のためなら王国を滅ぼせます、と呟かれて恐怖で心臓が爆音を立てだしたわ……ッ、有り難くない忠告ありがとう暗殺者ズ！ 王家選出の新第二王子によるエッケザックス顕現とか、もうどれだけ重い問題……いえむしろ軽い問題っ⁉ 王家の醜聞程度で済めばいい方っ⁉ というか横恋慕で王国滅亡とか……責任重大すぎて泣きそうっ！ でも恐怖で色気とかいうのが出なくなった気がするわっ！

涙目で、よしっ！ と心中でガッツポーズをした私に、後ろからまたも恐ろしい忠告が飛んできて蹲りたくなったわ……！

「ツェツィーリア様、あなた様の涙でもこの場が血肉飛び散る荒野に変わります」

……マジか。うぅぅ、こういうときは深呼吸……いえ駄目だわ衆目がありすぎるっ。突然深呼吸しだす第二王子妃候補とかあり得ないわっ。

えーとえーと、落ち着けること……羊って数えると落ち着けるんだったかしら？　まぁこの際なんでもいいわっ。羊が一匹、羊が二匹、羊が三匹……。

そうして動揺する心を立て直そうと心の中で羊を数えながらも、今度は引き攣《つ》りそうになる頬を必死で上げる。

多分顔色悪いし目が潤んでるけれど、気にしちゃ駄目っ。体裁を保てていればいいのよ！　泣いてなければ大丈夫っ！　でも泣きそうな原因もルカスな気がするんだけれどこの場合どうなるのっ？　結局虐殺は起こるの⁉

完全に混乱の極致に陥った私は少し俯けていた視線をうっかり戻してしまい——またも息を呑んだ。

や、やだわクーミッツ様ったら……どうしてそんな目で見てくるのかしら……っ？　さっきまでの値踏みする視線でいいわよっ？　どんと来い値踏み！　むしろ値踏みでっ！　値踏みの方向でお願いしますっ！

けれどそんな私の心の声にクーミッツ様は「クライン嬢……っ」と熱っぽく呟いてきて。

ひぇっ⁉　と思っていると。

「……落ちたか」

「……落ちたわね」

「がっつり落ちましたね。物凄い熱視線かましてきてます」

「流石ツェツィーリア様、これだけ近距離だと遊び人も形なしの威力。失恋と暗殺が確定してざまーみやがれですね」

「あぁ、すみませんが死体は見つからない方向で対応してください。ただの行方不明なら蒼騎士団の管轄で済みますので」

レオン殿下やアニカ様たちのコソコソ話が聞こえて居た堪れない……っ。あと、ケイトさんとアルフォンス様が何かオカシイ！　暗殺が確定ってどういうこと⁉　ルカスの仕事増やすな的なお願いしてるのもどういうことっ⁉　そして頷くケイトさんが怖すぎるっ！

熱視線送ってきてる場合じゃないです、クーミッツ様！　命の危険が迫ってますよっ！　と必死に目で訴えかけようとして――会場内の空気がガラリと変わったのを肌で感じた。

徐々にざわめきが収まっていく異様な雰囲気に、顔を上げて人々の視線の先を辿《たど》る。

その先にいた、均整の取れた長身を王族の正装で包むこの上なく美しい男性が真《ま》っ直《す》ぐ私へ向かってきていて、心臓が大きな鼓動を打った。

たった五日――その五日間で身の内に巣くったルカスへの渇望が私の身体を勝手に動かした。

無意識に手に持つ扇をパチリと閉じてスッと寄ってきたアナさんに手渡し、心のままに一歩を踏み出す。

レオン殿下の「おいこっちを睨んでるが、俺は頑張ったよな？」という焦った声も、アニカ様の「ふふ、随分余裕ない表情しちゃって」という楽しそうな声も、アルフォンス様の「笑顔を作るのも忘れてますね、第二王子なのに……」という少し呆《あき》れがちな声も。

侍女ズの「凄いわ人混みが真っ二つ。ルカス様が笑顔を浮かべずにこっちに向かってくる姿に小さなどよめきがあちこちで起こってるわ」「完全に周囲が勘違いしたわね……。あれはただ単にツェツィーリア様が美しすぎてガン見しているだけなのに」「このあとの展開に度肝を抜かれるでしょうね」「楽しみね」という掛け合いも。

そして私の視線の先を辿ったクーミッツ様の息を呑む音も――今の私には些細《ささい》な音でしかなくて。アルフォンス様が礼を取りつつ一歩下がったその空間にスッと伸ばされた手へ、迷いなく指先を伸ばした。

手を取られ、夢にまで見た金色がゆるりと細まるのに頬が染まるのを止められない。

婚約者といえど近すぎる距離ははしたないと言われてしまうのがわかっているのに、為すがまま引き寄せられ絡まる視線に射貫かれて。

手の甲に口づけられながら低く深い声で「遅くなってすまない、ツェツィーリア」と呼ばれた私は――渾身の力を振り絞って令嬢スマイルを維持したわ……っ！

頑張るのよツェツィーリア……！　なんか変な汗出そうだし手足震えそうだけれど、それを表に出すなんて言語道断！　過去の辛く厳しい令嬢教育は、まさに今このときのためにあったの……っ！

どんなにルカスが素敵でも！　正装が似合いすぎてて格好良くても！　久しぶりの腕の中が嬉しすぎても……！　決して、絶対、侯爵令嬢の、第二王子妃候補のプライドにかけてっ、顔を真っ赤にして身体を震わせてはだめぇぇえ！　あぁぁ素敵すぎるぅっ！

正装はフェリクス様のと同じはずなのになんでこんなに違うのっ!?　同じはずよねっ!?　濃紺の上着に金色の刺繍《ししゅう》が刺されてる少し騎士服っぽいそれに見覚えはあるのに、全く違うように感じるんだけれど、まさかの特注じゃないわよねっ!?　フェリクス様だって整ってたし着飾れば格好良かったはずなのにルカスの格好良さが衝撃的すぎて全然思い出せないっ！　六年も婚約者やってたのにごめんなさいフェリクス様っ！

むしろ威力が凄すぎて、これ、私も霞《かす》んでるんじゃないかしら？　それは女子として是非とも回避したいから気張ってわたしぃぃっ！

頑張れー！　ルカスに負けるなー！　と脳内でミニツェツィが応援するのを聞きながら、淑やかに微笑んで「いいえ、ご無事のお戻り、何よりです、ルカス様」と返す、……ほんの少したどたどしいのは仕方ないっ、仕方ないのっ！

だって周囲が固唾《かたず》を呑んで見守ってる雰囲気が半端ないのにルカスの唇が手の甲に当たったままで、しかもそっと親指で私の握った手を撫でてきたんだもの、やめてよもおぉぉぉ……っ。

そんな私の動揺と緊張をしり目に、ルカスは信じられないほど自然な動きで腰を抱いて「あぁ、信じられないな」と吐息のように呟いた。

「あなたはいつも綺麗だけれど、今夜は女神フレイアが舞い降りたのかと見紛《みまが》うほど美しいですね、ツェツィーリア。ついその美しさに手を伸ばしてしまった俺を許してくださいますか？」

「……まぁ、そんな……」

誑《たら》しだ！　恐ろしく美形な誑しが出たっ！　百発百中の人誑しが出たぞ～！　と脳内でミニツェツィがわちゃわちゃして絶賛動揺中な私に、さらにルカスは追い打ちをかけてくる。

「既にあなた以外目に入らない俺をこれ以上夢中にさせるなんて……いけないヒトだ」

……誰かしらこの人……っ。

えっ？　ルカスよねっ？　人外並みの美形で夜明け色の髪に金色の瞳なんてルカスくらいしか知らないからルカスだと思ってたんだけれど、ルカスじゃないとかそんなことあるわけないわよねっ？

公の場でのルカスはもっとザ・騎士様してたと思うんだけれど、でも婚約してからのルカスを思い出すとそういうキャラだったかも……えっじゃあこれ通常運転っ!?　これが夜会中続くってこと……!?

ぅあぁぁぁっ変な汗が背中を伝うぅっ！　あと手汗がっ。いくら手袋越しでもチュッチュしすぎっていうか、もうそろそろ手を離してぇっ！　そして周囲のざわめきを超えたどよめきがどんどん酷くなってる気がするんだけれど、やりすぎなんじゃないかしらー！

微笑みのまま固まる私に、けれどルカスは本当に通常通りだった――。

「その美しさに俺以外の虫《クズ》も引き寄せられて夢中になってしまったみたいだから……」

俺のモノだという痕を見せた方がいいかな？　と本当に小さく呟かれ、腰元の掌《てのひら》がツツ……と開いた背中のドレスの縁を辿ってくる感触に背筋が粟立《あわだ》つと同時に、呟きに促されるように視線を上げて――。

「……ッ」

ま、間違いなくルカスだわ……とくだらないことを思いながら、目の前の婚約者に息を呑んだ。

……ど、どうして瞳孔が開いてるのかしら……っ？　オカシクない？　普通会いたくて堪らなかった婚約者と会えたらもう少し甘やかな雰囲気になるものじゃないの？　私はついさっき、ルカスに気づいた瞬間は完全にワッショーイ！　ってなってたわよっ？

なのにどうしてルカスは瞳孔開いた病んでる表情なのかしら……笑顔なのが余計に怖い！　なんか望んでた再会じゃない上に、その顔バリバリ見覚えがありますよ。主にハジメテのとき……っ！

完璧な造形に浮かぶどろりとした金色にコキュンと喉を震わせた私に、ルカスは笑みを深める。

「ツェツィーリア？」

吐息のように問いかけながらもそっと顎を持ち上げられて、心臓が戦慄で震えた気がした。

ももももしかしてもしかしなくても、こ、ここで、この場で挨拶のキスをしろと……ッ？

完全に笑顔のまま固まる私の唇をそっと親指で触れながら、ルカスは私の背中をスルリと撫でると――クンッと、ドレスを引き絞る紐《ひも》を催促をするように引っ張ってきて。

レオン殿下達の息を吞む音が聞こえて――その音に、煮え立っていた頭がスッと冷えたわ。

六年……六年も第二王子妃候補として夜会や舞踏会などの戦場に立ってきた。

お蔭《かげ》で下手を打てばすぐに足元を見られるのを私は身を以て知っている。……実際に大したこともなくフェリクス様とミア様に足を掬《すく》われたのだから。

二択を突きつけてくるルカスは完全に社交界のマナー違反をしようとしてきているから、どちらを選択しても私たちの今後は暗澹《あんたん》たる未来が待ち受けるだろう。

……そんなの冗談じゃないわ。これから先ずっとルカスの隣に立ちたければ、この場を卒なく収めるくらいできなくては。たとえその相手が鬼畜でヤンデレなルカスであっても……っ！

――笑え、私。優雅に。美しく。

アナさんやケイトさん曰《いわ》く、今日の私は渾身の力作らしいから病んで振り切れたルカスさえも見惚れさせるのよっ。

幸いにも相手は恋しい恋しい婚約者。待ち望んだ腕の中なのだから甘やかな視線を向けるのは造作もないわ。今だけは羞恥は横に置いて。女は度胸っ！　気張るわよわたしっ！

「……まぁ、ルカス様を夢中にできるなんて頑張った甲斐がございました。では、今日の私はあなたにダンスを誘っていただけまして……？」

好きよ。あなたが好き。あなただけ。待ってたの。私だってずっと我慢したのよ。だからあなたとの初めての夜会で、あなたと一緒に踊りたいの……わかってくれるでしょう……？

ほんの少し小首を傾げて背の高いルカスをじっと見つめる。

夜会の場でのマナー違反は社交界から叩き出されてしまう。頬への挨拶だって親族以外許されないのに、ルカスの求めている口へのキスなんてできるはずがない。

背中の咬《か》み痕を見せるのは以ての外っ！　それだけは断固拒否するわ！　嫌よ、ルカス以外の人にそんな痕見せるのっ！　むしろそんなことされたら流石の私だって彼のこと引っ叩《ぱた》いちゃうわよっ！

ねぇ、私とあなたは第二王子夫妻としてこれからもずっとやっていくの。二人で幸せになるのよ
——そう想いを込めてふわりと微笑むと、ルカスが軽く目を見張ってから、ゆるりと金色を細めた。

そして私を抱くように回していた両手を離すと恭しく胸に手を当てて、深く優しい声で「もちろん、踊っていただけますか？　俺の婚約者殿」と少し窺うように誘う。

浮かぶ表情は気恥ずかしげで、けれど煌めく金の瞳に浮かぶ色は甘やかな愛情に変わって。

——あぁ、その表情。やっぱり彼が〝ルキ〟様なのだと心が沸き立った。

その溢れる感情を笑顔にのせて「喜んで」と答えてから小さく小さく「……会いたかったです、ルキ様」と囁くとルカスが息を呑んだから、ほんの少しだけしてやったりと思ったのは内緒よ。

そうして見つめ合って踊ったダンスは今までで一番上手に踊れたと思う。

流石公爵子息だわ……チートはダンスさえもチートだった。リードがうますぎて背中に羽が生えたみたいに軽やかに踊れたわ。しかも何故か全然疲れないという不思議さ加減……。

ダンスを終えてお辞儀をした瞬間の喝采に肩が少しビクッとしてしまった私を、蕩《とろ》けるような笑顔で見つめながらクスリと笑ってきたルカスに、なんだかやり返された感がして物凄く悔しかったのも内緒よ……。

レオン殿下たちのところへ戻り、また挨拶ラッシュをこなす。

王子然と穏やかに微笑みつつも私の腰をずっと抱き寄せ続けるルカスにレオン殿下は溜息をつき、アニカ様たちはニヤニヤし、アナさん達は静かに佇《たたず》みながら小さな丸い水晶をポケットにしまい、かと思うと反対側のポケットから取り出した。それを不思議に思っているとちょうど人が捌けたタイミ

ングでレオン殿下が先に訊《き》いてくれた。

「……おい、さっきから気になってたんだが、まさかそれ……記録水晶かっ？」

記録水晶って……確か操作する人間の見ている視界をそのまま映像として記録する魔道具じゃなかったかしら？

「あら、その魔道具の名前を久しぶりに聞いたけれど、そんな小型だったかしら？」

「あぁ、ようやくお目見えですね。頑張った甲斐がありました」

「アルフォンス様、その節はご助力いただきまして本当にありがとうございました」

「この通り、超軽量で小型にも拘《かかわ》らず従来通りの容量で記録することが可能です。これでお二人の初めてのダンスも無事に収めることができました」

……それ、凄い技術なんじゃない？　今まで子供の頭くらいの大きさだったわよね？　と素直に感心したいのに、気になる単語があってできなかったわ……。

だって、どうしてそんな最新式の魔道具を使ってわざわざ私とルカスのダンスを撮り収めているの？　しかもさっきからって……まさかと思うけれど、ルカスと私のやり取りも記録されてるってことっ？　いやぁツルカスに見惚れてたのが他の人にバレちゃうじゃない……！

思い出して頬に熱が籠もるのとルカスが「記録は初めからか？」と聞いたのは同時だった。

「はい、ご安心くださいませ。きちんとツェツィーリア様に見惚れた人間も収めてございます」

「特に目障りな虫《クズ》は二人で記録しましたので、後ほどフィンに渡しておきますわ」

にーっこり。そう綺麗に微笑む侍女ズにルカスは満足げに頷き、レオン殿下は制止の声を上げた。

「待てまてマテ……っ駄目だ、いくらなんでもあれくらいで狩り取るのは許可できないっ」

「レオンの許可は必要ありませんけどね」

「うるさいアルフォンスっ。今のは言葉の綾だ！　とにかく駄目だ。クーミッツはそれなりの家だし、現当主も馬鹿じゃない。ひと月後には婚約式だってあるんだ。これ以上の醜聞は万一も避けるべきだ」

「……まぁレオンの言うこともっともですね、確かにこれ以上の醜聞は王家の求心力を大幅に下げそうです」

そう仰るレオン殿下とアルフォンス様にぶすっとした表情を見せるルカスが可愛い。……間違えた。またワッショイ恋愛脳気味だわ、危うくケイトさんのクズ発言を流すところだったっ。

気をつけなくちゃと思いながらチラッとアニカ様と視線を合わせる。

……あぁ、やっぱりそうなりますよね。扇に隠れたサムズアップが少し腹立たしいです、アニカ様……。くそぉまたおねだり作戦かぁ……と羞恥に身悶えつつも私はルカスを呼んだ。

「ルキ様、クーミッツ様のお蔭で気づけたのですけれど……ルキ様に少しお願いが……」

「何ですかツェツィ？」

わぁ瞳も声も表情も甘いぃ……っ。心臓がドッキュンドッキュンうるさくなっちゃったわっ。

「あの、婚約してから出掛けたことがないので、ルキ様とお出掛けしたいのですけれど……。勿論《もちろん》お忙しいと思うのでご都合がつけばで結構です。ただ、あの、アニカ様とも外出のお約束をしたいので、できればルキ様とご一緒できると嬉しいのですけれど……」

駄目ですか……？　と染まってしまった頬のまま問いかけると、綺麗に綺麗に微笑んだままルカスが「レオン、今すぐ帰っていいか？」と恐ろしく低く呟き、同時に腰を引き寄せる腕により力が入り私の足が浮いたわ……ッ！

ちょ、浮いてるっ！　浮いて……ッひゃあっ!?　背中の手が卑猥《ひわい》な動きを――っ！

「アルフォンスっ」

「一応大丈夫です、アニカと私で隠していますから」

「よしっ、とりあえず落ち着けルカスっ。醜聞はダメだってさっき言っただろうっ」

「ふふふっ、ツェツィーリア様のおねだりがルカスに効きすぎて笑えるわ」

「アニカッ！　ナニ楽しそうにしてるんだ、お前の弟だろが！　止めろよっ」

「レオン……お兄様にも言ったのだけれど、ルキを止められるのは彼女だけよ？　先程のルキ然《しか》り、今然り。ツェツィーリア様があのクズのことを助けて差し上げたんだから、ツェツィーリア様に優しくしなさいな」

アニカ様の発言にレオン殿下がぐっと詰まった。けれど、アニカ様の美しい口からクズ発言が出た衝撃が凄いわっ。そんなアニカ様をアルフォンス様が愛《いと》しげに見つめてるのが正直意味不明……。うん、仲睦《なかむつ》まじいのはいいことだから深くは考えないでおこう……。

そして私の足がまだ宙に浮いてるんですけれど……と思いながらアニカ様からレオン殿下に視線を移すと。

「……まさかと思っていたんだが、まさかかクライン嬢……っ？」

珍しく動揺を隠さないレオン殿下の問いかけに息が一瞬止まったわっ。

ま、まさか……とは、まさかのことですよね……っ？　そうよね、そう思うわよね……っ。

そっと視線を外して返事を返す。

「……あ、の、っ、はい……ッ」

「――ツマジか……」

だから別人みたいだったわけか……とどこか愕然《がくぜん》とした声で呟くレオン殿下に、羞恥と心苦しさでいっぱいになったわ……！

本当ごめんなさい……っ六年もフェリクス様と一緒にいたのに、たった半月も経たないうちにルカスに心を寄せてしまった自分が恥ずかしくて仕方がないわ……っ。恋は落ちるものって言ったの誰かしら、凄い的を射てます、天才ね！

今度血流コントロールを学び直した方がいいんじゃない？　と助言してくるミニツェツィに激しく同意していると、ルカスが更に追い打ちをかけてきた……っ。

「あぁツェツィ、そんな顔をしないで。嬉しくて堪らないのにそんな表情を見せられたら今すぐここで唇を奪いたくて堪らなくなる……いや、いっそ……」

ぁぁあああ駄目だめダメ！　いっそとか言っちゃ駄目ぇっ！

ルカスったら堪《こら》え性がないわっ！　しかもストッパー役が圧倒的に少ないのがむしろフェリクス様より面倒なタイプかもしれないっ！

「ご、冗談をルキ様ッ、戯れも程々になさってくださいませっ」

下ろしてーっ！　とりあえず下ろしてー―っ！　そして顎から手を離してっ！　ハイっ、そこの侍女も残念そうな表情をしないっ！

周囲にバレない程度に睨みつつルカスの胸を押して拒否を示すと、あからさまに溜息をつきながら渋々腕から力が抜けて足が床についた。

ほんの少し離れた距離に寂しさと共に安堵《あんど》の吐息を吐き出すと、ルカスは愉《たの》しそうに小首を傾げて私を羞恥の渦に引き落としてきた。

「では、あなたに会うために頑張った俺にあとで沢山ご褒美をくれますか？　俺の愛しい婚約者殿」

「――ッ！」

金の瞳に渦巻く焔《ほのお》を見つけてしまい、戦慄《わなな》きそうになる口元を必死に上げて耐えたわ……っ。

アナさんの「ルカス様、本当に懲りてないですね……」という若干の呆れを含んだ声も。

ケイトさんの「ハンナさんのアレを受けた上でコレなのがむしろ尊敬してしまうわ……」という恐れを含んだ声も。

アニカ様の「まぁ、ルキったらそんな表情ができたのね。いいモノ見たわ、お兄様に教えて羨ましがらせましょう」というウキウキした声も。

アルフォンス様の「明日は焼きガチョウですね、アニカ」という嬉しそうな声も耳を素通り――はしないわ！

待ってまって、落ち着いて。……どうしてアルフォンス様が焼きガチョウを楽しみにするの⁉　そしてアニカ様が「そうね！　そうだわ、どうせなら皆で食べましょうよ。ねぇアナ、私たちがそっちにお邪魔しても大丈夫かしら？」と今後の予定を立てだしたことが衝撃的ぃっ！

ヒィッ！　アナさんがサムズアップして「勿論でございます」って頷いたっ！

味方っ、味方が欲しい……と視線を動かすと、「……俺も食べに行こうかな、焼きガチョウ……」とポツリとレオン殿下が諦めたような笑顔で呟いていた……。

ナニ達観しちゃってるんですか、王太子殿下ぁああ！


ゆっくりとお湯に浸《つ》かって重いドレスで疲れた身体を癒《いや》し、長い髪をタオルで乾かしてから薄く香る花油を塗り込む。

乾燥しないようにと丹念に顔や身体にも化粧品を塗られ腕や足をマッサージされてうっとりしていると、気遣うような声音で話しかけられた。

「まさか今夜もルカス様がご帰宅できないなんて……残念ですね、ツェツィーリア様」

「フィンに記録水晶を渡してレオン殿下を脅してもらいましょう。誓紋に弾かれたところも言質もバッチリ記録されてますから、きっと数日後にはお休みをもぎ取れるかと思いますわ」

「私なんてツェツィーリア様の麗しいお姿を間近で見ることも触ることもできずにひたすら夜会会場周辺の狩りをしてたのに……っ。許すまじ王家と虫どもぉっ！」

……何だか気になる単語があったのだけれど、突っ込んで聞いて大丈夫かしら……。むしろ聞かない方が精神衛生上安全な気がするのだけれど。

よし、もう今夜は疲れてるしここはスルーで。いつもツッコミすぎて要らない情報拾っちゃってるし……と思っていると、アナさんとケイトさんがエルサさんにニヤニヤ顔を向けだした。

「シャンデリアの光を浴びて佇む憂い顔のツェツィーリア様……素敵だったわぁ。男女問わずにレオン殿下よりもツェツィーリア様に視線が集まってたもの」

「くっ……」

「かと思えば侯爵令嬢らしく隙のない笑顔で虫《クズ》にバッサリ言葉を返すお姿を見せていただけて……流石の貫禄《かんろく》でしたわっ」

「ぐぅ……っ」

貫禄って……何故かしら、褒め言葉なのに褒めてない感じがする。あとエルサさんの涙目が凄い。

「濃紺の髪に金色の瞳のアニカ様が夜の女神なら、飴《あめ》色の髪に森の緑のような瞳のツェツィーリア様は花の女神。お二人が並び立つところなんてもうもう……っ」

「アニカ様の美しさで大抵のご令嬢は霞んでしまうのだけれど、流石ルカス様が見初めた方ですわ。霞むどころか並び立てる上に清廉ながらも醸す色気がもうもう……っ」

「ぁぁあああズルイぃい……アニカ様とツェツィーリア様のツーショット見たかった！　ものごっつ見たかったぁ……っ！」

「凛《りん》としてシャンとしてふわぁのトロンよ！　ねーっケイト！」

「ねーっ！」

「うぁぁぁぁっ！」

ヒッ、エルサさんが滂沱《ぼうだ》の涙を流して床を叩きだしたんだけれどっ。ドゴスッドゴスッてちょっとあり得ない音が……っ。床板ぶち抜いたりしないわよねっ？

そしてそんなエルサさんを見るアナさんとケイトさんのニヤニヤを超えたニマニマ笑顔が酷い。二人とも美人なだけに想像を絶する顔だわ……。

あと最後のアナさんの台詞《せりふ》が全然わからないんだけれど。ケイトさんは「ねーっ！」って同意してたけれど、わかるの？　今のでわかっちゃうのっ？　以心伝心とかいうヤツなのっ？

なんかもう、使用人たちの会話が謎すぎる……そう取り留めもないことを考えながら、三人のポンポン飛び交う会話でどこか弛緩《しかん》していく空気を楽しんでいると、エルサさんが涙と言わず鼻水まで垂らしてバッと顔を上げて叫んだ。

「ク……ッ！　私だって次こそはツェツィーリア様のお傍に侍るんだからっ！　今度はアナかケイトは狩り変わってよっ！」

「そんなこと言っても、ルカス様のご指名だから仕方ないじゃない。それにエルサは私たちの中で夜目も鼻もダントツに利くんだし、夜会会場周辺の警備にエルサ以上の適任はいないわよ？」

「それがわかってるからルカス様もエルサに頼んだわけだし。ツェツィーリア様の出席される夜会に万一が起こったらエッケザックスが顕現しちゃうのよ？　怖いじゃない」

「でもでもぉ……っ」

なんか、エグエグ泣くエルサさんに悲愴感が漂っててちょっと可哀想《かわいそう》になってきたわ。あと床を叩く音がうるさいからそろそろ止めてほしい。

そんなことを思いながら、手近にあったハンカチをエルサさんにそっと差し出す。

「……あの、エルサさんは夜会会場周辺の警備をずっとしていたの？　王城の会場は広いから疲れているのではない？　怪我はないかしら？」

それが仕事だと言ってしまえばそれまでだけれど、頑張りを認められるのは誰しも嬉しいもの。きっと言葉以上に大変だったはずだからと思い声を掛けた。

「……っ!?」

「わぁ……」

「うわぁ……」

「……っツェツィーリア様ぁぁあああ最高ですぅ……っ」

滝っ！　滝だわっ！　涙が滝ってちょっと凄い光景っ！

「お、落ち着いて……どこか怪我してるわけではないの？」

問いかけながらも、いつも助けてもらってばかりの私ができることと言えば治癒魔法くらいだからと、指先で陣を描いてエルサさんに施す。

「うあぁぁもう主従契約ルカス様からツェツィーリア様に乗り換えますぅうあったかいいぃぃ」

頑張って良かったぁぁあと幼子みたいに泣くエルサさんに動揺しつつハンカチで涙を拭いてあげ……ようとして、間近で聞こえた「……ズルイ……」の呟きに肩が揺れてしまった。

「……え、ど、どうしたの？　二人とも……」

いやだ、美人侍女二人が奥歯ギリギリ言わせちゃってる……！　もう意味不明すぎて私も涙目になりそうなんだけれど……っ。

「私も疲れてますっ！　物凄い疲れて今にも倒れそうですツェツィーリア様っ！」

「ちょっとアナ抜け駆けっ。ツェツィーリア様！　私も物凄くっ、ものすごーく疲れてますっ！　もう生まれたての子鹿かってくらい足が震えちゃってますっ！」

さぁさぁさぁっ！　と言わんばかりに叫ぶ二人にうっかり「あ、はい」と令嬢らしからぬ返事をしてしまったわ。

「はぁぁん温《ぬく》い〜最高ぅぅ〜」とぐにゃぐにゃ状態のエルサさんを横目に、若干の恐怖に急かされて二人にも治癒を施すと。

「……これほどとは……」

「噂には聞いてましたが……」

今すぐ王城までひとっ走りしてレオン殿下殺れそうだわ……と驚嘆の声を上げながらギラつく目で「クフフ」と嗤う暗殺者ズとぐにゃぐにゃで手がつけられなくなった幼女返りの侍女に囲まれて、もう室内が混沌《カオス》よ……。

ただの治癒のはずなんだけれど、陣の描き方間違えちゃったかしら？　ヤバげな生物に変換しちゃったような……脳？　脳に影響がっ？　そう戦々恐々しつつも。

「あの、いつも色々ありがとう。三人には感謝してもしきれないわ。でもレオン殿下もルキ様も、お仕事なのだからご帰宅できないのは仕方ないと思うの」

だからレオン殿下を殺しに行くのはヤメテね、と少し頬を引き攣らせながら言い聞かせた。

——結局、夜会がお開きになってもルカスは帰宅することができなかった。

討伐に出た境の森で予想以上の魔獣が出現し、それ自体はルカスがエッケザックスを振るって短時間で終結したけれど、討伐後の魔獣を放置するわけにもいかないと黒騎士副団長のカール様が森に留《とど》まって後始末をしていたらしい。

夜会終了直前に帰還の連絡が入り、諸々《もろもろ》の報告を聞いてからルカスを帰すと顔色を悪くしたレオン殿下に謝られてしまったわ。

寂しいけれどお仕事なら仕方ないと「レオン殿下が謝罪なさることではありません。殿下もお疲れですもの、お身体ご自愛くださいませ」と笑顔で答え、今にもレオン殿下を殺しそうな目で見ているルカスの腕に手を置いて「ルキ様も、ご自愛くださいませ」と治癒を施すと、ルカスは金の瞳を揺らめかせながら私の顎を取った。そしてじっと見つめながら親指でスルリと下唇を撫でられて、心臓が鼓動を速めてしまった。

いくら王族専用の控室で近しい人間しかいないからと言ってもレオン殿下やアルフォンス様、カール様までもいる中でキスなんてされたら、今後は二度と淑女ぶることができなくなっちゃうわ、そんなの駄目！　と思うのに。

……でもさ～待ち望んだ生ルカスよ？　キス、されたくない？　彼だってあんな目で見てるんだし。きっとニヤニヤされるだけで済むって～とミニツェツィが悪魔の囁きをしてくる。どうしましょう……っ！　駄目よ誘惑されちゃ……頑張ってわたしぃぃっ！

グラグラ揺れる理性と煩悩の狭間《はざま》で必死になっていた私は、ほんの少し眉間に皺《しわ》を寄せて涙目だったのだろう。そんな私の様子にルカスはハァ――……と盛大に溜息をついて名残惜しそうに下唇をフニっと一度刺激すると、手を離して肩にかかる後れ毛にチュッと口づけ囁くように低く「なるべく早く帰ります。だから行きたいところを考えておいて」と告げてきた。

そう言われてしまった私には、「……はい、お帰りをお待ちしております」と答える以外に選択肢はなかった――。

「それにしても」と口にするアナさんの声でハッと我に返り彼女へ視線を向ける。

「最近ルカス様の討伐の回数増えてない？　森の深淵《しんえん》付近に何か出たのかしら……」

「そうね、大型で強力な魔獣は基本的に深淵付近を縄張りにしていて王都近くの森にまでは出てこないはずなのに、変よね」

「まぁルカス様に討伐できない魔獣なんてこの世にいるはずないですけどね～。この間の火竜だってほとんど魔力使ってなかったらしいですし。ルカス様の本気見られることってあるんですかね～」

是非稽古をしたい～とまだぐにゃぐにゃしているエルサさんの言葉に、ルカスったらどこまでチート……？　と頭の片隅で思いつつも、やっぱり不安でアナさんたちに視線をやってしまうのを止められなかった。

「まぁ……ツェツィーリア様、大丈夫ですわ。ルカス様を信じてくださいませ」

「そうですわ、歴史を繙《ひもと》いてもルカス様ほどのエッケザックスの使い手はおりません。ヴェーバー元帥閣下も未だ現役と言って差し支えないですし、古代竜クラスが出たとしても英雄を二人も抱えているベルン王国に何の問題も起こりはしませんわ」

私の不安を除くように力強く笑う二人に「そうね、ルキ様だものね」と微笑んで答えると、エルサさんがボソリと「むしろツェツィーリア様に何かあったときがベルン王国が滅亡するとき……。ルカス様対ベルン王国の図になるんじゃないですかね」と呟いてきて、ホワンとした気持ちがサーっと散ったわ……。

何ソレ戦の規模が大きすぎる……！　やっぱり歴史に名を刻む悪女への道が生涯残される感じ

……っ⁉　万一そんなことが起きたとして、悪役令嬢から悪女へジョブチェンジかぁ……強そうだけどそんなのにはなりたくないっ！

そんなことを脳内でグルグル考えているとエルサさんが目の前を横切った――っ⁉

ベグショッと酷い音を立てて壁に大の字に叩きつけられたエルサさんに呆然《ぼうぜん》としていると、

「……何度言ったらわかるのかしらねぇ、エルサ。一言多いのよ？」

その空気読まないトコロ、いつ治るのかしら？　と、這《は》い回る煙みたいに重い声音で囁く美人暗殺者……もといアナさんが片手に鞭《むち》を持ったまま嗤って佇んでいた――。

「ふふふ」と恐ろしくにこやかに笑うアナさんと呆れ顔のケイトさんを交互に見遣り思うことは。

……エルサさんを殴る係ってケイトさんと決まってるわけじゃなかったんだぁ……ってチガウっ！

あぁぁ私ったら大分動揺してるわ。だってアナさんがハンナさんみたいでめっさヤバイ感じ……ッ！

しかも何かケイトさんよりアナさんの方が威力が半端ない気がする……っ。

全く動かなくなったエルサさんに呆然とするしかできないでいると、ケイトさんが暢気《のんき》に「アナったらやりすぎよ」と治癒魔法をエルサさんにかけた。

途端、「……ッだぁぁああアナ酷いっ！　一瞬お花畑見えたっ！」とエルサさんがガバッと起き上がってきて、あまりの驚きでビクッと身体を震わせてしまったわっ。

花畑見えるほどヤバイ攻撃をしたアナさんも恐ろしければたった一回の治癒魔法で全快するエルサさんもあり得ないと思うのだけれど……！　公爵家の使用人が未知の生物すぎる……。

「喚《わめ》いていないでアレを出しなさいな。……まさか持ってきてないなんてことないわよね？」

「うぅ……ありまずぅ……」

「出して」

「はぁいぃ……」

…………。

自分付きの侍女のあまりの恐ろしさに慄《おのの》き震えていると、エグエグ泣きながらエルサさんがどこからか白いシャツを取り出した。

え、まさか……？　と思う間もなく、受け取るアナさんが私に向き直ってニコリと微笑んで。

「ツェツィーリア様、本日もルカス様のシャツがございますわ。……今夜の夜会でご着用されたシャツですが」

どうされますか？　とにこやかに、それはもうにこやかに問いかけられて。

「……～っ」

青から赤に変わる自分の顔色を自覚しつつ余計寂しくなるとわかっていても、シャツにさえ縋りつきたくなるほどルカスに焦がれていたらしい私は、後ろに回ったケイトさんにされるがままガウンを脱がされ着せ替えられて。

「明日、王城にいるフィンと連絡を取ってルカス様のご帰宅について確認いたしますので、もう暫《しばら》くご辛抱くださいませ」

と生温かい視線を受けながら優しく諭され、羞恥で真っ赤になりながらコクリと頷く他なかった意志薄弱な自分に泣きたくなった――。

……あぁ、退出間際のエルサさんのサムズアップが腹立たしい……っ。

――寝れないわ。

静かな室内で自分の溜息が響くのを聞きながら寝返りを打つ。

瞼《まぶた》を閉じるとどうしても襟元から香るルカスの匂いを敏感に嗅ぎ取ってしまって、別れ際のルカスのあまりに熱い視線と溜息を思い出した。

触れた指先の熱も愛しいと呟くような髪への口づけも鮮明に思い浮かぶから、胸から喉元へ何かが暴れせり上がる感覚を懸命に抑えようと袖から出ない手で口元を覆って、またルカスの匂いを感じてどうしようもなく胸を焦がす。

そんな馬鹿みたいな悪循環を繰り返して、もうどれくらいの時間が経っただろう。身の内にどんどん溜《た》まっていくルカスへの渇望で徐々に熱を持つ身体を自覚せざるを得ない状態にまでなってしまった私は、ついうっかりルカスの親指を思い出して自分の指で唇を撫でてしまった。

——途端湧き上がる欲求に、肌が粟立ってズクリと疼《うず》く感覚がして。

同時に怒りのような感情も湧き上がって口元にあるルカスのシャツを噛み締める。

あれだけ焦がれる視線を向けてきながら、顎を持ち上げて私の気持ちを煽《あお》っておきながら、結局ルカスは己の感情を溜息一つで吐き出すと、キスはおろか抱き締めもしてこなかった。

私に与えられたのはたった一つの髪への口づけだけ……。

ソレのせいで、今、必死に隅っこに追いやっていたルカスに会いたい、彼に満たされたいと願う自分の欲望を否応なく実感させられていることに腹立たしさを覚えてしまい、むぅっと口を引き結んだ。

……これは私がイヤらしいせいじゃないわっ。いつも傍若無人に私を翻弄する彼が、髪しか触れてこなかったから少しだけ、ほんのすこぉーしだけ気になってるだけよ。

そう心の中で盛大に捲《まく》し立てるけれど口から零れたのは溜息で。

「……なぁんて。馬鹿なの私……」

あぁぁ情けない……と枕で顔を覆ってから、自分を叱咤《しった》する。

しっかりしなさい、ツェツィーリアっ。

恋愛脳に振り回されてると碌なことにならないわよ。フェリクス様とミア様を思い出して。いい見本じゃない。落ちすぎてしまえば身を亡ぼすのよ。足を掬われたくなければ常に冷静でいなくては。

というか、足を掬ってきたのはルカスだけどねっ！　敵は身内だったねっ！　そして凄い誑しだったねっ！　危うくあの女神顔に誑し込まれるところだったね！　むしろ誑し込まれた結果か！

そう心の中で盛大にツッコミを入れるミニツェツィに、ルカスへの怒りが再燃したわ……！

「誑し込まれてなんていないし……！　むしろ私がルキ様を誑し込んだのよっ。いつからか知らないけれど、ずっと好きだったたって言われたもの。ふっふーだ、ざまぁみなさいっ！　というかルキ様ったら咬み痕を夜会でお披露目とか何考えてるのっ!?　馬鹿なのっ!?　やっぱり変態なのっ!?　ルキ様の恋愛脳って私より数段マズイ気がするわっ！　ということは今現在ルキ様も私同様恋しさに苦しんでのたうち回ってるはず……」

室外に声が漏れないように口元を覆った枕にもごもごと呟いて、また「あぁぁぁぁ……っ」と自分のみっともなさを嘆いたわ……。

なんなのこれ……恐ろしいほどの独り言を吐いちゃった上に恋すると浮き沈み激しくなるのが特徴なの？　恋愛脳になると皆こんな風になるのっ？　恋愛脳、恐ろしい子っ！

……駄目だわ、起きてると動揺が激しくなる。無理矢理にでも寝なくちゃ……。

そう思い、ハァア……と枕に溜息をついて少し乱暴に寝台に寝転がると、自分の身体で踏んで引き攣れたシャツのボタンが外れてしまい肩がまろび出てしまったから渋々起き上がって服を整えて——ぶかぶかのシャツの隙間から見える薄っすらと残る痕に、所有を主張するように強く吸いついてきたルカスを思い出して唇を噛み締めた。

この部屋で、この寝台で何度も抱かれてる。

そしてこのルカスの名残のある身体がある限り、どうしたって彼を追い出すことは難しくて。私だけがルカスを求めているみたいなのが悔しくて憎らしくて――それ以上に愛しいから性質《たち》が悪い。

「……もう、どうしたらいいの……」

そうして沸騰する頭で処理できなくなった感情を持て余し始めた私に、イイ子のワタシが囁く。

会エタダケデ満足シナイト。

――わかってる。

見ツメラレテ綺麗ッテ言ッテモラエテ嬉シカッタデショウ？

――わかってる……っ。

ダンスダッテ踊レタジャナイ。

――わかってるわっ！　黙ってよっ！

……愛サレテイルノニ、コレ以上何ヲ望ムノ？　彼ハ第二王子デアリ英雄デ、私ダケノルカスデハイラレナイノ――。

「……っふ……」

醜い感情に辟易《へきえき》してしまって、つい吐息のように笑いが零れる。唇を噛み締めてゴロリと仰向けになり、目元を覆いながら「……信じられない」と自嘲気味に呟いた。

第二王子妃候補としての教育で何度となく「民の為に、国の為にあれ」と教えられた私が恋心に振り回され、たった一人にこんなに執心しているなんて。しかも私だけのルカスでいてほしいと思うなんて――こんなにも、好きになるなんて――。

「……ルキ、様」

ポツリと呟いたその声が。天蓋から下りる紗《しゃ》に吸い込まれ消えたその声音が。恐ろしいほどに甘く焦がれた音に聴こえて反射的にバッと口元を袖口で覆って――口内と言わず鼻腔から気管、果ては脳までもルカスの香りで満たされた感覚に襲われてつい息を止めてしまった。

そのせいで、ほんの少しお腹に力が入った途端――ジン……と、大事な部分が痺《しび》れたような感覚がして、もぞりと無意識に膝を擦り合わせ、……下着が、恥部に吸いついた感触にぶるりと身体を震わせた。

ドクンドクンと鼓動が速まり、妙な緊張が瞬時に身体を巡る。

焦りから浅い呼吸になりながらも必死に心臓を宥《なだ》めようと思わずシャツの上から押さえようとして――固くなった自分のソレがシャツ越しに目に入り、行為の最中のルカスがフラッシュバックして……もう、駄目だった。

「……ッ」

いけない……駄目っ、ダメよっ。まさかそんな。落ち着いて――そう、思うのに。

引き留める理性を振り切って腕が勝手に身体を辿る。

「ツふ……」

辿りついた先に触れた指先がしっとりと濡《ぬ》れる感触がした。

「……っぁ……るき、さま……っ」

つい名前を呼びながら指にほんの少し力を籠めようとして――。

「――なんですか？　ツェツィ」

室内を、低く深い音が満たすのに、文字通り、本当に文字通り身体をカチンコチンに固まらせた。

「……」

…………。あ、ら？　イマ。今のは。……幻聴？　よね……？

いやだわ、あまりに会いたいと思いすぎて幻聴まで。今時の幻聴って返事するのね凄いわフフフ。でも急激に頭が冷えたわ、ナニしちゃってるの私ったら。ヤダわ本当血迷っちゃってフフフ～……。

「ツェツィーリア？」

起きているでしょう？　と囁く声と共に、明確に聞こえる衣擦《きぬず》れと靴音に盛大に身体を震わせたわ……ッ。ぁぁああ嘘ウソうそよねウソって言ってぇぇえっ！

胸中で絶叫を上げると共にドックンドックン心臓が早鐘を打つ。

ヤバイよやばいよっやぁ～ぶぁ～いぃ～よぉぉおおッ！　早く手をぉぉっ！　手を退かしてぇっ！　何事もなかったかのように振る舞って！　ほら羊を数えて！　ここ一番の頑張りを！　王子妃教育の成果を見せてーッ！　と叫ぶミニツェツィに脳内で高速首振りで返事を返すけれど一向に身体は言うことをきかず。

呼吸が浅くなりどんどん潤む視界が唐突に陰って背中に冷や汗を流しながら息を呑むと――「ツェツィ？　ナニ、してるの？」と、恐ろしいほどそっと、どこまでも甘い声音で頭の上で囁かれて。固まる首を無理矢理動かし涙目で見上げると、金色に焔を灯《とも》したルカスが、私を見下ろしていた――。

キシィ、と寝台に腰掛けながら「ただいま、ツェツィーリア」と殊の外優しい声で言ったルカスに、挨拶ぅーっ！　挨拶返してっ！　もう起きてるのバレてるからっ！　ほらゆっくり頬を上げて！　はいにっこり笑って！　頑張って王子妃っ！　負けるな王子妃っ！　私ならできるさ大丈夫ぅぅっ！

とミニツェツィに猛烈な勢いで叱咤され、必死で口角を上げたわ……っ。

「……ぉ、おかえりなさいませ……っ、ルキ、様……あの、いつお戻りに？　お仕事は」

そう言いながらもそっと、そぉぉっっと腕を動かそうとして――ガシリッ！　と上掛けの上から腕を掴《つか》まれた……ッ!?　ヒッ動かなっ……ま、待ってまだ手がっ、あそ、アソコに……ッ！

「つい今しがたです。仕事もきちんと終わらせました。……あなたからご褒美が欲しくて」

頑張った俺を労《いた》わってくれるでしょう？　と焔を灯したままの金色を細めてにっこりと、それはもうにーっこりと微笑まれて、動かせない腕に猛烈に嫌な予感がしながら必死で話を逸《そ》らす。

「……っ、あの、でも、もう夜中ですしっ、お、お疲れでは」

「大丈夫、ツェツィの顔を見たら疲れなんて吹き飛びました。アルフォンスにも治癒してもらいましたし」

問題ありませんってそんなにっこり言われても、私には問題大ありなんですけれどもぉぉおお！

……治癒魔法使って体力回復しての帰宅か……うん、諦めよっか。会いたいって思ってたしね、と。

ポンポン背中を叩いて哀愁を漂わせてくるミニツェツィに諦めたらそこで試合終了なんだからね……っ！　と言い返す……。会いたいって、彼に満たされたいって確かに思った！　それは認めるわっ！　確かに思ったんだけれども……なんでイマなのぉぉおおっ!?

胸中で絶叫を上げながらも、「そ、うです、か……それは、なにより、デス」と大分片言になりながら返事をした私に、ルカスは小首を傾げた。

「ところでツェツィ？　頬が赤いし熱っぽいみたいだけど……体調が悪いの？」

そう言いながらも押さえた私の腕を片手に纏めると、空いた片手でスリ……と頬を、首筋を撫でてきて。

ちょっ片手で押さえつけられるとかどれだけ掌大きいの……って違うっ！　何をルカスの手の大きさに感心してるの私っ！　ってやだヤダぁっ!?　シャツのボタン外して……っ!?

「ツる、ルキ様っ！　や、脱がさないでくださ……っ!?」

半ば叫ぶ私を華麗に無視《スルー》して、ルカスは開いた胸元からスルリと手を入れてくる。私の左胸を下から持ち上げて尖《とが》った頂を指でツンと確かめるその馴染《なじ》んだ手の感触に、ブワッと毛穴から汗が噴き出し顔を真っ赤に染め上げた。

「〜ッ」

「鼓動が速いね。肌も汗ばんでるし、それにそんな瞳を潤ませて。怖い夢でも見た？　……それとも、ナニかあった……？」

さも気遣ってるような声音で顔を近づけてくるルカスは、けれども押さえつけた腕の力を全く緩めてくれなくて。

耳の中までドクドクうるさいのに、妙にルカスの優し気な声が身体に響く。……というかナニかあったって……ナニかあったって――ッこれ絶対勘付いてるぅぅうっ！

「ツゆめ、夢を見て……っ」とルカスがもたらしたもう一つの選択肢に飛びついた私に、彼はその美しい顔に浮かぶ笑みを盛大に深めて「ふふ、そう……夢、か」と呟くと、チュ……と労わるようなキスを落としてきたからついうっかり安堵してしまい、「……は、恥ずかしいから笑わないでください」と零した私に、彼はそれはそれは優しく、物凄い威力の口撃をしてきた――。

「ごめんね。でも、それはまた随分……恥ずかしくてイヤらしい夢を見たんだね、ツェツィ？」

指に蜜をつけるほどココを濡らして俺の名前を呼ぶなんて、と。

唇の上で囁かれると同時に唐突に上掛けを剥ぎ取られ、恥部にあった手首を掴まれて濡れた指先を眼前に晒《さら》されたあまりの衝撃に目を見開いて硬直した私に、彼は瞳を甘やかに細めて更に恐ろしい言葉を吐く。

「……イヤらしい匂いがするね、ツェツィ？　ご褒美が欲しくて柄にもなく頑張ってみたんだけれど、まさかあなたからこんなご褒美を貰えるなんて……」

「あ……、あ……ッ!?」

ルカスは掴む私の手をその綺麗な顔に近づけてスン……と鼻先で匂いを嗅いできて、その辱めにブワッと顔を真っ赤に染め上げる私を愉しそうに、けれど射貫くように見つめてくる。

薄暗い中で金色はほとんどわからないのに、そのギラつく瞳にゾクゾクッと背中を何かが這い上がった。

絡んで外せなくなった視線に呑まれて無意識に小さく首を振る私に、ルカスは瞳をトロリと細めてゆっくりと唇を押し当ててきて。

「――ふぅッ、んぅっ、ん……っ、ん、ぁ、ふぁ……ア、……ッ」

「……キスしたら下着の上からでもわかるくらい濡れてきた。ねえ、触ってみただけ？　それとも……ナカに入れたりしたのかな？」

状況についていけずされるがままの私を抱え込みながら、キスに反応した従順な身体をからかうように下着の上から指で確認して、堪らずその腕を掴んだ私にまた舌を絡めてくる。

「やっんっ！　ん、んぅ……っんッ!?　……ツンぅぅ！」

かと思うと下着の中にいきなり手を入れ指の腹で蜜を広げると、チュプンとナカに侵入してきた……っ。

「……ハ……、トロトロだけど、ナカは狭い……入れてはいない？」

「ふアあッ!?　やっ、やだルキ様ぁ……っ！　そこ……ッそこいっしょは、ダメぇ……っ」

なんの確認んんっ!?

そう胸中で叫びながら濡れた指先で敏感な豆をクリクリと刺激され反射的に背中を仰《の》け反《ぞ》らせて反応してしまった私に、ルカスは耳元で「あぁ、コッチか」とさもわかった風に呟く。

羞恥心を煽る言葉に涙目になりながらルカスを睨むと彼は「怒らないでツェツィ……あぁ、一回イッたほうがしやすいかな？」と一人で変な方向に……多分私にとっては恐ろしい方向に納得して、おもむろに指を増やすと私の弱いところをピンポイントで刺激してきた……っ！

ルカスに触れられる悦《よろこ》びにあっさりと屈服した身体に歯噛みしながら、ビクリビクリとシーツを蹴り上げて絶頂した私を、彼は嬉しそうに撫でてキスを落としてくる。

俺の指、好き？　吸いつきが凄いよ、と耳殻を甘噛みされながら囁かれて、聞きたかったその声でイヤらしい内容を呟かれ脳が沸騰すると同時に下腹部に力が入り、囁かれた通りに彼の指を締めつける。

ダメもイヤもこんな状態ではなんの抑止力にもなりはしないし、完全に身体はルカスを受け入れる態勢を取ってしまっていた。

そんな私の状態を当然の如《ごと》く理解しているルカスは敏感になったナカを堪能するように指を出し入れしてきて。その刺激が堪らなくて、——もっと欲しくて。

「……ひ、ぅ、るき、さまぁ……あっ……！」

「……今日はなんだか欲しがりだね、ツェツィ」

ルカスの腕を力の入らない手で必死に掴むと彼は小さく笑いながら指を唐突に増やして突き入れてくるから、私は堪らず仰け反って彼の腕を離してしまった。

「あっ！　あァっ……！　あッ!?　いやぁ……っ」

そうして彼からもたらされる愛撫《あいぶ》を悦び受け入れようとして——けれど上り詰める前に指を抜かれ

て喪失感に口を戦慄かせてしまった。

堪らず離れたその手に縋りつこうと伸ばした手首を逆に掴まれ、蜜に濡れた私の指を口に咥《くわ》えられ ぴちゃりと舐《な》められる。それから唾液で光るその指をまた私自身のひくつく場所へ戻されて、……情欲で濃くなった金の瞳に促され心臓がドクドクドクドクとうるさいほどに早鐘を打った。

まさか。

「……ほら、ツェツィ」

まさか……っ。

「今みたいにやってごらん？」

「――ッ」

チュッと優しい口づけを落としながら突き放す言葉を吐くルカスに愕然としてしまい、「う、そ」と吐息のように疑問を零した私に、彼は「ん？」と小首を傾げてきて。

「久しぶりで加減が利かないかもしれないし、せっかくだからツェツィはこのまま続けて俺に見せて？」

それを見ながら俺もするから、と。その美しい顔からは想像もできない信じられない言葉をルカスは吐いて、呆然自失となった私に口づけるとカチャリとベルトを緩め始めた。

……なに。何。ナニ？　彼は、ナニを、言ってるの……？

混乱する頭で「ルキ様……？」と呼ぶとその美しい顔で甘やかに穏やかに微笑み返してくれるのに、彼は返答をせずにシャツを脱ぎ捨てチャックを下ろすと、下着に手をかけて既に固く張り詰めたソレを取り出した――。

そのあまりの衝撃と動揺に震える身体をズリズリと後退させてクッションがこれでもかと並べられ

たヘッドボードにビタンと背中をつけて首を振る。

「む、り、っむり、です」

ルカスの眼前でなんて、そんな、そんな、こと、できっこない——そう、思うのに。

「……さっき自分でシてたことをすればいいんだよ。ツェツィだって俺が欲しいと思ってくれたんでしょう？　会いたくて会いたくて堪らなかったんだ。このましたらきっとまた熱が出るくらい抱き潰して、さらに会えなくなるかもしれない」

「で、も」

……まさか抱き潰したせいで会えなくなったのっ⁉　ハンナさんとレオン殿下はグルだったっ⁉　と頭の片隅でツッコミを入れるけれど、それさえも今の私には些細なことで。

「……この前のことが、もう夢みたいに感じるんだ……だから愛し合ってることを確認したい。でも酷くしたくないから、だから」

お願い、ご褒美、頂戴？　と、懇願を美麗な顔全面に浮かべて言い募ってくるルカスに、叫び出しそうな感情が身体中を駆け巡ったわ……っ！

まさかのおねだり作戦っ！　しかもワンコ属性ですよっ！　流石チート、一人で何役もこなしますなぁ！　というか会いたくて堪らなかったってワッショーイ！　愛し合ってるってワッショーイ！

……だから、ほら、素直になっちゃいなよ。自分《わたし》だって会いたくて堪らなかったでしょう？　待ち望んだ生ルカスだよ、手を伸ばせば触れ合える上に、今だけはルカスは私の、私だけのモノ。少し頑張るだけで望んだモノが手に入るんだよ——そう囁く心の声に、ルカスの前では妙に脆《もろ》い私の理性はガラガラと崩れた。

ゆっくりと寝台を軋《きし》ませて近づいてくるその姿に、諦めとそれ以上の身を焦がす欲望が湧き上がりコキュンと喉を震わせる。

顔を背け。目を瞑《つぶ》り。ほとんど脱げた下着を足から引き抜いて……そっと、手を恥部にやった――。

「……ぅ、ふ……ッん、んっ……っぅう、だめ……っ」

キモチいい、けど……イケない……っ。

ルカスの指を辿るように必死に自分の指でソコを弄っているとユルユルとした気持ち良さは湧き上がるけれど、発散されないせいで身の内に淀《よど》のように快感が溜まる。その溜まる快感と情欲を灯した金色の瞳に見つめられてどんどん身体は敏感になっていくのに、確かに気持ちがいいはずなのに自分の指では満たされなくて。

コレじゃない、ルカスが欲しいと心と身体が悲鳴を上げ、私は顔を真っ赤にしながらもとうとう彼に懇願してしまった。

「る、るき、さま、ッ、も、シて……ほし……っ」

「ッ……あぁ、そんな目でツェツィが俺を見てくるなんて夢みたいだ。……でも駄目だよ。もう少し頑張って」

ね……？　と胸の尖りをわざと避《よ》けて舐めてくるルカスの頭を掻き抱いて「いやぁお願い……ッるきさま、ほしぃ……っ」と羞恥心をかなぐり捨てて、ボロッボロ涙を零して強請《ねだ》ったのに……私史上渾身のおねだりをしたのに……っ!!

変なところで忍耐力を発揮したルカスは「ツェツィのおねだり最高に可愛い……耐える価値あるな」と私のお胸の上で幸せそうに笑って、耐える宣言をしてきました……。

違うチガウちがうぅぅう!!　そっち耐えなくていいから！　空気読んで……っ今そういう場面じゃないでしょうっ!?　というかどうしてその忍耐力を夜会で見せてくれなかったのぉお!?　と心の中で

絶叫しつつ、おねだり作戦が別方向に効いてしまった衝撃でしばし呆然としていると。

「ほらツェツィ、もっと足を広げて？　それじゃ弄ってるところが見えない……あぁ凄い……ドロドロだ」

「ひゃッ、やっる、き、様っ！　〜〜〜ッ」

身体を離され唐突にグイッと膝裏を持たれて容赦なく股を広げられ、自分の指で弄って濡れるソコを凝視されてあまりの恥ずかしさにギュッと目を瞑る。イヤイヤと首を振り手で隠すけれど、ルカスは許さないと言うように恥部にある私の手を押さえつけた。

「駄目だよツェツィーリア、……ッ、俺が、まだ、イッてない」

そう彼は息を荒くしながら零して、私の指の上から自分の指を無理矢理押し込んできた。

そのゴツゴツした指でぐるりと腹側を撫で回され、わざと音を出すように出し入れされて。その刺激に、彼に触れてもらえた悦びに、私は堪らず甘い悲鳴を上げた。

「あぁッ!!　あっアッ！　る、きさまっ、ルキさまぁ……！　イッ……ぃやぁっな、んで……んぅッ、ん、ふ」

けれどルカスは私が上り詰める寸前で指を抜いて、その代わりみたいに深い口づけを落として私の文句を封じ込める。

「……ハァ、あぁ可愛い……その溶けた顔が堪らないねツェツィ。ねぇ、今、俺の指で、イこうとしてた？」

「……っ……ッあ、だ、って、っん、ンふぅッ……」

「ん……一人でイクなんて駄目だろう？　……あぁ、赤く熟れて蜜でドロドロだ……」

ルカスはその美しい顔でうっとり笑いながら掌全体で濡れた恥部を撫で回すと、私の愛液がついたその手を彼自身に塗りつけた――。

「……～ッ⁉」

「っ……ハ」

彼の手の中のモノが小さく水音を立てるのが嫌でも耳に入り、淫靡《いんび》すぎるほど淫靡な光景に私が口をハクハクさせて身体中を真っ赤に震わせると、ルカスは眉間に皺を寄せて物凄い色気を垂れ流しながら私を見つめて、緩く口角を上げてペロリと唇を舐めた。

「……ッ！」

ああぁぁわざと見せつけてきてるぅぅうッ‼　何あれナニあれ変態よーっ‼　何あれナニあれ腹立つぅーっ‼　腹立つくらい格好いいーっ‼　舌をペロリってワイルドな感じも格好いいーっ‼

そう脳内でわちゃわちゃと……あれ待って……？　待ってまっておかしい……ッ。ちょっと最近オカシイわ！　私は常識人で一般人だったはずなのに……っ。完全に変態なルカスに溺れ始めてるような……⁉　これがかの有名な好きになった方が負けってヤツっ⁉　あれ、でもルカスの方が先に好きになったはずなのにどうして私が負けるのっ⁉　私の方が好きになりすぎちゃったってことっ⁉　本当に誑し込まれちゃったってことぉっ⁉　ううぅ恋愛脳めぇぇえッ‼

マズい領域に片足を突っ込んだ気がする自分に盛大に嘆きながらも、懇願をサラリと流され指とキスで煽るだけ煽って終えられた悔しさからハーハー荒い息を吐きながら懸命に彼を睨む。けれど彼はそんな私の視線に少し困ったように微笑んでから。

「ツぁ、く……っも、すぐだから、ほらツエツィ」

もう一回、と。眉間に皺を寄せて自らを扱《しご》きながら口づけを落としてきた。

――どうして？

たまに触れる肌と絡まる舌の熱さから、ルカスだって相当我慢しているのがわかるのに。

手を伸ばせば指を絡め、名を呼べば愛しそうに頬を撫でてきて深いキスを落としてくれるのに、私がそれ以上を望むと微笑んでまだ駄目だとその先へ進もうとしない。そしてほんの少し、まるで怯《おび》えるみたいに瞳を揺らす。

キスのあとのほんの数瞬、躊躇《ためら》ってから身を引く。首筋から胸元、腹部と唇で辿ってくるくせに奥歯を噛み締める仕草を見せ、指を絡める強さは痛いほどなのに身体に腕を回してこない。

愛してるの囁きも、所有印を刻む行為も、抱き締めることさえしてこない彼に、だんだん私の心はジリジリと焦燥していき——結果、この野郎……と、変な方向に爆発した。

前世でも、性知識も男性経験も少なかった。行為自体がとても幸せで気持ちいいことなのだと実感したのはそもそもが前世今世合わせてもルカスとが初めてで。

いつも彼からしたいと言われるばかりで私からしたいと思ったことなんてなかったし、むしろ毎回翻弄されてばかりでそんなことを考えたことも……考える暇もなかった。

けれど今、どうしてだかいつもよりも求めてこないルカスに私は渇望のあまり腹が立っておかしな方向に振り切れてしまって、そっちがその気なら——と睨む視線を意図的に甘やかなものに変えてルカスを呼んだ。

「ルキ様?」

「ッ、なんですか、ツェツィ?」

……やっぱり我慢するのね——胸元へ伸ばした私の手を遮るように彼はさっと手を握った。

握る手の力は強いのに、一瞬引き寄せようとする素振りを見せるのに、小さく息を吐くと手の甲にキスを落とすだけのルカスに、控室での彼を思い出し頭が沸騰した。

どうして。どうして今は二人きりで誰も見ていないのに我慢するの？　どうしてそんな風に瞳を揺らすの？　口に出してくれないとわからない、わかり合えないのよ。

私は、あなたの婚約者でしょう……！

湧き上がる感情を笑顔に変えて、置いた手に力を籠めると反射的に支えてくれるのをいいことに膝立ちになり、私はおもむろにルカスに圧《の》しかかった。

「ツェツィっ!?　なに、ッ」

「好きです、ルキ様」

「――――ッ」

もう、ルカスったら圧しかかったのに倒れないし背が高いから膝立ちしないとキスが届かないじゃないっ、と心の中でプリプリと怒りながら甘く甘く囁く。するとルカスは息を呑んで珍しくも身体を硬直させたから、私はそんな彼をこれ幸いと追い詰める。

「はしたなくてごめんなさい……でも私、ルキ様に触れたくて堪らないんです。だから……駄目だなんて怒らないでくださいますか……？」

「っお、こらない、けど、ツェツィッ、待って」

「良かった。……だからルキ様も、私に触って……？」

「ッ」

私を止めようとしてくる大きな手を掴んで自分の頬へ持っていき小首を傾げてわざとそう尋ねると、ルカスは眉間に盛大に皺を寄せながらも目元を朱色に染めて、口の中でグゥと唸った。

葛藤するように奥歯を噛み締めるその姿に、情欲でドロリと濃くなる金色の瞳に胸がドキドキと高鳴ってどんどん大胆な気持ちになっていく。

脳内で、いいぞいいぞやっちゃえー！　これぞ誑し込み返し～！　秘めたるポテンシャルを解放だー！　とやんややんやはしゃぐ自分に励まされ、ルカスの剥《む》き出しになった胸元から我慢のせいか割れに割れた綺麗な腹筋をスルリと撫でる。

その刺激にビクッと震えるルカスの肩に手を置き、跨《また》ぐように膝立ちになってチュ、チュ、と口づけを落としながら開けたシャツから零れる胸を押しつけるようにルカスに身体を預けると、聞いてわかるくらいにルカスが焦燥の籠もった声を上げた。

「ま、待ってツェツィッ、どうしたんですかっ？　今夜はなんか」

「どうもしてませんよ、ただ……私だってご褒美が欲しいんです」

あなただって私にご褒美を求めたんだから、私だってあなたに求めてもいいでしょう？　と少しキツメの視線を向けてルカスを寝台に倒そうと更に身体を押しつける。

「いや、でも、……ッまっ、駄目だ待ってツェツィっ」

「待ちません」

流石騎士、無駄に筋力があるわね。

彼は片肘で自分と私の身体を平気で支えながら、もう片手で私を優しく、けれどグイグイと引き剥がそうとしてきたから、それならと言葉で拒否を紡ぐとルカスが呆然とした表情を浮かべた。

「は……、え、ツェツィ……？　本当どうし」

「……っどうしては私の台詞です!!」

カッとなって吐き出してしまった言葉をほんの少し後悔したけれど、私に問いかけてばかりのルカスへの苛立《いらだ》ちが上回って、その勢いで口を開く。

「ルキ様こそどうして我慢してるんですかっ？　どうしてちゃんと触れてくれないのっ？　どうして

……そんな不安そうな目をするのに何も言ってくれないのっ！　ルキ様の言う愛し合うってなにっ？　わたし、私は、あなたの」

婚約者なのに、と続けようとして——眼前の光景の衝撃に目を瞬《しばたた》いて、開けた口のまま固まってしまった。

……え、と、赤い……。今までで一番、赤いわ。人外美形が盛大に照れる姿とかお得を通り超して貴重すぎてどうしたらいいかしら。しかも照れながら葛藤しだしたわ。眉間の皺が凄い上に目が彷徨《さまよ》ってる。

でも葛藤はわかるにしても、どこら辺に羞恥を催す単語があったのかしら？　むしろ私が羞恥を催す方じゃない？　というかあまりの予想外の出来事になんだか冷静になってきちゃったんだけれど、婚約者に圧しかかって襲いかかった上に軽く癇癪《かんしゃく》を起こすとか、もう私……色々終わってない……ッ!?

そうして私の血の気がサーっと引くのと、ルカスが口を開くのは同時だった。

「俺は……ッあなたに、嫌われたくないんです……っ」

……えーと？　それも私の台詞な気が……と動揺で目を白黒させながら「いえ、あの、好きです、けれど」と頓珍漢な回答をルカスに返すと、彼は全く怖くない睨みをきかせてきて。

「っ俺だって愛してますっ！　だから……ッ、これ以上、みっともないところを見せて嫌われたくなくて……あぁクソッ」

カッコ悪ぃ……と小声で呟き、私の目元を大きな手で覆ってきた。

え？　私なのっ？　普通自分の目元覆わないいっ？　と胸中で動揺のあまりツッコミを入れつつも、彼の心を聞きたくて促すように小首を傾げると、耳に馴染んだ声が言葉を続ける。

「だから、その、夜会で……嫉妬を露《あら》わにしてしまってみっともなかったでしょう……？　ツェツィが止めてくれなかったらあの場であなたを辱めるところだった……」

勿論見た人間は処分するけれど、と呟く婚約者様が怖すぎる……っ!!

あっぶな……っ!!　辱めって……本気でドレスの紐外そうとしてきてたッ!!　しかも自分で見せといて殺る気なのが無茶苦茶じゃないっ!?　あの時の私グッジョブ!!

衝撃でコキュンと喉を震わせた私に、目元を覆うルカスの手までが震えた。

「……俺は、ツェツィのことになるとオカシイんです。他の物事には一切感情がぶれないのに、あなたのことになると歯止めが利かなくなる……っ。自分でも自覚してるのに、あなたを奪われたらと思うと堪らない気持ちになって……。正直、他の男がツェツィのことを見るのもイヤです」

目をくり抜いてやりたくなる……と零されて、またも喉を震わせてしまったわ……っ。自覚症状ありでコレ……っ！　やだわ私の好きな人が完全に病んでるぅ……っ。でもどうして私ったら心臓をキュンってさせてるのかしら。流石に今のキュンはないんじゃないかしら？　駄目だめ一般人でいたいのに、ソコ片足突っ込んだらマズイからぁ……ッ。

脳内でグルグル悶えながら、たどたどしくも伝えようとしてくれる彼の言葉を大人しく待つ。

「けれどそんな俺の目の前で、あなたは第二王子妃候補として素晴らしい立ち振る舞いをして。なのに俺はツェツィの隣に立つのに、みっともない姿を見せてあなたに迷惑をかけた……。だから、レオンに仕事だと言われたときにきちんとしなくてはと思って。……別れ際だって、本当は抱き締めてキスしたかったけれど周囲の目がある場所での行為はツェツィは嫌だろうと思ったから、我慢したんです」

わ、私の行動でルカスが我慢を覚えたとか……！　いえそれ自体はいいことなんだけれどっ、なんで我慢するのとか私盛大に捲し立てちゃって……いやだ、私ったら本当にごめんなさいぃっ!!

なんだか背中を変な汗が流れ始めて心の中でハワワワ……ッと焦り始める私を知ってか知らずか。

ルカスはいきなり起き上がり私をぎゅうぎゅう抱き締めながら、拗《す》ねた声で言い募ってきた。

「ようやく帰れたら、あなたは俺のシャツを着て俺の名前を呼んでシてるし……っ！　とりあえずヤバイから抜かないとと思って必死にあなたに触れるのを我慢していたら、物凄い誘惑してくるし……っ!!　本当に理性が焼ききれるかと思った……ッ。だけど、今夜も酷くしてまた会えなくなって……もし、そのまま、嫌われたら、と」

そう思ったら、あなたに触れるのが怖くなった——。

私の胸元に額を押し当てて懺悔《ざんげ》のように零された彼の心に、息を呑んだ。

どうして思いつかなかったのか。私が不安なことは、きっとルカスだって不安なのだと。

彼は私以外を愛さないのだから、私からの拒絶を何よりも忌避するのに。誓紋を刻んでまで繋《つな》ぎとめようとしてきた彼をすっかり忘れ去っていた自分に嫌悪した。

受け止めようと思ったのに、両想いになれた幸せと自分の不安感で相手を思い遣れなくなっていたことに気づく。

手に入れたら、その幸せを味わってしまえば、それをなくすかもしれないという恐怖は肥大化するのに——。

「……ルキ様」

そっと呼びかけると、ルカスはあからさまに腕に力を籠めた。

「…………なんですか。今更俺に幻滅して離れようとしても、絶対赦《ゆる》さないし離さない」

……返事までの間が大分あったんだけれど。しかもあなた子供ですかってくらいに拗ね具合が半端ないのが、ちょっとホント可愛くてキュンキュンしちゃうから。私の恋愛脳がフィーバーしちゃうからっ。

　心中で悶えながら、けれど、とルカスに伝える。

「責めてしまってごめんなさい。嫌いになんてなりません。……でも、そういうことはちゃんと言ってくれないとわかりませんし、私だって不安になります」

「……っ、……ごめん」

　ぎゅうぅぅと抱き着くルカスの頭をよしよしと撫でながら、この際だと口を開く。

「それから、公式の場ではちゃんとしてください。醜聞はあなたと私だけの問題ではないのです。最悪王国の威信に関わる問題になりますし……一緒にいられなくなる可能性もありますから」

　そう言うとルカスは勢いよく顔を上げて、金色を濃く染め上げた。その目に恐ろしい光が宿るのを見て、暗に含んだ意味は明確にルカスに伝わったのだと感じる。

　王国を揺るがす醜聞など、王家は決して赦しはしない。英雄であるルカスは無事に済むかもしれないけれど、私は切り捨てる対象になり得るし、最悪処刑されてしまうかもしれない。

　……そうなると、ルカスがね……。

　本当にそうなった場合、誰も彼もが不幸になる未来しか見えない。

　もしかすると私は彼に気持ちを伝えない方が良かったのかもしれないとの考えも過《よ》ぎるけれど、今更そんなことを後悔しても遅いし、ルカスとする苦労ならきっと頑張れるとも思う。

　私だって好きな人と幸せになりたいから、今択《えら》び得る最善の選択を――。

「死が二人を分かつまでと言ったではないですか。まだ二人で始めたばかりです。一緒に幸せになりましょう？　……お仕事が忙しいようなら、今度は私が会いに行きますから」

　そうルカスに微笑んで口づけを落とし、金色の瞳を間近で見つめる。

ドロリと歪む光はまだあるけれど、未来を見据える光も浮かび始めて。私の言葉をちゃんと受け止めてくれる彼に嬉しくなっていると、ルカスが盛大に溜息をついてから疲れたように口を開いた。

「……他に何か……俺に言いたいことはある？」

自分の駄目さ加減に凹《へこ》みそうだけど、もうこの際聞いておくから……と、珍しく消沈した様子で、けれど真摯にそう言ってくれた彼に私はこれ幸いと思いを口にしたわっ。

「そうですね、まず、見える部分に痕をつけるのはやめてくださいませ。特に咬むのは絶対に駄目です。ドレスにも流行がありますから隠せないような痕は困ります。それから抱き潰すのもやめてください。女性には女性の情報戦がございます。今後お茶会への出席も必須になりますから、翌日も起き上がれなくなるなど社交ができません」

にっこり笑って一息で言うと、ルカスは眉間に皺を寄せた。

「その首筋と胸元を周囲に晒すのはやめてほしいし、ツェツィ抱くのに加減とか拷問……」

「ルキ様？」

何言ってるのこのヒト。全然反省してないじゃない……‼　まさか本当に聞くだけなんじゃないでしょうねっと睨んでしまう。

「……善処します。他には？」

ハアァ…と盛大に溜息をついてから、私に返事を返すルカスに胡乱《うろん》な視線を向けてしまったわっ。だって既に首筋にキスを落としてきてるのよ、このヒト……っ。

「ルキ様っ、本当にわかってます？」

「わかってる。ドレスで隠せない部分に痕をつけたら駄目なんでしょう？　触れてるだけだ……他には？」

「ッ社交界で、他の男性とお話しするくらいは、許容してくださいませ……ンぅッ」

唐突に咬みつくように深く唇を合わされて目を見開く。

「ふぅっ、ん、ンっ、んーっんーっぷぁ……ッルキ様……！」

「ごめん、つい。ツェツィのこの唇が他の男と話をするのかと思ったら遣る瀬なくて」

くっ……そんな縋る視線向けてきても騙《だま》されないわよ……っ‼　というかついって何っ⁉　ついでキスするとか聞いたことないわよっ！　さっきまでの忍耐をどこに置いてきたのっ⁉

大体オカシイじゃない。どうして私が悪いことを言ってるみたいな気持ちにならなくちゃいけないの……っ。しかも「ハァ……」ってまたあからさまに溜息つきながら、何故か胸を揉《も》み始めたし……！

「ルキッ、さまっ、ぁ、ちょっ、お話がまだっ」

「うん、他には？」

「ほか、って、これじゃ、話ができな……ひぅっ……ッ」

突然大事な部分に灼熱《しゃくねつ》の棒を押し当てられて驚いて下に視線をやり、息を呑む。

そう言えば行為の最中だったと思うと同時にヌルリと擦りつけられて。……ついた蜜が彼のモノに伸びるそのあまりにも卑猥《ひわい》な光景に、またも自分の身体がルカスに反応してしまっている隠しようもない事実に頬を瞬時に染め上げて。

「〜〜ッルキ様っ、いい加減にしてください……っ‼」

「………」

初めて彼に声を荒らげてしまった。

あ、止まった……って、——え？　……え、あれ？　え？　ど、どうしてそこで、笑うの……？

しかもそんなうっとりにっこり笑顔とか、意味わからないんですけれど……っ。

荒らげた声に対する予想外すぎるルカスの笑顔に動揺と混乱でうっかり固まっていると。

「ツェツィもそんな風に話すんですね……あなたに怒られるとか新鮮」

怒ってても綺麗で可愛いなんて、ツェツィにならなんど何度でも怒られたいな、とキラキラしい笑顔で甘やかに零しながら、私のシャツのボタンを外してくるルカスに呆然としてしまったわ……っ。

ヤバイ……ルカスの恋愛脳が振り切れてる……!!　怒られて喜ぶとか意味わからないわ……!!　というか怒ってるんだから反省してよっ!!　しかも何故かスル気満々に……!!

「る、ルキ様……っ」

「俺のシャツを着てるツェツィを俺が脱がすとか、なんかヤラしくて興奮するね」

「う……っ、これは、その、ッというか脱がさないで……っ」

「脱がないと汚れるよ？　あなたの蜜で俺のシャツが汚れるのも興奮するけれど」

それを使用人に見られても平気？　と愉しげに口角を上げるルカスのほっぺたをこれでもかと引っ張ってやりたいぃ……っ!!

「ですからっ、お話が先ですと言って……きゃッ!?　なに……あっ！　ジっ、ふぅ……っう、ゆび、やぁ……ッ」

いいわ怒られたいなら怒ってあげるわよっと再度声を荒らげようとした瞬間、腰を抱え込まれ恥部を隠していたシャツを巻き込みながら手を差し入れられた。ヌルつくソコをおもむろに割り広げられたかと思うと、敏感な豆に塗りつけるように前後に刺激されて堪らず声を上げてルカスの腕を掴む。

「話をするにしても、こんなトロトロにしてたら……シャツについてしまうよ？　俺は濡れたシャツを着るあなたも見たいからこのままでもいいけれどね」

ルカスはドロついたそこから引き抜いた手にチラリと視線をやるとトロリと金色を甘く染めて、こんなに濡らしてるくせに……と言わんばかりに問いかけてきて。羞恥で声も出せずに身体を震わせた私をうっとりと眺めると、またも指を濡れたソコに這わしてきた。

指を揃《そろ》えてナカに軽く入れられてはその濡れた指の腹で陰核をニュルニュルと押し回され、どんどん水音が大きくなるのが自分でもわかる。

快感に震える腰を引こうとしても抱き込まれていて逃げられず、イヤイヤと首を振ろうとした私の頭はルカスに抱えられ深い口づけで抵抗を封じられる。

「ふぅッ、んっ、ンっ！　んぁ……ッあ、だめっ、ソコだめぇ……ッ」

「凄い濡れてきた……いいの？　シャツ……」

汚れてしまうよ？　と大きな手で後頭部を抱えられながら唇の上で囁かれ、美麗な顔がそれはそれは甘やかに微笑むのを、ぐぬぬぬ……っと顔を真っ赤にして涙目で睨みつけ、掴んでいたルカスの腕を震えながら離してシャツをキュッと握る。

それでも恥ずかしさから躊躇っていると、ルカスはフッと吐息のように嗤いを零して指を再度動かしてきて、少し強めに外と中を擦られて堪らず嬌声《きょうせい》を上げた。

「ひぅッ、や、だぁ……ッ、まっ、まって、るき、さまっ！　あっ、アッ、ふ、ぅうう〜〜ッ」

手を止めてほしくて必死で首を振って奥歯を噛み締めるけれど、気持ち良さに声がどんどん甘くなるのが抑えられない。

どうしよう……でも自分でなんて……っ!!　というか脱いだら脱いだで絶対話なんてできないだろうし、でもでも私が寝間着代わりに着たルカスのシャツに行為の痕跡がついてるのを使用人に見られる上にそれを洗濯されるとか絶対勘違いされるわ……イヤぁっ恥ずかしくて死んじゃう……!!

恐ろしい想像をしてグルグル動揺していると、「あぁ、零れてきた」とルカスの囁きが耳に入って、巻き込まれたシャツが内腿《うちもも》に張りついた感触に、私は堪らずシャツをたくし上げた。

「っ……～ッ！」

自分が判断したとはいえ、わざとそうなるように――シャツをたくし上げて恥部を丸見えにするように差し向けられた悔しさに、口元を慄かせてルカスをこれでもかと睨む。

けれどルカスはそんな私に軽く口づけを落とすと「……残念、濡れたシャツを着てるあなたも見たかったけれど。でも、久しぶりのあなたを抱くならやっぱり全部愛《め》でたいかな」と胸にキスを落としながらわざとゆっくり脱がしてきた。

口端をペロリと舐め上げて、珍しくその美しい顔に少し意地悪そうな笑いを浮かべるルカスに、く……美形はどんな表情を浮かべても格好良いとかコンチクショー!!　と胸中で叫びながら急いで腕で身体を隠して。

「っ、ルキ様……っ、い、意地が悪いです……ッ！」

せめてもと顔を真っ赤にしながら言い放った私に、けれどルカスはこれまた楽しそうに笑い声を上げた――。

「あはは、ごめん、怒るほどの感情をツェツィに向けられたことが嬉しくて、ちょっと調子に乗ってるかも。……好きな人に格好悪いところを見せて嫌われたかと不安になって……でもそれを受け止めてもらって、赦されて。これからのことを話し合えることが、軽口を言い合える仲になれるのがこんなにも嬉しいものなのだと」

初めて知った……と小さな声で零された言葉に心を震わされてしまい、このぉ……！　と咬みつこうと開いた口をキュウッと閉じてしまったわ。

もうっ……もう本当にこの人は……!!　狡《ずる》いわヤメテよ、どうしていつもそうやって私をときめかせるの……っ!!

そうして私が苛立ちをキュンキュンする心で盛大に上塗りされて、へにょりと下がりそうになる眉を必死で制御していると、ルカスはニィッと口端を持ち上げた。

「……それにあなただって俺のことを煽ったじゃないですか」

眇《すが》めた瞳に色気を乗せて、空気を震わせるように囁いてくるルカスにギクリとする。

煽ったって何……っいやいやいや圧しかかって襲いかかったけれどアレはノーカンよねっ!?　だってアレはルカスがアレでアレだったたからアレなわけで……!!　ていうかそれ以外にもあり得ないこと言っちゃってる気が……っ!!　ど……どれの話ぃ……っ!?

ダラダラ背中に冷や汗を流して口を閉じる私に、ルカスは「ねぇ?」と促すように小首を傾げてきて、「な、なんの、ハナシ、でしょう」と盛大にどもるとにっこりと笑って片手を上げ、見せつけるようにわざとらしくシャツをヒラヒラとさせて「ツェツィだって俺のシャツで俺の名前を呼んでシてたでしょう?」と囁いてきた——。

瞬間、羞恥で脳が茹《ゆ》だって、身体を隠すのも忘れてヒラヒラされたシャツに手を伸ばしたわ……!!

「な、な、〜ッい、イヤっ返してっ!　今すぐ忘れてくださいませ……!!」

「無理だよ。このシャツを着る度にツェツィの甘い声を思い出してしまいそうだし。それに……」

俺を欲しがって弄ってみせてくれたでしょう、と、シャツに伸ばした手首を掴まれ指先に口づけを落とされながらあられもない痴態のことまで口に出され、ブワッと目を潤ませてしまった。

「ツし、信じられない……!　そんなこと口に出すなんて……っ、ルキ様の根性悪……!!」

私のときめきを今すぐ返してよ……!　とギィッと睨みつけて言い返したのに、「ふふっ、ごめんね？」と軽く、それはそれはかる～く返されて。

……ぁぁああはぁ～らぁ～たぁ～つぅぅうう……っ!!

そっちがその気ならこっちだって……!!

いいわ、軽口の言い合いを既に超えてることを気づかせてあげるわよ……！　愛する婚約者との人生初の喧嘩を堪能するがいいわっ！　今度は抱き締めて縋りつくだけじゃ許さない！　三つ指ついて謝らないと許してあげないんだからねっ！　と羞恥で爆発した私はオカシナ方向に怒りが振り切れた。

ルカスの手を振り払ってシャツを乱暴に取り返しそれを羽織ると。

「もういいですっ！　ルキ様なんて知りませんっ!!　もう私は寝ますっ!!」

とフンッとベッドに横になった――はずなのに、「それは駄目」という低い声と共に手品かと思うほどの早業でまたもシャツを剥ぎ取られて、呆然としてしまったわ……。

なんなのやっぱりルカスったら手品が使えるの……？　と、早業が衝撃的すぎて脱がされた余波でフルンフルン揺れるお胸を見ながらどうでもいいことを脳内で考えていると、圧しかかられて身体に腕を回され、肌と肌が触れ合う感触に息を呑んだ。

そのままうつ伏せで密着されて項《うなじ》に口づけられ、スルリと肩から腕、脇腹と辿られ――未だ濡れている割れ目に優しく指を差し込まれて腰を震わせてしまった私にルカスは甘く囁く。

「まだ愛し合ってないよツェツィ、煽った責任を取ってもらわないと。……それとも、寝てる間にイロイロされたい？」

「――ッ」

言葉と共にニュルリと長い指が割れ目を通り過ぎてソコに触れ、思わず身体をカチンコチンに固まらせたわ……っ。

けれどルカスはそんな私をしり目に濡れた指の腹をわざとらしくクルクルと窄《すぼ》みに這わしてきて、「ツェツィ?」と耳元で吐息のように囁かれ、私は首をぎこちなくも必死に振って意思表示をする。

「……ッぃ、や、です……っ」

イロイロって……っイロイロってぇ……っこわいコワイ怖いぃぃぃぃっ!!

ヤダよやだやだぁ……っ。いくら愛しててもソコは全然勇気が足りないというか当分先でいいというかむしろ一生しなくていいです、ご勘弁をぉぉおお……っ!! と胸中で絶叫を上げた私は、チョット無理ダワ頑張レヨ……と片言になって脳の片隅に逃げ込む分身に咽《むせ》び泣きながら手を伸ばそうとして——実際に恐怖からシーツを這った手をルカスに上から押さえられた。

「……ツェツィ? 逃げたら俺……焦って入れるトコロ間違えるかもよ?」と。耳孔に舌を入れられて淫靡な水音を脳にダイレクトに響かせられながら低く甘く脅されて、「に、逃げません、から……っ! る、ルキ様、ぉ、お願い、普通に……っ」と緊張で呼吸を浅くしながら懇願したわ……っ。

そうして窄みを這っていた指が割れ目に戻って酷く安堵すると同時にヌチヌチと弄られ「っア、ん……ッふぅ……っ」と甘く喘《あえ》ぐ。

下腹部を満たす甘い疼きがジワジワと身体に広がる感覚を涙を呑んで大人しく享受していた私に、けれどルカスはわざとらしく「ねえツェツィ? 普通に、ナニ?」と訊いてきて。

ナニこれ今日凄い意地悪日和ぃ……と思いながらも、言わないと恐ろしい目に遭うかもしれないという恐怖から「ふ、普通、に、ッ、シて、ください……っ」と恥を忍んでお願いした私に、ルカスはうっそりと嗤った。

「ふふ、やっぱり今日は欲しがりだね、ツェツィーリア?」

じゃあ愛し合おうか、と。胸をフニフニと揉みながら頬に口づけて、それはそれはご満悦な表情で嘯《うそぶ》く性悪美形にせめてもと「っちゃんと、言ったこと……っ守ってください、ね……っ！」と快楽で震える声を必死で吐き出した。

オカシイっ、オカシイじゃないどうして私は売った喧嘩を華麗にスルーされた挙句にルカスに脅されてるの怒ってたのは私の方なのにぃ……っ‼　と憤懣《ふんまん》やるかたない気持ちを甘く潤み始めた瞳に必死に籠めて睨んだ。

……そして今、わたくしツェツィーリアはきちんと意見を擦り合わせなかったことを猛烈に後悔しております――。

抱き潰さないの定義ってナニかしら……！　一回だけってルカスは言うけれど、結局彼の手管に陥落してる私では要らないポテンシャルを発揮して自爆するんじゃないかしら……⁉　というかルカスの言う一回の内容が濃すぎて既に私の身体は私の制御下にないんだけどーっ‼　でもっだったら……っどうしたら良かったのぉぉお……っと頭の片隅でオイオイ泣きながら尖り切った頂を指ですり潰され、ナカの弱いトコロを手加減なしにグチュグチュと撫で回されて、甘い叫びを上げています……。

「ツあ、あっ、んっ、ぅ、っあぁ…ッ！　……っ……ッハ、ぁ、ア⁉　いま、イッて、ヒ……――ッ！　〜っヤダやだぁゆび、ぬい……ッんぅーっ！」

燻《くすぶ》っていた身体はその強力な刺激にあっという間に上り詰めて。けれど乱れた息を整える暇もなく弄られ続け、堪らず首を仰け反らせ何度も高い悲鳴を上げた。

大きい身体に抱え込まれて触れ合うお互いの肌が汗でしっとりする中、数度目の絶頂に耐えられず上半身をへたりとシーツに横たえた私の腰をルカスはグイっと掴むと、圧しかかり長大なソレを上からゆっくりと刺し込んできた。

「――ヒッぁ、あ……イヤァ……っ！　ソコっ、そこもうダメ……っだめすぐイッちゃう、のぉ……！　るきさ、っヤメ……ッあぁーっ!!　……ッ、んっアッあっ！」

シーツをぐちゃぐちゃに握り締めて懇願した私に彼は「ぐ……ッツェツィ、愛してる……っ！　……クソッ、こんなに蕩けさせてダメだなんて嘘だろうっ……」と熱い息と共に掠《かす》れた声を吐き出すと、私を掻き抱きながら腰を押し込むように抽挿してきた。指ではない、彼のつるりとして弾力のある先と傘の縁で容赦なく感じるところを捏《こ》ねられて堪らずまた嬌声を上げて彼を締めつける。

「ッ、ハッ……ツェツィーリアっ、愛してる……っ会いたくて、こうしたくて堪らなかった……！」

「あァ……ッ！　ふぁっ……ハッ……、るきっ、さ……んぁッ!?　やだダメっい、まは、ア、あぁッ……～ハッ……!!」

「ック、まだ、……っ奥、突かせて……っ」

抱き締められ愛を囁かれて与えられる甘美すぎるほど甘美な絶頂にチカチカと眩《くら》む視界の中、今度は最奥を圧《お》すように突き上げられて肺から空気を吐き出して背中を弓なりにする。シーツと身体の間に差し込まれた固い掌に胸を鷲掴《わしづか》みにされ尖りをすり潰されながら揉み込まれ、その手を渇望していた心が多幸感で満たされると同時に湧き上がる快感に、離さないでと言うように内壁がよりルカスを締めつけて顫動《せんどう》するのが自分でもわかる。

肩口や項に唇を押しつけながら「っツェツィ、今日、いつもより、感じてる……っ？」と言葉で確認されて、恥ずかしくて頭を振ってルカスに否定を示すけれど、私の身体はルカスの声に正直に答えて彼を悦ばす。

「っ、締ま……っほんと、素直な身体、だねっ、ツェツィ……っ好きだ、好きだよ、あなただけを愛してる……っ」

「ツ、ぅ、ん、すき、るき……つるきさ、ア、すき……つるきさまぁ……！　も、アッあっ⁉　……っヒ、ダメなに、これ……ッ怖ぃ……っや、るきっ……あ、アッあっ……──ッ‼」

抱き締めてくれる腕に縋りついて、彼から与えられる全てを余すところなく受け止めて。伝えられる愛に必死で答えを返すと──素直な心に身体が反応して、打ちつけられた腰から脊髄を電撃が走った。その子宮が痺れたみたいな恐ろしい感覚に恐怖を覚えてルカスの腕に縋りついて──ぎゅうッと抱き締められながらも一際強く腰を打ちつけられ最奥を灼熱の塊で圧されると共に熱を吐き出されて。

脳が陶酔感で焼かれるような感覚と共に視界が真っ白に染まり、全ての音が消えた──。

──朝、ルカスに起こされると、彼はもう黒騎士団の騎士服を着ていた。

深夜に帰宅したのに今日も出陣なのかと驚いて飛び起きた私にルカスは楽しそうに笑って。

「良かった、思っていたよりも元気そうだねツェツィ。その感じだと次はもう少し激しくしても平気かな？」

と呆然とする私に軽く口づけを落としながらそれはそれはご機嫌な様子で言ってきて、騎士服で格好良さが何割も増した人外美形の悪戯《いたずら》っ子みたいな笑顔の威力にやられて「えーと…？」状態の私の顎をクイっと掴むと、わざとらしく眉毛を下げた。

「寂しい思いをさせてすみませんが、今日も帰宅できそうにないんです。でもちゃんと俺の代わりは置いていきますから……」

汚しても構わないよ、と低い声で耳元に囁かれ、え……？　と思う間もなく肩にシャツを着せられて、瞬時に脳が沸騰した私は考えるよりも早く手近にあった枕をルカスに振りかぶってしまったわ……っ!!

「……ッこ、の……根性悪ぅぅうううっ!!」

「ツテエ、ツェツィ、痛いよ」

痛いとか言いながら顔が物凄い笑ってるじゃないぃぃいいっ!! なんて人なの、夜中の根性悪が今朝も続いてるっ。こんな清廉そうな顔してるのに実際は性格悪いとかショックっ……のはずなのにキュンキュンしてる自分がちょっとショックぅっ!! 大体人の渾身の振りかぶりをあっさりと受け止めるとかどういうことっ!? せめてその美しい顔で受け止めなさいよ、私は怒ってるのよ――っ!!

そうして朝の挨拶も侯爵令嬢としての慎みも頭からすっぽり抜けるほどの羞恥と怒りに、我慢できずボスンッボスンッと枕でルカスを叩いて、私の持てるルカスに効くだろう最大級の武器を繰り出した。

「意地悪……! ルキ様意地悪です……ッ! どうしてそんな……ルキ様の馬鹿! そんな意地悪するルキ様とはもう口をききません……!!」

「っえ、ごめッぶっ……ツェツィごめんッやりすぎた本当調子乗りましたごめんなさい……ッ」

やった一発顔に当たったわっ!! そして平謝りしだしたわざまぁみなさい!! ……嘘でも嫌いと言えない自分の恋愛脳が腹立たしいけれど、凄い効き目だったから結果オーライよっ。

一矢報いたぞーっ!! やりましたなっ! おめでとーっ! とやんややんやはしゃぐ分身にサムズアップして荒くなった息を整えながらベッドに座り直す。

ごめんね言いすぎたもう言わないから許してツェツィ本当ごめんなさい、と完全に眉毛をへにょりと下げて動揺するルカスに、持ってた枕をぎゅっと抱き締めながらジト目を返す。

「……軽口も度が過ぎるとこうなるんですよ、ルキ様」

「……っうん、本当ごめん」

「人の羞恥を煽るのはやめてくださいませ」

「うん、……でも恥ずかしがるツェツィが可愛くて」

「ルキ様？」

「ごめんなさいもうしません。……多分」

たぁ～ぶぅ～ん～っ？　ちょっと、そこはちゃんと言い切りなさいよ……！　とギッと睨みつけるとルカスは困り顔で私の髪を一房掴み口づけた。

「あなたが見せる全ての表情が愛しくて……その瞳が俺だけに向くのが、本当に堪らない気持ちになるんです。だけどそんな風に本当に怒らせたいわけじゃなくて……」

やりすぎには気をつけます、と表情は困っているけれど甘やかに細まった瞳と声で零された言葉にうっかり口元が緩みそうになり、ふぐぅっと軽く頬を膨らませてしまったわ。

本当に本当にこの人は……っなんか昨夜のデジャヴなんだけれどわざとやってるんじゃないでしょうねっ？　その誑し技どこで身につけたの他の女性にそんな表情見せたら怒るわよ……!!

「ほ、本当に、気をつけてください……っ」

キュウッと愛しさで切なくなる心で結局それ以上言えず、大概私もルカスに甘いわ……と自分に嘆息しながら、枕で叩いた騎士服にホコリがついていないか確認する。気恥ずかしそうに金色を細めて安堵の表情を浮かべるルカスを見ながら、昨日の今日でまた討伐に出るとかいくら鍛えていても身体は大丈夫なのかしら……と思い——唐突に、昨夜のアニカ様の言葉が蘇《よみがえ》った。

鮮やかに思い出される薄茶色の髪と気恥ずかしそうに細められる同色の瞳。それから平凡な顔立ちにぶっきらぼうな口調——面影なんて一切ない。むしろ別人と言われた方が納得できる。そう思いながら、目の前のルカスを見つめる。

夜明け色の髪に王家の金の瞳。女神を模したみたいに美しく整った顔立ち……それほどに彼とルカスの姿形は違う。

……あの幼い少年に、恋心があったわけではないと思う。多大な憧れの感情は確かにあったけれど、今のルカスに向かうような感情は彼には抱かなかった。初恋と言えるほどの感情には育たなかったソレを、多分、似た仕草をするルカスに重ねて。護衛で会う度、助けてもらう度に知るルカスにいつの間にかその感情を育ててしまったのかもしれない、と心の中で独り言《ご》ちる。

けれど間違いなく今私はルカスが好きで、彼の全てを知りたいと私だって思ってしまったから。

教えてくれないということは私に言いたくないのかもしれない。言いたくないと思っていることを聞き出そうとするのは良くないことだとわかってるけれど。もし、彼がルカスなら。今度はルカスと、未来に繋がる約束を交わしたい——そう思うから。

トクトクなる心臓が徐々に速くなり、無意識に唾を飲み込む。

黒騎士団を示す胸元の金のエンブレムにそっと手を添えて、

「……ルキ様、悪いと思ってるならお詫《わ》びをしてくださいませんか……？」

と零すと、ルカスが小首を傾げながら「叶《かな》えられることなら何でも」と微笑んで言ってくれたから、嫌われるかもしれないと恐怖で震える心を叱咤する。

「会いたい人がいるんです」

そう小さく零した——瞬間、ルカスが凍りついたように無表情になり、彼の頬に添えた私の手をぎゅっと握った。

「……どこの、誰？」

細めた瞳で恐ろしい光を隠して私を射貫く彼に、必死で口を開く。

「ッく、黒騎士団にいると、元帥閣下に伺ったことがあります……っ」

「――ツェツィ、それは駄目だ、許可できない」

私の言葉に一瞬息を呑んだルカスは、突如業火のような怒りを金色に浮かべ、地を這うような声を出して、私は容赦のない力で押し倒されて寝台に弾む。

「キャッ……ルキ様っ、お願い話を」

「その可愛らしい口でまさか他の男に会いたいと強請るなんてな……ツェツィ、今のお願いは撤回して」

「ルキ様……ッあ、やぁ……っ！」

「聞こえなかった？　酷くしたくないんだ」

鎖に繋がれたくなければ今すぐ撤回しろ、と怒りで陰った金色で射殺すように見てきて、強い力で私を押さえつけ二度とこの部屋から出さないと言わんばかりのルカスの様子に、彼を完全に勘違いさせてしまったことを悟りつつ説明の難しさを胸中で嘆いたわ……！

「る、ルキ……ッひゃっ！　ヤッ、駄目っそこっ……あとっ痕つけないって……っ！」

「そうだね、痕をつけられたくなかったら早く撤回して……あぁでも、ついでにその男の名前も教えて？」

開けたシャツに手を突っ込まれ、首筋を軽く甘噛みされてビクリと震えて声を上げる。

ルカスに「ルキ様がルキ様ですよね」って聞いたって通じるはずがないから回りくどく言ったのが悪かったのだろうけれど……でもでもまさかこんなに他の男性の話を嫌がると思わなかったのよ。名前えって殺る気満々な気がするぅーっ!!　というか他の男性じゃないしっ、あぁもう声は優し気なのに瞳孔開いてて怖いぃっ!!

口端だけを上げた表情で間近から射貫いてくるルカスに慄きながら、それでも私は口を開いた。

「～彼はっ！　十才から元帥閣下のところで騎士を目指して鍛錬していました……っ！」

その私の叫びに、私の両手を押さえつけ肩に歯を押し当ててきたルカスがピタリと動きを止めた。

「っ私が十一才の、第二王子妃候補として初めてお会いしたときに……、彼は私の一方的とも言える約束に頷いてくれたんです」

約束、という部分でルカスは明確に肩を震わせて、ゆっくりと顔を上げて私を凝視してきた彼の様子に勇気を貰い、私は言い募った。

「私は、騎士となった彼に誇り守られるような王子妃になるから、そのときにまた会いましょう、と言いました……」

ねぇ、覚えているでしょう……？　だってあなただって言っていたもの。私を守るために近衛に入ったって……！

愕然と固まるルカスの顔を包み込み、涙で潤む瞳を合わせて私はそっと囁いた――。

「とても会いたい人なんです。薄茶色の髪に、金色がかった薄茶色の瞳で。……名前は、ルキ、と」

刹那、ルカスが息を呑んでバッと身体を起こし、口元を押さえた。動揺を隠せない声がその覆われた手元から聞こえて、私はゆっくりと身体を起こす。

「～ッど、どうして……ッ!?」

徐々に染まっていく彼の顔を見ながら、私はもう一度彼の頬へ手を伸ばした。

「彼は……ルキ様、ですよね……？」

確認大事、とうんうん頷く分身を脳の片隅に感じつつ、呆然と座り込んだまま私を凝視してくるルカスを膝立ちになって覗《のぞ》き込むと、今度こそルカスが盛大に息を呑み、「〜ッ誰だバラしたの……ッぶっ殺す……ッ」とかなんとかもごもご掌の中で小さく叫んだ。

「つご、ごめん、痛く、はしてない、と思うけど、怖がらせてごめん……っ。俺、もう出ます……ッ」

そう言って真っ赤になりながら私の肩を押して話を終わらせようとしたから私も堪らず、

「ルキ様待ってて。お詫びしてくれるって言ったじゃないですかっ！　答えてくれないと口きいてあげませんよ……っ！」

と返してしまったわっ。

するとルカスはビクリと肩を弾ませて視線を彷徨わせると、私の様子をそっと覗き込んできてキュンキュンしたけれど、グッと我慢したわ……あざと可愛いわねコンチクショー!!　そでも逃がさないわよっ！　さぁ答えてっ！　とベッドを下りようとしていた彼に身を乗り出す。そしてほとんど条件反射のように優しく支えてくれる彼の手にわざと身を委ねて、さぁ吐け！　とばかりに私は小首を傾げて彼を呼んだ。

「ルキ様？」

「……ッ」

「ルキ様」

「〜ッ」

物凄い葛藤してるわね……でももう一押しっ。

「……口をきかないってことは、当分キスも禁止ですよ？」

「ッ俺……ッです……っ」

やりましたー!!　やりましたね!!　いやいや案外チョロかった!!　悪女の才能ありですなっ!!　と

快哉《かいさい》を叫ぶミニたちと脳内でハイタッチをしつつ、目元まで赤くして珍しくも悔しそうに私を睨むルカスへ心の赴くままに満面の笑みを浮かべたわ……！　その私の笑顔にルカスは目を見開くと、眉間に皺を寄せて悔し紛れに言い返してきたから私も調子づいてそれに返す。

「～ッあなただって意地悪じゃないか……っ」

「まあ、ルキ様ほどではないですわ。大体ルキ様が叶えられることなら何でもと仰ったのではないですか」

そうしてフフンッと少し顎を突き出して笑うと、ルカスは、

「ッ！　クッソ、あなたが可愛くて腹立つのは初めてだ……っ」

と咬みつくようにキスをしてきたから、また一つルカスの一面を見られた喜びに湧き上がる心でその深い口づけを受け入れた。

その後、ずっとキスし続けていた私たちに申し訳なさそうに外から声が掛かり、私は真っ赤になりながら急いでルカスの騎士服の少し歪んだネクタイを直して、私のシャツのボタンを留めるのを手伝ってくれるルカスが「これで今日帰れないとか、境の森焼き払うか……」と嘆くのをよしよしと撫でて必死で慰め諌《いさ》めて送り出して。

次の日の夜に帰宅したルカスに当然の如く襲われ、恐ろしいほどの甘く卑猥な言葉攻めを食らって心の中でこのヒトちょっと手に負えない……と思いながらも、その腕に抱え込まれることに幸福を覚えて、囁かれた愛に甘い吐息で返事を返した――。

【番外編】


「行きたいところは決まってる？」

「え、と？」

「出掛けたいって言っていたでしょう？　明日休みが取れたんです。急だからそんな遠出はできないし、フィンたち護衛の都合もあるから行けない場所もあるんですけど」

お風呂上がりでまだ少し濡《ぬ》れている髪の毛をタオルで面倒そうにガシガシと拭きながら、そう申し訳なさそうに話すルカスを束《つか》の間ポカーンと眺めて、記憶をさらう。

お出掛け？　お出掛けのお願い……あ、確か夜会でそんなことをお願いしたわっ。あの日はなんだか色々ありすぎてすっかり忘れちゃってた……と思い返した。

お出掛けかぁ……お出掛け……お出掛け……ッ？

「そ、それはアニカ様もご一緒されるものですか……？　それとも、あの、ふ、二人で……っ？」

ふーたーりっ！　へイッふーたーりっ！　と脳内でどんちゃんやり始めそうになる分身に、まだわからないから羊でも数えててっ！　と胸中で返しつつ、視線を彷徨《さまよ》わせてしどろもどろと問いかけた。

「急なのでアニカには連絡してません。アレでも侯爵夫人ですし、アルフォンスの許可が必要なのでそれはまた別日程で予定してます」

だから明日は俺とツェツィだけです、となんでもないことのように答えられて、「そ、うですか」と俯《うつむ》き加減に答えて夜着のリボンを無駄に外して結び、また外して結ぶ……。

デートぅーっ!!　デートぅだったーっ!!

ど、どうしようっ!?　ルカスと二人で……っ好きな人と二人で初デートっ……!!　何を着ていけば

いいのかしらっ⁉　おめかし外出着って公爵邸に持ってきていたっ⁉　あぁっどうしよう……ッ‼

「……ツェツィーリア？　どうしたの？　明日何か予定入ってた？」

「ひぇ……っい、いえ、空いてます……っ」

こ、声が裏返っちゃったぁ……っ。

やだ、ルカスが小首傾《かし》げてこっち来たっ。ちょっと私落ち着いてっ。デ、デートなんて前世でしたことあったじゃない……！　ウィンドウショッピングしたり観劇したりご飯食べたりするだけよっ。それを、ルカスと、する、だけッ……っていつの間にかベッドに腰かけてめちゃくちゃ私のこと見てるぅーっ！　しかもどうしてそんな笑顔なの……っ。

「る、ルキさ」

「凄《すご》い嬉《うれ》しそうだね、ツェツィ？」

「えっ」

「そんなに喜んでくれるなんて、レオンを脅して休みをもぎ取って本当良かったな」

えっ⁉　私ったらそんなに顔緩んでるっ？　いやだ恥ずかしい……でもでも本当嬉しくて……って、え？　今聞き捨てならない言葉が……！　まさか、脅したのっ？　王太子殿下をっ⁉

「ルキ様っ」

「安心して、ちゃんと正規の休みだから。レオンにも休みがあるのに俺に休みがないなんて不公平でしょう？　ちゃんと申請は通ってるし、実際ここ最近は休みを取ってなくて、騎士団の事務補佐官が休んでないからってレオンに言ってくれたんです。だからたまには婚約者と一日ゆっくりしたって罰は当たらないくらい働いたと思うよ」

そう伝えられて、安堵《あんど》と喜びで緩み始める私の頬を優しく包み込むルカスの肩におずおずと手を差し伸べながら私も口を開く。

「……お疲れでしたら、お出掛けじゃなくてもいいですよ……？」

あなたと一緒なら結局どこでも楽しいと思うから。そう思いを込めてルカスの肩を撫《な》でると突然の浮遊感と共に膝の上に抱えられて、チュウッと口づけをされた。

チュ…チュ…と何度か啄《ついば》むと、ルカスはほとんど唇がついている状態で促すように瞳を細めてきた。おずおずと口を開くと厚みのある舌が入り込んできて、気持ち良さでクラクラしながら彼に応える。

「……っ、ン、ふ、ぁ……ハ……」

「……じゃあ、今夜から明日丸一日ツェツィを抱いてもいいですか？　確か明後日《あさって》も大した予定はなかったよね」

離れていく唇を辿《たど》るように視線を合わせると、ルカスはお腹《なか》を空かした肉食獣みたいにペロリと舌を出してにっこりと嗤《わら》いながら鳥肌が立つ提案をしてきたわ……っ。

「是非出掛けましょうッ」

血の上った頬を引き攣《つ》らせて返せば、彼は、

「残念、邸内の色んなところで隠れて抱いてみたかったんだけど」

と笑い声を上げながら悪戯《いたずら》っ子みたいな顔をして、それはそれは恐ろしい言葉を吐いて私の甘やかな気持ちを吹っ飛ばしてきた……っ。ナニそれ絶対断固阻止ぃぃいいッ!!

「し、しません……っ絶対に色んなところでなんてしませんから……！」

「そう？　一度でいいから外でシてみたいんだよね。日の光の下で誰かに見られるのを恥ずかしがって声を抑えて、でも感じて色づくツェツィを見られたら最高だろうな」

必死で断った私に、けれどルカスはわざわざ具体的に私の痴態を口に出して恐怖を煽《あお》ってきたっ。

て、邸内って室内限定じゃなかったの？　まさか外も込みなの……ッ？　外でするとかどんな状況なの……⁉　と驚愕《きょうがく》でルカスを凝視してしまったわ。

「……イヤ？」

「当たり前ですっ‼」

「そっか……まぁそれは追い追いでもいいかな」

追い追いも何も、しないって言ってるじゃないぃーっ‼　そう、口に出そうとしたけれど、突然寝台に転がされたかと思うと抵抗する間もなくシュルリと夜着のリボンを外され腹部にキスを落とされて、胸に当たった濡れた髪の冷たさに驚いて「ひゃんっ！」と悲鳴を上げてしまった。

「ルキ様っ、髪の毛冷たいですっ、ちゃんと乾かしてくださいっ」

「……ごめん」

「もう……ってナニしてるんですか……⁉」

「いや、ツェツィの声の可愛《かわい》さにちょっと理性が……」

理性がじゃないわよっ。何ゴソゴソ下着脱がそうとしてるの、忍耐力をどこにやったの――っ‼

「ちょっルキ様駄目ですっ！　乾かさないと風邪を引いてしまうかもしれないじゃないですかっ」

「……俺は引かないと思うけど、ツェツィは引いちゃうかもしれないか……」

あぁ確かに……ルカスって風邪とか引かなそう……と胸中でうんうん納得していると、突然風が巻き起こって天蓋の紗《しゃ》がはためいた。

「――っ⁉」

「……乾いたかな？」

「……」

ボサボサになった髪の毛を手櫛《てぐし》で後ろにかき上げるルカスに、もう呆然《ぼうぜん》としたわ……。

風魔法をドライヤー代わりに使うとか狂気の沙汰……っ。少しでも出力を間違えたら血肉が飛び散るほどの殺傷力が高い魔法なのに……！　しかも陣をすっ飛ばしてたわ。ナニこの人ちょっと本当に頭オカシイというか物凄い緻密な制御を難なくやりすぎだし、天才はネジ外れてる人が多いっていうのは本当かもしれない……っ!!

そうルカスのチートっぷりに戦々恐々としていると、またもゴソゴソと下着を剥ぎ取ろうとしてこられて慌てて抵抗する。

「あっ、ルキ様ダメですってば……！　やめ……っヤダヤダ今日は絶対にしません……!!」

その私の叫びにルカスはピタリと止まって……上げた顔は不機嫌さを盛大に湛《たた》えていた。

「……なんで？」

「な、なんでって……き、昨日だってしたじゃないですか……っ」

「だから？」

「だから、って……っ」

うわぁ物凄い機嫌悪い顔してるわ、めっちゃ可愛い……。なんか最近この人表情が豊かになってきたわね……ときめき度合いが増えて困るんだけれど……。

「理由がないなら今日もするよ。明日だってそんな早く出る必要はないんだし」

マズーイっ！　ときめいてる場合じゃなかった、これ容赦なくヤラれるパターンだわ!!　い、言いたくない……けど背に腹は代えられないわ……っ。

「……っだって！　ルキ様にされたら絶対明日辛《つら》い……から……っ」

「なんで？」

「う……っ」

「最近は激しくしてないよね？　今朝だって起き上がってたでしょう？　何が辛いの？」

今日はなんでなんで攻撃日和なの⁉　ジト目をヤメテったらトキメクからぁっ！

「だ、だってっ、ルキ様に、さ……されると、ッ、気持ち、良すぎて……っ私、オカシクなってしまうから……っ。お、起き上がれる、けれど、身体《からだ》が怠《だる》いんです……っ」

折角明日お出掛けなのに疲れて楽しめないなんてイヤなんです……っと最後は早口になりながら言い募ると、ルカスは「……ハァ――」と盛大に溜息《ためいき》をついて手で顔を覆ってしまった。

「ルキ様……？」

「言わせた俺が悪い、ケド、ホント、ツェツィが無自覚だとはわかってるんだけど……つら……」

スゲー抱きたいのに出掛けるのを楽しみにされて手が出せないとか……とぶつくさ呟《つぶや》きながら項垂《うなだ》れていくルカスに起き上がってそっと手を伸ばそうとすると。

「……動かないでツェツィ。ちょっとダメだ、触られたら無理だから。もーホント……悪いけど俺もう一度風呂に行ってくるから、先に寝てて。……絶対に先に寝てて」

私の顔も見ずにそう捲《まく》し立てたルカスは、伸ばした手を避《よ》けるようにベッドから飛び降りると扉へ向かっていき、直前でピタリと立ち止まると顔だけで振り返って、猛獣が唸《うな》り声を上げるように空気を震わせる低い声を出した。

「――寝てなかったら、悪いけど明日は出掛けられないと思って」

おやすみ、と。仄暗《ほのぐら》い中で金の瞳を妙に浮き立たせて囁《ささや》いて、部屋を出ていった。

そして私は湧き上がる感情に必死で蓋をして、震える指で夜着を直して大きな寝台に潜り込むと身体を縮こめて羊を数え、なんとか眠りについた――。

翌朝、ルカスではなく侍女たちに起こされた私は束《つか》の間固まってしまった。

ソファーの一角には大小様々な箱が置かれているのに未《いま》だ運び込まれる箱の多さに呆然としつつ、ベッドから下りようとしてカサリと手に当たった感触に視線をやり目を見開いた。

枕元には華奢《きゃしゃ》な金鎖に金の小花と小さく輝くダイヤがぶら下がったネックレスと、お揃《そろ》いの金の小花のイヤリング、そしてメッセージカードがついたついさっき手折ったような瑞々《みずみず》しい薄桃色の薔薇《ばら》の花束。前と同じ紺地のリボンで束にされているソレのふわっと広がる香りを嗅いで、震える指でカードを手に取り達筆な文字を辿る。

『可愛い人、あなたに出会えたことに心からの喜びを　L』

そう書かれたカードを目元に当ててしまったのはどうしようもないと思う。

まだデートもしていないのに既に心が満たされてしまって、朝から滲《にじ》みそうになる涙を必死で堪《こら》えていると、「さ、ツェツィーリア様、着替えをいたしましょう」と声を掛けられ、緩んだ顔が恥ずかしくて花束で口元を隠しながらいるはずの姿を探して口を開く。

「あの、ルキ様は……？」

「ルカス様は別室でご用意しております。準備ができ次第、玄関口で待ち合わせでございます」

「ま、待ち合わせ……っ？」

同じ邸内にいるのにわざわざっ？　と口にすると仁王立ちをした侍女ズがニンマリと口を歪《ゆが》めたわ。

「ツェツィーリア様、本日はルカス様との初めての外出です」

「ツは、い」

「わたくし共も護衛としてお供いたしますが、ルカス様がついていらっしゃるので基本二人っきりで行動していただきます、が、年若い男女が二人で出掛けることを、なんと言うかご存じでしょうか？」

デート、と言うのですよ、と目を眇《すが》めて圧力をかけてくる侍女たちに涙目しか返せなかった……。

真っ向から自覚を促され、頬を染め上げて視線を彷徨わせる私に「デートに待ち合わせはつきものです。ご理解いただけましたか？」と止《とど》めを刺してくる侍女が恐ろしすぎて、玄関口での待ち合わせを待ち合わせって言っていいのっ!?　というツッコミは当然できなかったわ……っ。

「ハイ……」と顔を真っ赤にして硬い返事を返した私に彼女たちは満足げに頷《うなず》くと、「では、着替えましょう」と箱を開け始めた――。

そして何故《なぜ》か凝りに凝った下着を着せられ、いやいや流石《さすが》にコレは……と侍女ズと攻防を繰り広げ、……敗北して、この勝負下着は絶対にルカスには見せないようにしようと心の中で決意しながらできましたとの声で鏡に映る自分に向かい合い――少し照れくさい気持ちになった。

白いオフショルダーのブラウスに柘榴《ざくろ》色の編み上げベストを着て、足首丈のスカートは深緑色。小さく覗《のぞ》くつま先は焦げ茶色のショートブーツ。髪は編み込んで片側に纏《まと》めて三つ編みにして垂らし、所々に小花の飾りを散らされて。お化粧も薄くはたかれ桃色のリップを塗っただけで終わったその姿は、確かに王都でよく見かける町娘だった。

いつもよりもほんの少し幼い雰囲気の自分に戸惑ってしまい、ルカスが贈ってくれたネックレスを指先で触りながら整えてくれたアナさんたちを振り返り「おかしくはない？」と訊《き》く。

「ツェツィーリア様はお顔立ちが整っておりますからお化粧が控え目でも全く問題ないです。むしろ最高です」

「いつもは上品でお綺麗《きれい》ですけれど、今日は清楚《せいそ》さと可憐《かれん》さの大売り出しって感じですね……大丈夫かしらルカス様」

「出掛けて即行で花宿に連れこフギャァッ!!」

またエルサさんが床に突っ伏したわ……。でも良かった、今回は殴る係はケイトさんだったわ。正直アナさんのあんな姿はもう見たくないのよね……と床でピクピクしているエルサさんを見ながら小首を傾げてしまったわ。

「……花宿って何かしら？」

「さぁさツェツィーリア様、ルカス様が玄関口でお待ちですわ」

「屋敷を出る前に変化の魔法を施さなくてはなりませんからお急ぎくださいませ」

えぇ……なんだか誤魔化された気がする上に急ぐ必要あるの？　と思いながらも有無を言わせない雰囲気に素直に階段を下りて玄関に向かった。

「……ツェツィ？」

「お、お待たせいたしました……」

玄関口に向かうとフィンさんと何か話していたルカスが振り向いて、私を見て目を見開いた。

そのルカスの表情に私はどこかおかしかったかと不安になって答える声が自然小さくなってしまう。

するとルカスは足早に私に近づいてそっと顎に手を添え、けれど何も言わずに凝視してきたわ。

「……あの？」

「……フィン」

「え？」

私じゃなくてフィンさんを呼ぶの？

「はい、ルカス様」

「婚約者が可愛すぎて辛い……」

「……何言ってんですかアンタ……いつものことでしょう。どうせ他の人間に堪能させる気ないんだから、辛いのはアンタだけです」

「……、ツェツィーリア」

「は、はいっ」

「もう……凄い可愛い、です……似合ってる、凄い、可愛い……」

ぁあ～信じらんない可愛いしか出てこないし、俺大丈夫か今日……とほんの少し頬を染めて口元を覆いながらもごもご何か呟くルカスに、「あ、ありがとう、ございます……」ともにょもにょ小さく返してしまったのは仕方ないと思うの……っ。

だって好きな人とのデートで格好を可愛いなんて褒められたの初めてなんだもの……！　しかも後ろでアナさんたちが「わぁ～ナニこれ何この空間」「ちょっとこっちまで照れるんですけどどうしたらいいかしら砂吐きそうっ」「ぁああ甘酸っぱぁぁぁっ」「俺の主《あるじ》の頭がどんどん悪くなってる気がする……」とコソコソ言ってるのが聞こえて居た堪れないぃぃい…っ。

恥ずかしさから俯いて前で組んだ手を無駄に握ったり開いたりしていると、ルカスが気を取り直すように深呼吸して「ツェツィ、幻影魔法をかけるから動かないでね」とチートが誇る圧倒的な魔力でブワッと魔法をかけてきて、「……どうだ？」とフィンさんたちに確認した。

「完璧です」

「変化ではなくて幻影とは……公爵家特別仕様町娘ルックな最高潮に可愛らしいツェツィーリア様を自分だけ堪能する気ですね、ルカス様……」

「私たちの頑張りをルカス様だけが堪能するとか……でも幻影で見せられているツェツィーリア様も可愛いからコレはコレでいいっ。それにここまで完璧に術を施されてしまうとツェツィーリア様の気配が辿れないわ。もうこれ隠れて護衛は無理じゃない？」

「少し離れてついていく分には問題ないだろう、どうせ二人の世界に入るだろうし」

「はいはーい、私王都で話題のクレープ屋さんに行きた〜い！」

もうコソコソ……もせずに堂々と話し合う侍女侍従たちの会話に、上級魔術の幻影魔法まで使えるとかルカスったらどこまでチートなの……と若干呆《あき》れた視線をルカスに向けようとして――ハタと気づいて目の前の超絶美形をマジマジと見つめる。

少しゆったりとした白いシャツに襟元には細い飾り紐、シンプルな濃紺のスラックス、同色のベストを着て焦げ茶色のシューズを合わせた、格好だけを見れば平民の若者だけれど、夜明け色の髪に金色の瞳、整いすぎた顔に均整の取れた長身がどう見てもお忍び貴族にしか見えなくて。これは当然……とついついルカスに満面の笑みを向けてしまったわ。

「……？　なんですか、ツェツィ」

「ルキ様も、ルキ様になるんですよね……？」

「――ッい、や、それは」

「そう言えばこの間のお詫《わ》び……していただいてないですわ、ルキ様。当然叶《かな》えてくださいますよね？」

「……ッ」

ふふ、そんな耳を赤くして悔しそうに睨《にら》んでも怖くないわよ。さぁ約束を守ってもらいましょうか！　とにっこり微笑《ほほえ》んで小首を傾げて催促する。

「ルキ様もルキ様に……？　ってバレてんじゃないですか主……ッぶっふぅザマァっ！」

「おおっ！　とうとうツェツィーリア様がルカス様をやり込め始めたわ……！　素敵……!!」

「お詫び発言も気になるけど、それよりもルカス様の照れ顔が衝撃的だわ……っ！　ディルク様とアニカ様に見せてあげなくちゃ……！　ケイトッエルサッ、記録水晶ちゃんと操作してるっ!?」

「バッチリよーっ!!　貴重すぎる映像だわっ！　これディルク様からお金取れるんじゃないっ!?　そしたらきゃっほークレープ食べ放題ーっ!!」

そうわちゃわちゃと興奮する侍女たちに、結構な頻度で照れ顔を見てるんだけれど……と心の中で首を傾げて、「ルキ様?」と呼ぶ。

「～ッぁあクッソ……ッわかりました！」

すると半ば投げやりな口調でブワッと術を発動されて──私は、束の間時が止まったかと思った。

薄茶色の髪。薄茶色の瞳。整っているけれど地味な顔立ち──記憶の中の少年が大人になって佇《たたず》む姿に暫《しば》し呆然と見つめてしまった私に、彼は気恥ずかしそうに瞳を細めてぶっきらぼうな口調で「これでいいですかっ？」と言ってきて。震える心から湧き出る感情を到底止めることなどできず、喉奥を焼くような感覚と共に涙が溢《あふ》れて頬を伝った。

あの幼い頃の一方的とも言える口約束に頷いてくれたばかりか、約束通り騎士になり何度も守ってくれた……なんて強くて、なんて、優しい人。

私の涙に目を見開くルカスに震える手を伸ばして問いかける。

「ツ、ツエツィ……ッ？　どうし」

「ツわ、私はあなたに……誇り、守られ、る、ような、王子妃に、なれて、いますか……っ？」

今では傷や痣《あざ》など全くつけて帰ってこないことが彼の努力を窺《うかが》わせて、心臓がぎゅうっと鷲掴《わしづか》みにされたみたいに苦しくなった。

私との約束だけで騎士になったわけではないと思う。けれどそれでも……どれほど大変だっただろう。どれだけの努力をしたのだろう。

どうしてそんなに強いの。どうしてそんなに優しいの。どうしてそんなに愛してくれるの――。

苦しいほどの恋しさにみっともなく顔が歪むのがわかったけれど止められなくて、俯いて嗚咽《おえつ》を耐える私をルカスは優しく抱き寄せて耳元で囁いてくれた。

「ツェツィーリア・クライン侯爵令嬢、あなた以上に王子妃に相応《ふさわ》しい人はいない。俺に強くなる意味を、……未来を与えてくれてありがとう」

伝えられた言葉に、とうとう私の涙腺は決壊した――。

どれくらいそうしていたのか、大きな腕に囲われたままルカスに渡されたハンカチで顔を押さえながらスンッと鼻をすすって、……耳と言わず首筋まで真っ赤にして俯いてしまったわ……ぁぁあああココ玄関口だったぁあああ……っ！　しかもどうしよう絶対顔ぐちゃぐちゃだしルカスにしがみついて泣いちゃったからルカスのベストも私の涙で濡れてる気がする！　本当ごめんなさいぃぃ……っ!!

羞恥と動揺で肩を強張《こわば》らせた私に気づいたのか、ルカスがアナさんを呼んだ。

「アナ」

「はいルカス様。すぐにご用意できます」

「ツェツィ、大丈夫？　アナたちが直してくれるから一度部屋に戻ろう……どうしたの？」

「あの、ごめんなさい……こんな泣いてしまって……。それに、ルキ様の、お洋服も……っ」

私、侯爵令嬢なのに……っ。絶対呆れられたわどうしよう。無駄に高い令嬢としてのプライドが邪魔して足が動かなーい……っもう本当ごめんなさいぃぃい……。

あまりの恥ずかしさに顔が上げられず、動きだせないままルカスのベストをギュッと握り謝ると、そっと両頬に手を添えられ、「どれ？」と顔を覗き込まれて息が止まるかと思ったわ……っ!!

「ッる、ルキ様っ!?」

「目が真っ赤なツェツィ、可愛い。あなたは泣き顔も本当に可愛いね」

ちょっと空気読んでよっ。泣きすぎて酷い顔してるから見せたくないのにどうしてわざと覗き込むのーっ!! と怒ろうとした瞬間、フワッと抱き上げられて驚いて首に縋《すが》りつくとルカスが自分の肩に私の顔を押し当てた。

「あなたの可愛い泣き顔を他の人間に見せたくないから、このまま部屋に連れていこうかな。少し我慢して」

深く優しい声で囁かれ壊れ物みたいに抱きかかえられて驚くと同時に、そのルカスの優しさに……自分を理由にして私に縋りつく言い訳を与えてくれたことに気づいてしまってまた涙が零《こぼ》れた。

震える唇で「あ、りがとう、ございます……っ」と必死にお礼を紡いで、彼の首に回した腕にぎゅうッと力を籠めてしまったのはどうしようもなかった――。

「あの、ルキ様、お花とアクセサリー……他の贈り物も、ありがとうございます」

カッポカッポと馬に揺られていつもより数段高い視界に少し高揚しながら、私を支えて片手で軽々と馬を操るルカスへそっと視線をやる。

「あぁ、届いたみたいだな。もっと買う予定だったんだけど、侯爵家から持ち込んだ物もあるし、クローゼットを整理してからってアナに言われたからまた今度贈る。他に欲しい物があったら家に呼んで買っていいよ」

あんまり高価なモノは流石に無理だけど別荘くらいだったら買えるから、となんでもないことのようにサラっと口にする、見た目平凡な若者が猛烈な違和感なんですけれどもっ。完全に平民の若者の体で、言ってる内容が今時の貴族でもなかなかいない大富豪のおじ様感満載なのが物凄いギャップ！

「大丈夫、です。コレも……本当、嬉しかったです。大切にします……ありがとうございます、ルキ様」

耳元と胸元で小さく揺れるイヤリングとネックレスに触れながら、――派手ではないけれど金を伸して作られた緻密で精巧な花と小さいけれど曇り一つない一級品の輝きを放つダイヤに、流石公爵家相応のお値段しそう……しかもルカスったら趣味がいいわ――お礼を言うと。

「あぁ、侯爵令嬢に贈る物としては地味だと思ったんだけど、ツェツィはあんまり派手なアクセサリーつけてるのを見たことなかったから」

喜んでもらえたなら良かった、とニコニコと微笑まれて、照れ臭い気持ちで微笑みを返そうとして……耳にキスをサラリと落とされてびっくりして少し声を荒らげてしまった。

「ツルキ様！　外ではやめてくださいませっ」

「今日は平民だからこれくらい普通だよ」

「そっ……そう、なんですか……？」

え？　平民って外で普通にキスとかしちゃうのっ？　ちょっとベルン王国の若者の風紀乱れてないっ？　頬はありだと思うけど、流石に耳やら首やら肩やらに人目を気にせずチュッチュするのは如何《いかが》なものかと……！　と目を白黒させてしまう。

「リア様、ルキ様の言ってることは真っ赤な嘘《うそ》です。騙《だま》されてはいけません」

「流石に平民でもそんなあからさまに外で行為をすることはないです」

「リア様可愛いぃぃ～」

「ルキ様……アンタ本当調子乗りすぎだぞ……」

そう周囲の侍女ズから忠告が入り、ギッとルカスを睨んでしまったわ……!!

「ルキ様っ！」

「バレたか。お前ら邪魔すんなよ……、少しくらいいいだろう？　折角別人になって……ルキとリアとして外に出てるんだから」

「ばっ……良くないですっ！」

バレたかって！　バレたかって言ったこの人ぉっ!!　私に知識がないのをいいことにっ!!

今日はお忍びだから、ルカスはルキ、私はツェツィーリアというあからさまに貴族の名前ではマズイからと、リアにしようと言われて別人気分を堪能しているけれど、それとこれとは別でしょうっ!?

「でもデートだよ」

「そ、うですケドっ！　普通っ、普通のデートがいいですっ!!」

初心者向けの一般的なデートをお願いしますっ!!　と声を荒らげると。

「普通の？」

「そうですっ！」

「デート？」

「ッそ、そうですっ」

「恋人同士がする？」

「そっ……～ルキ様っ!!　からかってますねっ!?」

何その満面の笑み腹立つぅぅうっ!!　というか今日のルカスは随分ご機嫌だわ、何故か根性悪が顔出してきてる！　でも残念ねっ、今日は見た目別人だからそう簡単にはときめかないわよ！　……

細めた瞳がほんの少し金色に見えたりしてもときめかないったらときめかない……っ!!

早鐘を打つ心臓を自覚しながらも必死で睨むと、ルカスはその私の視線すらも楽しそうに受け止めて「からかってない、確認しただけ」といけしゃあしゃあと宣《のたま》ってきた。

余裕綽々《しゃくしゃく》の婚約者にぐぬぬぬぅ……と歯噛《はが》みした私は、この苛立《いらだ》ちをどうしてくれようか……！と思って目に留まったそれに手を伸ばし、ルカスのマントの紐をキュッと握ってやったわっ。

「ツリア、リアさん、首、締まってるん、だけど」

「まぁルキ様、乱れていたから直して差し上げようかと思ったのですわ」

その性根の悪いところを、と目を眇めつつ微笑んで伝えると、ルカスが「……ツェツィも結構言うね」とボソリと呟いたから「今日はリアですものっ」とフンッとそっぽを向いて答える。すると耐えられないと言わんばかりに「ハ……っあなたは本当、怒っても可愛いな」と笑いを零しながら言われてしまい、「ルキ様？　紐、キツメに直してあげましょうかっ？」とルカスの喉元に手を伸ばそうとした瞬間、「ごめんごめん……ほら、着いたよ」と笑いを堪えて言う彼の声と同時に、目の前に飛び込んできた光景に息を呑《の》んだ。

溢れる人と騒音に目と耳が眩《くら》みそうになる。

ベルン王国の商業地、カステルクース。

王都の入口から王城の手前にある貴族街までを繋ぐ王国でも最大規模の経済特区であるそこは、騎士団が見回っていて治安は悪くないけれど輸入品などの取り扱いもあって外国人やギルドの傭兵《ようへい》も多く、揉《も》め事や事件は日常茶飯事で、高位貴族の令嬢は決して足を運ばない場所。馬車で通り抜けることはあっても自分の足で歩くことなど当然許されず、遠くから眺めることしかできなかった。

国とは、民とは。机上で学んでも実感など湧かなくて、沢山の人が生を営んでいる場所に行ってみたくて。けれど我儘《わがまま》を言うわけにもいかないから慰問をして少しでも自分の立つ国を知ろうと思った。

……どこに行きたいかと訊かれ、ダメ元で出した言葉にルカスは逡巡《しゅんじゅん》もせずに頷いてくれて。

「まぁ俺と一緒だし、アナやフィンもいるから大丈夫だろ」と軽く、それはそれはかるーく答えてくれて、あぁ確かに……と妙に説得力ある言葉に納得してしまったのは内緒よ……。

貴族街には一切ない……喧噪《けんそう》しかない、けれど生命力に満ち溢れた光景に目を奪われていると、

「お腹空いたよね？　嫌いな物とかある？　おすすめはパンに肉とか挟んで食べるヤツかな」

とルカスに言われ、ハッとなって彼に視線を移す。

「え、と」

「色々見たいだろ？　どこか入ってもいいけど、ここに来たいってことは歩きながら見たいのかと思ったんだけど」

リアに食べ歩きは厳しいと思うから、屋台とかで買って公園でシート敷いて食べるのがいいと思うよ、と小首を傾げながら言われ、うっかりルカスに見入ってしまったわ……！

ナニこの人、私の心読めるの？　公爵子息のくせに当たり前のように平民デートを提案してきてしかも違和感がなさすぎてビックリなんですけど……!!

「ルキ様……ここによく来るんですか……？」

「う～ん、よくは来ないけど……でもアンドレアスにこき使われてたときは結構な頻度で来てたかもな。師匠の好きな輸入物の酒があって、それ買ってこいって言われて来たり……昔は討伐に出るとどうしても手加減できなくてよく武具とか壊してたからそれを買いに来たりしてたし。あぁ、小さい頃は家族でもお忍びで来たりしてたよ」

「か、家族で……っ？」

え、公爵家の皆さんでお忍びでカステルクースにっ？　ナニソレ凄い見たかった……っ!!

軽く興奮している私に、ルカスは自然な動作で手を差し伸べてきたから私もついエスコートされる気分で指先をそっとその手に乗せると。

「そう、まぁ最近じゃないけど。……リア、今日はデートだよ。そうじゃなくて」

こっち、と笑いながらギュッと指を絡められ、しかも手の甲にチュッとキスを落とされて脳天が熱を持ったんじゃないかと思うくらいブワッと顔に熱が上った。

「る、ルキ様……っ」

「今日は平民の恋人同士だから、もっと近くても誰も何も言わない。それに治安は悪くないけど、それなりに荒っぽいのもいるから俺から絶対に離れないこと。……ま、離さないけど」

柔らかな微笑みの中で私を見つめる瞳の強さが際立って何故か息を呑んだ。

いつもよりも平凡な容姿、細まった瞳は薄茶色。ほんの少し癖のある柔らかそうな髪。どれを取ってもルカスじゃなくて。けれど醸す色気と深くて低い声、そして瞳の奥の熱はルカスで。

動揺なのか羞恥なのか……どんどん速くなる鼓動に、なんか、コレちょっと……浮気してる気分……！　とオカシナ方向に考えが行ってしまい、私今日一日大丈夫かしら……と心の片隅で思った──。

「まずはカステルクースきっての目抜き通りから行こう。お茶菓子とか軽食も買えるし、雑貨とか服とかを取り扱ってる店も多いから欲しい物があったら遠慮なく言って、リア」

「──わぁ……っ」

とりあえずお腹に何か入れて少し見てから、この先を行くと食品店とか屋台があるからそこで色々買って外れたところにある公園で早めのお昼にしようと提案されて、了承した私をルカスは楽しそうに案内してくれた。

目に映る光景にひたすら感嘆の声を上げて足を止めてしまう私に彼は急《せ》かすこともせず丁寧に説明してくれて。焼き菓子が好きな私におススメのお店を数か所選んでくれた中から、ここがいいと伝えると手を引いてくれた。

そうして選んだ丸く焼かれたレープクーヘンという焼き菓子を買って二人で食べる。立食自体は経験があるけれど、お皿もないしちぎって食べたりもしないと言われて緊張と高揚感でいっぱいになりながらカプリと口にして――美味《おい》しさに驚いてルカスに目をやると。何個か持ってたはずのレープクーヘンは既になくて、口端についた欠片《かけら》を親指で取る様に唖然《あぜん》としてしまったわ……。

凝視している私に気づいたルカスが、「ん？　どうしたの、口に合わなかった？　俺食べようか？」と顔を近づけてきて、引き寄せられるようにルカスの口元に運んでしまい、パクリと一口で食べるその様子をまた凝視する……。ナニこの人可愛いぃぃいいいっ!!　焼き菓子頬張ってる姿とか変化してない姿で見たかったーっ!!　きょ、今日は思っていた以上に凄い日かもしれない……っ。というかっ、どうしよう私の食べかけの焼き菓子もそもそ食べてる恥ずかしいぃぃ……っ。へ、平民の恋人同士って凄い……心臓持つかしら私……っ。

「リア？　あっちにリンゴのシュトゥルーデルあるよ、あれなら食べられると思うから行ってみよう」

「ッあ、はいっ」

「はいって」

もくもく動く口元を凝視していると唐突にルカスに覗き込まれて驚いて返事を返すと、プハッとそれはもう楽しそうに笑われてしまった。

見慣れない容姿が破顔する様に一瞬戸惑うも、細めた瞳が金色に輝いたからルカスの面影を瞬時にその顔に映してしまい恥ずかしいのか悔しいのか、頬が染まるのを止められなくて。

「ど、どこですかっ？　ルキ様に食べられてしまったからお腹空きましたっ」とわざと怒ったような声を出して誤魔化す私に、ルカスは安定の意地悪を発揮してきたわ……出たな根性悪！

「リアがくれたんじゃないか。リアの食べかけのレープクーヘン」

「たっ……どうしてそういう言い方をするんですかっ！」

「ん？　言い方って、じゃあ……間接キスしちゃったね、とかの方が良かった……？」と色気を垂れ流しながら横目で囁かれ、カーっと顔が真っ赤になる。

「〜ッこ、のぉ……っ」

腹立たしさから襟元の飾り紐へと手を伸ばすと、パシッとあっさり掴まれて指先にキスを落とされ、ビクリと肩を震わせ慌てて手を引き抜く私をルカスは楽しそうに眺めてきた。

「リア、顔真っ赤。リンゴみたいに美味しそう。……食べたいな」

ヒエッ、なんかデート開始早々で危ないこと言いだしたわ悔しいけれど身を守るのが第一……！

と焦った私は、ペロリと唇を舐《な》めて私を見てくるルカスに急いで口を開いた。

「〜っ私はシュトゥルーデルが食べたいですっ!!　買ってくれないと口ききませんよっ!?」

そう子供みたいな返しをしてルカスをまたも破顔させてしまい、どこに行ったの侯爵令嬢としての知識ぃ……っ！　と歯噛みしながらも必死で彼を睨むと、クスクス笑いながらスルリとまた手を握られて、貴族だったらいくら婚約者でもあり得ないほどの距離に身を寄せられて頬を撫でられた。

「それは困る。シュトゥルーデルに生クリームつけるから機嫌直して？」

「……バニラアイスもつけてくれたら許してあげます」

血が上った頬をほんの少し膨らませてそう返した私に、勿論《もちろん》仰せのままに、俺の可愛い人、と甘やかに囁かれ、恥ずかしさから握られた手をギュッと握り返してしまい――ルカスにまた握り返されて、敵《かな》わない悔しさからふぐぅ……っと盛大に頬を膨らませてしまった――。

雑貨店などを見て回ってから屋台や食品店で手軽に摘まめる物を購入して、公園に向かい歩を進めていると突然後ろから喧噪が迫ってきて、驚いて振り返って耳に飛び込んできた言葉に息を呑む。

「――オイッそいつ捕まえてくれっ!!　スリだっ!!」

「駄目だ逃げろっ!!　危ないぞ!!　ソイツは刃物持ってる――!!」

叫び声と共に帽子を目深に被《かぶ》った男がこちらに走ってきて、その手元を見てビクリと身を竦《すく》めてしまった。逃げなくちゃと思うのに足が地面に縫いつけられてしまったように動かない。

「退《ど》けッ……邪魔だ!!」

怒鳴り声と同時にナイフを振りかざされ、声も出せずに握る手に縋りつくと――スッと視界が広い背中に覆われて、ガスッという音と共に男が地面に頽《くずお》れた。

倒れ込んだままぴくりともしない男を呆然と見ていると、ポンポンと背中をあやすように叩《たた》かれる。その手の安心感に強張っていた肩から力が抜けてルカスに目を向けると合わさった視線が気遣うように細められたから、ホッと吐息をついてお礼を述べようとしたら――ルカスが小さく、

「リアに刃物向けやがっていい度胸だな」

とドスの利いた声を出した。

ゆっくりと落ちてるナイフを拾うその姿に、漏れ始める殺気に喉奥がヒュッとなり思うように声が出なくなる。

恋人に暴漢から助けられて、キャー格好いいーっ！　とはしゃぐ余裕など当然なく、ざわめきが徐々に大きくなる中、周囲が騎士を呼んでこいと言い始めるのが聞こえて……このままだとヤバいよ

必殺技出してっ!!　アレだよアレっ!!　得意のアレーっ!!　と脳内で焦る分身に、別に得意技なんかじゃないのよぉ……っ！　と叫び返しながら、スゥっとナイフを持つルカスの手が上がったのを見て――わぁぁっ駄目ダメ女は度胸ーっ！　と、ぎゅうっとルカスの腕に胸を押しつけた。

オカシイな最近こういう役目が多い気がする！　私、侯爵令嬢なんだけどなっ……と胸中で嘆きつつ、動きを止めて私に視線を向けるルカスに必死で口を開く。

「る、ルキ様、危ないですから、ナイフ……っナイフ、放して、……ね？」

ポイして、ポイっ！　お願い危ないしむしろソレ持ってるあなたの方が危ないしっ!!　何もなかったのだからと必死に見つめると、ザクッという音と共にルカスの手からナイフがなくなって……ちょっと、恐ろしい音したけど……？　と恐々と周囲を見回して。倒れた男性の顔の真横に深々と刺さったナイフを見つけてしまい、放してってそういう意味じゃなかったんだけどぉ……と恐怖でルカスの腕に無駄に胸を押しつけてしまったわ……。

するとルカスが私の頬を包み込んで「大丈夫？　怖かったよね」と眉毛を下げて心配げにするのに「大丈夫、です。ルキ様と一緒ですから」と返しつつも、……あら？　私を怖がらせた大半の犯人はこの人じゃない……？　とちょっと思ってしまった私は悪くないと思うの……。

そうして、「すげーな兄ちゃんっ！」「蹴り一発って！」「彼女にいいとこ見せちゃって！」「処分しときまーすっ」と騒ぐ周囲の声に気恥ずかしい思いで俯き、――今なんかヤバイ言葉が聞こえたような――もう一度焦って顔を上げて、向かってくる騎士を見て顔を強張らせてしまった――。

王都内の警備は蒼《あお》騎士団の管轄であり、特にこのカステルクースは王国が誇る経済特区でもあるため他よりも多めに騎士が配備されているとは聞いていたけれど、この広く人も多い商業地で、まさか見知った顔に出会うなんて思ってなくて。

今現在自分はチートによる幻影魔法をかけられていてルカス以外の人間からは別人にしか見えていないとわかっていても、バレたらと考えて緊張してしまうのは仕方なかった。

そうしてルカスの手をギュッと握って背中にそっと隠れると、ルカスも少し身体をずらして私を隠してくれる。広い背中に安堵の息を吐いて、その騎士――ロルフ・クーミッツ様に視線を向けた。

「スリが出たって聞いたんだが……倒れている男がそうか？」

「そうです」

「……地面に刺さっているナイフは、まさか君のか？」

「違いますよ、ソイツのです」

クーミッツ様ではないもう一人の騎士がルカスに問いかけるのをそっと見つめていると、突然「ねえ、君」と声を掛けられて、ヒエッ……と心の中で悲鳴を上げてしまったわっ。

「後ろの彼女、君は怪我《けが》はないのかい？」

にこやかに笑いながらそう訊いてくるクーミッツ様に、流石遊び人、気遣いが違うわ……と若干失礼なことを考えながらおずおずと口を開く。

「あ、の、大丈夫、です。か、彼、が……助けてくれましたから……」

説明のためとはいえルカスを彼と呼んだ恥ずかしさに頬を染めて視線を下げてしまう。けれど嬉しさを表すようにキュッと握られた手にどうしてもルカスの様子が見たくてやっぱり顔を上げると、気恥ずかしげに口元に手の甲を当てながら、光を浴びて金色になった目を細めて嬉しそうに私を見つめるルカスと視線が合ってしまって。もう一度、今度は強めにぎゅうっと握られた手にビクッと身体を震わせて更に頬を染めてしまったわ……ナニこれ何コレ心臓がくすぐったいぃぃいいっ!!　と心の中で絶叫していると。

「ふぅん……初々しいのに色っぽいな。ねぇ、可愛いね、君。名前なんていうんだい？」

私はロルフ・クーミッツというんだ、侯爵家の次男だよ、と要らん情報までつけて名乗られて、束の間呆然としてしまったわ……。隣の騎士様も額を押さえて「ロルフ、お前いつもいつも……ホントいい加減にしろよ」って仰《おっしゃ》ってるし……って、え？　いつもなの!?　だって今勤務中よね？　何この人ちょっと頭オカシイ……と引いていると、ルカスがひっくーい声を出した。

「おいアンタ、俺の目の前で俺の彼女を口説かないでくれる？　あと絶対に名前は教えないし、つーか見んな減るだろ」

「はあっ？　おいガキ……お前に訊いてねぇし、しかも誰に口きいてると思ってんだ？」

わぁあ喧嘩《けんか》しだした――っ!!　大の男が物凄い大人げない感じでガンつけ合ってるの初めて見たわ……ど、どうしよう、というかクーミッツ様こそ誰に向かって口きいちゃってるか気づいてほしいようなほしくないようなっ！　目の前のその人第二王子！　そして次代の英雄っていうかそれ以前に所属違うけど近衛騎士団副団長で上司ですよーっ!!

変な方向に焦る私をしり目にルカスは、

「アンタに口訊いてんだよ、騎士のくせに身分ひけらかして馬鹿なのか？　つーか仕事しろよ、アンタが名前を聞くべきはそこに倒れてる男だろ」

と正論もいいところな言葉を吐いて……クーミッツ様の額に見事な青筋を立ててくださいました。

……間違ってない、間違ってないんだけれどもう少し言葉を選んでほしかったなぁ……っ。

「ガキが、デカい口叩くじゃねぇか……っ」

「おいっ、やめろロルフっ！」

ルカスに手を伸ばそうとしたクーミッツ様をもう一人の騎士が押さえ込むも、彼は「放せっ！」と怒鳴り始め、その声にどーしたどーしたと観衆がどんどん増えてきて。どうしようお忍びデートが大変なことに……とハラハラとルカスを見つめていると、彼は私をチラリと見て盛大に溜息をついた。

そしてクーミッツ様にそれはそれは蔑んだ視線を向けてから「アホくさ……もう行っていいですか？」ともう一人いる騎士に尋ねて話を終わらせようとしてくれる。

我慢ーっ!!　凄いわルカスが我慢を覚えたっ!!　ちょっと私感動しちゃった!!　と胸中で快哉《かいさい》の叫びを上げていると、舌打ちするクーミッツ様をしり目にルカスは肩を竦めて。

「そうだ、ソイツ多分この間貴族街との境目で殺傷事件起こした奴ですよ。変わったナイフだから、調べてみるといいんじゃない」

と騎士二人の目を剥《む》かせる情報をポイっと投げ込んだ。そして引き留めようとする二人を華麗に無視して「さっ、行こう」と私の手を握り直し公園へ向かった――。


「ったく、あのクズ、毎回見回り中に女に声掛けて仕事してないって噂《うわさ》本当だったな」

今度騎士団長にチクってやろうとぶつくさ言いつつも、もぎゅもぎゅと七面鳥を焼いた肉を挟んだパンを頬張るルカスの食べっぷりにキュンとしながら、私もラントブロートというパンにエッグディップを挟んだものを口に運ぶ。

「しかも幻影かけてるリアにまで目をつけるとか……アイツ無駄に嗅覚いいな……」

「……ルキさ」

「やっぱ消すか」

「ルキ様このパン凄い美味しいですよ一口どーぞっ！」

どんどん不穏な気配を漂わせていく婚約者様に焦った私は、持っていたパンをズズイっと差し出して話を変える作戦に出た。

「……」

「……？　要らないですか？」

パンを見てから私に視線を向けて何か考えている風なルカスに、もうお腹いっぱいなのかしら？と小首を傾げて問いかけると、彼はおもむろに近づいてきて——ペロリ、と。私の口元を、舐めてきた……!?

「〜ッ!?」

「ん、ホントだ美味しい」

アンチョビ入ってんな、今度俺も買おう。そう、なんでもないことのように言って「もう一口頂戴」と私の手首を掴んでパンにかぶりついてきて。モグモグ咀嚼《そしゃく》するルカスを呆然と眺めていると「食べないのリア？　要らないなら俺食べていい？」と言われハッと飛んでた意識が戻ったわ……っ。

「っさ、いしょ、からっ、パン、をっ！　食べてください……ッ!!」

あまりの羞恥に盛大にどもりながら叫んだ私に、けれどルカスは「だってリアの口端についてたから」といけしゃあしゃあと返してきた。

「そういうことは口で教えてくださいませ……！」

「……口で教えたじゃないか」

ッちが——うっ!!　その口じゃないわよナニうまいこと言ってるの、この根性悪がぁぁあっ!!

そう思うのに、ゆるりと瞳を細めて私を見てきたルカスにギクリとしてしまい、喉奥が窄《すぼ》まって声が出せず、明らかに色を含み始めた瞳に慌てて仰《の》け反《ぞ》った私にルカスはにじり寄ってくる。

「ツルキ、ルキ様ちょっと……っ」

「デザート」

「な、に、言って……」

「デザート、食べたい」

そうにっこりと笑顔を湛えながら言うと、顎に手をかけて親指で私の唇をフニフニとしてきた。

な、ナニ考えてるのこの人ぉっ⁉　ここお外っ！　ほら横見てっ⁉　隣の芝生にもカップルがわんさかいるでしょうッ⁉　どこ見ても恋人同士ばっかりなのが凄いわこの公園っ……てちがーうっ‼

マズイわっ、パンを持ってて身動き取れないからこのままじゃルカスに頂かれちゃう……っ。

「るき、ルキ様っ、手を離して……っココ外ですよっ⁉」

「……キスだけだよ。リアの唇美味しそうだからデザートにいいなって思って」

なんで私の唇がデザートに見えるのっ⁉　あなたの視界は一体どうなってるのっ！

「っ美味しくないし絶対ダメです！　そ、それに、他の人に見られちゃう……っ」

「大丈夫、皆お互いしか見てないよ」

そうかもしれないけどっ‼　確かに皆さんイチャコラしてますけどっ‼　私はそういうの初心者な上に十七年間淑《しと》やかさが売りの貴族令嬢として生きてきたんですーっ‼　と思いを込めてヤダヤダと首を振ると「……わかった、パン食べちゃって」と言われ、案外あっさりと引き下がったルカスを戸惑いの中で眺めながら心持ち急いで食べる。

「──ご馳走《ちそう》様でした。あの、ルキ様」

「食べ終わった？　じゃあ片すから立って」

そう話すルカスのどことなく有無を言わさない雰囲気に立ち上がる。彼はゴミをゴミ箱に放り込み、パパっと敷物を小さく畳んで斜めがけバッグにしまって、おもむろに私の手を引いて芝生の奥——木立が並ぶ少し暗い場所へ足を向けた。

手を引かれ、振り返っても公園の芝生が見えないところまで来たことに気づき不安になってルカスを呼んだ途端、クイッと引っ張られてよろけると同時に背中に硬い感触が当たった。

「ルキ様——きゃ……っ!?」

「小さい頃見つけたんだ、ここ。陽射《ひざ》しは差し込むんだけど、公園側に大きめの木が立ってて向こうからは気づかれにくい」

「なに……」

「見られなければいいんだろ?」

「……え」

あれ?　これちょっと前の小説で読んだ流行《はや》りの壁ドン?　後ろ木だけど……とくだらないことを頭の片隅で考えつつ、閉じ込めるように私の身体の両側に手をついて微笑む若者を呆《ほう》けて見てしまった私に、彼は言い聞かせるように口を開いた。

「ちゃんと皆の前では我慢したよ?　見られるのが嫌なら見られなければいいんだよね?」

「は……え、と?」

そういうこと?　なの?　なんか違うような……と状況についていけず混乱で目を白黒させている私の顔をルカスはそっと掴んで上げると、「リア……ツェツィーリア」と甘く囁いてきて。

ルカスの理性を駄目にする甘い声音にうっかり警戒を解いてしまった私は近づいてきた顔を見て——身を固くした。

「ん……唇かたっ、緊張しすぎじゃない?　ここ本当に誰も来ないから大丈夫だって……、リア?」

「……ッ」

「え、ツェツィーリア……？　どうしたの？」

唇が当たった衝撃に目をギュッと瞑《つぶ》っているとルカスのほんの少し動揺した声が耳に入ってきて。

その聞き慣れた声の相手にもう一度目を向けて——視界に飛び込んできた見慣れない色を持った見慣れない男性にまたも息を呑む。そして声も触れ方もルカスだけれど、全く違う容姿の——ルカスではない男性に自分が今キスされたと理解すると鳥肌が立った。

同時に恐怖がジワジワと湧き上がりどんどん身体が固くなる自分を自覚して、必死で目の前の男性にルカスの面影を探そうと彼の胸元を押しやって陰っていた顔を上げさせる。

「ツェツィーリア？　……そんなにイヤ？」

驚きながらも素直に身体を起こしてくれて、そうして戸惑い気遣う声はルカスのモノなのに、陽射しを浴びて佇む彼は、私の好きな夜明け色も金色も持っていないから。

「だ、だめっ、イヤ、です……っ」

「でも……ちょっとキスするだけだよ？」

「ヒッ……イヤぁ……ッ！」

伸ばされる手に血の気が引いてしまって、つい恐怖からルカスの手を払ってしまった——。

パンッと木立の中に小さく音が響いて、ハッとすると共に払われた手を呆然と見るルカスに震える口を開くけれど。

「る、ルキ様、ごめんなさ……っキャッんぅ!?」

突然両手を強い力で押さえつけられ咬《か》みつくようにキスをされて、見開いた目に入った薄茶色の髪にとうとう心が恐慌をきたした。

「イヤぁ……ツルキ様ルキ様ぁっ！　こわ、怖い……っ助けてルキ様……！」

目の前の男性がルカスだということも頭から抜けてしまい、動かない腕に力を籠めて身を捩《よじ》るように必死で顔を動かして唇を外す。そして悲鳴のような声で助けてと懇願した瞬間――猛烈な力で手首を押さえられて目の前の男性に恐怖の目を向けると。

「……ツェツィ？　まさか……フェリクスに襲われたことがあるんじゃないだろうな……？」

薄茶色の瞳をぎらつかせて恐ろしいほど低い声でルカスが問いかけてきた言葉のあまりの衝撃に、私は束の間固まってしまった。

え……今、なんて……？　フェリクス様に何……っおそ……っ⁉

「な、ないです！　そんなこと……ルキ様以外の男性に触れさせたことなんてありませんっ‼」

「……じゃあなんで……」

「ッ……そ、それは、――イタッ」

フェリクス様に襲われたというあまりに衝撃的な言葉で混乱の極致から舞い戻ってきた私は、怒りと焦燥を表情に浮かべるルカスになんとか説明しようとした瞬間、木の幹に引っかかったネックレスの鎖が肌を擦り、痛みに小さく声を上げてしまった。

その私の声に、ルカスはビクッと身体を震わせると瞬時に私から離れて――怯《おび》えたような、傷ついたような表情を浮かべて私を見た――。

「……ッる、るき、さま」

身動《みじろ》ぎもせず私を凝視するルカスにこのままではマズイと震える唇で彼を呼ぶも、ルカスは見てわかるほど身体を震わせて後退《あとずさ》りながら盛大に治癒魔法をかけてきて。あまりの威力にスカートがはためいて慌てて押さえながらもう一度ルカスを呼んだ私に、彼は顔を背けた。

「っ、ごめん……っ、ちょっと、頭、冷やす……」

「え、る、ルキ様……っちが、違うのやだ違う……っ」

私を傷つけたことに怯えた彼は焦燥を滲ませて謝罪を口にして、縋ろうとした私の言葉を遮って
「戻ろう……」と手を耐えるように握り締めて元来た道へ足を向けてしまった。私はその手をルカスに伸ばしたいのに私の言葉を聞くことを初めて拒否した彼にもう一度拒否されるのが怖くて、ただ彼のあとをついていくしかできなかった。

前を歩く彼の誤解をどうしたら解けるのか必死で考えるけれど、恐怖と動揺で縮こまる心ではいい考えなど何も浮かばない。けれどこのままではきっと彼を傷つけたままで、もしかしたら嫌われてしまうかもしれないと焦燥と恐怖が募り、明るい芝生が視界に入ると共にルカスが足の運びを緩めたから、目の前の広い背中に嫌われたくない一心で手を伸ばそうとして――親密そうにルカスを呼ぶ声に全身に冷や水をかけられた心地がした――。

「――あっれルキじゃん！　久しぶりー！　アンタ今までどこにいたの……ってあれぇ？」

「……あぁ、ビアンカか。そーいやギルド近いな」

「あぁって……アンタ相変わらず冷たいわね～。ま、そこがいいんだけどっ。ねぇ、まさかと思うけどデート中？　アンタ彼女いたの？」

笑いながらポンポン紡がれる言葉にどんどん心が凍っていくのがわかるのにどうすることもできず。ルカスに親し気に手を置く彼女を失礼だと自覚しつつも凝視していると、「リア、俺ちょっとギルド寄ってくるからここにいて」とベンチを指差しながらルカスに言われて、慌てて返事をする。

そうして少し離れた先の建物に入っていく広い背中を見つめていると、彼女――ビアンカさんがニコッと私に笑いかけてきた。

「初めまして、あたしビアンカ。あそこのギルドに所属している傭兵だよ」

「あ、あの、初めまして……リアと申します」

焦ってお辞儀をしながら名乗ると、ビアンカさんはプハッとさも面白いといった感じに吹き出した。

「アンタさ、どうやってルキと知り合ったの？　いかにもいーところのお嬢さんて感じ……というかかなりイイところのお嬢さんだね。後ろにいる侍女、普通じゃない感じだけどアンタのでしょ？」

そう視線を後ろにやりながら言われて驚いて振り向くと、ベンチの後ろにビアンカさんを静かに見据えたアナさんたちが立っていて、「いつ来たの……？」と馬鹿みたいな問いかけをしてしまったわ。

「今ですわ、リア様。彼の方もすぐには戻られないと思いますから、お座りくださいませ」

「さ、リア様、こちらに」

そうしてあれよあれよとケイトさんに手を取られ、エルサさんが敷いたハンカチの上に座らされてしまい慌ててビアンカさんにも勧めると。

「アハハッ、凄いねホント。どんだけお嬢様なのよ。あぁ、あたしは座らなくても大丈夫」

と笑いながら返されてしまい、なんとなく自分が無知を晒《さら》したような気分になって羞恥で顔に血が上ったけれど、次いで出たルカスの名前にあっという間に血の気が下がった。

「それで？　そんな侍女がつくお嬢様はどうやってルキと知り合ったの？　ギルドの依頼関係？　ルキに目をつけたのは見る目あると思うけど、彼はお嬢様にはちょっと荷が重いと思うわよ～」

そのルカスとそれなりに付き合いがあるような言葉に、鳩尾《みぞおち》がキュッと窄まるような感覚がして喉がカラカラになる。

……この女性は、私が知らないルカスを知っている。そう思い至ると同時に、膝上に重ねて置いた手を握り締めながら無意識に微笑みを浮かべて口を開いた。

「……ビアンカさんは、ルキ様のことお詳しいんですね。いつからお知り合いなんですか？」

「ぷ……っルキ様って！　あ、ごめん、アイツがそんな風に呼ばれてるの信じられなくて。う～んそうね、かれこれ四年？　とかかなー」

小首を傾げるビアンカさんを促すように見つめながら、更に強く手を握り締める。

「初めて会ったときはまだ少年て感じだったんだけど、とにかくメチャクチャ強くてさっ！　魔狼《まろう》の群れに囲まれちゃって絶体絶命ってときに、物凄い勢いで駆けてきたかと思うとあっという間に倒しちゃって。それ以来ずーっとアタックしてんのに、全然靡《なび》かないのよアイツ。失礼しちゃうでしょ？　こーんなイイ女がアタックしてんのにさ～」

そう言いながら腰に手を当てて胸を張ってくるビアンカさんに「そうですね、素敵です」と返す。

褐色の肌に長い黒髪を垂らし、大人の女性であることを覗《うかが》わせる理知的な瞳は冴《さ》えた水色。

私とは違う彼女の傭兵らしい、けれど出るところは出た均整の取れた身体つきに手足が冷えてどこかぼうっと意識が散漫になって、脳裏に背の高いルカスと並ぶ彼女を思い描いてしまい、瞬《まばた》きをしてその想像を打ち払おうと必死で立て直すけれど――。

「……ま、結局一度っきりしか相手にされなかったんだけどさ。でも誰が誘っても一度っきりみたいだから、アンタもあんまりマジになんない方がいーわよ？」

そう、少し挑戦的な視線を向けられて放たれた言葉に、今度こそ心臓が凍りついたかと思った。同時にアナさんが「ビアンカ様っ、リア様にそういったことを仰るのはやめてくださいっ」と声を荒らげたから、それがよりビアンカさんの言葉に真実味を与えて手が震えてしまう。

そうして青い顔をしているだろう私を見てビアンカさんは目を眇めると、やれやれと言わんばかりに溜息をついた。

「やぁねお嬢様は。男ってもんを知らないの？　いい年した男が女に誘われて抱かないはずないでしょう？　特に傭兵やら騎士やら、命懸けで戦う男は生き残ったあとは興奮してるんだから、本能みたいなモノなのよ」

彼女の言葉の内容は、討伐後のルカス本人も言っていたから理性の部分では理解できるのに感情が追いつかなくて。嫌なものはイヤだと叫び出しそうになるのを必死で押し留《とど》めるために掌《てのひら》に爪を食い込ませた。

そうして尋ねるべきじゃないとどこかで自分自身が叫ぶのに、私は震える唇で彼女に問いかける。

「……ビ、ビアンカ、さんも……ルキ様、と……？」

「ツリア様!!」

いけませんと叫ぶように止めてくるアナさんの声が、耳を素通りするのを頭の片隅で自覚しながらビアンカさんの口元が弧を描くのを凝視した。

知っているの……？　あの人が、どうやって愛してくれるかを――？　触れる手の優しさも、絡む舌の熱さも、掻《か》き抱いてくる腕の強さも……？

「……ふふ、そんな初《うぶ》そうな感じなのに一丁前に女の顔するのね。じゃあ忠告してあげる。ルキはやめときなさいお嬢様。多分だけど、アレは好きな女がいる。その誰かは知らないし、どうしてそんなに強くなりたいんだかも知らないけど、ギルドに入ったのもその誰かを守りたいためらしいし。……ルキはもうずっとその誰かしか見てないのよ。今優しくても、たとえ身体を繋げても、結局その心の中に誰かが住んでる男なんて……一緒になれたとしてもアンタみたいなお嬢さんには辛いでしょ？」

代わりにもなれずただ処理するように抱かれるなんて、プライドズタズタになるわよ？　と零された言葉に、頬を叩かれたような感覚がした――。

ルカスだと知ってて尚、私は〝ルキ〟を拒否した。……怖かった。私に努力をすることの大切さを教えてくれた彼であっても、私を守り掬《すく》い上げ、愛を囁いてくれたのは〝ルキ〟ではなくてルカスだったから。だから今日もずっと〝ルキ〟として笑う彼にルカスの面影を探してしまっていた。

……私、本当馬鹿だわ、と思いながら、ネックレスで傷ついた私を見て身体を震わせたルカスを思い出す。

彼は私を守るために強くなったのだから、自分が意図的でないにしろ私の身体に傷をつけたことを多分、とても恐れた。誰よりも自分の持つ力を知っているから……。

「ハァ……」と小さく息を吐く。

〝ルキ〟様はルカスなのに、見目が異なるだけでこんなにも心が拒否反応を示すなんて思っていなかったけれど、それだって言い訳にもならないわ、と膝の上の手を強く握る。

ルカスである彼を怖がって拒否して傷つけて。更には彼に少し拒否されたくらいでまた怖がって。こんなにも大切にしてくれているのに、私は我が身可愛さに話しかけてもし拒否されたらと怖がって、誤解を解く努力も謝ることもせずに大人しく座って待ってる……。

——その上、〝ルキ〟とはそういう行為は嫌だと思うのに、〝ルキ〟に抱かれたことのある女性に嫉妬するなんてどれだけ身勝手なのだろう。私も大概重いかも……と胸中で溜息をつく。

好きなのは、愛しているのは、……この身に触れることを赦《ゆる》すのは、この身に名を刻んだあのヒトだけ。

「……ちょっと、ナニ笑ってるの？」

「いいえ、私には〝ルキ〟様のお相手は無理だと、そう……気づいてしまっただけです」

「——ツリア様⁉」

「リア様いけませんっ!!　何を……何を仰っておられるのですか――ッ」

悲鳴のような声を上げたアナさんたちの言葉を聞きながら、ビアンカさんに言葉を紡ぐ。

「あなたに感謝を、ビアンカさん」

「……は？」

「あなたの好きなルキ様と、私の好きなルキ様はどうやら違う方のようですから」

そう微笑むと、ビアンカさんは視線をきつくして「どういうこと？　ナニ言ってんの？」と言ってきたから、私は困ったような表情を浮かべて「あなたも仰ったじゃないですか、私も女だと」と返す。

彼女の言う通り、間違いなく私は女で。あのヒトに、〝ルキ〟ではなくルカスに女にされた。

〝ルキ〟がルカスであることは変えようのない事実だけれど、私が好きになったのはルカス――夜明け色の髪に金色の瞳を持つ、恐ろしいまでに強く美しいヒト。私の息の根を止めるように激しく愛を伝えてくる優しいヒト。

女にされた私は、きっとルカスが言うほど可愛くも綺麗でもない。嫉妬や独占欲、醜い心を必死に隠してルカスに愛を乞う、本当にただの女――けれど愛してしまったから、ルカスの欠片だって他の女性には渡さない、と握る手に力を籠める。

私はルカスでないと駄目だけれど、傲慢にもルカスの全てを――ルカスである〝ルキ〟さえも――自分のモノにしたいと思ってしまったから。

二度と〝ルキ〟にもルカスにも他の女性を抱かせないわ。彼が触れるのは私だけであってほしいから――そう思いながら、向かってくる背の高い男性を視界に収めてビアンカさんに微笑む。

「私は、心に決めた方の全てで愛されたいのです」

……ごめんなさい、でもルカスは渡さないわ――。

「……お待たせ、リア」

「お帰りなさいませ、ルキ様」

立ち上がる私にどこか表情の硬いルカスが、逡巡しながらそれでも手を差し伸べてくれたから、微笑んでその手に重ねてルカスに近づく。

「……なんか……あった？」

「？　いいえ、何もございませんわ。楽しくお話しさせていただきました」

「……ビアンカ、リアに余計なこと言ってないだろうな？」

「ッな、何よっ？　大したことは言ってないわ！　ちょっとルキやめてよっ、アンタそんなキャラじゃなかったじゃない……っ」

眇められたルカスの強い視線にビアンカさんが驚愕の表情を浮かべて早口で言い募った。けれどルカスは確認するようにアナさんたちに視線を向けようとしたから、私はルカスの手をギュッと握って私に意識を向けさせた。

「ッ、リア？」

「ルキ様、お話がございます」

「――ッ、それ、は、今でないと、駄目な話……？」

「そうですね……できれば今すぐ」

瞳に明確な拒絶の色を浮かべるルカスに私は譲れない思いで見つめ返して答えると、「リ、リア様……っ」と不安げな声音でアナさんたちに呼ばれ、微笑みを返す。

「悪いのだけれど時間が……少しかかると思うから、その辺のカフェに入って待っていて頂戴。……ちゃんとルキ様と戻るから」

「――ッはい、お待ちしております」

含んだ意図をちゃんと理解してくれる有能な侍女に感謝の笑みを返して、ビアンカさんに向き直る。

「ビアンカさん、申し訳ありませんがルキ様と大事なお話があるので、失礼させていただきます」

「……アンタ、本当にいいところのお嬢様なだけ？　おかしいわよ、ルキをそんなに動揺させられるなんて……」

「――ビアンカ様、余計な詮索は身を滅ぼしますよ」

ビアンカさんの言葉に苦笑を浮かべてしまったけれど、有能侍女が後ろから低い声で脅し……もとい忠告をしたせいか、ビアンカさんは「わかったわよ！　もう行くわっ！」と早口で言うと足早にギルドへ去っていった。

そしてアナさんたちも礼を取るとささっといなくなり、ルカスと二人きりになり……空気おもっ！

と思ってしまったのは仕方ないと思うのよ。

ルカスったら全然私と視線を合わせようとしなくて、こんな彼は初めてで。

拒絶を示す彼に恐怖を感じてしまって、言うべきことがわかっていても緊張で手足が凍りついてる感覚がしていてなかなか動きだせない。

それでもこの先の未来が欲しいから、と深呼吸をする私にルカスの肩が小さく震えたのを見なかったフリをして彼に微笑む。

「……ルキ様、先ほどの場所に、もう一度連れていってくださいませ」

「……リア、ツェツィーリア、ナニ、してるの」

「ルキ様のお膝の間に膝立ちで立ってます」

「そうだけど……違くてっ、なんでスカート……ッもう意味わかんないんだけど……っ。とにかく、話って何？　さっき押さえつけてツェツィを傷つけたことは謝るから、……本当、ごめん」

一瞬視線を上げるも、すぐに顔を横に向けて私を見ようとしないルカスに緊張しながらもあなたが悪いわけじゃないいと返す。

「じゃあ、なに？　怒ってないならもう戻ろう。……そんな格好で目の前にいられたら我慢できなくなる。いくら人が来ないって言っても外だよ？　……イヤ、なんだろ？」

そう言いながら手で顔を押さえて俯くルカスの肩に「ルキ様」と呼びながらそっと手を置くと、彼は見てわかるほど身体を強張らせて私の手首を掴んできた。

「——っツェツィ頼むから……っ、大切にしたくてもあなたから触れられて平常心でいられるほど大人じゃないんだっ。あなただってさっきあんなに怖がってただろうっ、何考えてるっ？」

言っとくけど、次は止まんないよ……っ？　と、本当に苛立っている声音で吐き出された言葉に、その憤りと焦燥の籠もる薄茶色の瞳が強く私を射貫いてきて、駄目だと思うのに身体がガチガチに強張ってしまった。……そしてそんな私の反応を、ルカスは決して見逃さない。

「俺を見て、そんな身体を強張らせて、顔色を悪くして。なのに襲ってくれと言わんばかりにスカート下ろして、なんなの？　そうまでして何がしたい？　……俺を、どうしたいの……」

「——ッ」

苛立ちと共に浮かぶ悲壮な表情に勇気づけられて、ぎゅっと奥歯を噛み締めながら彼の両頬を掴む。

「……ルキ様、ごめんなさい」

「……ッその、ごめん、は」

何……という吐息のような言葉と共に、慄然とした表情を浮かべるルカスに口を開く。

「もう一度だけ、これで最後にするから……あなたを傷つけることを赦して」

「……は？　ツェツィ、なに——」

「さ、わって……っ？」

そっとルカスの手を取り、震えながら下腹部へと持っていく私にとうとうルカスが声を荒らげた。

「っなに、考えてる……！　そんな震えて……っそんな全身で俺を拒絶しているくせに……っ止まれないって言ってんだろっ！　傷つけられたいのか……ッ」

「ツルキ、様」

ふざけるなと言わんばかりに私を燃えるような目で射貫く彼にそっと口づけをすると、ルカスは目を見開いて私を見て——ついに怒気をその瞳に乗せた。

「……ここまで煽ったんだ、当然責任を取るんだろうな……？」

なぁツェツィーリア、と唇の上で囁かれて肩を震わせながらも小さく頷いた私に、ルカスはチッと小さく舌打ちして、荒々しく下着を下ろしてきた。

そして全く濡れていないソコに一瞬傷ついた表情を浮かべるも、目を眇めて私を睨みながら指を挿《い》入れてきて。私は、ほんの少ししか入っていないのに引き攣れるような痛みとそれを上回る恐怖で血の気の引いた身体をガクガクと震わせて小刻みに息をする。

「——ッ、っは、ぅ……っ」

「——何が、したいんだ？　こんな態を、こんな拒絶を見せられて俺が傷つかないとでも……もう、俺を……好きでもなんでもないと言いたいの？　お情けで、その身を捧《ささ》げてくれるとでも？」

あぁ、傷つけてしまった……っ。わかった上でやったのにその表情を見て自分の行動を後悔するけれど、でも、と必死に震える身体を叱咤《しった》して彼の両頬を掴んで言い募った。

「……っ、い、いえ、あなたにはこれが、最後、です……ッ……」

その瞬間、何かが頬を撫でていって、自覚するよりも早く足が震え始めた。

「ヒッ……あ」

「──、……あぁそう……馬鹿だな、ツェツィーリア。俺が……お前を手放すとでも……？」

私の言葉で見開いた瞳がゆっくりと細まると共に、深く重い、人を殺せそうなほどの殺気を孕《はら》んだ声でルカスはそう呟くと、私を見て……女神像みたいな美しい顔でうっそりと嗤った。

そうして魔力で波打つ薄茶色の髪が綺麗な夜明け色に、淀《よど》んだ瞳が狂気を孕んだ金色に変わる様を見て──大好きな人が目の前に現れて。

「あぁ……愛してます、ルキ様……っ」

私は緩む表情を自覚しながら堪らず言葉を零して、ルカスに深く口づけた──。

固まるルカスの首に縋りついてキスをしていると、唐突にルカスが手を動かしてきて、その刺激に驚いて私は唇を離してしまった。

「──ふアッ！　あ、アッ、る、き、さまぁ……っ」

「……どういう、こと」

ルカスだと認識した途端、あっという間に潤み始めたソコを確かめるように彼はそっと指を埋めてきて、指の腹で襞《ひだ》に蜜を擦りつけると、今度は深く指を入れナカを確認するようにぐるりと回してきた。

「ん……っン、う、ぁのっ、ゆび、ふぁッ、まっ、てぇ……っ」

節くれ立った指が敏感な部分を刺激する感触に堪らず指を締めつけてしまい、湧き上がる快感にこのままでは話ができなくなると焦って縋りついたまま制止の声を上げた私に、ルカスは呆然とした風に問いかけてくる。

「なんで……こんなに濡れてんの……。さっきまで、あんなに」

いやぁっそういうこと言わなくていいのにぃぃぃっ!!　しかも訊きながら手を動かし続けるとか私に喋《しゃべ》らせる気ないんじゃないかしら……っ。

口元を押さえても上がってしまう嬌声《きょうせい》に羞恥で頬を染めながら必死にルカスと視線を合わせるも、彼はまるで蜜を零す音を聞きたいと言わんばかりに激しく手を動かしてくる。

「る、きさまっ、おねが、アッ、う、ゆびっ、とめてぇ……！　だめ…ツイッちゃうからぁ……っ」

こんな何も説明できてない状態でイカされるとかないぃ……とルカスの首筋に回した腕に力を込めてイヤイヤと首を振ると、彼は私をべりっと引き剥がし呆然とした表情のまま問いかけてきた。

「ツェツィ……俺の、こと、まだ、好き……？」

「そ、そう、ですっ、好きっ、大好きですから手を止めっ……んぅッ!?」

訊かれた質問に必死で答えると、咬みつくように口づけをされてとうとう話さえもできなくされてしまった私は、もたらされる快楽に悦《よろこ》びの蜜を盛大に零して上り詰めた――。

「――っは、はっ……ッぁ、ケホ、ゴホッ」

「っごめんツェツィ……っ、でも、なんで」

あまりにも激しく舌を絡められて飲み込めなかった唾液が息をつこうと空気を吸い込んだ瞬間喉奥に入ってしまい咳《せ》き込むと、ルカスは焦ったように優しい手つきで背中を撫でてくれた。そして金色の瞳を盛大に揺らして私に尋ねてきた。

その不安そうな表情に胸が締めつけられてしまい、必死で息を整えて彼の頬を包み込んで口を開く。

「るき、ルキ様、あなたが好きです」

「……え、と」

「わたし、私が、好きなのは、ルキ様……ルカス様です……っ、ルキ、は、憧れてた人で……その、こういう行為は、好きでもない人とはできない、から……っ同じ人なのはわかってても、視界に映るのはいつものあなたじゃなくて、怖くて……傷つけてごめんなさい……っ」

本当にごめんなさい、嫌いにならないで……っと潤みそうになる瞳を必死に叱咤してルカスを見つめる。泣くな、絶対に泣いちゃ駄目っ。私がルカスを傷つけたのに、泣くなんて絶対ダメ……！

こんな、既に呆れられてもおかしくないのにこれ以上彼にみっともないところを見せてもし嫌われたら——と、恐怖で縮こまりそうになる背を必死で伸ばしてルカスを見つめていると、私の話に目を見開いていたルカスはハッ……と吐息のように笑いを零して。

「……なんだ、それ……、そーゆー……こと？」

そう呟きながら私の胸元に額を押し当て、背中に手を回してそっと抱き締めてきた。

「る、ルキ様」

「……すげ……怖かった……」

「あ……ルキ様ごめんなさい……っ」

微《かす》かに震える肩が、掻き抱いてこない腕がルカスの言葉を本当だと示していて、私は堪らずぎゅうっとルカスに抱きつくと、ようやく彼も腕に力を込めてくれた。

「……初めてだ、こんな恐怖」

「っ」

「ツェツィに終わりを告げられるのがこんな怖いなんて……無手で古代竜討伐してこいって放り出されるほうがよっぽど楽……」

……えぇ〜その例えはちょっと……。古代竜より怖い貴族令嬢とかないっていうか根本的に比較対象がおかしいっ。何これなんて返したらいいのかしら……と逡巡して、結局無難に抱き締める腕に少し力を込めて「ごめんなさい」と謝ることを選んだ私にルカスが「ふふ」と笑って顔を上げてきた。

「ツェツィ、気をつけて？」

「え、と？　何をですか？」

「最後とか言われて、俺ツェツィを監禁する計画を真っ先に脳裏に描いた。……部屋に閉じ込めて、隷属の首輪と……足には鎖を繋いで。嫌がられても一日中抱いて、俺以外の誰にも会わせないし触れさせない。あなたの視界に映るのは俺だけで、あなたが縋りつく相手も俺だけにしてやろうと本気で考えたから」

そういう言い方すると危ないよ？　と眉毛を下げた表情で、でも間違いなく本気な視線のルカスの言葉に、私は目を見開いて彼を凝視して。

……彼に監禁され、ドロドロに愛される自分を想像してしまって。

「……ツェツィーリア？　なに……その表情……？」

私を見て、今度はルカスが目を見開くのを見て——ようやく自分が今、頬を染めながら緩んだ顔をしていることに気づいてバッと手で口元を覆い「あ、あの、ごめんなさいっ、気をつけます……ッ」と叫ぶように口に出したけれど。

「待って、顔見せて」

ルカスは物凄い食いつきを見せてきたわやっちゃったーっ！

「やっ……ルキ様っ！」

あぁっ力業なんて酷いっ！　と思う間もなくグイッと顔を覆っていた手を外され、更には顔をマジマジと見つめられ。

「ツェツィーリア？」

「やだぁ……っ」

身を捩ろうとするも両手を一纏めにされて抱え込まれ、すぐ近くから名前を呼ばれて羞恥で身体が燃えるように熱くなる。

「なんで、監禁するって言われて喜んでるの？　監禁、されたいの？」

「そういうわけでは……！」

実際に監禁されるのは困る！　困るんだけれどっ、でも、そしたらルカスはずっと私だけのモノで私だけを見つめてくれる……って、だから私想像しちゃ駄目ーっ!!　どうしちゃったのわたしぃーっ!?

ちょっと本当マズイから……っ、駄目なところに片足と言わず両足突っ込んじゃってるから急いで引き抜いてーっ!!

おいでませヤンデレの世界と書かれたところから抜け出せなくなっている分身を自分の中で見つけてしまい戦慄した私は、動揺と羞恥で首元まで真っ赤にしてプルプルと震える。慄く唇で言葉が出てこずそれでも必死でイヤイヤと首を振って意思表示をした私に、ルカスはその美麗な顔にそれはそれは嬉しそうな表情を浮かべた。

「へぇ……？　じゃあ何を考えたんだ、ツェツィ？」

「な、にも……！　何も考えてませんっ」

「そんなはずないだろう？　顔、嬉しそうに笑ってたよ？」

嬉しそうな顔してるのはあなたですけどねっと、そう言い返したいのに心臓がバクバク鳴って呼吸が浅くなりうまく話せなくて、ただゆるりと細まる金色に囚《とら》われたように釘《くぎ》付けになる。

「監禁されたいわけじゃないなら……何に反応したんだろうな？　一日中あなたを抱くこと？」

「……ッ」

そっと羽のように足に触れられピクリと身を強張らせる。

「あなたの視界に映るのは俺だけなこと？」

「っや、やめ……」

チュ……と耳元に軽い口づけをされそのまま至近距離で囁かれて、言われた言葉がまたも脳裏に浮かんでしまい震える声で制止したけれど。

「……ずっと、二人きり。お互いしかいない世界で、愛し合えること……か？」

「〜っ」

そっと持ち上げられた手に離さないと言わんばかりに指を絡められ息を呑む。

そして、小さい、けれど絡みつくような声音が脳に届くと共に浮かんだ光景に、我慢する間もなく歓喜で身体に震えが走ってしまい――ゆっくりと弧を描くルカスの口元を見つめていると、

「じゃあ、帰ろうか」

と唐突に言われ「へ？」と呆けた返事を返した私に、ルカスは盛大に爆弾を落としてきた。

「もう家に帰って……あなたの望み通り部屋から一歩も出ずに、お互いしか見ないで明日の朝まで愛し合おうかなって」

「は……」

言われたことがすぐに理解できず吐息のような疑問を零した私に、ルカスはさらに言葉を重ねて……私の思考をポーンと遠くへ放ってくれた。

「グチャグチャのドロドロにして、壊れる一歩手前まで愛してあげるから、帰ろう？」

「……ぐちゃ……え、か、え……？」

ぐちゃぐちゃで、ドロドロ、で。壊れる？　帰るって、今？　でも帰ったらぐちゃぐちゃ？

ぐるぐるとルカスの言葉だけが脳内で回っていて、えーと？　ナニを言っちゃってるんですかね私の婚約者様ったら……？　と目を瞬《しばたた》いてルカスを凝視する。

大好きな金色は相変わらず甘やかに染まっていて、それはそれは綺麗な顔が微笑みを湛えながら「ね？」と促すように小首を傾げてきたから、うっかり「あ、はい」と口を開きかけ――駄目だめ正気に戻って早く断固断ってぇっ！　と心の片隅で本能が叫んでいるのを感じてムギュッと開きかけた口を閉じた自分を褒めてあげたいです……っ。危な……っ美形マジック怖いよぅ……!!

そうして「――ッか、帰りません……っ」とほとんど叫ぶように口を開いた私に、ルカスはにっこり笑って別の……これまた恐ろしい選択肢を用意してきた。

「帰りたくないなら、今ここで抱かせてくれる？」

「ツ、い、ま？」

「うん」

「ここ、で……っ？」

「そう。……元はといえばツェツィが誘ってきたんだし、問題ないでしょう？」

問題……は。大アリ、なんじゃないでしょうか――っ!?

まさかの婚約者様の恐ろしい願望を聞かされたのは昨日のことなのに！　今日既に叶えられようとしてます～っ!!　とオカシナ方向にはしゃぐ分身の言葉に顔を真っ赤にしてルカスに言い募る。

「ち、違うんです……っ！　あの、決してさそっ、誘ったわけではなくて……っ」

「違うんだ？　自分で触ってって強請《ねだ》っておきながら？」

「ねだ——っ⁉」

い、言ったけどぉ……‼　強請ったわけじゃないんだけど、でも理由を話すのもイヤぁ……っ！

「あ、あれはっ、その、色々、思うところが、ありまして……っ」

そうモニョモニョ言い訳を口にした私に、ルカスは「そう言えばなんで俺とは最後とか言ったの？」と突かれたくない部分を的確に突いてきて、またも私を羞恥の渦に叩き込んできた。

「——ッそ、れは」

「随分無茶してたよね。震えて全然できる雰囲気じゃなかったのに、なんであんなことしたの？」

脅しても譲らないからどうしようかと思ったよ……、と疲れたような溜息を零されて胸が苦しくなってしまい、えーいままよっ！　とルカスから顔を背けるようにして口を開いた。

「ごめ、なさい……あの、〝ルキ〟は怖いんだけど……、でも、いや、だったの……」

「いや？　何が？」

「ひ、引かない……？」

「……何？」

そっと俯けた視線を上げてルカスを見つめると、ほんの少し目を細められて促されて、渇き始めた口内がひりついてコキュンと唾を飲み込んだ。

「あの、ビアンカ、さんと、ッ、し、シた、こと、ある……って、きい、て」

「……は」

「し……仕方ない、って、わかってはいる、けど、ルキ様の全部、私のじゃないとヤダって、思って……。私だって……〝ルキ〟は怖いけど、頑張れば、今回くらいは……ちょっとする、くらいなら、なんとかならないかなって」

思イ、マシタ……と最後は羞恥と狼狽《ろうばい》で片言になってしまい、再度俯く――……あれぇ、反応がアリマセン……っ。何か、何か言ってほしい……と怖々と視線を上げると「ハァァ――……」と盛大に溜息をつかれギクッとなった。

や、やだヤダ……っ引かれ、嫌われた――……!?

嫉妬と独占欲から彼を傷つけてまで自分の欲を取った私を知られてしまい、恐怖で縮こまる舌を必死に動かして「る、ルキ様ごめっ、ごめんなさいっ」ともう一度謝ると。

「違うっ、ツェツィは悪くない！　むしろ俺がごめん……っくっそビアンカのヤツ……っ、二人にするんじゃなかったマジ俺バカ……」

ホントない……と項垂れて、怖々と顔を上げるルカスに目を見開く。

「本当ごめんね、ツェツィーリア……。でも、あの、ぶっちゃけシてません……。誘われたことは確かにあるんだけど、あれだ、あの、俺ツェツィ以外無理っていうか……とにかくそれ誤解っ！　けど、本当に嫌な思いさせてごめん……。あぁえっと、だから、ツェツィ以外抱くことないから、誓って生涯他の女となんてしないから……嫌いに、ならないでほしい……」

頼む……と懇願を顔全面に浮かべて謝ってきたルカスに、私はあまりの安堵につい「ふふ」と笑いを零してしまった。

「ツェツィ……？」

「あ、ごめんなさい……私の方があなたに嫌われるんじゃないかと怖がっていたのに、ルキ様も同じように嫌われたくないって思ってて……しかも謝ってくださったから、ちょっとおかしくて。……嬉しくて、本当、良かった……っ」

「……うん、不安にさせてごめんね。あと俺がツェツィを嫌うことは生涯ないと思うよ？」

「わ、私だってルキ様を嫌いになったりなんてしませんっ。……ただ」

小首を傾げて私の言葉を待つルカスを見つめながら、気安い感じでルカスに触れていたビアンカさんを思い出して、胸がどす黒い感情で重くなった。

間違えようもない嫉妬の感情を小さく吐き出して、ルカスを見つめる。

「……社交界では、他の女性に触れられても仕方ないと思えるんですけど、こういう私的な場で、他の女性が、あの、勿論ご友人だったら仕方ないと思うんですけどっ、思うんですけど……でも、あんな親しげにあなたに触れるのは、凄く、イヤだなって……私のルキ様なのにって……」

思ったと言いますか……そのぉ……とゴニョゴニョ伝えて、染まる頬を自覚しながら目をぎゅっと閉じた——私重いかしらっ⁉　ちょっと触るくらい許した方がいいのっ⁉　こういうのって一般的にどうなの……っ⁉　とぐるぐる脳内で動揺していると、またも目の前のルカスから反応がなくて。

やだやだやっぱり重かったんだわ今度こそ引かれた——っ⁉　と焦って目を開けると、ルカスが頭頂部を晒して項垂れていたわ……解せぬ。

「る、ルキ様……？」と呼びながらそっと覗き込むとルカスは耳まで真っ赤にして顔を覆っていて。

これ、は……もしかして、照れてる……？　と目を瞬かせていると、「ツェツィはさぁ」と言われて驚いて息を呑んで返事をした私に、ルカスは「ソレ、無自覚なんだよね……」とポソリと呟いた。

「は、はい……？」

無自覚？　とは？　と目を瞬きながら、がくりと頭を落としたルカスのあまり見ることのない頭頂部を眺める。そして美形は頭の形まで綺麗だなぁ、と馬鹿みたいな感想を思っていると。

「……どうしようかな、これ……。不甲斐《ふがい》なさすぎる自分がすげーやなんだけど、でもなぁ……もう我慢できないっつーか、正直ちょっと無理……うん、よし」

そう、何事か自己完結したルカスがバッと顔を上げ、ほんの少し困ったような顔で「ねぇツェツィ」と呼びかけてきて、そして続けた言葉で私を呆然とさせた――。

「いい加減、俺も我慢の限界。大事にしたいと思ってるし、あなたが嫌がることはしないよう心がけてはいる。……でも、愛してるヒトにそんなこと言われたら流石に俺も止まれないから……選んで？　今すぐここで抱かれるか、家に帰って明日までずっと抱かれるか」

ここを選ぶなら、下着脱いで？　でないとグチャグチャになって帰るときが辛いことになるよ、と。眉毛を下げた気遣わしげな表情とは全く噛み合わない言葉を発しながら、ルカスは促すように小首を傾げた。

どうしよう選択肢が二つしかない……！　しかも今回は別案を提案しますとか言える雰囲気じゃないぃぃ……っとガクブルしていると、「選ばないなら両方になるよ」とそれはそれは軽い感じで脅されました……。

あれ久しぶりになんだかヤバメなスイッチ入っちゃってるような……っ？　と慄きつつ、どう考えても安全とは言えないけれど、でも軽めなのは多分、と「こ、ここで……っ」と恥を忍んで伝えると、「ん、じゃあ下と……ベスト脱いでブラウスのボタンも外して」

とサラッと言われてカチンコチンに固まりました……。

するとルカスはおもむろにカバンから敷物を取り出して私の後ろに広げ、更には自分のベストも脱いでその上に重ねて、「ん」と軽く顎をしゃくって促してきた――あわわわ逃げ場なしぃ……っ！

完全に退路を断たれた状況に、脱げかけた下着とベストを握り締めて無言のまま涙目で抗議をしたのだけれど「そんな顔しても駄目、絶対する。昨日だって……さっきだって随分我慢した、今日はもうこれ以上譲れない」と逆に目を細めながら言われてしまい、ふぐぅっと恥ずかしさで頬を膨らませてルカスを睨み返してしまったわっ。

「そ、そんな言い方、意地悪です……っ」

「そうだね、悪いと思ってる。でも、俺だからと反応された上に俺の全部は自分のモノだなんて殺し文句を言われて……それでお預けなんてされたら、俺だって大概意地悪な気持ちにもなる」

意地悪なことは認めるんだ――……あれ、私も悪いって言い返されたような……？　なんで？　と少し拗《す》ねたような表情を浮かべるルカスを見つつ、脳内にクエスチョンマークを浮かべていると。

「ねぇ、ツェツィ。俺がどれだけ我慢してると思ってる？　どれほどあなたを愛してると思ってる。少しは思い知って。愛する人にそんな風に言われたら、我慢なんてできない、止まれないもんなんだよ――……」

そう、陽差しを浴びて金色の瞳をこれ以上ないほど綺麗に輝かせた夜色のケダモノが、私を抱き締めながら甘く囁いた――。


視界に映り込む綺麗な紫紺色の髪が風で少し揺れる様が目に入り、現状をまざまざと認識せざるを得なくて身体に震えが走ると同時に、木漏れ日差し込む静謐な空間に自分の荒い息遣いとはしたない声が微かに響いて、色づいてしまった胸の頂を甘噛みしながら刺激してくるルカスに懇願する。

「――ッ――ふ、ツ、ぅ、ア、あっ、アッ……ふッだめ、ルキ様だめぇ……っ」

「っ、いいよイッて、我慢、しないで？」

チガウちがう違うぅっ!!　その駄目じゃないの、声出ちゃうから激しくしないでの駄目なのぉっ!!

快感で震える手で口元を押さえながら首をイヤイヤと振って違うと伝えたけれど、ルカスは私の腰を抱え直して下腹部の誓紋を掌で軽く圧迫してきて、外と中から気持ちいいところを強烈に刺激され、目の前がチカチカと白んだ。

「ッ!? ふぅっ……! ふっ、うっ、るき、ゃだッんぅ――ッ!!」

睫毛《まつげ》から水滴がパッと散ったのを見て、自分が過ぎる快感で泣いていることに気づく。

口を覆っている掌は既に呼気で湿っていて、気を抜けば滑ってすぐに口から外れてしまいそうで。

そうなれば木立に自分のあり得ないほど甘ったるい声が響いてしまう――そんな恐ろしい想像をして必死で押さえ込んでいるのに。

「……声、我慢してるツェツィも可愛いけどやっぱりちょっと聞きたいな」

とルカスは衝撃的な言葉を呟いてきた――っ!! ちょっやめてヤメてここ外だからっ! 今だってンーンー言ってるじゃないそれで満足してよお願いだから……っ!

そう胸中で絶叫しつつ、潤む視界の中近づいてくる金色にブンブン首を振るけれど、ルカスはにっこり笑って私の手をベリッと引き剥がしてくれて……。

片手で私の両手を一纏めにすると、腰をグッと押しつけて私を見つめてきた。

「……いや?」

「――っ、ゃ、いやッ、るき、るきさま……っこ、こえっでちゃぅ、きこ、っちゃぅからぁ……っ」

けれどそのまま動くことはなくて、そしてほんの少し窺うような視線を向けてくれたから私は必死で首を振りながらヤメてくれと懇願したわ……っ。

その気持ちがようやく通じたのか、ルカスは抱え込むように抱き締めながら口づけをしてきて……その大きな身体の温かさに安堵して身体の力を抜いた途端――中を擦られ突き上げられて、あっという間に上り詰めてしまった。

「んぅっ、――っ！　ん、んぅッ！　ふぅ、んぅ――……っ!!　……っ、ふぁ」

「ハ……ッすげ、絡みつく……っ気持ち良すぎて終わりにしたくないな。明るいからツェツィの白い身体が色づいてるのがよく見えるし、声を必死で抑えながら乱れるところ、凄い綺麗でイヤらしい……ねぇ、外で興奮してる？」

すぐイッちゃって可愛い……と、舐められ甘噛みされ吸われてジンジンする舌をねっとりと離される様を見せつけられながら囁かれ、絶頂の余韻で震える身体を持て余しながらそれでも懸命にルカスを睨む。

「つも……おしまい……！　これっ、これ、いじょ、シたら……おかしくっ、なる……っ」

そう言い募ったのに、ルカスは一瞬目を見開くとすぐに目を眇めて怒るように、拗ねたように
「あーもう……っツェツィそれ煽ってるからな……！」と言って激しいキスをしてきた。

「えっ……ンっ、ふぅーっ！」

うそ嘘うそぉーっ!!　どうして激しくなるのっ!?　おしまいって言ったのに何が悪かったのようわぁぁあんっ!!　と胸中で嘆けどもルカスは当然止まらず。

敷布と身体の間に手を差し込むと、ほとんど抱き上げている状態で深いキスをしながらもう片方の手で私のお尻を鷲掴み、隙間など許さないと言わんばかりにお互いの腰を密着させてきて。

そんなに入るはずがないと思う部分まで灼熱《しゃくねつ》の塊に押し入られ、緩急をつけるように揺すられてあまりの気持ちよさに無意識にルカスの腰を足で挟んでしまうと、より強く彼に抱き締められて胸がギュウッと痛くなった。

触れ合う肌の熱も。息継ぎの合間の愛の囁きも。切なそうに苦しそうに細められる金色の瞳も。

全部全部愛《いと》しく思えて仕方なくて。

もう駄目だと思うと同時に、自らの腕を伸ばしてルカスに縋りつく。

「んっ、ふぅっ！　はッ……ぁ、るきさまっルキ様すきっ、すきぃ……んぁっ……！」

「俺も愛してる、ツェツィーリア……っ、ごめ、俺、も、イキそ……だから、ちょっと離して……っ？」

けれど縋りついた手を掴まれたかと思うとルカスが身体を離そうとしてきて、離れたくなくて夢中で「やっ……！　ヤダァッるきさま離さないで……っ」と懇願してしまった。

「――っホントっあなたって人は……！　っく、……ッ駄目だってツェツィ離さないと……っ！」

「ひッ――んぅっ……――っ!!」

「っ駄目だごめん……っ」と何故か謝られて、え……？　と思う間もなく最奥をグリグリと刺激されながら舌を絡められて。奥に叩きつけられた刺激が脊髄を上り脳を震わせると瞼《まぶた》を閉じているはずなのに目の前が白み、嬌声をルカスの口の中に放って上り詰めた――。

痙攣《けいれん》していた身体が徐々に落ち着くと、ルカスが頬をスリッと撫でながら気遣うように口を開いた。

「ツェツィ、背中とか痛くない？　敷物とベスト敷いたしなるべく地面に身体がつかないようにしたんだけど……どっか痛いところない？」

そう言いながら治癒魔法をかけてきて、温かくて気持ち良いと思いながらルカスを見つめて思う。

……優しいんだけれどその心配なんか複雑ぅ……っ!!

私一応拒否の姿勢は見せたじゃないっ。一応っ。……自分でもルカスに弱いっていう自覚あるし口で嫌だって言えなかったのが悪いと思うのだけれどどっ！　本気で断らなかった私だって大概だと思うけれどっ!!　さ、最終的に縋りついちゃったけど……っ!!

でもでもルカスが譲ってくれなかったからこんなところで、す、することになったわけでしょうっ!?　しかも、気遣ってるけど自分の顔が物凄い嬉しそうなのに気づいてないわよねこの人っ!?

フツフツと湧き上がった感情のまま、にっこりと微笑みながらルカスに手を伸ばす。

「？　ツェツィ？　どっか痛い……どーひたんれふかつぇりーひゃん……いひゃいひょ」

「まぁルキ様、心配してくださってありがとうございます。色々痛みますわ、……主に心が」

あなたに愛されて、あなたを好きになったせいでっ、どんどん自分がおかしくなっていくのよっ。

私たち未来の第二王子夫妻よっ⁉　外でなんてあり得ないわ絶対シないって思ってたのにどうしてくれるのコンチクショー！　とほとんど八つ当たり気味に指に力を込める。

「……お、おひょっへる？」

「そうですね、物凄い満足げな笑顔で気遣われたせいもありますが、何方《どなた》かが譲らないと仰ってそれにイヤだと言えない自分にも腹を立てておりますわ」

そうジト目で返しながら、掴んだルカスのほっぺたをこれでもかと引っ張る……これだけ引っ張ってるのにまだ美形とかどういうこと⁉　しかも可愛さがアップするとかどういうこと⁉　「ごめんぅひゃい」とか眉毛下げて謝られて私の心をキュンキュン悶《もだ》えさせるとか本当腹立つわねこの人ぉっ‼

もっと力を込めようとすると、ルカスが「つぇりー、はにょね、おひょっへるはにゃたにひょんなひょとひうのもはれなんらけど……」と謎語を話してきて、つい面白可愛くて笑いそうになるのをぐっと堪えて、必死で怒り気味に視線を向けて手を離す。

「……あの、ごめん、不可抗力なんだけど……」と赤くなった頬のままに上目遣いで私を窺うルカスに「……っなんですかっ」と強めに返す。……だからヤメてよ可愛いのよそんな大きい身体で縋りつきながら困ったような顔で謝られたら許しちゃいそうになるのよわざとでしょっ⁉　絶対そうだわ、私がいつでもあなたに甘いと思ってたら大間違いなんだから……っ‼

「というか下着がラベンダー色で初めて会ったときを思い出して凄い興奮したせいもあるんだけど

……ツェツィ本当に綺麗になったね」とか言いながら首にキス落とすのやめてようっ……！

ドレスの色覚えてたくらいじゃ許さないいったら……駄目だめフィーバーしないで恋愛脳ぅう……っと完全に動揺してしまい、心頭滅却しようとルカスのシャツのボタンを留める。

「それで、ですね、あ〜……あの、ごめん、……中に、出しちゃい、ました……」

「そうですかっ、中に——、……え」

よしっ物凄い目の毒な腹筋も隠れたわっ！　と満足しつつルカスの言葉を繰り返そうとして——目を見開いて目の前のボタンを凝視してしまった——。

……それ、いつものことよね……？　と若干現実逃避気味になる中、どこかでヒィィィッと絶叫を上げた分身を自覚して必死で脳を回転させる。

そうして完全に固まった私におずおずと躊躇《ためら》うように「ツェツィ……？　大丈夫？　あの、本当に悪いとは思ってるし決してわざとじゃない、から……」と声を掛けてくるルカスにゆっくり顔を上げて視線を合わせ、その美麗な顔に困ったような表情を浮かべながらほんの少し頬を染める婚約者を凝視して。その髪の毛が風で揺れる様を見て——。

なか。ナカ？　中……——っここ外ぉ……——っ!!

「……〜ばかぁっ!!　ルキ様の馬鹿バカっ変態っ!!　鬼畜っ!!　むっつりっ!!　根性悪ぅぅうっ!!」

「ツごめ、ごめんてツェツィっ！　いひぇっ、ひょ、くひとくぴほーじはやめひぇっ！」

思い浮かんだ悪口をこれでもかと口にしながらルカスのシャツの紐と口元を掴み、これ以上はないと言うほど引っ張ってやったわ!!　もっと痛がりなさいよこの変態王子がぁぁあっ!!

中に出すとか本当あり得ない……っ!!　どうするのよここ外よヒドすぎる……っうわぁぁあんっ!!

と嘆いてこれでもかと紐も引っ張ると、ルカスが「まっ、待ってヤバッ締まってる締まってる……っ」と焦ったような声を出して私の腕を引き剥がしてきた。

「——やべ、マジで首締まった……ホント悪かったってっ、でも、その、不可抗力というか我慢きかなかった俺が悪いとは思うけど、でもツェツィが離さないでって言って抱きついてきたんだよっ？」

俺だってちゃんと気をつけてたんだよそんな怒らなくてもよくないっ？　と言い募ってくるルカスの言い分も確かにと思ってしまうから余計に悔しい……っ!!

なんでそんなこと言っちゃったのよ私ぃ——っ!!　なんで……っなんでっていうか原因はきっと好きすぎてバカ丸出しになってきた恋愛脳のせいなわけだけどナニよその腹立つ理由許せないぃぃ……と若干俯き加減になりながら胸中で嘆いて……あれ待って、私おしまいって言ったよね？　とはたと気づく。

「る、ルキ様が止まらなかったのがいけないんじゃないですか!!　私おしまいって言ったのにっ!!」

何が不可抗力よ防げたじゃないどう考えてもーっ!!　危なかった……痛み分けみたいになるところだったわこの性悪美形めぇ……っ！

「そ、そんなこと言ったってツェツィが俺のこと煽ったんだろっ！　オカシクなるとか言われたら男は止まれないんですっ！」

「なっ……煽ってなんていませんっ!!　理由だってちゃんとしてるじゃないですかっ!!」

どこが悪いっていうのよ言ってみなさいよっ！　と噛みつくと、珍しくもルカスが声を荒らげて言い返してきて、私を羞恥の渦に叩き込んできた——。

「どこがだよっ、あんな蕩《とろ》けきった顔で俺にされるとオカシクなるなんて言われたらオカシクなるところ見たいって思うに決まってるだろ！　俺する前にも言ったよね、凄い我慢してるってっ。凄い愛してるって……っ！　それでツェツィにあんな風に離さないでとか言われたら嬉しすぎて無理なの少しはわかってくださいっ！」

そう目元を染めながら一息で捲し立てると、「あ～駄目だ俺みっともな……」とまたもへにょりと眉毛を下げて、「……ごめん、言いすぎた。本当、全面的に悪いと思ってるから……」とポソリと零しながら不安げに身体に腕を回してきた。

……なんでこんな外でシちゃった上に口喧嘩みたいなことしてるの私たち、しかも理由くだらなすぎるしなのに今までで一番ちゃんと喧嘩になってるしぃ……っ。

大体おかしいわよ、愛してるからってオカシクなるところ見たいとか、どうして若干鬼畜で変態風味なの。そしてどうして私の心はそこにキュンキュンするのぉ……!!

結局やっぱり好きなのが悪いんだわ、でも好きなんだもの愛してるって嬉しすぎて無理だって言われて馬鹿みたいに喜んじゃうのよあぁもう悔しいことこの上ないわ。鋼鉄の理性とかどこかに売ってないのかしら大枚叩《はた》いて買うわよ誰か売って……！

そうしてぐるぐる渦巻く感情が抑えきれず、ルカスへ手を伸ばして。

「うぅ～…ッ」と怒った声を出しながら彼に甘えてしまう自分を自覚する。優しい彼はやっぱりもう一度、困ってるとわかるほど金色に動揺をのせて謝って……仲直りのきっかけを作ってくれるから。

「ツほんひょぎょめんひぇつぇりーりは、……もほひゅるひてふだひゃいひでででで」

「……もうお外ではしません」

「……ひょれはひょっほ」

「しませんっ」

「――……ひゃい……、はぶ」

「多分はなしですわよ、ルキ様」

「……――っ……ひゃい……っ」

猛烈な葛藤を見せながら、物凄い力籠もってそうな拳を握りながらそれでも涙をのんで返事をしてくれたルカスを見つめる。彼は苦しそうに眉間に皺を寄せて、ほんの少し視線を彷徨わせると「ふきだよつぇりー……ひゃからがまんふるひゃら」と言ってきて――。

「――っふふっ！　ルキ様ったらおかし……っ！」

もう堪らず笑ってしまったわ。ごめんなさいでも面白くて可愛いんだもの……っ!!　ほっぺた伸ばした人外美形に愛囁かれるとか前世でも今世でもなかなかないんじゃないかしらっ。しかも喋りにくいはずなのに構わず伝えてくれるし本当この人って私のこと好きね！

「ふふふっ、やだ頬赤くなっちゃった……ふふっ」

「……ツェツィ、ちょっと酷くない……っ？　笑いすぎだし……っ」

楽しそうに笑ってる声聞いたのとか初めてで、めちゃくちゃ可愛いんだけど何か悔しい……っ、と最近見た本当に悔しがって拗ねてる顔をしてプイっと横を向くから、その赤くなった頬に口づけを落として、そっと耳元に唇を寄せて「……私も、大好き」と囁く。

「つう、ぁ、～ッも、俺の負け、です……ちょっと待ってヤバイ幸せすぎてマジで死ぬ……」

ぁあああ……と顔を真っ赤にしながら口元を覆って俯くルカスに、私だってやるでしょう？　と心の中で返してドヤ顔をしたわ！　どーやー!!

そうしてとりあえずブラウスを着て、ルカスの首に顔を伏せる……だって好きな人にナカの、か……っかき、だされる、とか……！　恥ずかしくて死ねる……っ!!

「は、恥ずかし、から、はや、く……っ」とお願いすると、ルカスは「――っは、い、ぁの、むしろ俺も、キツイので、早く、します……っ」と言われて胸中で首を傾げてしまったわ。

どうしてルカスがキツイのかしら？　どう考えても私の方が恥ずかしくてキツイはずなのに……と思いながら甘い声をルカスの首筋に吐き出す……だって感じちゃうのよもう本当無駄にポテンシャルが高くてイヤになるわこの身体ぁ……っ!!

結局処理されている最中何度も気持ち良くなってしまい「やっ……ぁっあっごめんなさいルキ様っるきさまイッ……～っ!!」とルカスに縋りついてしまい。当のルカスは震える私の身体を優しく擦りながら、何故か知らないけれど「ヤバイなにこれ拷問なんだけど……っ！　俺本当バカ……っ」と奥歯を噛み締めて項垂れてたわ。

よくわからないけれど、私なんてもっと恥ずかしい思いしてるんだからざまぁみなさいって思ったのは内緒よ。


「る、ルキ様大丈夫ですから……っ」

「でもまだ身体辛いんじゃない？　足震えてたし……転んだら危ないから」

「そう、ですけど……誰のせいですか……っ」

「俺です。もう本当、幸せだけど辛かったっつーか今現在も幸せだけど辛い……」

ハァ――と溜息を連発しながらまるで私を抱き上げてないかのようにスタスタ歩くルカスを見上げて意味不明……と小首を傾げていると、「リア様っ」という声が聞こえて視線をそちらへ向けた。

待っていてほしいと頼んだ場所に、既にアナさんたちは待機していた。全員が私とルカスを見て一様に安堵の表情を浮かべて、随分心配をかけてしまったことがわかり謝る。

「あの、待たせてごめんなさい。……ちゃんと、大丈夫になったから」

すると彼女たちは小さく頷きながら「良うございました」と呟き頭を下げた。

「あの嘘つき女にはわたくし共がキチンと話をしておきました。……お傍《そば》に侍《はべ》りながらリア様のお心を乱すような事態にしてしまったこと、本当に申し訳ございません……」

「今後このようなことが起こらないよう、万全を期すようにいたします……」

「本当に申し訳ございませんでしたぁぁ……っ」

そして、捨てないで！　お願い侍女でいさせて！　という懇願の視線を向けられて驚きながら答える。

「あの、でも、相手が何を話すかなんてわからないんだからそんなに構えても仕方ないと思うの。それに私だってこれでも社交界で戦ってきたのよ？　まぁ、ビアンカさんがついたような嘘には耐性があまり……というか全然ないけれど……、でも心構えができたと思えば次に生かせると思うし。結果的にルキ様とお話できて良かったと思っているわ。だから、その……これからも迷惑かけると思うけれど、よろしくお願いね……？」

そう、少し照れながら言うと、三人が目をカッと見開きながら「可愛いは正義……!!　この命尽きるまでお仕えさせていただきます……!!」とこれまた意味不明な宣言をしてきたわ。正直返事に困る……と思いながら答えようと口を開いて——。

「じゃあ、あの、末永ふぅっ!?　っ!?　んンんっ!?」

ルカスに物凄い勢いで口を覆われたわなんで——っ!?　あと片手で子供抱っこするみたいに持てるとか凄いんだけど……！　と思いながらルカスを睨むと、何故かジト目を返されたわ、なんで？

「リア、その返事は駄目。それは俺に言う言葉」

「んぅ……？」

「それを聞いていいのも言わせていいのも生涯俺だけだよ。いくらアナたちでも絶対駄目、許さない」

そう言いながらアナさんたちに細めた目を向けていて、ちょっと侍女にまで嫉妬するとかやりすぎじゃないかしらと思いながら、くすぐったい気持ちと上がる熱を誤魔化すようにジト目を返すと、同時にアナさんたちもルカスに文句を言い始めた。

「ちょっとルキ様何してくれてんですか……！」

「一瞬天にも昇る心地になれそうだったのに……!!」

「マジで独占欲の塊ですねっ!!　リア様っ、ルキ様のどこが好きなんですかっ!?」

「……ふぅっ!?」

と思ったら物凄いブーメラン返ってきたぁ……っ!!　ルカスの、どこ、が、好き……っ!?

訊かれたことを理解した途端全身が熱を持って、動揺しすぎてうっかり当のルカスへ視線をやってしまい——抱え直されると同時にジィっと間近から、金色になった瞳で見つめられて羞恥で目が潤んでしまったわ……っ。

あまりの動揺で唇を震わせる私に、けれどルカスは相変わらず空気を読まない……っ!!

「どこ？」

本人まで訊いてきた——っ!!

「あぁ～あ、エルサったら……」

「え、気にならない？　ルキ様って見た目最高かもしれないけど、中身はアレだし束縛半端ないし」

「まぁね～でも見た目のアドバンテージはでっかいんじゃない？　と言うかルキ様ったら目の色戻ってるわよ」

「あれは明らかにわざとだろ」

「あ、そうなの？　そうまでしてリア様から聞きたいとか……」

ボソボソ……もせずに堂々と話し合う侍女侍従が憎いっ‼　そして目の前の婚約者様が小首を傾げて催促してくるんですけれど誰か助けてくださーいっ‼

「あ、の……っ」

「リア、どこ？」

「どこ、と言うか……っ」

「じゃあ、嫌いなところは？　ある？」

「――っ」

わぁそれを今訊いちゃうとか勇者ですねっ‼　って訊いておいて若干不安そうな表情するの狡《ずる》くないっ⁉　答えなきゃって思っちゃうでしょう……っ。

「っ意地悪、言うとき、は、腹立ちますけど、……き、らいなところは、ない、です……っ」

「……うん、じゃあどこ好き？」

しつこ――いっ‼　と思ったら口から出てしまったわ。

「しつこいとこも、腹立ちます」

「……ごめんなさい」

「あと根性悪なとこも」

「……はい」

「わぁ結構リア様も言うわね……」「すご……っルキ様が凹んでるわよっ？」「リア様以外の言葉じゃ凹むことはまずないんだから、たまにはいいんじゃないか？」「意地悪でしつこくて根性悪ってルキ様最悪じゃないですか……」とかなんとか後ろでヒソヒソ話すのをしり目にルカスを見つめる。

大好きな金色が不安げに揺らぐのに心がキュッとなるのを感じながら、でもそれ以外は――と、そっと両頬を包み込んで口を開いた。

「――……っあとは、恥ずかしいので……お家で、言います、から……」

そう伝えると、ルカスは軽く目を見張って――私をストンと下ろすと盛大に溜息をつきながらしゃがみ込んだわ、解せぬっ。さっきから辛いって言ってたからやっぱり具合悪いのかしら？　と思い声を掛けようとすると。

「……駄目だ無理、フィンっ、今日闘技場開いてるかっ？」

「開いてますよ、今日は都合良く傭兵とかも出る日じゃないですか、……出るんですか主？」

「出る、キツイ」

「……ご愁傷様です」

まぁ多分自業自得ってヤツだなソレ……とフィンさんが呆れ顔で呟いて、同時にアナさんたちがなんだか生温かい目をしながら口元を隠して私とルカスを見てきたけれど……何？　どうしてそんな顔されるのっ？　というか口元隠すならちゃんと隠しなさいよ、ニヨニヨが見えてるからねっ！　と思いながら闘技場へ引っ張っていかれた。

――そして、ルカスは闘技場内を縦横無尽に駆け巡り、……何コレ大量虐殺の模擬練習みたい……とこっちが青くなるほどの強さを見せつけて優勝しました……。

その後、土埃《つちぼこり》で汚れたルカスの服を見に行ったり、私の服を見に行って「平民の恋人同士だったら普通普通」と騙されかけて試着室に入ってこられそうになったり。

ポメスをもぐもぐ食べるルカスのあまりの可愛さにどうしても我慢できなくなった私は、墓穴を掘るかの如《ごと》くルカスにほんの少しだけルカスに戻ってほしいとおねだりして、物凄い速さで狭い路地裏に連れ込まれ、食べるのを見せる代わりに食べさせてと「っあ、あーん……っ」をさせられるわポッキーゲームならぬポメスゲームをさせられるわで酷い目に遭い……。

婚約者との初デートは想像以上の濃い一日になり終わりを迎え――るかと思ったのに……っ。

「どこ好き？」

「……～っ」

家で言ってくれるって言ったよね、と。さぁ寝ようと寝台に上った途端にじり寄ってきたルカスにヘッドボードまで追い詰められた私は、恥ずかしさで動揺して「じゃあルキ様は私のどこを好きになったんですかっ!?」と口走ってしまい……。

「俺が言ったらツェツィも答えるんだな？」とニヤリと嗤われて「っも、いい……っ！　も、お願いヤメてぇ……っ」と涙ながらに懇願せざるを得ないほどの甘い言葉責めをくらい、しかもそこで終わらずに答えさせられて。

煽った煽ってないの押し問答の末、またも要らない墓穴をエッサホッサと掘りました……。

なんか、お忍びじゃなくて貴族ルックで行ったほうが騙されることもないし墓穴とか掘らずに済んで安全だったかもしれない……と心の片隅で思いつつ、大きな腕に抱き締められて幸福感でいっぱいになりながら眠りについた――。

【書き下ろし小話】


――りんご酒って、アルコール度数低いよな？

目の前で可愛《かわい》らしく頬《ほお》を染め、綺麗《きれい》な綺麗な若草色を潤ませて、舌足らずにプリプリ怒る愛《いと》しい愛しい、もう本当に愛しくてたまらない婚約者を見つめる。

「私……っルキさまに言いたいことがあるんれすよ！」

「……何かな、ツェツィーリア」

酔ってるな。目が据わってるし、れすよって言ったことにも気づいてない。しかもソファに乗り上げたときに乱れた夜着から白い太ももも見えちゃってることにも気づいてないっ。

普段だったら絶対にあり得ない彼女のあられもない姿に、腰回りに熱が籠《こ》もり始めるのを自覚してなんとなくグラスをテーブルに置くと、それを見ていたツェツィがムゥッと口を突き出した……！

「ルキしゃまっ、きいてるんですか⁉」

「あ、うん、聞いてます……」

ナニこの超絶に可愛い生物、今すぐベッドに引き倒してグチャグチャのドロドロにしてやりたい。

扇情的すぎる姿で男の夜着掴《つか》むとか、お好きにどうぞって言ってるようなもんだって教えたほうがいいか……？　いや、教えないほうがいいか。

そんなことを思いながら神妙な顔を装って促すと、彼女は瞳《ひとみ》に涙を盛り上げて――衝撃的なセリフを吐いてきた。

「では今すぐっ、女性関係を清算してくだしゃいませっ」

「……――いや待ってナニそれ身に覚えが全くございません……ッ！」

どこのどいつだ碌《ろく》でもねぇこと吹き込んだの！　ふざけやがって見つけ次第ぶっ殺す……！

でもとりあえず今は、今にも泣き出しそうな目の前の彼女だと、宥《なだ》めるように言葉を紡いだ。

「俺、あなた以外と恋人関係になったことなんて一度もないよ。神に、あなたに誓ってない」

「ウソッ」

否定するの早すぎないっ⁉

「私知ってるんですからねっ、色んなヒトに誘われてお茶しに行ってたの……！　私というものがありながら……っ」

なんか浮気男みたいに言われ始めた！　俺、ツェツィ以外とか要らないしむしろ無理なのに、なんでそんなクズ男みたいに思われてんの？　待てよ、お茶……まさか……！

「ツェツィ、もしかして……俺に他の家から婚約話があったときの話をしてる？」

「そうですよっ、毎日毎日綺麗な女性と会ってたのは有名な話ですからね！　……っひどい！」

「あぁ泣かないで……っ、あの、ツェツィ、その、言い方がなんか気になるんだけど……俺がその女性たちと身体の関係を持ってたって思ってない……？」

どう考えても彼女の発言はそうとしか取れなくて。ただの顔合わせのお茶会程度で、なんでそんな話になってるんだ？　と首を傾《かし》げたくなって彼女に促すように視線を合わせる。

「わ、わたしだけって言ったじゃない……っ」

「うん、あなただけです」

ヤバい、超絶可愛い……。泣いてるところ悪いとは思うけど、泣き顔といいセリフといいもうホントたまんないんだけど……て、しっかりしろ俺っ、今はとにかくツェツィの不安を取り除かないと。

「じゃあ、どうしてルキ様とお茶した人たちが一回だけだったけれど、いい思い出になったなんて言ってるの……っ」

「……は？」

お茶しかしてないのに、なんでいい思い出とか言われてんの？　俺が聞きたいんだけど……。

『ルカス、せめて一刻は話相手をするんだよ。まぁお前のその顔なら聞き役に徹して微笑《ほほえ》んでいるだけで問題なく終わるはずだ。とにかく笑顔だけは忘れないこと！　あとお詫《わ》びの小さめの花束でも持っていけば完璧《かんぺき》かな』

そうディルクから言われて、会って即行で断ったあとは、ひたすら作り笑いして、最後にお詫びの花束渡して挨拶《あいさつ》したくらい……女性たちの間ではそれがいい思い出になるのか？　どこらへんで満足したんだ？　意味不明なんだけど。

混乱していると、ツェツィーリアが突然膝《ひざ》の上に乗ってきた……!?

「私もしたいですっ」

「え、ナニをですかっ？」

いや、これ、多分俺が思ってるのじゃない、けど……期待しちゃうんですけど……っ。

「ナニって決まってるじゃないですか！　お茶会ですよ！」

「……ですよね」

わかってた、そうだよね、ホント可愛いなコンチクショウ……。

「じゃあ始めますっ」って今やるんだ……俺の膝の上で俺の首に腕回してる状態に気づいてないんだね、ツェツィ。こんな最高のお茶会、俺の人生で初めてだよ。りんご酒のヤツいい仕事するな。

「初めまして、ツェツィーリア・クラインと申します。本日はお時間をいただきましてありがとうございます」

「初めまして美しい人、ルカス・ヘアプストです。ずっとお会いしたいと思っていました。この一度限りではなく、今後も会ってはいただけませんか？」

「え、その、よ、喜んで……？」

「良かった、それではクライン嬢、俺と婚約を結んでいただけるということでいい──」

そう言った瞬間、ツェツィは目を見開いて、そして顔をくしゃっと歪《ゆが》めた。

「クライン、嬢……」

ポツリと零《こぼ》された言葉は悲痛な音を纏い、濡《ぬ》れた唇は小さく戦慄《わなな》いていて、喜ぶ心のままに抱き寄せ、その震える唇の真上で囁《ささや》いた。

「名前を呼ぶことができるのは婚約者だけだろう？　可愛いヒト、返事をして？」

「ツ、す、する、婚約するから、名前で呼んでください……っ」

あ～凄《すご》い可愛いっ、こんなお茶会だったら毎日だってしてもいいな。むしろ毎日してほしい。

啄《ついば》むようにキスをしながら名前を呼ぶと、いきなりぎゅうっと抱きつかれキスを返されて、思わず顔に熱が上った。

「えっ、ツェツィっ？」

「そんな風にあなたに微笑まれて、そんな風にキスされたらっ、どんな女性だって嬉《うれ》しくていい思い出になるんですよ！　でももうルキ様は私の婚約者ですからっ、こういうことしていいのは私だけですからねっ」

……もうベッド連れて行っていい？　そして「ホント誑《たら》しなんだからっ」て、なんでそんなイメージになってるのかはあとで調査するとして、これはきちんと伝えた方がいい気がする。……酔っ払ってる彼女に言って、明日覚えてるかはわかんないけど。

そんなことを思いながら、ぷりぷり怒る彼女の顔をそっと自分に向かせて目を合わせる。

「ツェツィ、俺ね、全部あなたが初めてだよ」

「ナニ言って——へ？」

「好きになったのも、キスも、身体を繋《つな》ぐ行為も、恋人関係も。それからお茶会で婚約してほしいと伝えたのも、全部、あなたが初めての相手です」

俺の言葉にツェツィは考えるように小首を傾げて、そして音がしたんじゃないかと思うくらい真っ赤になった。キラキラと潤みはじめる若草色の瞳を見つめて口角が緩むのを自覚する。

震えだす唇を視界に収めながら、彼女の左手を持ち上げて薬指に口づける。あぁ、早く指輪を嵌《は》めて俺だけのモノにしたい。

「あなただけを愛してます、ツェツィーリア・クライン侯爵令嬢」

「——は、はい、私も……お慕いしております……」

恥ずかしそうに、けれど嬉しそうに吐息をついた唇に、引き寄せられるように顔を傾けた——。

……ちなみに、翌朝確認してみると、当然ツェツィは覚えていなかった……。りんご酒の使いどころは考えるべきだな。

悪《あく》役《やく》令《れい》嬢《じょう》と鬼《き》畜《ちく》騎《き》士《し》

猫田

2020年11月5日　初版発行

著者　猫田

発行者　野内雅宏

発行所　株式会社一迅社
〒160-0022 東京都新宿区新宿3-1-13　京王新宿追分ビル5F
電話　03-5312-7432(編集)
電話　03-5312-6150(販売)
発売元：株式会社講談社（講談社・一迅社）

印刷・製本　大日本印刷株式会社

DTP　株式会社三協美術

装丁　AFTERGLOW

ISBN978-4-7580-9306-4

MELISSA